薛原 著

藍槍杆

薛原長篇小說

海是你的鏡子：你向波濤滾滾、遼闊無垠之中注視你的靈魂。

——波德賴爾《惡之花・人和海》

目次

第一章

《探索者號》的這次海上考察與以往的那些調查航次比起來，第一件新鮮事就是上船的考察隊中有一位女研究生，這打破了《探索者號》自八年前下水首航以來還沒有女性上船跟著出海的記錄。上船的女研究生叫何婷，是魏如鶴先生招收的第一名女弟子。

海上依舊沒有一絲風，湧浪寂寞的顛簸著。發白的太陽明晃晃的掛在當頭上，洋面上平得像鏡子一般，反射著耀眼碎裂的銀光。《探索者號》考查船後甲板上正在作業的考察隊員邊忙碌著邊開著粗俗的玩笑——放肆地笑聲擁擠膨脹在寂靜的洋面上，驅趕著湧動的海波。

船上除了正常值班作業的，甲板上增加了三三兩兩釣魚看熱鬧看海的人。

何婷斜著身子虛靠在右舷甲板欄杆上，眼睛微瞇著，仰臉瞧了眼太陽，趕緊扭開臉，眼睛像被融化了一般，天空藍得讓人陶醉——澄藍純淨，就像大海一樣湛藍。

何婷有一種錯覺，像是天空和大海發生了倒置。當然，這個大海是存在她的印象裏的，在她的印象裏就像那首歌曲：我愛著藍色的海洋，海洋是溫柔的蔚藍色。可真到了海洋上，何婷才發現大海其實並不是蔚藍色的——蔚藍色的是頭頂上的天空，而海洋卻像是黑色的——應該說深藍深藍的海洋。何婷轉身掃了一眼目光落在船頂高高聳立的桅杆上，忽然渾身打了個激靈，那根粗壯挺拔的白色桅杆怎麼突然塗上了一層蔚藍色了呢。何婷驚訝地張了張嘴，脫口自語：藍桅杆。話一出口把自己嚇了一跳，何婷定定神，心裏自嘲：眼睛讓陽光刺花了，桅杆的顏色哪兒是藍色啊，分明還是白色嘛。在海上泡得久了，別把自己的眼光也泡成了藍色。

何婷嘴角上漾起了波紋，她把胳膊支到欄杆上，低頭俯視了起來——海水真黑啊，厚重起伏的海水呈現著一種黑沉沉的深藍色，四下裏都是這種冷酷的深藍。海水儘管藍得發黑，但卻很清澈，簡直讓人不可思議。再仔細看看，深黑的海水裏發著亮光的魚群在四處遊動上下亂躥著。何婷微微撇了撇嘴角，對著水中朦朧波動的臉龐扮了個鬼臉，眨眨眼睛——何婷的眼睛不大，但看上去挺受看的，屬於那種秀氣的杏仁眼。何婷的心蕩漾在海面上，在陽光的烘烤下漸漸膨脹起來。

自從離開Q城碼頭，何婷感到《探索者號》越往南走，海水藍得越深，看上去簡直是一步步走向深淵。海上也更難見到海鳥的影子，天空顯得遼闊寂寞，一團團雲朵靜止在海天線上，重疊著壓迫著那一條細細的分界線。《探索者號》剛從Q城海灣出來時，海水先是發綠，是那種清澈的湖綠色，靠近岸邊的水域在陽光的照耀下還顯得發白。航行了不到一天，海水的顏色就有了明顯變化，海水變成了讓人心曠神怡的蔚藍色，尤其是遠處海天線上，白雲擁擠著堆疊在海面上，海水呈現出一種如夢如幻般的淡藍色，藍得讓人心疼，就是船上那些已被挾著鹽粒子的海風颳粗糙的男人看著這樣的藍色，堅硬的心也變得溫柔起來，被慾望榨乾心靈的眼睛也顯得更加朦朧。《探索者號》單調地再往深海走，海水就成了一望無邊的碧藍和靛藍色。就在這種單調的靛藍色的洋面上，《探索者號》在一條條縱橫成網狀預先在海圖上定好的調查線上行行停停，在一個個調查站位上讓隨船的考察隊員在後甲板上忙活著——把那些閃閃發亮的儀器從甲板上投放進黑乎乎眩暈的海水裏，當這些錚光發亮的儀器插進海水裏時隨著澎澎的響聲，洋面上濺起飛揚的白色泡沫，讓這片遼闊而又寂靜的海面暫時有了誇張的喧鬧，水中的魚群也紛紛朝著船身尤其是船身的中部聚攏——船身中部的下水管在不停地向海裏排放著雜七雜八的垃圾——吃剩或不想吃的飯菜，人們排出的糞便，腥臭的污水等等。各種各樣的魚兒像是趕集一樣來得匆匆忙忙，圍繞著船身游來游去，上下穿梭。

日子在海水的浸泡下單調而緩慢的一天天過去了，《探索者號》轉眼間在海上已航行或說漂泊一個多月了。在這面望不到邊的鏡子上，三千多噸的《探索者號》就像一片隨波逐流的小樹葉。何婷覺得海上的日子像被海水浸泡得發漲發虛了，彷彿用手輕輕一捏，就能流出苦澀鹹腥的海水來。何婷又抬起頭來，眼前仍是一片無邊無際的深藍，洋面上連個飛鳥的影子都沒有，四周是一圈幾乎成一色的海天線。何婷的眉毛皺緊了，什麼時候才能見到陸地呢。何婷忽然想起阿坤前幾天在餐桌上說過的話——等到有海鷗圍著咱們的桅杆飛，陸地就不遠了。想起阿坤的話讓何婷臉上一陣發燒，何婷潛意識裏感覺阿坤那句話是說給她一個人聽的，當時她正用筷子一個米粒一個米粒的夾進嘴裏慢慢嚼著。坐在對面的郭欣盯著何婷打趣說：「瞧，我們的公主又開始想家了。」說完對著何婷呲牙一笑。郭欣和何婷跟著同一個導師，但他比何婷高兩屆，已在職讀博士，因此他理所當然的成了她的師兄。從上船第一天起，郭欣就說：「何婷你現在成了《探索者號》上的公主了。」說這話時他們正擠在大實驗室裏一個挨著一個從隊長老李那兒領打飯的飯盆和分菜盤。郭欣的聲音不大，但大家仍哄笑了起來。何婷羞得滿面通紅。「公主」這兩個字眼居然和自己發生了聯繫，何婷的心裏其實非常興奮，但仍儘量掩飾著內心的激動。何婷想起讀大學時班上男生公認的那位「公主」——也是「系花」，那又算什麼呢，和這艘船，和這艘船上的人相比。何婷心靈深處隱密的一個角落掀開了嶄新的一頁。

何婷自從考上大學直到現在讀研究生，她早已習慣不被人注意，一個人守著自己這份清靜的生活。只是在假期裏才回家鄉在父母身邊住上十天半月，每次都是來去匆匆。在旁人眼裏覺著奇怪，一個文文靜靜的姑娘怎麼選擇了這樣一個屬於男人的專業。現在喜歡考這個整天和海底泥沙打交道的專業的人越來越少了，在一群男人中，何婷有些鶴立雞群的味道。第一次見導師時，導師就說這個專業從各方面來說，都不能給自己帶來多少生活的好處，既不能多掙錢，又沒辦法短時間搞出讓社會上的人聽說了接著伸出大拇指連聲讚歎的名堂。當然唯一的便利就是能乘船出海，如果你喜歡海上生活，那你考這個專業再合適不過。何婷自然知道這是個必須在海上採集樣品的專業，不出海就無法採到海底的樣品，而要想從事課題研究，那就必須出海——沒有樣品哪兒來的資料呢?!何婷讀大學時並沒選擇這個專業，當初是根據她的成績把她撥到這個專業的。剛撥到系裏時，何婷耿耿於懷，她自己和高中班主任老師都沒想到她的高考成績會比預料的低了三十多分。但到了大學畢業前夕，何婷卻下了決心，一門心思要考研究生，而且偏要考這個冷門專業——你們不學，我來學。她的架勢就像是在和誰賭氣，謝絕了好幾位親戚要幫她聯繫舒適或者待遇不錯的工作單位的好意，硬是報考了Q城H研究所魏如鶴研究員的碩士研究生。大樹下面好乘涼，要考研究生就要選擇著名的導師考。帶他們實習的老師一遍遍對著他們講，名師出高徒，導師沒有名，做他的學生沒勁。魏如鶴的大名在專業領域裏如雷貫耳，何婷四年的大學生活已對本專業的名家名師銘記在心。何婷面試的時候，發現導師對她這個唯一的女生絲毫不掩飾遺憾的表情，導師的言談和眼神裏都希望能多招幾名男生。只是因為她的成績實在是太好了，才同意她來面試。導師一個勁地說：「你再考慮一下，你能受得了出海的苦嗎？」何婷堅決地點點頭說：「我能受得了出海的苦。」導師是個爽快人，沉思片刻，大手一揚：「那好，我也第一次帶個女徒弟吧。」來到Ｈ研究所後，何婷第一年在北京研究生院讀基礎課和英語，兩個學期轉眼就結束了，剛結束考試回到Ｑ城，恰巧趕上了這次出海。導師說：「正好要出海，小何，你跟著去鍛煉鍛煉，體驗體驗暈船的滋味。」何婷簡單的收拾了一下換洗衣服和生活用品，便跟著師兄郭欣上船了。

在海上最初幾天何婷感到的只有新鮮，就是那轟轟隆隆的輪機聲，聽起來也蠻有韻味。躺在窄窄的床上，枕著輪機聲和海浪聲，在何婷的眼裏，海上生活充滿了詩意。但現在，何婷一心盼望著快點回Ｑ城。與其說她盼望著回Ｑ城，不如說她渴望著雙腳踏到陸地上——在陸地上走走多好啊。在海上一天一天的漂著，時間漂的太慢了，慢得能讓人發瘋。幸虧有郭欣，有阿坤，有汪洋。何婷的臉又開始發燒了，「我這是怎麼了，這就是戀愛嗎？又是愛上了誰呢？是愛上了郭欣？不，和他在一起自己並沒有那種感覺，那是種什麼樣的感覺，說不清楚，但顯然不應該是和郭欣在一起的這種平靜。還是愛上了劉南北？不，顯然不是劉南北，我怎麼會愛上一個有婦之夫呢。愛情是兩顆心靈碰撞產生的火花，可我又是和誰的心靈碰撞呢？」何婷的心裏亂了，這時她又覺得船上的生活也並不單調，要是在海上的日子久了，也許就能知道自己到底愛上的是誰了。可這就是愛情嗎，何婷有點懷疑，這和自己在書上看到的愛情相差太遠了。可她又相信自己是在戀愛了，只是她不知道自己愛上的到底是哪一個。

今天何婷值晚上六點到十二點的班，白天的時間顯然過於漫長，何婷不想一整天躺在床上，那樣會弄得自己渾身酸痛，腦子也昏昏沉沉。還不如在甲板上四處遛噠，吸點海腥讓自己清醒清醒。

何婷習慣性地又仰臉瞧著那根高聳直插藍天的桅杆——現在看清楚了，是湛藍的天空把桅杆染藍了。何婷四下裏張望了一會，先看到叢秋原站在那兒呆呆地盯著海面。叢老師很少和人說話，臉色冷冷地，整天陰沉著，像是大家欠他的。何婷覺著這人有些清高孤傲，不好接近。何婷不願自討沒趣，打消了上前搭話的想法。她把目光移了過去，突然遭遇到劉南北燙人的目光，何婷渾身一顫，像是被他的目光燙傷了自己的身子。劉南北朝她笑笑，打了個手勢，說公主醒了不再做夢了。何婷羞得滿面透紅趕緊低下頭。劉南北哈哈大笑，轉身看著採樣管往海水裏投放了。

劉南北是這次海上考察的首席科學家，博士畢業沒有多久，就破格提了副研究員，人還不到三十歲，剛被任命為研究室副主任，在學術界也是嶄露頭角，正是少年得志，但對人態度和藹，為人處世比較隨和，上下左右對他的反應不錯。可何婷見到他，總覺著他看自己的眼光怪怪的，笑容裏含有讓人捉摸不透的東西，卻又說不出什麼來。何婷抬起頭來，又往後甲板那兒掃了一眼，沒人再來注意她，她心裏踏實了下來。突然，她發現阿坤蹲在後甲板艙門口的過道旁，正在作釣魚的準備。何婷的心一下又繃了起來，渾身的血管都感到了突突地跳動。

何婷覺著阿坤很有男人味，和她的那些大學同學還有郭欣汪洋他們這群研究生有著天壤之別。阿坤是個五大三粗的男人，在何婷看來，阿坤站在甲板上就像前後甲板上的帶纜樁一樣堅固。

阿坤是那種典型的海上漢子，但並不是把舵拋纜的水手，他其實是船上實驗室的工程師。

阿坤釣魚並不像別人拴上釣餌撒一根魚線等魚上鉤。在阿坤看來，那樣釣魚沒勁。阿坤很少用魚鉤，也不用尼龍魚線，他用的是一根又粗又長的竹竿，較細的那端綁上用粗鐵絲彎成的圓環，圓環上再綁牢靠用粗尼龍線編織的網兜，他是用網兜罩魚。

阿坤打製好工具，看一眼那些靠在舷甲板欄杆前兩手拽著魚線眼睛緊盯著洋面的幾個船員，一手握著竹竿，一手拎著一個紅色大號塑膠桶，晃晃剃成板寸的腦袋——脖子上疊起的幾道厚重的被曬成黑色的肉線顫動著，重重地邁開步子，神情冷漠的從他們身邊過去。

阿坤在靠近前甲板處選定一個沒人的地方，把身子倚到了欄杆上。阿坤不願意和別人擠在一起釣魚——船上的地方雖然小，可海卻很大，何必擠在一起。別人搶著站到背光的那一邊，尤其是有下水道出口的那一邊——水中的魚多而且容易咬鉤。阿坤自然知道這些，但他不去搶地方。就是他先到了，若看到別人慢慢擠了過來，他也會拔腳就走，像是告訴大家，你們在這裏釣，我到別處。也真怪，不管阿坤站到那裏，即便是站在毒毒的日頭下，他罩上來的魚還是比別人多。

阿坤把綁著網罩的竹竿靠在一邊，神情有些散淡，從口袋裏摸出一根煙捲——阿坤不喜歡味淡的，他一般抽味重辣嗓子的牌子——叼在粗厚的嘴唇上，又掏出一把紫銅色小左輪手槍形狀的打火機，啪，點上火。一圈圈煙圈吐了出來——接著嘴唇一抿，品咂了幾下，眼睛瞇縫著，若有所思。阿坤兩腿伸開，一直站定在那兒，眼睛並不緊盯著水面，只是漫不經心的時常掃一眼清澈的海水。往往就在這種漫不經心中，他的身子猛地一抖，雙臂輪成半圓，那竹竿已迅猛地插入了水中。當竹竿再收上來時，甲板上往往落下一條活蹦亂跳的斤半重的加吉魚。

何婷喜歡遠遠地站在一邊看著阿坤釣魚，尤其是在月光如水的晚上。何婷在船上不喜歡沒有月亮和星星的夜晚。這樣的夜晚，黑暗團團裹住了《探索者號》，這時，何婷走出燈光明亮的房間，來到甲板上，一個人面對著黑沉沉的海，黑乎乎的湧浪撞擊在船身上發出深沉的膨膨的響聲，一種強烈的孤獨感便會油然而生。而有月亮和星星的夜晚就不同了，何婷喜歡站在甲板上，勿需仰臉就能看著高高低低上下跳動的月亮和星星，引起她許多遙遠的聯想。這樣的夜晚，當後甲板在作業時，兩邊的甲板上便有了釣魚的水手，這樣的夜晚魚群也喜歡咬鉤。如果阿坤不在班上，這時也必定站在舷甲板上用他特製的工具釣魚。何婷就會站在他的身邊默默地看著他釣魚。

起初阿坤並不在意，阿坤不像別人，那些傢伙眼光總跟著何婷轉，像是蚊子專叮渾身散發香水味的姑娘一樣，尤其是機艙的幾個傢伙，上下打量著何婷，那目光射到何婷的身上就像能穿透了她的衣服一樣。只要何婷出現在甲板上，那些被太陽和海風打磨得粗糙的男人們，總要不斷地給自己製造著各種各樣的理由，讓目光心安理得的在何婷的身上掃來掃去，像是在用粗糙的大手撫摸著她赤裸的身子一樣。這時連吹過甲板上的海風也變得柔和多情，空氣中瀰漫著濕漉漉的鹹味，也摻進了特殊的幽香。

阿坤意外地發現了站在一邊看著他罩魚的何婷，渾身一陣躁熱，頭上冒出一層細碎的汗珠。他的身子微微一動。眼看就要罩上來的幾條魚鬼使神差都在半空裏給跑掉了，這使阿坤很沒面子。

慢慢地阿坤習慣了不遠處注視他的何婷，兩腿向中央靠了靠，臉上火辣辣的。阿坤不擔心別人能看出他的臉變紅了，因為阿坤的臉色本來就像燒紅的煤炭。

在何婷的目光下，阿坤的動作顯得麻利了許多，腳邊上添了幾條活蹦亂跳的麵包魚。很快，船員們就知道了上船的這位女研究生喜歡看阿坤釣魚。

有幾個水手酸溜溜地對阿坤說：「阿坤別看人長的粗魯，還挺有吸引力嘛。」

二副說：「你們懂啥，現在的女人愛的就是男人的男子漢氣，人家都已經膩歪了奶油小生，別看她是研究生，首先她先是個女人。」

大副撇撇嘴說：「人家只是看著阿坤新鮮，瞧阿坤這副粗魯相，真和人家在一起，別把人家嚇著。」

阿坤對這些閒話並不放心上，聳聳肩說：「你們真是閒出病來了。」

阿坤不是那種開不得玩笑的人。

漸漸地，只要何婷在一邊站著，阿坤也時常扭過臉來朝何婷笑笑。

如果那一天，阿坤的班和何婷的班錯開，下班後的阿坤再站到甲板上時，就感到少了點什麼，心裏有些空蕩蕩的，水面下的魚群也好像跟他作對，都躲到深水裏藏了起來。

郭欣昨晚十二點下班後立刻下到中艙馬馬虎虎洗了身子，就爬上床埋頭睡了。一般在這個時候交接班的都會到前面伙房撈一碗剛下好的熱騰騰冒著香味的雞汁麵條，熱呼呼地填滿空牢牢的肚子。半夜的麵條是廚房特意給值班的人員做的加餐，半夜裏煮一鍋雞汁麵條已成了《探索者號》的傳統。用隊長老李的話說，就衝著半夜的這碗雞汁麵條，出海受點罪也值得。大廚胖子做的雞汁麵條有口皆碑，這是他的拿手本領。郭欣肚子裏空蕩蕩的，可他沒去撈麵條，他只想趕快睡覺。在麵條和睡覺之間，郭欣沒有絲毫猶豫就選擇了回房間睡覺。這一個班下來，郭欣又累又乏又困，他一躺到床上剛閉上眼就鼾聲起伏了。這一覺睡得真舒服，直到天色大亮，郭欣才在一種朦朧中清醒了起來，順手在床單上摸了一把，又觸到了那種粘稠的又濕又涼的污跡。郭欣臉上一陣陣發燒，接著習慣性的一抬頭，看到對面床上空蕩蕩的，同一房間的汪洋不在，房間裏只有自己一個人。郭欣這才放下心來，臉也不再發燙了。郭欣重重地躺下了，屁股觸到了一片濕漉漉清涼的污跡，他想挪挪身子，卻懶得動彈，渾身空落落的，有些發虛，還有些疲倦。郭欣縮了縮身體，腦子裏空蕩蕩的。陽光從迎面那扇不大的圓形舷窗上明晃晃地射進來，耀得他眼花睜不開眼。他微側過身來，把伸著的左腿支起來靠到光滑的顫動的艙壁上。郭欣住的這間房間，緊靠著機艙，在機艙隆隆不停的震動聲中能感到艙壁也在一陣陣顫動。郭欣把右腿靠在床邊凸起的擋板上——單人床的床邊上有一道中間留一個豁口的凸起的擋板，作用不言而喻，自然是為防止船身晃動劇烈時把床上的人甩下來而特意設計的。郭欣的身子略微有些斜靠在艙壁上，床很狹窄，這樣一來郭欣周身稍微有些因受壓而起的愉快的感覺，心裏油然起了聯想：一張清秀的臉蛋一雙朦朧的眼光浮現在眼前——郭欣輕輕笑了，她是不是也這樣想？郭欣扮了個鬼臉……

郭欣放肆地讓自己沉浸在略微搖晃著的船身給自己帶來的聯想和愉快中，細細咀嚼著已作了多次的夢。陽光跳動著灑在他的臉上，映出曖昧地神采。海水哐當哐當的湧到船壁上，圓形舷窗不時的被打上來的海水遮蓋住，那是一種厚實的靛藍色，蓋掉了光線，把房間給嚴密地籠罩了起來，郭欣覺著這個瞬間如同置身一個幻夢中，讓人產生一種不真實的虛幻感。郭欣又躺了一陣，感到頭有些昏沉，便坐了起來，伸手從枕頭下抽出一條內褲來。他每天睡覺前先要在枕頭下放好一條乾淨的內褲。郭欣把身上的內褲換了下來，穿上乾淨內褲感覺為之一振。他有些不好意思，但這只是一瞬間的感覺，他順手把換下來的內褲扔到椅子上，接著便利索地穿好了衣裳。他把內褲放到塑膠桶裏，原想拎著到衛生間去洗洗，但又放下了。今天他不值班，等吃過午飯再洗也不遲。郭欣後悔只帶來三條內褲，每天都要換下來一條，換下來就要馬上洗，否則半天乾不了，第二天就沒有乾淨內褲換了，這讓他頗感尷尬。郭欣剛起床沒心思看書，待在房間裏也無聊——這樣的好天氣誰還會憋在房間裏呢。郭欣伸了個懶腰，走到鏡子前拿梳子梳了梳頭髮，端詳了一陣，拉開了門。

郭欣從中艙上來時一級級登著陡狹的樓梯一邊想，何婷也起床了吧，恐怕不會待在房間裏，肯定在甲板上看阿坤釣魚。何婷也是怪了，變得越來越大膽——起初還是遠遠地站在沒人的地方，看船員們釣魚，不經意間多看幾眼阿坤，這一切都沒躲過郭欣的眼睛。郭欣覺著好笑，既然對人家感興趣，何不近前看呢。後來當郭欣看到何婷站的越來越靠近阿坤時，心裏湧上說不出的滋味。阿坤有啥好看的，黑不溜丟的，一身的野蠻相。不過郭欣私下也承認，阿坤的確和別的船員不一樣。慢慢郭欣也注意起阿坤來，當然他是站在何婷的邊上，邊看釣魚邊和何婷聊天。郭欣不能光和何婷說話，有時候也搭訕著和阿坤聊上幾句。阿坤覺著這個戴眼鏡的小個子研究生舉止有些好笑，說話也有些裝腔作勢。其實阿坤早看出來他是來磨何婷的，但也不好不理他，便也隨便應付著說幾句。

有一次阿坤來敲郭欣的門，郭欣開門一看趕緊說汪洋不在。郭欣沒想到阿坤是來找他，他以為阿坤是來找汪洋。汪洋上船沒幾天就和船員們打得火熱，見了誰都像多年沒見的老朋友。阿坤笑笑說：「我不找汪洋，我來找你。」郭欣更為驚訝，他想不出阿坤來找他的緣由。阿坤粗重的手在郭欣肩膀上隨意拍了一下，郭欣身子一個趔趄，差點摔到。阿坤伸出手一扶，抓住了郭欣的肩膀。阿坤說：「走，別光看釣魚，到我那裏吃魚去。」郭欣怔了一下，這才反應過來。他剛想說什麼，阿坤手一揮：「走吧，別說廢話。」郭欣伸手扶一扶眼鏡，笑笑，跟在阿坤後面走了出來。那次在阿坤那間小小的工作室喝魚湯，算是郭欣和阿坤正式的定交。郭欣不喝酒，阿坤並不勉強他喝。阿坤從箱子裏摸出一瓶雪碧遞給郭欣：「你自己隨便喝。」阿坤便自己喝了起來。幾杯酒喝下去後，阿坤一個勁地對郭欣說：「你運氣不錯，出海半個月了，還沒碰上風，這就是運氣。運氣這東西強求不來，我出了這麼多年的海，沒一次遇上這樣的好天氣，你第一次上船就遇到了，這就是老輩上說的命，不服不行。」郭欣咧嘴笑笑，一副得意的樣子。阿坤抿一口酒又問：「以前出沒出過海？」郭欣遲疑片刻說：「以前跟著搞植物的同學坐交通艇在太平灣裏採過標本。」阿坤撲哧笑了，一口酒噴了出來。說：「那也算出海？」阿坤連連搖頭，放下酒杯，一口氣說：「太平灣只能算個小水灣，那不能叫海。這麼說你是第一次出海，很幸運，天氣這麼好，不過海上天氣不會總這樣，連著這麼多天的好天氣已經沒道理了，沒有風才怪呢。遇到風你恐怕會暈船。」郭欣說：「我坐車沒暈過。在海上這些天除了感到有些無聊還沒有別的感覺。」阿坤打斷郭欣的話說：「坐車不能和坐船比，這是沒碰上風，待得日子多了你才感到無聊，往後的日子還有你好受的。」郭欣說：「嚐嚐暈船的滋味也未必是壞事。」阿坤說：「你能這樣想挺好。」郭欣問阿坤怎麼樣就知道暈船了。阿坤說：「這個你不用問，到時候你就知道了，哭爹喊娘你不會忘的，可喊也沒用。」郭欣說：「如果我感覺不到呢。」阿坤再抿一口酒搖搖頭說：

「除非你小腦有毛病。」這句話把郭欣說愣了，怎麼不暈船就是小腦有毛病呢？對了，不暈船的人說明小腦有問題。阿坤一本一眼地告訴郭欣說：「人的大腦是管著人的智慧的，說一個人聰明不聰明就是說你大腦發達不發達，儘管腦子是爹娘給的，但人聰明不聰明還是與後天的教育以及好多因素有關，而人的小腦只與先天有關，爹娘給什麼樣就是什麼樣，人的好多行動其實是受小腦支配，例如說人怎麼樣保持平衡就是小腦來控制。小腦指揮著人的身體做出各種各樣的姿勢。」阿坤越說越興奮，像是有意釣郭欣的胃口，說到這兒嘎然不說了，埋著頭喝酒。郭欣盯著他一臉的期待。阿坤拍拍後腦勺，神秘兮兮地瞧了瞧郭欣，低聲說：「在我們的小腦上有一個點，這個點叫靈敏點，你受到外界刺激，若超過這個點，你的身子所有的器官都會做出反應，如果在船上，當船晃動厲害時，你受的刺激就會超過這個靈敏點，這時你就感到不舒服了，這就是暈船。」郭欣沒想到阿坤這樣一個粗魯漢子竟然說得頭頭是道，看他一臉認真的樣子，由不得你不信。郭欣仍有疑惑，「可為什麼老出海的就不暈了呢？」阿坤說：「這不奇怪，小腦尤其是靈敏點會變得越來越遲鈍，經常出海的人早就磨練得遲鈍了，你將來也會練出來。就像有棱有角的石頭，架不住天常日久的磨，早晚磨成了光滑蛋。不過有些人天生練不出來，這樣的人就吃不了海上這碗飯。」郭欣知道阿坤在《探索者號》上是老資格的船員，這條船第一次下水時，阿坤就是第一批水手，後來才調到船上的實驗室，慢慢地成了工程師。郭欣對阿坤的話半信半疑。他下意識地抬手摸了摸自己的後腦勺，像是自言自語：「我的小腦到底是靈敏還是遲鈍呢？」

郭欣走到實驗室走廊上，碰到老黃正在拖地板。老黃是船上的老服務員，每天把船上的公共場所打掃乾淨是他的職責。郭欣往一邊靠靠說：「黃師傅，這兒用不著擦，一會兒往裏端樣品時又就踩髒了。」走廊本來就窄，老黃側側身子一邊拖著抹布一邊說：「髒了再擦擦就好了，閒著也是閒著。」老黃拖著地板，快走了幾步，從郭欣身邊過去。郭欣剛上船時看到這個其貌不揚的老頭整日裏打掃打掃這兒打掃打掃那兒，覺著奇怪，這樣一把歲數了怎麼還來幹這個。一次在餐桌上郭欣問幾個老師：「這個老頭是幹什麼的，專門打掃衛生的？」老李說：「這是船上的服務員老黃，專打掃公共區衛生的。」郭欣疑惑著說：「這樣大歲數了還幹這個，不如到陸地上歇著呢，快退休了吧？」老李說：「你可別小看了這個老頭，老黃可是個人物。」郭欣一怔，「這個老頭是個人物？」老李點點頭說：「知道皮定均吧？」郭欣茫然地搖搖頭，「皮定均是誰？搞什麼專業的？」老李撲哧噴出了一口飯。坐老李對面的叢秋原一邊撥拉著碗裏的飯粒一邊說：「老李，和你一塊吃飯，是不是還要打著傘來？」老李止住笑，看了一眼郭欣說：「你連皮定均是幹啥的都不知道，那告訴你也是白搭。」郭欣停住筷子，看著老李，臉上露出尷尬，不過尷尬中仍充滿狐疑。老李放下碗筷一字一頓說：「就像你是魏老闆的嫡系，老黃是皮定均皮司令的嫡系。」老李說完，端起碗盤起身走了。郭欣的眼睛裏仍寫著問號，叢秋原笑笑說：「別聽老李胡掰活，老黃以前當過兵，是個老革命。」郭欣想知道個竟究，叢秋原掃他一眼說：「咱在海上別的東西缺，就是不缺時間，你急啥，一下子都知道了，你在船上還有啥意思。」郭欣點點頭。再見到老黃，郭欣覺著這個木訥的老頭精氣神是有些和老家胡同裏待在小巷口抄著手蹲地上扯談看景逗鳥的那些老頭兒不同。

郭欣來到甲板上一看，心裏冷冷笑了，果然不出所料。瞧阿坤那個來勁吧，當著何婷玩什麼深沉呵。郭欣在心裏暗暗鄙視著阿坤，四肢發達頭腦簡單的傢伙，不就是能胡謅個小腦靈敏點，有本事比比大腦，看誰的發達。心裏這麼想，嘴上卻萬萬不能說。其實郭欣幹活時喜歡傍著阿坤，在後甲板上採樣可不是鬧著玩的，都是跟鐵傢伙打交道，船本身晃來晃去的，就是不幹活，人站在那兒還要格外小心呢，何況搬鉛塊抬鋼管呢。有阿坤在身邊，郭欣心裏就感到踏實，覺得就是突然遇到了意外，也不會出現閃失似的。不過一看到何婷注視阿坤的神態郭欣就不由得心跳加快，嗓子眼裏乾巴巴的。郭欣老遠就笑著說：「阿坤，又撈上來幾條了？」郭欣已跟著阿坤學會說「撈魚」。意思是拿網撈上來的，區別用魚鉤釣魚。剛開張，就一條小魚。阿坤嘴裏答著話並不回頭，眼光仍盯著海面。何婷欣賞著阿坤大起大落的姿勢，她希望後甲板的人幹得慢一點，船開起來實在煩人，這樣看阿坤釣魚時間過得快多了。何婷的想法有些滑稽，後甲板上的人幹得越慢，船在海上泡的日子就要更漫長。她忘記了輪到他們值班時她是那樣盼望著早一點到下班的時間。何婷不管這些，眼前的時間好過就行，挨過這段不值班又睡不著的光陰再說。何婷聽到郭欣的聲音，臉上微微湧上一層紅暈，很快又淡了下去。她的目光迅速地在郭欣身上掃了一遍，掉過臉去。讓郭欣看到自己總是一個人站在阿坤身邊，這讓她心裏彆扭，像翹課的孩子被老師當場逮住，或者說像一個不願意讓人窺探的秘密突然暴露在陽光下一樣。何婷上船不久就讀懂了郭欣看自己的目光，起初先是驚訝接著就是一陣興奮，但這種興奮很快就平息了，而且在郭欣身邊自己越來越難興奮了，因為她很快就在汪洋和劉南北的眼睛裏也發現了像郭欣那樣注視自己的目光。不過郭欣見到她時那種目光不僅沒有掩飾，反而像一把燃燒的乾柴越燒越旺。這與汪洋和劉南北幾個人看自己的目光有了區別，劉南北很會掩飾自己，汪洋雖然有時候盯得她肆無忌憚，但有時候也滿臉的無所謂。於是，何婷彷彿受了郭欣的感染，見到郭欣總感到不自在。何婷扭過臉來朝著郭欣勉強地笑笑，打了個招呼。郭欣觸電一樣，腳底一滑身子碰到了護欄上。何婷那張洋溢著紅暈的臉蛋便定格在了郭欣的眼睛裏。

撲刺刺。嗶喳喳。海面上突然濺起一道道耀眼的泡沫，一群飛魚嗖嗖地飛來。何婷尋聲望去，有一群飛魚正嗶刺刺的沖出海面，展翅飛行，在海面上飛行了一段距離──唰，又一頭扎進海水裏，然後再撲刺著沖出來──嘩，黑壓壓一群，在海面上忽上忽下的飛行著。

嘿，快看，飛魚。何婷有些手舞足蹈，大聲嚷嚷著。何婷每次見到飛魚，總是這樣大呼小叫。沒有誰回應她。大家已經見慣了。

平靜無風的海上，這群飛魚猛然打破了深藍色世界的寂寞，那嘩嘩的振翅聲和扎進海水裏的撲撲聲顯得響亮而動人。隨著這一群飛魚的飛躍前行──一陣躥上接著一陣躥下，鏡子般的海面被不斷地劃破著，濺起一片片破碎地白沫，海面看上去便整個地晃動起來，搖曳起來，風情萬種起來。何婷感到《探索者號》也跟著緩慢然而有力地晃動起來，像是置身在搖籃中一般。何婷盯著魚群漸漸消失在遠處的海面上，心底湧上莫名的興奮來，臉上竟擠起了一道道細碎的笑紋。

郭欣盯著何婷又端詳了一陣，陽光下的何婷越發顯得嫵媚。郭欣暗暗自討，怎麼在實驗室裏就沒發現何婷動人的地方呢。說起來自己的這個師妹從北京回來在實驗室也相處了一段日子，咋就一點感覺也沒有呢。現在海上這一個多月的生活已讓何婷有了明顯變化，尤其是不像在陸地上那樣敏感，那樣近於病態的自愛。看來出海能磨練一個人的性格，感情這樣細緻的姑娘也會變得粗糙。郭欣想到粗糙這個詞不由得想笑，其實應該用更有女人味了來形容才恰當。郭欣很想和何婷的關係能再進一步，但他不知道如何打破目前的困境，他有時在何婷面前想隨意開句玩笑，可話到嘴邊又嚥了回去，開玩笑的念頭轉瞬即逝，他不想破壞和何婷這些日子保持的這種單純然而又比別人明顯進一層的師兄妹關係。何婷剛從北京學習回來不久，郭欣就發現自己的這個小師妹性格有些孤癖，整天掛著一副冷漠的神情。研究生會組織的活動她也很少參加，偶爾來了，也是一個人落落寡歡的樣子。幾個想和何婷「套瓷」的男研究生幾乎沒有例外都被何婷拒之千里之外，倒是做為師兄的郭欣，反而還能和何婷閒聊上幾句。那幾個和何婷一起在北京讀了一年書的研究生，不管是男還是女，對何婷幾乎持一種看法——這人簡直怪怪的，性格孤癖。何婷在北京學習時的英語成績是這一群研究生中最好的，專業成績也是門門優秀，因此何婷得了個綽號：「冷面女才子」，更有直接稱之為「冷面殺手」的。當郭欣聽到導師魏如鶴告訴他這次出海他們這個課題組派他和何婷上船時，郭欣心裏咯噔一下，跟這樣一位女才子上船，那可輕鬆不了。上船後的這些日子裏，郭欣對何婷的看法在不知不覺中有了變化，其實何婷的「冷面」並不冷，還挺小鳥依人的。他的心裏想到何婷時時湧起一陣陣漣漪，但很快就壓了下去，說不清為什麼他覺著何婷不會看中他這樣的男人。再說了自己是她的師兄，可不能被她看低了。他好像忘記了何婷「冷面殺手」的綽號，甚至覺得奇怪，像何婷這樣相貌清秀的姑娘怎麼會還沒有男朋友呢？即使性格怪一點也不是啥大不了的毛病啊。不過很快郭欣就想通了，這是因為何婷的眼光太高了。日子一天天在海水裏泡著，郭欣的心裏也悠悠地「泡」上了何婷。郭欣相信他真正的戀愛了。

郭欣站到何婷的身後說：「你看那群飛魚壯觀吧。」

「原來我還以為飛魚的個頭很大，誰知這樣小。」何婷拿著書在面前比劃了一下——何婷休班時若到甲板上手裏必定拿著一本書。何婷在海上第一次看到飛魚時明顯感到失望，怎麼這樣小啊，在她的想像中飛魚在海上一定非常雄偉，流線型的身體，在陽光下閃耀著晶亮的光彩，在蔚藍色的海面上飛翔。當別人告訴她那群在不遠處的海面上躥上躥下看上去像群麻雀一樣的長翅膀的小魚就是飛魚時，她簡直不敢相信，就像是一個美麗多彩的夢被無情的現實戳破了一樣。後來何婷一想起這事兒就笑自己，看來有些嚮往的東西還是不見到的好，想像總比現實好。

「這還小？」郭欣眼睛瞪大了許多，這話要是從別人嘴裏說出來，郭欣會為這種無知感到不可思議，但從何婷的嘴裏說出來，郭欣覺著這很正常，儘管相處時間不是很長，他總感覺何婷的智力在某一方面還停留在中學生的水平上。他越來越發現許多女大學生尤其是學理科的讀到研究生時往往就出現這種情況，一方面在自己的專業上鑽研刻苦，造詣頗深，讓人不可小瞧，另一方面在非專業方面就顯得單純的可愛，像是懵懵懂懂。郭欣笑笑反問道：「要是太大了，牠怎麼能飛起來?!你總不能指望牠們像大鯊魚一樣吧。」

「嗨，快看，那魚多大！」何婷並不回答郭欣的話，突然用手一推他，向前一指。郭欣扭過身來往前面舷甲板看去，水手張軍的魚竿正好剛甩進來，一條藍黝黝閃光發亮的大加吉魚正在甲板上翻蹦著、掙扎著。張軍的臉上立馬堆滿笑容，眼睛眯成了一條線，口張開著，笑呵呵地合不攏。張軍的個頭和阿坤差不多，但要比阿坤胖，凸著個肚子，顯得有些臃腫。有幾個人很快地圍了過去，郭欣和何婷目光相視一碰，不約而同地湊了過去。大家看著還在掙扎的魚七嘴八舌地品評著。

「這魚至少有五斤重。」水手大于咂著嘴說。大于是那種惟恐天下不亂的好熱鬧的瘦子，叫他大于實在名不副實。船上有兩位船員姓于，一位是水手，一位是機匠。為了區別，就按年齡一個稱大于，一個稱小于。可若從外形看，大于和小于正好倒了個個兒。性格上倆人也涇渭分明，大于哪兒熱鬧往那兒扎，惟恐熱鬧事漏下了他。小于性格內向，這在船員中少見，熱鬧地兒見不到他的影兒，從機艙裏下了班總是貓在房間裏背英語。

「什麼？五斤？」張軍憤憤地說，「你拉倒吧，這魚少說也有六斤。」

「六斤？」水手小吳一撇嘴說，「還十斤呢。」小吳和張軍搭配跟著二副值班，他倆住同一房間，進來出去總是形影不離，小吳不釣魚，大于甩魚鉤時小吳在一邊瞧著，小吳手腳不動嘴卻不閒著，常常惹得大于火冒三丈。在船上他倆是公認的歡喜冤家，二副最喜歡帶他倆的班，晚上有他倆不會打磕睡。有一次大于酒後抱起小吳說非要把這個鱉羔子扔海裏餵鯊魚，小吳像殺豬般嚎啕大喊，政委趕來氣得一人給了一拳，說再鬧我把你們倆分開。倆人頓時蔫了，沒了脾氣。

「哪兒呢，這才到哪兒，」機匠阿彪一咬牙道，「至少有一百斤。」阿彪的聲音尖而細，說一口江浙腔的普通話，瘦得可憐兮兮，站在那兒讓人替他擔心——一陣大風吹來，非把他吹海裏不可。

大家樂了。

張軍急了，望著阿坤大聲說，「阿坤，你來看看，這魚有幾斤？」

阿坤從海水裏收上來竹竿，把竹竿豎在一邊，摸出一根煙點上，走了過來。大家自動給他讓開一條道。阿坤彎下腰端詳了一陣說：「這魚也就是六斤重。」

「這就對了。」小吳馬上接了一句，「至少六斤，阿坤不會說錯，不過張軍你可別吃獨食啊。」

「見面分半，海上的規矩。」阿彪接著說：「你還是貢獻給伙房吧。」

「少扯雞巴。」張軍的臉刷地變了，「這條加吉魚，我要帶回去。」

「操，不就是一條破魚，有什麼。」阿彪一臉的不屑說，「等你帶回去你老婆還不一定稀罕。」

「別說那麼難聽。」阿坤接了一句：「讓他帶回去吧。」

張軍馬上說：「阿坤說了，這魚讓我帶回去。」他邊說邊收拾起來。

「這話你沒意見了。」大于在旁邊說：「聽著舒服啊。你看看人家阿坤，也往回帶魚，但人家總是先挑幾條給伙房送過去，好讓大家過吧癮。」

「就是，人家阿坤比你不少帶，還要去孝敬丈母爹，也沒像你這樣摳門。」小吳笑著說：「說不定你老婆早和別人上床了。」

大家又笑開了。

郭欣不由得也跟著笑起來，但他忽然發現阿坤的臉上沒有一絲笑模樣。

「你老婆才跟別人上床！」張軍臉紅脖子粗，狠狠地呸了一口，回應了一句。

「男子漢就這點度量啊，老婆跟人上床又有什麼？」阿彪扯著嗓子說，「你說俺老婆好了。」

「就是，你在船上整天乾耗，還讓老婆守活寡。」小吳又不陰不陽地接了一句。

大家的笑聲更響了。

「去你們的，我不和你們這些王八蛋理論。」張軍趕快收拾好傢伙，拎著魚走了。

「嗨，張軍，你可要好走，」阿彪哈著腰指劃著張軍的背影說：「你可千萬把那傢伙藏好，別讓耗子偷吃了，咱船上的耗子可多，回去見了老婆掏不出玩藝兒，那可就麻大煩了。」

小吳起哄道：「有咱弟兄們在，他掏不出來那玩藝兒怕什麼，阿彪，你先上，你趴下了，咱哥們兒頂上。」

大家對著張軍的背影繼續說笑，有的說一句還特意看一眼站在郭欣身邊的何婷——何婷把臉扭過去看海了，這更增加了他們說笑的興致，像是正在舉行一場規模盛大的聚會一點也沒有散開的意思。

何婷站在人堆裏，聽著這些粗話，心裏澎澎跳了起來。她低下頭稍稍離開一點。郭欣看到何婷站在這兒聽船員的玩笑話，覺著挺納悶的，她現在真變大方了。他側眼瞥了一眼，何婷的臉一下子漲得通紅。他想要是何婷知道自己的那些夢中情景，她會怎麼樣呢？郭欣心裏偷偷笑了。

「操，你看把他稀罕的，六斤重的一條破魚也值得這樣，大家看好了，今晚我把我那條十斤重的大鱸魚貢獻出來。」大家目光都給吸引過來，原來是伙房的胖子大廚。他不知啥時候站到了何婷的身邊，遠遠望著張軍的背影不鹹不淡的說著，邊說邊不時地瞥幾眼何婷。何婷沒想到身邊站著人，被這突如其來的聲音嚇了一跳，她渾身打了個寒顫不由自主地轉過身來，正碰到胖子大廚直牢牢的目光——何婷不由哎喲叫了一聲。大家的眼睛刷得聚焦了過來。

「姑娘別怕，我不是老虎，吃不了你。」胖子咧著嘴嘿嘿——一邊說一邊用手摸著自己凸起的肚子。胖子穿一件對襟的白工作服，上面抹得油漬麻花，捌開著懷，肥嘟嘟的肚皮上頂著一層黑毛。

何婷反應過來，有些不好意思，淺淺笑笑。她對胖子並沒有反感，相反還覺得這個胖廚師挺逗，每次打飯時他總喜歡沒話找話的跟她搭訕著說上幾句，而且打給她的菜總是明顯比給別人的多。何婷每次端著菜回來時別人見了總是笑著說：「這塊排骨肯定又是胖子給你挾上的。」何婷起初不好意思，總設法用素菜蓋在排骨的上面，可別人迎面過來，眼睛像刀子砍在她端的盤子上，那點素菜又怎能遮蓋住呢。日子長了何婷和大家也就都習慣了，好像胖子給何婷的這點照顧理所當然，要是不這樣反而不正常了。

何婷看到胖子這樣瞧著自己，又是這樣近的距離，便有些不自在，想往後退幾步，又覺著那樣的話顯得太扎眼，讓胖子下不了臺，只好微微點點頭，算是和這位大廚打了招呼。大廚在船上是一個特殊人物，當然這與他的這個職位有關，伙房裏的日常安排都是大廚在料理，每天吃什麼菜做什麼飯，都由大廚決定，誰要是想到廚房裏買酒買煙買點零食也得找大廚，一般船員誰願意得罪他呢，大廚在船上也就成了喝五吆六的人物。

大廚馬上伸眼接過了何婷的笑容，兩手在肥嘟嘟的肚皮上亂摸著，大聲說：「你好，小姐。」

何婷有些不知所措，低下頭，兩手垂在衣襟相互搓著。

大家笑了起來，水手小吳說：「胖子，你別把人家嚇著。」

胖子氣喘噓噓晃動著肩膀低聲唱——「別看我長得醜，可我的心裏很溫柔。」

「胖子，空口無憑。」小吳眨眨眼甩過來一句話：「回去拿把剔骨刀來——把心掏出來給人家何博士看看，到底溫柔不溫柔。」

大家更笑開了。

何婷的臉像燃燒的彩霞紅了起來，站在那兒不知所措。

何婷是上船後過了幾天才知道原來船上的這幾位廚師稱呼還不一樣，這位胖子是大廚，是幾位廚師裏的老大，另外一位略胖高個的，是二廚，而那位又瘦又小被大家稱為猴子的是三廚，級別最低，總是在一邊揉麵做饅頭、切肉、剁排骨、砍豬蹄等等。何婷還知道廚師上面有一位管事，那是個白淨的小個子南方人，說話又細又軟，尖聲尖氣，被稱為奶油小生。但這位奶油小生是業務部的頭，何婷覺著奇怪——船上的伙房、醫務室、報務室合起來居然被稱做業務部，和大副二副三副水手長水手們所在的甲板部、輪機長大管輪二管輪三管輪機匠長機匠們所在的輪機部構成船上的三大部門，對於《探索者號》來說，還有一個特殊的，也是之所以叫作考察船的一個部門——這就是實驗室。阿坤就是實驗室的工程師。

大廚看到何婷紅彤彤的臉蛋，臉上也跟著紅了起來，清清嗓子大聲嚷道：「今晚我做一道紅燒鱸魚，有興趣的到我那裏品嚐品嚐。」胖子說著一轉身，兩手在胸前一合，做了一個深恭，又道：「不過有言在先，船上的弟兄們就免了，大家都能釣嘛，我請考察隊上的朋友們，尤其是第一次上船的幾位新朋友到我這兒嚐嚐。」

胖子說著惟恐大家不知道似的朝著郭欣、何婷搖頭晃腦指指點點，最後好像為了強調，還朝著何婷眨巴眨巴眼使勁點點頭。

聽著他的話，再看他那副演雜耍般的表情，幾個船員哈哈大笑著圍了過來，這一來就形成一個半圓把何婷圍了起來。

小吳拽著自己的耳朵扯嗓子說：「胖子你乾脆點，就說只請這位小姐好了。」

阿彪上前拍了一下郭欣的肩膀說：「小四眼，我好心好意告訴你，哥們兒可千萬別去當什麼電燈泡啊，咱弟兄犯不著照亮了別人，犧牲了自己，想吃魚咱弟兄們這兒缺了誰的也缺不了你的。」

何婷羞得簡直抬不起頭來，身前身左身右都是船員，只有身後沒有人，身子倚在欄杆上，能感覺到身後是一片空空蕩蕩深藍的海水。何婷低頭側一下眼，她在找郭欣，「這個傢伙跑哪兒了，也不來搭個腔幫我解圍。」其實郭欣就在一邊，只是被幾個船員擋著，何婷沒看到他罷了。

「胖子，你怎麼捨得放血。」小吳低沉著嗓子說：「晚上能睡著覺？可別躺床上放聲大哭啊。」小吳的話引來一片笑聲。

阿彪接著說：「大廚，你可要算好帳，人家真去了，可不是加餐，你可沒辦法收錢。」

大于不緊不慢插一句：「大廚，可別到時候扣我們的伙食費。」

「你們這些孫子嘴裏能吐出一點象牙來哪才怪了呢。」胖子罵道：「我什麼時候像張軍這樣小氣過，不就是一條鱸魚嘛，海裏又不是再沒有了，海裏的美人魚見不到，大活魚可是到處有，再釣一條就是了。」他說完像是習慣又扭頭看了看何婷的臉。何婷滿臉尷尬，大廚卻看得津津有味，眼睛瞇縫著，像是要把何婷留在裏面。

一直沒出聲的阿坤忽然撥開幾個水手走過來對著胖子說：「你什麼時候自己釣上來一條十斤重的鱸魚？」阿坤的話一下子把胖子打懵了，胖子張口結舌，呆呆地看著阿坤。

「就是嘛，你啥時候有這能耐？」小吳立即插話說：「我們還不知道你那兩下子。」

「月亮早晨從海裏冒出來了。」阿彪兩眼放光，說：「昨晚上難道有美人魚爬進了你的房間。」

「太陽掉到東邊的海裏了。」小吳跟著起哄。

「我怎麼沒釣上來過？上次我不是釣上來一條大頭魚嗎。」胖子兩手比劃著臉紅脖子粗地嚷嚷說：「阿坤你忘了，當時你不是也看到了嗎。」

阿坤一字一頓說：「對，說得對，當時我就在場，你自己釣的，這麼說你也承認今晚你要貢獻的鱸魚不是你親手釣上來的了？」

大家大笑起來。

胖子回過神來，對著阿坤嚷道：「阿坤，你別以為你就老是正確，行，算你有本事，可今晚的魚你怎麼知道不是我釣的。」說著，胖子四下裏掃視了一遍，這才舒出一口氣，又狠勁地瞥了何婷一眼。

「胖子，別怕，我不說啥了。」阿坤笑笑說：「你找的那人正在值班，他不會戳穿你的這些小伎倆。」

大家一個勁地樂。

「阿坤，你他媽的犯那根筋了。」胖子更急了，瞪眼叫道：「我怕誰來戳穿我。」

阿坤輕輕聳聳肩說：「胖子，我還要上你那裏打飯，怕你報復，為了你每晚半夜的那碗麵條，我不說了就是。」說著他朝胖子一抱拳，「胖子，小弟多有得罪，告辭。」一轉身大步的朝著後甲板走了。

阿坤有意識讓胖子丟一下臉——再讓他在女人面前逞強。阿坤就是看不慣他那副嘴臉，又不是自己釣上來的魚，到這兒逞啥英雄。阿坤早晨吃早飯時聽說胖子誆了老劉一條大鱸魚，正想找個機會教訓教訓胖子呢。別讓他覺著大家都怕他，他不知道人家是衝著他那個「大廚」的位置——打菜的勺子不長眼，可握著勺子把的人長眼，誰願意得罪他呢。這條鱸魚其實是船上實驗室老劉前天晚上半夜釣上來的——老劉是那種有一點事立馬嚷遍滿世界的人物，他直遺憾這是在半夜，甲板上沒有幾個人，他又不好挨個房間推醒人家告訴說他釣上了一條大鱸魚，那樣的話，人家非揍他一頓不可。到餐廳吃夜餐時老劉興奮的逢人就講他釣上了條大寨花（Q城人習慣把鱸魚叫成寨花）。活該他倒楣，這晚的伙房又是胖子值班，胖子在大灶上正準備往鍋裏下麵條，聽到老劉在外面興高采烈的嚷嚷，立馬從廚房裏出來對老劉喊了起來：「老劉，夜餐是特意給值班的人準備的，你晚上也不值班，憑什麼來吃？」老劉笑哈哈沒在意，隨便說：「不就是一碗麵條，船上還缺我這一碗？」胖子還不甘休，說：「都像你這樣，船上的伙食費怎麼夠？」老劉繼續打哈哈，說：「伙食費不夠你胖子添上兩個不就夠了嘛。」胖子不依不饒，說：「憑什麼我給你添兩個，我掙得可都是血汗錢」——兩人你來我往，針尖對麥芒叮噹起來。起初大家看著開心，後來品出滋味來，因為胖子沒頭沒腦憑空冒出一句，說：「老劉你那兩隻鳥明早晨還想不想叫了吧？」老劉一愣，「這和我的鳥有啥關係？」胖子說：「就是有關係，咱明人不說暗話，就是打開天窗說亮話，你要是想讓你的寶貝鳥明天仍舊在甲板上叫喚，你就把你那條寨花給咱拿來，要不然，不用到明天下午，你掛在上甲板上的寶貝就光剩下兩個破鳥籠子了。」周圍的人全笑起來，有的說，「胖子你也太缺德了，為了一條魚，你這不是要老劉的命根子嗎？」有的說，「老劉，好漢不吃眼前虧，韓信還受過胯下之辱呢，誰讓咱天天到這小子門前打飯呢，還是把那條破魚給他吧。」另一個說，「就是，魚還能釣，可你的鳥上哪兒抓去，在海上連海鷗的一根毛都見不到，就是遇到了咱也不能碰，何況值錢的鳥呢。」另外一個說，「老劉，以後可要記住，釣上一條稍大點的魚來別到處嚷嚷，誰讓咱船上有個胖子呢？」老劉憋得滿臉漲紅，他腦子裏快速旋轉起來，結果很清楚：胖子這傢伙是個小人，是誰說的話來，寧可得罪十個君子，千萬不能得罪一個小人，就把那條破魚給這個混蛋，權當扔海裏餵了鯊魚。唉，都怨自己這張嘴，告訴自己多少次，有了好事不能到處說，怎麼就是管不住自己這張嘴呢。老劉懊悔的直罵自己混帳。老劉在實驗室裏每天值完班，喝點小酒吃飯睡覺外，除了釣魚，另外一個愛好就是養了兩隻鳥——一隻畫眉，一隻百靈，養在兩個漂亮講究的鳥籠子裏。每天早晨老劉起床第一件事就是拎著兩個鳥籠子錚亮的銅掛鈎，從中艙他的房間出來，一步步登樓梯，來到外面，再到上層的艇甲板上，在上層艙門口延伸出來的簷板下拴著的鐵絲上掛上這兩個鳥籠，輕輕掀開黑色的蓋布，在明媚的陽光下，畫眉和百靈歡快的唱起來。這兩隻鳥是老劉的命根子，就像他的孩子一樣。當晚下半夜，老劉拎著一瓶酒來到阿坤的房間，阿坤已睡下了，老劉把他揪起來，把瓶子遞給阿坤說：「來喝一口。」倆人你一口我一口的喝起來。阿坤知道老劉肯定是有事，也不問，只是一口口喝著老劉遞過來的酒。老劉喝著喝著話匣子打開了，眼淚汪汪：「操他媽胖子，他真不是個東西。」老劉一五一十地把這一切都告訴了阿坤。阿坤笑了，仰脖子灌了一口酒，咂咂嘴唇，說，「你啊你，狗肚子盛不了二兩酥油，誰讓你到處吹牛呢，胖子就是這麼個人，你和他計較啥，好吧，找機會從他那裏給你弄瓶酒來。來，再喝幾口。」阿坤又從櫃子裏摸出一包花生米，倒在桌子上，又摸出一瓶低度白酒。舷窗外的天色漸漸淡了，一瓶白酒喝乾了，老劉的憤怒這才慢慢平息下來。

阿坤沒想到胖子居然拿著老劉的鱸魚在這兒顯擺開了，不就是要在何婷面前逞能嘛，真不是個東西。阿坤轉眼又一想，也不好讓他太下不了臺，胖子就是這麼個人，沒有壞心眼，都是船上的哥們兒，就點到為止吧。阿坤邊走邊在心裏笑。

「阿坤，先別走。」小吳對著阿坤的背影大聲喊道，「今天就讓胖子在大家面前栽一下，免得他到處充大頭。」

「阿坤，胖子要是報復你——我們一塊找他算帳。」阿彪跺跺腳說，「把他扔海裏餵王八。」

「胖子這傢伙刁得很。」小吳又說，「對別人他也許敢報復，可讓他對你報復還沒長那個膽。」

阿坤並不回頭，站到他原來撈魚的位置，拿起竹竿，眼睛盯住了海面上。

大家開心地看著胖子，阿彪笑嘻嘻地說：「胖子啊胖子，這樣破費你也不怕回去後你老婆知道了揍你。」小吳湊近胖子道：「獻殷勤也得瞪起眼來，打上一桶海水來先照照自己，可別竹籃子打水一場空。」

小吳和阿彪一唱一和，邊說邊側臉看看何婷。何婷起初還低著頭，這時她已經轉過身去兩手扶著欄杆臉對著大海，彷彿周圍的人根本不存在一樣。

「你們吃飽了撐著撐出他媽的毛病來了。」胖子有些惱火，大聲嚷道：「從明天起老子我天天讓你們喝麵條湯。」

大家仍舊嘻嘻哈哈，小吳說：「行行行，俺就喜歡喝麵條湯，咱看看誰先草雞。」阿彪說：「你要敢那樣，俺就敢把你扔海裏餵鯊魚。」

「操你媽，你才去餵鯊魚。」胖子破口大罵。

阿彪立馬回應，「操你媽。」

兩個人互相開罵起來。除了何婷背對著大家趴在欄杆上看海以外，大家都在興致勃勃地希望有一場好戲上演，當然郭欣的興致沒有這樣高，但也看得一時興起。

你們這幾個臭小子在這裏是不是閒得有病，都給我閉住你們的臭嘴。胖子和阿彪都止住罵，扭過頭來。從這大嗓門聲大家就知道政委來了。場面頓時更熱鬧起來，小吳一步跨到政委面前，鞠了一躬說：「政委，你可要好好批評批評他們，他們簡直是太不文明了，你出海前還教導我們要講文明要講禮貌，不要讓人家上船來的大知識份子尤其是這位女博士笑話我們，你看看，他們這是幹啥？在女博士面前如此放肆如此大耍流氓。」阿彪一把推開小吳用指頭戳打著胖子說：「政委，要嚴懲不殆，殺一儆百，我們黨的政策歷來是坦白從寬抗拒從嚴，敵人不投降就讓他滅亡，否則這樣下去我們探索者號將發生船將不船人將不人，將是他媽的亂七八糟一塌糊塗。」胖子撞開阿彪上前一弓腰叫道：「我的政委啊，我的親人啊，盼星星盼月亮，受苦的人民終於盼來了親人解放軍，你終於來了啊我的好政委，這樣的場面你都看到了，阿彪這個混蛋嘴裏說出的哪兒還有一句人話，簡直是放屁，不，放屁還有意義，是人的生理需要，可他呢，純粹是寡婦抹粉野雞賣騷，大姑娘站在街上打情罵俏，他簡直是連豬狗都不如，他是一個——人渣。」這一陣七嘴八舌，大家笑得更開心，何婷儘管在看著海，可也忍不住偷偷笑起來，她使勁咬住嘴唇，別笑出聲來。胖子偶然一扭頭突然發現何婷在笑，更說得來勁：「政委啊我的政委，船上的思想工作務必要加強，只有思想對了頭，航線才能不偏離。」說到這兒，胖子竟然一邊手舞足蹈一邊唱了起來：「開啊開，妹妹你大膽的向前走啊向前走，我們才能到達勝利的彼岸。」阿彪不甘示弱，上前一把扭住胖子的袖子，衝著政委喊，「政委，政委，大事不好，趕快把這小子逮起來拿繩子綁上關錨艙裏，他小子想駕船叛逃外國啊，彼岸是哪兒？彼岸是萬惡的資本主義啊。」胖子使勁掙脫了阿彪的手，梗著脖子嚷嚷，「阿彪，我操你祖宗，你才整天想叛國投敵呢。」阿彪的右手在臉前搖晃著，搖頭晃腦說：「胖子，說話要有證據，你剛才自己說的，你要到勝利的彼岸，彼岸是哪兒，政委，你來給我們說說。」胖子更急了，一手扯著政委的手，一手又來攢著阿彪的袖子說：「政委，阿彪昨天下午在後甲板當著大傢伙的面說，要是颳來場大風就好了，咱探索者號就是不開輪機，用不了三四個小時也就漂到日本去了，這是他當著考察隊上的人說的，不信你問問那個小四眼他們。」胖子邊說邊往郭欣那兒示意。

「操你們這些小王八羔子的蛋，都給我閉著你們的臭嘴，給我放老實點，等著我來收拾你們這些小混蛋。」政委一揮手，抹去了他嘴角上冒著的白沫。他在船上大聲喊話已成了習慣。政委以前是海軍一艘驅逐艦上的艦長，一年前轉業來到Q城H研究所，分配到《探索者號》上，因為他沒有地方遠洋船長的資格證書，在軍隊上時又沒有好好學過英語，到了地方也就沒辦法通過遠洋船長考試，這樣也就無法再當船長，只好擔任政委了。政委是山東膠東人，為人爽快，說話隨便，這幫船員和他也就沒個正經。政委這一喊，郭欣有些緊張，他擔心政委想怎麼他和何婷這兩個隊上的學生也來湊熱鬧。可是政委連看他一眼也沒看，只是對著胖子他們喊，「別在這裏給我丟人顯眼，都給我滾回自己的房間，等過幾天靠了上海碼頭，你們再到南京路上給我滑溜眼珠子去，有本事拐一個上海大姑娘來給我看看。」

幾個船員齊聲喊：「政委萬歲。」

「政委，咱啥時候靠碼頭？」小吳腆著臉說。

阿彪問：「政委，上海小姐拐不回來咱搶一個咋樣？」

「政委，你當艦長時真的對你手下的水兵說，誰不怕暈船將來靠碼頭時你出錢請他們進舞廳嗎？」大于一本正經嚴肅地問。

胖子笑嘻嘻說：「政委，你做思想工作，你說說在船上想女人是什麼滋味？」

阿彪搶著說：「政委，這個用不著說，你還是告訴我們怎麼樣就不想老婆和女人了。」

大家笑炸了起來，都咧嘴瞧著政委。

政委甩手在胖子頭上打了一巴掌，又使勁一指阿彪，笑著說：「你們這群沒出息的雜種，一個個就跟色狼沒啥區別，等待會兒我拿廚房的剁骨頭刀把你們的那玩藝兒給剜了去，你們就知道想女人是啥滋味了。」

「好，政委高明。」小吳高呼。

「對，把這小子騸了。」阿彪指著胖子嚷。

「從冰庫裏拿一塊肥肉給他……」胖子戳打著阿彪說。

政委一揚手，喊道，「都夠了，閉住你們的腚眼門[1]吧，給我滾回去。」政委說著推了胖子一把，給我快滾。阿彪一邊走一邊回頭說，政委，等靠上碼頭，我跟著你一塊兒到南京路上滑溜

[1] 腚眼門：青島俗語，指屁股眼。

眼珠子去。

等幾個船員離開這兒，政委拍拍郭欣的肩膀說，「小郭，船上的生活就是這樣，你們已經適應了吧。」政委又扭頭看了看何婷接著說，「船上人的話別往心裏去，聽完扔海裏，海水一泡，鹽一殺，什麼細菌滅不了，再髒的話也都洗乾淨了。」

郭欣看著政委一個勁地點頭說：「就是就是，我們知道。」

「知道就好。」政委說，「等過幾天靠了上海碼頭就好了，這鬼天氣，一絲風也沒有，難怪這些傢伙憋得難受，說得也是，在海上的大老爺們有幾個不想女人的，除非他那傢伙有毛病。」政委說完瞥了一眼何婷的背身，嘿嘿笑了笑，和郭欣擺擺手往前艙那兒走了。

何婷慢慢轉過身來，瞥了一眼郭欣，委屈地說，「你這傢伙，剛才怎麼一句話都不會說。」

郭欣疑惑地問，「你讓我說什麼？」

何婷瞅他一眼，埋怨說：「你沒聽到他們胡說啥？」

郭欣笑笑說：「何必當真，政委不是說了，讓海水一泡，什麼話也是乾淨的。」說著，他用手在頭上抹了一把。

「呸，誰像你臉皮真厚。」何婷又回身看海去了。

郭欣想「你臉皮薄也沒看你剛才離開這裏，你不是也一直在聽嘛，背過身去就聽不到了？真是掩耳盜鈴。」

「你看，那是什麼？」何婷又有了新的發現。郭欣順著她的手勢看去，在船頭左甲板上圍了幾個船員。小吳阿彪也湊了過去。「他們在幹啥呢？」何婷在船上總是渴望著有新鮮事情發生。

「走，我們過去看看。」何婷好奇地說。

「可別再罵我臉皮厚。」郭欣裝出一臉委屈。

「去你的吧。」何婷瞥一眼郭欣，逕自走了。郭欣擠了下眼跟了上去。走了沒幾步，何婷站住了，示意讓郭欣到前邊。郭欣聳聳肩膀走到了前邊，何婷瞧著他單薄瘦小的身架悄悄樂了。

還沒走近，郭欣就瞪大了眼睛，他注意著動作小心的小吳，他看上去既小心又有些慌亂。那幾個船員相擁著他來到甲板欄杆前，小吳小心托著個開口的罐頭瓶，裏面像是有什麼東西。這夥人的目光都集中在那上面。

郭欣走近一瞧，樂了，「你快來看。」他招呼何婷快點。何婷走過來一看，不由的啊了一聲，身子跟著跳了起來，把那幾個船員嚇了一跳，小吳手裏的瓶子差點失手，他們的目光全轉了過來。他們一看到郭欣和何婷，先是一愣，接著有一個水手衝著郭欣說：「嘿，大博士們，來長點見識。」船員們一般不好意思直接開何婷的玩笑，也很少直接和她說話。但他們常常有意無意地多看她幾眼。阿彪朝他倆擠了個怪眼，招呼他們再近前一點。

何婷看清了，罐頭瓶裏是一隻灰色的小老鼠——小老鼠沿著瓶壁快速地團團轉著。小老鼠的眼睛儘管很小但很亮，正驚恐地注視著四周。

「親愛的老鼠姑娘啊，大海多美麗啊，去吧，阿門。」托著罐頭瓶的小吳把手高高舉起，嘴裏不停地念叨著，用另一隻手不斷地在胸前劃著十字，說：「我佛慈悲，弟子萬不敢殺生，去吧，大海是你故鄉，就像你的媽媽一樣。」說著，他的手一揚，伴隨著大家的起哄聲，罐頭瓶澎得一聲，便扔進了海水裏——罐頭瓶並沒沉下去，而是漂浮在如緞子般的水面上。在瓶子周圍泛起一圈圈水波，一圈圈向外擴展著，唧唧，啾啾，唧唧……從海面上傳來小老鼠的叫喊聲，在海面上顯得刺耳撓心。何婷的眉頭緊緊皺了起來。她想離開，可兩腳沒有邁開，愣愣地站在那裏，盯著海面上漂浮的罐頭瓶，盯著罐頭瓶裏唧唧叫著的小老鼠。

「一群殘忍的傢伙。」那邊阿坤朝著這邊喊了一聲。接著澎地一聲，他的兩臂向外一掄，把長長地竹竿插進了水裏。

「你不殘忍，也沒看你少撈魚。」阿彪大聲回應了一句。

「撈魚並不殘忍，我又沒折磨牠們。」阿坤扭臉說：「你們這種作法是在折磨動物，老鼠也是動物，你可以殺死牠，毒死牠，但你不能折磨牠。」

「好嘛，阿坤是幹什麼的，理論一套一套的，俺不是東西，行了吧。」阿彪嘻皮笑臉的說：「阿坤撈魚吃魚是和魚談情說愛，我們都是折磨魚的殘忍傢伙。」

「操，和你們這些傢伙說不清。」阿坤朝海裏呸了一口，不再說話。

「真可憐。」何婷在一邊小聲嘟囔。她已從剛才的驚恐中反應過來。

「你說啥？」郭欣回頭瞪了她一眼，低聲說，你可真是動物保護組織的成員呵，老鼠有什麼可憐的。郭欣不可憐老鼠，因為上船第二天他就領教了船上老鼠的厲害。郭欣原來不知道船上還有老鼠。但上船後的第二天，他發現放在桌上的一包餅乾被咬去了一個角，他很奇怪誰會這樣來吃自己的餅乾呢，他正發愣時，汪洋回來了，看到桌上的餅乾笑了。汪洋很在行地告訴郭欣：「以後注意放好東西，別這樣顯眼，聽船員們說，船上的老鼠非常聰明，牠們知道什麼能吃什麼不能吃，而且各有各的領地，中艙的老鼠絕不上前艙，後艙的老鼠也不會跑到中艙來，就連冷庫裏的老鼠也不會到別的地方——冷庫裏的老鼠個個都是大白老鼠。」

「也用不著這樣對待老鼠。」何婷看著海面上飄蕩著的罐頭瓶，堅持著和阿坤一樣的觀點，並不退讓。

「要不要扔下個救生圈，你再跳下去救牠？」郭欣臉上掛著不懷好意的笑。

「去你的！」何婷使勁跺了跺腳，臉漲得通紅。一掉身，走了。

郭欣望望何婷有些瘦削的身子，聳聳肩，兩手一翻，做出一付無可奈何的樣子，又轉過身來兩手伏在欄杆上，看著海面上隨著海波在上下起伏著移動的罐頭瓶。一個略有些低沉的聲音突然在郭欣身後冒出來，把郭欣嚇了一跳：「年輕人，在姑娘面前可不要表現出殘忍來。」郭欣渾身打了個哆嗦，回身一看，原來是隊上年紀最大的叢秋原副研究員。隊上的人都叫他老叢，可郭欣不能這樣隨著別人叫。郭欣叫了一聲：「叢老師，是你啊。」叢秋原笑笑，從郭欣身邊走了過去。郭欣看著他的後影，覺著這人在研究室裏形單影吊，到了船上還是不容易接近。可有時候他又很願意說話，不用郭欣和他打招呼，他就先跟郭欣點頭。那一次郭欣在餐桌上得知老黃是個老革命出身，吃完飯一邊慢吞吞地往實驗室走，一邊為自己的孤陋寡聞感到難為情，可說句實話，郭欣從中學到大學再到讀研究生，光那些課外資料複習大綱接二連三的考試就夠讓人頭疼，那還有精力讀閒書呢。在郭欣的父母眼裏，課外書除了複習資料都是閒書。在中學時起初郭欣也喜歡讀一點課外書，他曾花了三個晚上偷偷地讀完了一本《復活》，那本書是從同桌的李小玲手裏借來的，但父母嚴禁他這樣不務正業。漸漸地，郭欣的興趣和精力也就都放在了學習上。上了大學，功課不太緊張，郭欣也讀點閒書，但大多是消遣一類的讀物，讀研究生後，整天忙於專業，除了翻翻報紙，又很少有時間翻閒書了。就是這次上船，帶上來的除了要修改的論文和幾本專業書外，就是兩本託福考試大綱和JRE考試資料彙編。郭欣沉思著走出前廳，沿著右舷往回走，一轉身，差點踩了人家的腳。郭欣驚訝地喊出聲來──哎喲，身子一晃，立住了。郭欣定神一看，在他身前的是叢秋原。郭欣倒吸一口涼氣，他想這真糟糕，怎麼單單是他。郭欣不想和叢秋原有什麼接觸，因為他知道這位叢老師和魏先生不大對付，還是遠而敬之為好。叢秋原站住身子，迎著郭欣說：「不知道皮定均是幹什麼的可不應該。」郭欣愣了一下，尷尬地笑笑說：「叢老師，我真不知道。」叢秋原搖搖頭：「現在的學生光去應付考試了，還是要讀點專業以外的書，尤其是歷史，一個讀書人不知道歷史算什麼讀書人。」叢秋原一邊說一邊示意了一下，郭欣跟在他身後，兩個人邊走邊談。叢秋原歎一口氣說：「咱們的專業儘管不需要人文歷史一類的知識，但還是瞭解一些好，皮定均是一名戰將，解放戰爭時有一場著名的戰役叫中原突圍，是李先念指揮的，皮定均的一個旅擔負了整個中原部隊突圍的掩護，打到最後才撤離。建國後第一次授銜時，最初皮定均是少將，毛主席看到報上來的授銜名單，大筆一揮，說皮有功，少提中。就是少將提中將。後來皮定均當了福州部隊的司令，一次演習時下部隊視察乘飛機失事去世了。」郭欣點點頭，插了一句：「老黃怎麼會成了他的嫡系。」叢秋原一笑：「嫡系不嫡系我不清楚，老黃在皮定均的部隊裏打過仗。」郭欣還想問幾句，叢秋原已收住了話，快步甩下郭欣獨自回後艙了。

郭欣又看了一眼叢秋原的背影，叢秋原顯得有些佝僂肩，一付形單影吊的樣子。郭欣暗暗歎息：「搞了大半輩子科研，怎麼這個歲數了還是個副研究員，聽說他和魏先生還是大學同學呢。」郭欣聽課題組的老師講，叢秋原搞的專業是關於海底沉積物，尤其是大陸架沉積物的。郭欣覺著不可思議，搞了這麼多年，還能搞不出像樣的成果來。郭欣看了看平靜的海面，沉思著，這片藍色的海水下面，就是大陸架，要是沒有這片海水覆蓋，這兒的大陸架能像平原一樣嗎？大陸在水下的自然延伸。一句乾巴巴的術語把這樣一片神秘的土地給概括了，可這片海水呢？海水和海水覆蓋著的土地其實是不可分割的，海水裏有魚有蝦，海水的下面是土地，土地是一層層海流帶來的沉積物，這兒有富饒的資源，在大自然面前專業術語顯得多麼貧乏單調。

郭欣突然覺著自己成了一個詩人。他偷偷地左右看了看，臉發燒了。再有十天半月海上的作業也就結束了，郭欣湧上一種緊迫，他鼓舞著自己加快步伐，「是啊，叢秋原說得對，在姑娘面前不能表現出殘忍來，自己本來就不殘忍嘛，戀愛是一門藝術，我這是在戀愛嗎？愛情是一種神聖的感情，可我怎麼整天想著何婷的身體呢，我這到底是戀愛了呢還是病態？」郭欣拷問著自己，卻又說不出答案。不管這是愛情還是性愛，郭欣憧憬著和何婷的關係能有實質的進展，船上單調的氣氛是最好的催化劑，這樣的機會在陸地上哪兒找啊。郭欣的心熊熊地燃燒起來。

那個載著老鼠的罐頭瓶在海面上逛盪著，唧唧的聲音也越來越弱。漸漸離開了郭欣的視野。海面上依然是無邊而且平靜的深藍色的海水。

看熱鬧的人們各自走開了，估計後甲板上的作業也差不多了，釣魚的人收拾好自己的用具，拎著放在塑膠桶裏的還在亂撲楞的魚，離開了兩側甲板。老黃拎著一桶水拿著一個掃把從前廳那兒出來，沿著右舷，開始清理過道上的污跡，用水沖一下，接著通過舷欄縫往海裏掃。大于說：「黃師傅，回去歇著吧，過一會兒開船，再一下雨，都就乾淨了，用不著掃。」老黃不說話，悶著頭幹自己的。管事從前面大廳的一個窗裏探出頭來，尖聲尖氣地喊：「黃大爺，把艙裏面打掃乾淨就行了，外面讓他們那群鬼孫子糟蹋吧，反正在海上，風一颳雨一沖都就乾淨了。」老黃抬頭朝他點了點頭，繼續幹活。大于和管事相互看了看，伸出舌頭笑笑，管事縮回了頭，大于往艙裏走。

瘦高身材的汪洋穿著一身濺滿泥巴的牛仔服從後甲板走了過來。汪洋和郭欣是同一年考上的研究生，但他們的導師不同，本來他倆在研究室裏來往並不多，從北京學習專業基礎課和英語回到所裏不久，他們就發現他們的導師彼此之間矛盾很深，如水火一般，兩位教授在走廊裏面對面碰到如同路人，室裏面開會他們兩位也絕不坐到一張桌子前。這樣做為學生來說，也就不好過多交往，免得招惹是非。但上船後的這些日子，尤其是住在同一房間，兩個人的交往漸漸密切了起來。本來老李一宣佈他倆住一個房間，郭欣心裏馬上打了一個結，想要不要私下裏找老李說說換換房間，他又覺得不好開口，抬臉瞧瞧汪洋，汪洋也正在瞧他，倆人會心一笑，誰也沒再表示什麼。住到一起倆人相處的還挺默契，像是互相約好了，都不提自己的導師和論文，只是聊聊閒話和託福考試的事。

汪洋遠遠地說：「郭欣，怎麼搞的，白白地讓人家逃走了，我還想過來湊個熱鬧呢。」

郭欣直起身子，笑笑說：「這個站作完了？」

汪洋拍打著身上的泥水說：「他媽的終於作完了，一管子打下去再提上來費了二個多小時，這還不夠，又打了一管子，下一班還有你們受的。」

郭欣疑惑問，「怎麼打了兩管子？」

人家那位首席科學家非要破個記錄麼。汪洋一撇嘴說：「操，咱談什麼不好，要談這些，喂，說正經的，你和何婷到底有沒有那事，我可要發起進攻了。」

「我和何婷有什麼？」郭欣一臉的糊塗。

汪洋擠擠眼，笑笑說：「別裝糊塗，朋友妻不可欺，可別說我沒打招呼啊。」

「何婷與我沒有任何關係。」郭欣一本正經說：「你有能耐你去追好了，別把別人看得都跟春天的貓一樣。」

「哎哎，別造謠好不好，就這樣的老姑娘我會去追她？」汪洋的臉刷得紅了。

「別說話這麼難聽，什麼老姑娘的，人家還沒老。」郭欣突然對汪洋感到很反感，郭欣很瞧不起這種人，明明心裏喜歡人家，可嘴上還要說人家的壞話，好像承認了自己的真實想法就見不得人一樣。

「瞧瞧，你急了不是？實話實說吧，哥們兒替你保密，別人問我你們倆的事我還替你打圓場呢。」汪洋有些撇腔拉調的說。

「去你的，我們有什麼事！」郭欣的臉漲得更紅，說話時有些喘氣不勻。

「嘿，你認什麼真，至於嗎？」

「我說得是實話，我們不過是老同學罷了。」

「是啊是啊，大家都知道你們是大學校友，也知道這位女士考來咱們這裏也是你老兄出的大力。」

「這有什麼，同學之間就不能幫忙了。」

「沒說不能，可別人只是覺得何小姐對你非同一般。」

「你不覺著無聊嗎?怎麼出海這麼幾天就不是自己了。」

「恰恰相反，正因為在船上我才發現了自己。」汪洋的神態嚴肅起來。

郭欣正要再說什麼，船身猛地震動晃蕩起來，接著發出轟轟的聲音，隨著輪機的轟鳴，《探索者號》快速地航行起來，舷外揚起了飛濺的浪花。

第二章

沒風的日子，《探索者號》看上去寧靜安詳，就像一位少女在一片蔥郁的草地上漫步。對《探索者號》這樣一艘綜合性科學考察船，用少女來形容並不過分，她的船身修長，乳白色的船體在陽光下閃著柔和的光。當她在靛藍色海面上航行時，犁出一道濺起白色泡沫的航跡——像是在一片原野上奔騰著的河流。在《探索者號》第一層上，從船身中部到快接近後甲板，是這艘船冠以科學考察船的價值所在，這就是船上的實驗室。實驗室形成一個獨立的單元——沿著過道兩邊，是分割開的五、六間用途不同的實驗室，其中通向後甲板出口的旁邊，相對著有兩間小房間，右邊這一間，就是阿坤的小工作間，裏面有一臺鉗工的老虎臺，各種鉗工工具一應俱全。門對面靠牆立著一個書櫥式固定的櫃子，櫃子頂上用鐵絲固定著一隻碩大的陶瓷蒼鷹。蒼鷹周身發亮呈現觸目的深褐色。蒼鷹蹲立在那兒，是那種國畫立軸上常見的那種回目遠望的姿態。每一個來到阿坤這間小屋的人，先是感覺到它的凌亂無序，接著就是頭上這隻怒目凝望的蒼鷹。阿坤除了值班、釣魚和回到中艙睡覺這些「公事」，大部分時間都待在這間擁擠的小屋裏消磨時間。櫃子邊上有一張工作桌，當然也是和「地面」固定的，船上的這些傢俱一般都是固定的——遇到風暴，其實不用風暴，就是一般的大風，船上搖晃起來可不是開玩笑的，若不固定起來，再敦實的傢俱擺在那兒，也早碰爛了。白天航行中，阿坤沒事情的時候，喜歡待在這裏伏在工作桌上練字。阿坤握一管禿筆，把那種簡裝的一得閣墨汁倒在一個罐頭瓶子裏，從門後角落裏扯出幾張舊報紙——每次出海阿坤都要帶上來一捆舊報紙。阿坤在桌子上鋪一張舊報紙，將禿筆在裏面蘸蘸，一個一個的寫起大字來。隨著《探索者號》的顛簸，阿坤的墨蹟在被陽光曬黃的舊報紙上隨意放肆的流出來。阿坤的字就像他這個人，粗粗大大，豪爽有力。有一次郭欣撞見正在寫毛筆字的阿坤，頓時很為驚訝，他沒想到外表粗魯的阿坤還有這種能耐和心情。便站在一邊安靜的觀看。阿坤也不出聲，只是隨心所欲的揮毫寫著。郭欣忍不住問了一句：「阿坤你這字是練的什麼體？」阿坤寫完一個大字，順口說：「寫的是老米。」郭欣疑惑：「老米？」阿坤點點頭：「對，就是米芾。」郭欣在記憶裏搜尋這個名字，隱約想起這似乎是宋代一個書法家的大名，但郭欣想不起在那本字帖上見過這個米芾的字跡，就不好再說啥，只是看阿坤在那裏畫字。邊看邊想，應了那句老話，海水不可斗量，人真是不可貌相，沒想到在海上還有這種雅興的大漢。要是阿坤釣魚不那麼出色，郭欣還容易理解一些，將一個擺弄鉗工工具、釣魚的老手和一個書法愛好者結合起來，郭欣一下子適應不過來。不過從那以後，他對阿坤更是刮目相看。不多久，郭欣把他的發現特意告訴了何婷，他說：「你那個釣魚的水手還是船上的書法家呢。」何婷撇撇嘴說：「你以為都像你，就知道讀書，讀書快讀傻了，沒聽人家說博士都是些呆子，你同意不同意？」郭欣的臉色暗了下來，他瞧瞧何婷，話到嘴邊又強咽了下去。何婷瞧著他臉上的尷尬，更顯得笑容可掬。何婷上船以後，起初還礙著師兄的面子很少和郭欣開玩笑。漸漸何婷也跟郭欣開起無傷大雅地玩笑來了，當然是在沒外人的時候，而且絕不過分。郭欣告訴她阿坤寫毛筆字以後瞧她這樣對待自己，又有些後悔，他想不明白為啥要告訴她呢。現在聽了她的話，郭欣嘴上笑著說：「你看本人呆嗎？」心裏卻在罵自己，你這個呆子，誰讓你沒事找事呢。

阿坤早飯後就待在這間小屋裏，取出筆墨報紙，準備寫幾個大字。在這之前，他剛剛把昨晚上釣上來的幾條魷魚挑出來三條拴到鐵絲上掛在上層甲板的吊車架上，將剩下的幾條處理乾淨後放在水桶裏準備今晚上下班後回來涮著吃。釣上來的魷魚活蹦亂跳，看著都讓人直流口水。《探索者號》在海上一個站位一個站位地停下來取樣，每一站採樣順利的話少說也要二個多小時才能結束作業，若遇到麻煩或者在水深的地方採樣，那時間就有些說不準了。海上採樣經常遇到麻煩，要麼絞車出了故障，要麼採樣的鋼管觸到海底一下子砸彎了，要麼鋼纜打了個結，誰知道會出現啥麻煩啊。不管白天黑夜，《探索者號》只要到了「站」就要停下來，後甲板上立馬開始緊張地作業，這時總有幾個不值班又喜歡釣魚的船員也開始緊張地工作——船還沒完全停下來時，他們就已經扯出了電線把燈泡——外面罩著一個鐵絲網——掛到了兩舷邊上，待到船停了，他們也跟著忙起來，他們在晚上一般不是拿著手杆釣魚，而是拽著細細的漁線釣魷魚。魷魚是一種在海中浮游的軟體動物，和烏賊是近親，都屬於「頭足類」。在夜裏，魷魚尋著光源往海面淺水游，正是利用了它的這種生活習性，釣魷魚的鉤和一般魚鉤不同：一個小鼓肚「圓管」外面包裹上一層錫紙，頂端一周閃亮鋒利的倒鉤，和釣魚不同，釣魷魚不用放誘餌，直接把這種特別的閃光鉤伸到海水中就行了。在燈光的映照下，錫紙在海水中發亮，魷魚尋找著光游上來，待到牠張牙舞爪的「頭足」蜂擁過來包裹閃光的小圓管時，便被一周尖尖的倒鉤勾住了，人在船上一提，一條肥大的魷魚就甩了上來。昨晚阿坤輪休，可他並沒有休息，而是在每個「站」上「加班」，運氣實在不錯，共釣上來八、九條魷魚。儘管晚上沒睡個囫圇覺，可阿坤沒有一點睏意。按照輪班，阿坤今天值十二到六的班，應該說中午十二點到下午六點或者再嚴格一點說十二點到十八點的班，可大家習慣了，把這個下午班說成是十二到六的班。在船上，大家值班時通用著一些習慣用語，這些習慣用語有一個特點這就是簡練。彷彿一句話多說了就會累著一樣。可閒下來時，卻又希望有個人來陪著自己聊聊天，那怕已是陳芝麻爛穀子的一些舊事，說這事的人和聽的人也是津津有味。阿坤想，「等今晚上半夜再釣兩條就算了，然後睡個好覺吧。」這時門外傳來一陣說笑聲，阿坤習慣性的一回頭，點了個頭算是打了招呼。進來的是水手長和水手小吳。阿坤臉上帶著疑惑，問：「有事？」一般這個時候水手長不會來串門聊天。吃過早飯，水手長要在甲板上走走，四處看看，然後待在房間裏，要是船長大副有事，就會讓值班的水手來叫他。水手長不需要像一般水手那樣輪流著值班換班，他負責按排水手們每半個月輪一個班，但水手長也可以說總在值班，若有了事情，他要隨叫隨到。

水手長邊跨進門檻邊說：「有事，是好事。」水手長說完對著阿坤笑笑。

阿坤嘿嘿一樂，說：「你能有啥好事。」

跟在水手長後面的小吳揚揚手裏拎著的幾條魷魚，搶著答：「真是好事。」

阿坤皺一下眉毛問，「不是說好晚上才來涮魷魚嗎？」阿坤很少白天在工作間裏喝酒，一來怕耽誤事，二來他覺著這樣影響不太好。

水手長笑說：「可以提前進行了。」水手長和阿坤是知心的酒友，他瞭解阿坤的心思。

「怎麼了？」阿坤臉上充滿疑惑。

「船馬上就不跑了，前面有風，咱要在這裏躲一躲。」水手長一邊回答著阿坤一邊把手裏握著的一瓶白酒放到桌子上。這瓶白酒是Q城小食品店裏隨處可見的那種廉價的「蘭陵二曲」。喜歡喝酒的普通船員帶上船來的一般都是這樣廉價的酒，二、三塊錢一瓶，整箱買還可以批發，一個航次下來，一箱高度白酒未必夠喝，誰捨得買好酒啊，別說那些名酒，就是那些中檔的普通白酒，能喝得起的也不多，總不能把出海掙的那點辛苦酒都灌了肚子吧，拖家帶口的，能省點還是省點。就是那些沒結婚的小青年，幾個航次下來，也學會了過日子，媳婦不是白賺來的，日後結婚還等著錢用呢，到那個時候花錢可是像流水啊。水手長的酒量不大，但他也買這種便宜酒，喝酒不能一個人喝，再好的酒一個人喝也沒味道，買那些好酒，能管得起那些酒友嗎。水手長的老婆是個賢慧女人，心疼男人，讓他多帶上幾瓶好酒，別委屈自己，水手長便又帶了幾瓶稍好點的酒，也不過是普通瓶的「洋河大麯」、「尖莊」之類。今天水手長本想拿一瓶「洋河大麯」，小吳見了一把奪了過去。小吳說：「到阿坤那兒不用帶好酒，他自然會拿出比這個還好的來，這瓶「洋河」給小弟吧，等忍不住了，拿出來解饞，還是拿我的蘭陵吧。」小吳拿著「洋河」回了房間，換回來一瓶「蘭陵二曲」。水手長歎一口氣，苦笑笑說，真拿你沒有辦法，乾脆咱灌酒精吧。小吳搖搖頭說：「酒精傷肝，那可不是弄著玩的。這酒還是你拿著，要不然阿坤會罵我白天來找他喝酒。」水手長笑了：「你小子，啥時候也學聰明了。」小吳說：「這叫近赤者紅，近墨者黑。」倆人這樣說笑著來找阿坤。

阿坤恍然，這才感到船速是慢了下來，船身也在微微地晃動著。阿坤轉身把桌子上的東西收起來，放回櫃子裏，一邊收拾一邊說，那咱就開始。很快他們在房中央放好一個木頭箱子，箱子上墊了一塊方方正正髒兮兮的木板，酒桌有了。阿坤從牆邊拉過來一個小箱子，水手長從門後搬過來一塊木板，小吳拿過來一個小木凳，三人圍著酒桌成一圈坐了下來。

阿坤拿起水手長帶來的酒看了看，搖搖頭，抬眼說：「好餚喝好酒才對得起這魷魚。」阿坤說著直起身來從櫃子裏取出一瓶瀘州老窖來。他從口袋裏摸出一串鑰匙，鑰匙環上有一把開酒瓶的起子。阿坤一手握著酒瓶一手拿著起子，正要開蓋，像是想起什麼事來，猶豫了一下，接著就麻利地開始起瓶蓋。

小吳伸舌頭舔舔嘴唇說：「阿坤，喝這麼好的酒，都叫咱糟蹋了，你快留著以後有用的時候再喝吧。」

阿坤搖搖頭說：「啥叫糟蹋，人家是人咱也是條漢子，咱憑啥不能喝。」接著阿坤笑笑，「小吳，少裝蒜吧，我還不瞭解你，我要是不拿出來，你今天非跳海不可，回去後，我可不想讓嫂子哭哭啼啼來找我要人，還是管你喝個夠吧。」

說完，三個人都笑了起來。

水手長又找了個箱子墊在木板上，正正身子坐舒服了，抬頭對阿坤說：「阿坤，咱難得白天在一起涮魷魚，是不是再邀請幾個人來，人多還熱鬧。」水手長的眼神裏含著企盼的內容。

小吳一陣發愣，他想水手長這是怎麼了？怎麼今天又要再拖上幾個人入夥了，水手長可是個愛清靜的主，再拖來幾位，幾杯酒灌下去，他非先逃了不可。水手長不喜歡吵鬧著喝酒。

《探索者號》上的船員們多年來在一條船上共事，彼此性格大多瞭解，漸漸就形成了一些不同的交往圈子，誰和誰坐在一起喝酒，日久天長，竟然成了習慣，一般別人即使遇到了人家在喝酒，除非人家盛情邀請，輕易不會參加進來。當然，船上舉行會餐或者各部門集體喝酒時那是另外一回事。不過一般情況下，都是水手和水手，機匠和機匠。甲板部的人很難坐到輪機部的人中間。

阿坤馬上明白了水手長的意思，他剛才也產生過這個念頭，只是沒好意思說出口罷了。聽水手長這樣一說，阿坤順著接了一句：「就是，再邀請幾個人吧。」

小吳看看阿坤，再看看水手長，問道：「還叫誰？」

水手長說：「我看邀請幾個隊上的人怎麼樣？」

阿坤說：「好，我看叫郭欣來怎麼樣？人家對咱挺客氣的。」

水手長痛快說：「我看可以。」接著又補了一句：「再把小何喊來怎麼樣？」水手長說著臉色噗得漲紅了起來。

小吳眼睛瞪大了：「你說叫那個女研究生？」

阿坤歪歪頭說：「哎，這主意不錯，萬叢綠中一點紅，來個不一樣的還熱鬧，對了，就讓郭欣喊上她就是，郭欣是她師兄。」

小吳笑起來說：「太好了，讓她來和咱一起喝酒，有個姑娘在，還熱鬧。」

阿坤站起身來，一邊往外走一邊說：「我去喊郭欣，你們先整理一下，待會兒人家來了」，阿坤又用手一指小吳說——「小吳，你可要裝的文明點，別像哪輩子沒撈著馬尿喝。」

小吳手裏晃著酒瓶笑嘻嘻地說：「知道知道，放心就是。」小吳的臉色顯得興奮起來，在船上和一個姑娘圍在一起喝酒，這在他們還是第一次。小吳平常在甲板上見到何婷，哪兒好意思近前打哈哈啊。有幾次迎面遇到也想搭訕幾句，可看著何婷素面朝天的樣子，覺著自己的舌頭突然短了一截。考察隊員在後甲板作業時，小吳趁閒經常站在上層甲板上手扶著欄杆看他們幹活，有時遇到何婷的班，小吳的目光肯定聚焦在她的身上，瞧她那付單薄樣，看她幹活都替她擔心，手裏捏著一把汗。有時候小吳碰到何婷站一邊看阿坤釣魚，心裏真想和她聊上幾句，可話到嘴邊硬是說不出來。出海這些日子了，小吳還沒和何婷直接說過一句話。說起來簡直不可思議，以小吳的性格竟然在何婷面前——尤其是單獨和她遇到時竟會變得規規矩矩，小吳想到這兒，竟然湧上滿腔的悲憤來。他暗暗告誡自己，待會兒人家來了，可千萬別貪酒，別讓她認為水手都是些老粗酒鬼。

郭欣這次隨《探索者號》出海純屬偶然。本來出海人員的名單中並沒有郭欣。郭欣正在忙著撰寫博士論文，第一稿已經出來了，郭欣已把列印好的初稿交給自己的導師魏先生——也就是魏如鶴研究員了——讓導師審閱論文是必不可少的程序。郭欣是魏如鶴研究員的第四個博士生，在這之前魏先生帶出來的三個博士生有兩個已經出國，剩下一個范青生也在去年離開研究所調到Q城大學當老師去了。因此魏先生早就對郭欣說：「你畢業後就留下吧，馬上又有一個國家攻關專案就要開題了，我爭取讓你擔任一個三級課題的第二負責人。」郭欣也很願意留下來，搞專業不留在這裏又能到哪兒去呢。再說了，一個攻關專案三級課題的負責人——儘管是第二負責人，也是很讓人眼饞的，多少歲數快接近退休線的老師連這個第二負責人也混不上呢，幹了一輩子，別說第二負責人，就是第三負責人，還要爭奪一番呢。這不是普通的項目，普通項目用不了這麼多的負責人，這是國家攻關項目，一個三級課題可以有三個負責人。當上了三級課題負責人，別管排名第幾，也就有資格申請高級職稱了，在H研究所裏申請副高和正高職稱，劃有一道硬槓槓，必須有國家攻關專案的三級課題負責人以上或自然科學基金專案負責人這樣的硬體才能申請。郭欣掩飾著內心的興奮，說他願意留下來協助老師做課題，當不當負責人無所謂。魏如鶴一揮手，郭欣把下面的話咽了回去。

在這項有多個同行單位聯合承擔的國家攻關專案中，H研究所D研究室承擔了一個二級項目，在這個二級項目下面又設了三個三級課題。郭欣自然知道這個課題和第二負責人的分量。不管能不能真正的負責，就是有這個名字，也是天上掉下來的餡餅，況且還是一個大餡餅啊。有了這個頭銜，將來申請副研究員也就有了一個頗具分量的砝碼。郭欣交上論文後原以為魏先生很快就能看完，但沒想到魏先生直到一個月後才把稿子給他，而且說論文需要修改。郭欣並不感到意外，哪有博士論文第一稿寫出來就不再修改的，郭欣知道汪洋的論文已經修改兩遍了。但郭欣沒想到的是魏先生讓他修改的不是細枝末葉，而是一棵大樹結出的果實，也就是說整個論文的結論部分要來個徹底修改，不是縫縫補補，而是徹底大改，全部否定原來的結論，再重新給出一個新的結論，而這個新結論恰恰和原來的結論相反。郭欣一下子懵了，這是怎麼搞的，怎麼會這樣修改呢？自己在作論文時非常嚴格，每一個資料每一條曲線都是再三核實小心斟酌取捨的，怎麼會出現結論錯誤呢。但魏先生的態度堅定不移，毋需置疑。魏先生皺緊眉頭說：「做學問來不得半點含糊，不要怕麻煩，學問就是從麻煩裏學來的，郭欣你的結論不可能正確，我再三看了，你的論文裏一定有什麼問題才會出現這樣的錯誤，可到底問題出在哪兒，我現在還不清楚，你回去再從頭細看看吧，再仔細核查一遍，是不是用了一些不合理的資料，實驗得出的資料不一定都能用上，要學會刪除不合理的資料。」郭欣未加遲疑說：「絕不會出現問題，整個實驗都能重複驗證，資料也合理。」魏先生沉思了片刻，皺皺眉頭說：「既然實驗和資料都沒有問題，那很可能就是一開始出了錯誤。」郭欣驚訝道：「一開始出了錯誤？」魏先生打了個手勢，拍拍郭欣的肩膀說：「小郭，是不是你把樣品的上下次序弄顛倒了？」郭欣一下愣了，對此他還真沒想到，他不由懷疑自己，我是不是真把樣品次序上下弄顛倒了呢？這樣一想便不由地緊張起來。魏先生並沒再多說，又輕輕拍拍他的肩膀，安慰他說：「就是弄顛倒了也沒關係，年輕人剛開始工作粗心大意也是難免的，你再好好檢查檢查，不要太著急，顛倒了再改回來就是。吃一塹長一智，今後作課題時可要認真啊，胡適不是說過嘛，大膽假設，小心求證，這話用到咱這個學科上再合適不過。郭欣那幾天夜夜失眠，「我是不是把樣品的上下次序真得給弄顛倒了呢？」這問題困繞著他，讓他坐立不安。過了幾天，魏先生突然通知郭欣到他的辦公室來一趟。郭欣見了魏先生剛要說他正在檢查原始記錄，還沒有結果。魏先生一揮手打斷了他，魏先生說：「找你來不是為了論文修改的事，眼下有比這個更重要的，《探索者號》馬上要出海，咱課題組也要派兩個人參加，你簡單收拾一下，把論文也帶著，再帶著何婷上船跟著出海吧。到了船上你多費心些，何婷剛來室裏，你照顧好她，你們都是第一次出海，正好這是個鍛煉機會，有問題多找找老李，他是這次考察隊的隊長，每個站位咱都要樣品，一個也不能少，這事你多找找劉南北，他是這個航次的首席科學家，我已經和他打過招呼了，到了船上他事情多，你盯緊點，每個站位都不能少了樣品。」郭欣插了一句：「首席科學家？」魏先生說：「噢就是業務上他負責的意思，國外的考察船上都是這樣按排的。」郭欣點點頭。魏先生接著說：「上船後少說話多幹活，這次上船的調查隊人員中挺複雜的，有人問起我們課題組的事，儘量別多說，老師間的事情你們做學生的別跟著摻乎，等出海回來，再趕時間把論文改出來，也不會影響論文答辯。」郭欣連聲答應著，身上出了一身熱汗。魏先生笑著在郭欣的肩膀上重重拍了一下：「年輕人，到了船上可要有遭罪的準備噢，我第一次出海時比你還小，想起來記憶猶新啊。」

郭欣回到研究生公寓收拾上船帶的東西時，見到隔壁房間的汪洋也在忙碌著往一個大牛仔包裹裝衣服。郭欣進來一問，這才知道汪洋也上船出海。原來這次出海是一次綜合任務，汪洋的導師讓汪洋上船參加考察隊順便分點樣品帶回來，反正汪洋的論文已經修改好，就剩下裝訂成冊了。郭欣笑說：「咱倆這次都成了代表了。」汪洋扮了個鬼臉說：「也不知道這是國共兩方的第幾次合作，是一致對外呢還是短兵較量。」郭欣說：「咱倆這是第一次，就算是國共聯合海上南下吧。」兩個人都哈哈笑了起來。

郭欣在海上的最初幾天，對船上生活感到非常新鮮。每天早晨郭欣喜歡早早地來到甲板上看日出的海面。郭欣常常呆呆地靠在欄杆上，盯著東邊的海面，海面上一片片豔紅，一輪紅日一點點向上跳著，鮮豔欲滴，像一個剛破殼而出的鵝卵黃，融融惹人愛憐。海上的日出並不是每天都能見到，沒有日出的早晨，海面上往往是一片淡淡的灰白色，有時是一片橘紅色，太陽隱在厚重的雲層後面。海面上清清爽爽，郭欣的心情也和平靜的海面一樣，他的心胸感到寬廣了許多，修改論文的煩惱也融化在了大海裏。船上生活非常有規律，不像在陸地上，郭欣的生活雜亂沒有規律，晚上常常看書看到很晚，早晨一般很少正常吃早飯，常常一覺睡到很晚，午飯也是到食堂裏打點馬馬虎虎的飯菜，晚飯食堂裏也大多是中午剩下的菜。而在船上就不同了，早中晚三餐，除了早餐，另外兩頓飯到了點老黃就會鐺……鐺……鐺的搖著鈴鐺通知大家開飯了，這鐺鈴──鐺鈴的鈴聲讓郭欣感到分外親切，這鈴聲讓他想起童年。郭欣的家在一片低矮的棚戶區裏，每天傍晚，在這片擁擠的棚戶區就會響起不緊不慢的鈴聲，那是一個拉著一輛破板車的漢子來收垃圾了，漢子搖著手裏的鈴鐺，在胡同裏走來走去，招呼著大家：「倒垃圾了。」各家的門打開了，各家都走出一個人來端起門口裝滿垃圾的破舊的盆子急急地走到胡同口，把垃圾倒進四周有擋板的板車上。就在這鐺鈴鐺鈴的搖鈴聲中，郭欣長大成人，並告別了那片棚戶區。鐺鈴──鐺鈴的聲音已有些淡漠了。誰能想到，在《探索者號》上，這親切地鈴聲又回到了他的記憶中呢。船上的飯菜花樣疊出，常常花樣搭配著變化，只說麵食吧，今天是饅頭，明天是花捲，第三天變成了發糕，到了第四天很可能又成了香噴噴的大米飯。這很合郭欣的口味，他的胃口比在陸地上好多了，飯量明顯增多。郭欣感到出海實在是件愜意的事情。尤其到了半夜時，還有一頓工作加餐，一般是胖子拿手的雞汁麵條，連湯加麵，熱呼呼吃下去再用手抹抹嘴實在舒服極了，在陸地上到哪兒找這樣的麵條啊。郭欣起初感到奇怪，怎麼在船上這樣容易害餓，剛剛吃過飯，一會兒的工夫，肚子就感到肌腸嚕嚕空空蕩蕩。後來細想想其實很容易理解，船一直在晃動著，人在船上就是躺在床上一動不動，其實也是在一直運動著，吃下去的飯消化得快，當然容易感到饑餓了。但這種新鮮感，幾天下來，隨著單調的轟鳴聲，隨著船艙裏瀰漫著的汽油味，隨著每天一睜眼就看到的海水茫茫，日夜重複，很快就消失了。郭欣感到了煩悶，尤其是感到了單調，每天一個味的飯菜也難以下嚥，吃什麼也不香，只感到了一種滋味，這就是瀰漫在《探索者號》上的無處不在的令人窒息的汽油味。吃飯簡直就是為了應付肚子的需要。再聽到鐺鈴鐺鈴的鈴聲，郭欣就條件反射般的倒胃口，肚子裏一陣痙攣，腦子裏冒出兩個字來：「吃飯。」這時郭欣感到在陸地上一喝就皺眉頭的小米稀粥到了船上是多麼香啊，還有不起眼的鹹菜，多麼可口啊，那些紅燒排骨大鍋燒菜更是無法相比，難怪王蒙要寫什麼堅硬的稀粥，稀粥鹹菜的確是我們中華民族多麼可口的傳統遺產啊，誰要是不相信，就把他放到船上讓他在海上待上十天半個月，看看他是選擇稀粥鹹菜，還是選擇牛奶麵包。後來郭欣回憶起在船上的生活時，對早晨的稀粥鹹菜，半夜的雞汁麵條充滿濃濃的深情和感激。當然，留在他記憶中的還有阿坤撈上來的黑鯛和釣上來的魷魚，郭欣嚐到了真正的海鮮。只有這些嗎？顯然不是，留在他記憶中最深刻的自然還是何婷……

郭欣下了夜班，總是趕緊跑到衛生間馬馬虎虎地洗洗身子馬上跑回房間躺到床上，一覺睡到中午，早餐一般就不吃了，他並不感到饑餓，只是感到渾身疲乏。大家幾乎都是這樣，很少有人下了夜班到了早晨還爬起來吃早餐的。早晨六點交班，七點開早飯，中間這一個小時誰願意白白浪費而不去睡覺呢。郭欣值完一個夜班，就在他自製的日曆上劃一個記號，這是一張Ｂ５複印紙，貼在郭欣的床頭上，從上到下打了一道道橫格，每度過一個夜班，郭欣就在橫格上打一個醒目地大勾，他已在上面劃了十五個大勾，也就是說他已值了十五個夜班。三天一個夜班，郭欣在船上已晃蕩了一個半月了。

郭欣迷迷糊糊地沉入夢鄉。沉沉地躺在床上，隨著船身輕輕的晃動搖盪著，就像睡在搖籃中，這樣很容易沉入夢鄉，尤其是下了格外疲倦的夜班後。睡夢中的郭欣是聽不到一點機艙的轟鳴聲的，真是一覺解乏。當他在睡夢中又要沉浸在朦朧的氣氛中時，他這一覺也就快醒了。這時，總有一張清秀的臉龐，一雙幽幽地眸子，溫柔地貼到了郭欣的臉上……

「小郭，小郭，醒醒……」郭欣在睡夢中突然聽到有人在叫自己，這聲音很遙遠又近在耳邊。郭欣疑惑著，這是誰在叫我呢？朦朧中郭欣感到有一隻大手在使勁推著他的身子。

「啊哎，」郭欣的身子猛地一個打挺，渾身一震。郭欣被驚醒了。郭欣睜開朦朧的眼睛迷迷糊糊地說：「誰啊，人家正睡覺呢。」郭欣揉揉眼，看清一張輪廓分明的臉——阿坤笑容可鞠的看著他。郭欣反應過來，趕緊雙臂一撐，支起身子來，睡眼朦朧地說：「阿坤，有事情？」

阿坤用手拉開圍床掛著的布簾。在船上都用這樣紫紅色的布幃將單人床遮成一個相對封閉的天地。郭欣感到眼前亮堂起來，伸手從枕頭邊摸過暗紅色大框玳瑁架眼鏡戴上。

「阿坤，發生什麼事了？」郭欣依然疑惑。

阿坤笑笑說：「小郭，沒有事就不能來找你？」

郭欣忙擺擺手說：「不，不，我不是這個意思。」郭欣嘴裏這樣說著，心裏仍在嘀咕，阿坤從沒來過這兒，今天到底是為啥呢。

我知道你不是這個意思。阿坤抬手從椅子靠背上抓起搭在上面的衣服來，順手扔到郭欣的身上說：「快穿上，走，請你吃魷魚，剛剛弄上來幾條，還活著呢。」說著阿坤便起身離開了，臨出門時回身喊道：「快點到我那間小屋，去晚了可就沒有你的份了。」

「吃魷魚？」郭欣怔了一會兒才反應過來，他興奮起來，幾下便穿好了衣服。郭欣已吃溜了涮魷魚。從上船起郭欣就盼望著吃到活海鮮——出海前的準備會上，劉南北講了本航次的任務和目的——做為本航次的首席科學家兼隊長，大家並不叫他隊長，而是稱他「首席」，好像叫他首席顯得尊重他的學問，若叫他隊長就把他看低了一樣。接著，老李說了本次出海的注意事項，老李是本航次考察隊的副隊長，負責隊裏的日常事務，雜七雜八的瑣事都由他負責，大家稱呼他時，老隊員們仍叫他老李，幾個年輕隊員便省略了一個副字，直稱老李為隊長。就連魏先生對郭欣介紹時也這樣稱呼老李的。首席對郭欣他們稱老李為隊長並不計較，這很正常，他也是這樣稱老李的。大家喊他首席看上去他挺滋潤的，老李也就成了大家嘴上的隊長。老李講完了海上工作的注意事項，最後說：「這次上船的有幾位是第一次出海，希望多看看老同志們在船上怎麼幹活，不怕你們不幹活，就怕你們傷著哪兒，船上的活不砸勤不砸懶，就砸不長眼。幹活時瞪起眼來，吃東西時也瞪起眼來，到了海上，少不了吃點真正的海鮮，別吃壞了肚子就行，好漢抗不住三趟稀，別躺床上爬不起來。」當時郭欣聽了，嗓子裏就咽下了許多口水。這些日子郭欣眼看著船員們釣上來一條條或大或小的魚，眼饞嘴也饞，有一次阿坤他們在小工作間裏燉魚喝酒，郭欣恰巧走過這兒，阿坤招呼他進來坐坐，阿坤掃一眼那幾個都是船員，老李也在坐，小屋裏已擠滿了人，便連連擺手，溜走了。晚上值班時看到船員們釣上來一條條發白發紅的魷魚，郭欣更是直咂磨嘴。「炒魷魚」這個詞郭欣早就知道，可他並沒看到過活魷魚，來到Q城讀研究生後在一次新年研究生會餐時端上來一盤他不認識的菜，別人告訴他這是「爆炒魷魚絲」，他才吃到了「炒魷魚」。上船後郭欣第一次看到了真正的活蹦亂跳的魷魚。那晚一個小時不到，阿坤一連釣上來了六條半斤多重的魷魚，有幾條的魚身顏色發白，有幾條顏色發紅，是那種深褐紅。這幾條魷魚圓滾滾胖嘟嘟的躺在右舷過道上，郭欣開了眼界，也惹得他直咽唾液。阿坤對他說：「等下了班過來吃魷魚。」郭欣倒退幾步說：「不不不，你們吃吧，我要回去睡覺。」郭欣不是不想吃魷魚，郭欣是不好意思，他和阿坤還沒熟悉到隨便坐下來吃魷魚的程度。

郭欣來到阿坤的小工作間時，小屋裏已坐滿了人，郭欣掃視了一圈，連阿坤在內已有三個人圍坐在小屋的當中，另外兩個是船上的水手：一個是水手長，一個是小吳。郭欣上船後很快認識了他們，但是並沒說過話。郭欣發現自己進來已沒有立足之地。「來來來，小郭，你到這邊坐。」阿坤起身招呼著郭欣，讓郭欣擠坐在他的身邊。「來來來，我給你介紹一下，」阿坤用手指了指他倆說：「這是水手長，咱船的水手長，這是小吳，老水手了。」郭欣一個勁地向他們點頭，他倆也熱情地招呼郭欣，水手長伸手遞過一付筷子，小吳遞過一個倒滿白酒的玻璃水杯來，「小郭，你是大博士，來，我敬你一杯。」

郭欣顯得有些手忙腳亂，身子還沒坐穩，就急忙接過筷子，接著又小心端過杯子來。小吳那邊已端起杯子來，說道：「到了船上就是兄弟，四海之內皆兄弟，咱既然上了同一條賊船也就成了一條船上的螞蚱，以後有用的著的就來找我，來，先乾為敬。」說著舉起杯子，一仰脖子，咕嘟咕嘟，一口氣把一大杯白酒灌了下去。舒一口長氣，接著用手揚揚杯子，說：「好了，現在看你的了。」

郭欣的臉刷地漲得通紅，說話有些結巴：「我……我……我不會喝酒，我……我真得不能喝酒。」說完這話，郭欣顯得有些尷尬，向阿坤投去求助的目光。

小吳坐在那裏，顯然是愣了，不知如何是好，手裏的杯子還停在半空。

阿坤一手端起郭欣面前的杯子來，說：「小郭是不能喝酒，這我知道，小郭上船來就是我的小哥們兒，也就是你們的小哥們兒，這杯酒我替他喝了。」說著，一仰脖子，一大杯酒就灌了下去。來，「小郭，吃活魷魚。」說著他便用筷子夾起一片切好的白嫩的魷魚肉來，放進調好的一碗淡綠色的佐料裏，蘸了一下，便放進嘴裏，津津有味的嚼起來。

郭欣也如發炮製，夾了一塊放到佐料裏蘸了蘸，再放進嘴裏一嚼，一股怪怪地辣氣順著他的鼻孔竄了出來，郭欣的眼淚嘩得湧了出來。郭欣舔舔舌頭，辣歸辣，但味道的確不錯。

阿坤看著郭欣的樣子，嘿嘿樂了，說：「挺刺激吧，這是正宗的日本料理。」

郭欣點點頭，接著又夾起來一塊。

水手長和小吳也就不再讓郭欣喝酒，只是勸他多吃魷魚肉。水手長說：「這樣的魷魚你在陸地上別想吃到，小郭你多吃點。」

小吳說：「在陸地上你就是當了官，進五星級飯店懷裏摟著小姐，你也別想吃到咱這樣在海上現釣上來接著放鍋裏來的活魷魚。」

郭欣一邊嚼著魷魚肉，一邊不住地點頭，嘴裏含混不清地說：「就是就是。」

阿坤、水手長、小吳三個人不斷地舉杯不斷地夾起魷魚肉不斷地讓郭欣盡情地吃。

杯子中的酒只蓋住了杯底，阿坤放下筷子隨意地說：「小郭，你那個女同學現在不值班吧？」

郭欣接了一句：「她和我一個班。」

阿坤說：「她一個人一個房間，在下面有啥意思。」

郭欣想說句什麼，水手長已開口說：「小郭，你快去把她叫上來吧，別讓人家一個人孤單，請她嚐嚐鮮魷魚，再說到這裏來還熱鬧。」

小吳也說：「就是，整天看阿坤釣魚，也該請人家來玩玩。」

郭欣覺著也是，轉念一想又擔心何婷不好意思來，就說：「我去叫叫她，她性格挺怪，不知道她能不能來。」

阿坤說：「你就說我們大家邀請她來。」

郭欣下到後艙，來到何婷的門前，他的心怦怦地響了起來，他聽著自己的心跳擔心被人撞見，他四下裏掃了一眼，各個房間的門都關得嚴絲合縫，沒有一點動靜。他真擔心冷不定那扇門撞出個大活人來，讓人家看到他站在何婷的門前，還不知道怎麼想呢。別人怎麼知道是阿坤他們讓他來喊何婷的呢。他定定神，抬手在門上敲了幾下。心裏彭彭直跳。門裏沒有動靜，郭欣緊張起來，他又在門上敲了幾下，等一會，還沒有動靜，郭欣有些失望。主輪機的轟鳴聲沒有了，艙道裏安靜極了，郭欣的心跳得更厲害了。郭欣想趕緊離開這兒，但還有些不死心。郭欣想是不是何婷睡著了，沒聽見。他又敲了幾下，還是沒動靜。回音在寂靜的後艙裏聽著驚心動魄，郭欣不敢再敲了，他好像覺著隔壁房間有了動靜，扭身趕緊往回走。路上，他一勁地想，何婷能上哪兒呢？在船上隊員們活動的空間其實很小，住室、實驗室、後甲板，連成一條線，再就是到前面大廳那兒打飯吃飯，偶爾看看電視。沒事的時候很少有人一個人到甲板上。

郭欣一回來，屋裏的三個人同時盯著他，小吳探頭往他的身後瞧，見郭欣身後並沒有何婷，心裏咯咚一下，臉便灰了起來，夾了一大塊魷魚，使勁蘸蘸，大口吃了起來。郭欣感到他們的目光像是在問：「何婷人呢？」郭欣抬手扶扶眼鏡，笑笑說：「她可能不在房間。」

水手長說：「她是不是睡著了？你沒再使勁敲敲？」

郭欣說：「我敲了好多次，她睡著了也能聽到。」

阿坤說：「那就算了吧，等以後有機會再喊她來。」

水手長仍有些不死心，說：「她會不會在實驗室，你不過去看看？」

小吳說：「剛才咱來時不就經過實驗室嘛，我歪頭看過，裏面沒有她。」

郭欣想了想說：「她不值班時很少到那兒，她一般待在房間裏。」郭欣從他們的臉上看到了失望的表情，恍然大悟其實人家是為了請何婷才來找他的。他這樣一想便定在門口，不知道是進去呢還是離開。

阿坤看著郭欣說：「小郭，站門口幹啥，來，快進來坐下吧，不用找她了。」

水手長和小吳也說：「對，就是的，小郭來坐下吧」。

小吳又說：「行啊，這下可以不用裝文明了，放開喝吧，操他母親的文明，咱可真裝夠了。」

水手長笑著瞪他一眼，說：「今天你可別喝醉了。」

小吳呲呲牙說：「放心吧，我有數呢。」

過了不多會的工夫，郭欣突然發現，他們三個人已喝完兩瓶烈度白酒，郭欣注意了一下，酒瓶子上的商標印著「蘭陵二曲」四個顯眼的字，商標看上去很普通。郭欣看到阿坤又從櫃子邊拿過一瓶來，拿起來用牙一咬，瓶蓋掉了下來，嘩嘩……三個人的杯子又倒上了大半杯。郭欣想說句什麼，想想又忍住了。郭欣發現阿坤起身從櫃子裏取出一個裝針劑的藥盒來，感到奇怪，阿坤拿藥盒幹什麼。阿坤熟練地拿出一支針劑來，又取出一個小砂輪，在針劑凹陷處劃了一圈，用手一掰，砰，掰斷了，舉到嘴邊，一仰脖，把藥液喝了下去。

郭欣愣在那裏，呆呆地看著阿坤。阿坤見狀笑了起來，「小郭，見怪不怪，見笑了。」

郭欣好奇地取過藥盒來，看到上面寫著「慶大黴素針劑」。阿坤對郭欣解釋：「我的胃壞了，一喝酒就痛，沒辦法，邊療邊喝，這叫品酒療法。」

「那你不好吃點胃藥？」郭欣不解地說，「哪兒有就著酒喝藥的。」

阿坤笑笑說：「那些藥對我已經不起作用了。」接著抬手一指說，「你看他吃三九胃泰還管用，我可早就不行了。」

郭欣扭臉一看，小吳正一手拿著兩片藥片一手端著酒杯準備吃藥呢。

水手長對郭欣點點頭說：「在船上幹活的弟兄沒有幾個胃好的，日子長了，不喝酒幹什麼？值完班除了睡覺就是喝酒。」

小吳吃下了藥片，喝了一大口酒接過話說：「就是，他媽的出海多少天了，在船上除了看海水就是看海水，海面上連個鳥都看不著，更別說看美人魚了，喝上酒正好睡覺，省著想老婆孩子，操，想也白想。來，喝酒。」

郭欣發現他們喝酒的速度已明顯慢了。盤子裏的魷魚肉也不多了，可他們仍然端著杯子在說著「喝……喝……喝」。聽上去他們的舌頭有些發直發硬，他們不是說喝（he）酒，而是說喝（ha）酒。郭欣聽著他們的口音覺得好笑，Q城本地人說話口音都是這麼重，舌頭好像不會打彎。

郭欣發現阿坤越喝酒臉上堆起的笑容越多，話卻變得越來越少。阿坤端杯子的手也有些發抖，黑紅的臉顯得油汪汪地發亮，腦門上滾下一串串汗珠，掉到了他的脖子上。

小吳吐字含混地說：「阿坤，這次你可是發了，釣上來的魷魚真不少。」

水手長道：「你沒看阿坤晚上睡多點覺。」

郭欣插了一句：「為什麼晚上好釣魷魚？」

阿坤憨憨地笑著，說不出句囫圇話來。

水手長說：「魷魚喜歡亮光，晚上從舷欄上吊下個燈泡，燈光照著海面，包著錫紙的釣鉤在海水裏就會發亮，魷魚就會上來咬鉤。」

小吳伸著脖子插上來：「要是有月亮的晚上，你等著瞧吧，就是不會釣的扔下個鉤也能釣上來。」

水手長問了一句：「阿坤，你現在釣上來有百八十斤了吧？」

小吳說：「阿坤釣上來的不止這些。」

阿坤笑笑，「差不多。」

小吳說：「天這麼好，曬魷魚乾也容易，這次回去到市場上賣點，你釣的這些魷魚能賣個好價錢。」

水手長打斷小吳的話：「你以為都像你，人家阿坤哪次回去也沒賣，自己留下幾個，都拿去孝敬老父親和丈母爹了。」

小吳大著舌頭說：「阿坤，嫂子真是不錯，你光拎著幾條曬乾的魷魚她就滿足了，不像我那位，整天嫌我拿回家的錢少。」

水手長說：「錢沒有嫌多的，知足常樂，這點我佩服阿坤。」

阿坤的臉脹得更紅，端杯子的手顫了幾下，把杯子舉到嘴邊，咕咚灌了一大口，嗆得連咳了幾聲，臉憋得紫紅。

小吳轉過臉問郭欣：「你們在船上每天補貼多少？」郭欣說他也不太清楚，說了個他聽來的大概數。小吳感歎道：「怎麼也這麼少，操，你還是博士呢。」

郭欣說：「現在研究所的日子不好過，各個研究室裏經費充足得不多。」

小吳接過去說：你們這些人是暫時的，將來出國就好了。就像前幾年上船來出過海的老段、小苗他們，聽說他們都拿到綠卡了。小郭你認識他們吧，我們這些老粗在這船上耗的什麼勁，不如到遠洋公司的船上，對了，水手長，下次外派到外輪上的名單定了沒有？」

水手長說：「這個我怎麼知道？還不都是上面定。」

小吳說：「這次回去你幫著我打聽打聽，孩子馬上就快上學了，老婆單位都快垮了個屁的。不出去掙錢怎麼行。」

水手長說：「這沒問題，不過你出去一次恐怕也就夠了，外國人船上的活不好幹，我上次外派，那一年真不知道是怎麼過來的。」水手長說著說著眼裏含著淚珠了。水手長外派過一年，那艘船掛的旗幟是巴拿馬國籍，船東是個香港大佬，船長大副是韓國人，二副以下都是大陸船員。連水手長在內，探索者號共去了四個人，幹了半年，回來了兩個，韓國船長和大副拿大陸船員不當人啊，水手長和另一個幹輪機的好不容易熬了下來，簡直是扒了一層皮。可未能外派的船員還羨慕嫉妒的要命，不就是吃點苦，權當蹲了一年監獄，蹲監獄可沒有給錢的——你還得倒交飯錢，這個不是還能掙大錢麼。水手長說：「其實這和蹲監獄根本不可比，在監獄裏你至少還是個犯人，可在人家的船上，人家拿你根本不當人。」水手長的話不能到處說，人家會說他賺了錢還賣乖。只有外派過的船員才能理解水手長的話。不過儘管大家都知道外派當船員受罪，可每次外派名額下來時，大家仍然爭先恐後的爭取能輪到自己的頭上。

阿坤悶聲悶氣說：「早知道現在有外派機會，當初真不該到實驗室。」

小吳說：「你這說哪去了，你現在是實驗師，也相當於工程師，要是不來實驗室，還不是和我一樣，你比我強，頂多當個水手長，外派也不是那麼容易。」

阿坤端起杯子來，在大家面前晃晃，說道：「來，喝（ha）酒。」

他們三個人手中的杯子又碰到了一起，郭欣只是端著空杯子象徵性地晃晃。剛才小吳說的老段小苗，郭欣儘管不認識但卻聽說過。在研究室裏許多人經常念叨起他們來，他們和劉南北是前後屆的同學，劉南北和小苗大學時就在一個班裏，而且在同一個宿舍住上下床，大學畢業兩個人又同時考上了穆老先生的研究生。老段博士畢業後公派出國做訪問學者，按規定是一年，可至今未歸。小苗碩士畢業後就千方百計幾經周折到了大洋彼岸，和老段不同，小苗不是公派，更不屬於訪問學者，說得好聽小苗是自費留學，其實就是一邊打工一邊上學。郭欣在劉南北的桌子上見到過老段和小苗的照片。

小吳喝乾了杯子中的酒，在眼前晃晃杯子，長歎了一聲。

水手長說：「歎氣幹啥，咱在船上涮著海鮮喝著小酒這有什麼不好，讓我到陸地上我還享受不了呢。」

阿坤說：「就是，在海上閒散慣了，真是回到陸地上讓人家圈起來，就是再好的單位，我也不去。」阿坤說得是實話，他並沒有吹牛。阿坤還真有機會調離船上到陸地上的政府機關裏。阿坤的父親是Q城的一位市級領導，有幾個效益好的單位的頭頭在他父親面前幾次提議調阿坤下船到他們的手下一展才華。阿坤父親有幾次也對阿坤說：「你要是想下船就趁早找個喜歡的單位下來，有些事情過了這個村就沒有這個店了。」阿坤未多考慮就搖頭拒絕了，他喜歡船上的生活，喜歡船上的閒散和自在，值完班想釣魚就釣魚想喝酒就喝酒想寫字就寫字想下棋就下棋、想悶頭睡覺就悶頭睡覺誰也管不著。

郭欣插不上話，只是端著個杯子好奇地看著他們。他覺著這些直爽的船員活得比他們這些整天讀書的呆子純粹多了，想說啥就說啥，哪兒用得著藏藏掖掖，整天你爭我鬥的。

郭欣漸漸感到小屋裏空氣有些嗆人，腦子昏沉沉的，眼淚都要掉下來了。阿坤他們酒喝得也少了，可煙抽得凶了起來。郭欣找了個機會離開了這裏，他想換換空氣，呼吸點海上的氣味。海上總是瀰漫著濕漉漉的帶有鹹味的空氣，郭欣早已經聞夠了，可在酒味煙味充湧四溢的小屋呆久了，一出來竟然對這種鹹味的海氣感到親切舒適。郭欣站在右舷上深深長吸了一口氣，慢慢又呼了出來，彷彿把剛才灌滿的酒氣煙氣都給呼了出去。

《探索者號》仍舊單調的航行著，但船速明顯降了下來，越來越慢。從船首吹過來的風一陣陣呼拉拉地響著，浪花從船首兩邊濺起著飛揚著，一切彷彿都在流動著輕微地上下顛簸著。抬眼望去，一座座島嶼串成一條長鏈橫鋪在海面上，海氣環繞著島嶼，給人一種虛幻的感覺，許多艘或大或小的船舶都集中來到了這一片海域上。南海的風暴馬上就要來了，《探索者號》決定在這兒拋錨避風。他有一絲遺憾，不知道是為不能體驗風暴，還是為了船停在這兒白白耗費時間。

一陣浪花被風吹揚到郭欣的臉上，有幾滴水珠濺到了他的眼鏡鏡片上，他打個激靈，一下感到清醒起來，但身子慢慢竟有了涼意，海上的風冷嗖嗖的像刀子一樣。

郭欣正想回身離開這裏——一回身差點撞到正從艙門口出來的人身上。兩人同時發出了驚叫，身子都往後一退。

郭欣定神一看——是何婷。

郭欣的眼睛在何婷的身上迅速地上下掃描了一遍。他感到何婷變得越來越漂亮了。怎麼在陸地上沒有這種感覺呢，何婷當初來參加面試時在郭欣的眼裏是一個典型的女學生，一付清湯掛麵的樣子。這樣的姑娘郭欣見的多了，又是一個小書呆子。郭欣暗暗想。後來何婷到北京讀基礎課去了，等到今年夏天回來，郭欣和何婷待在一起的時間並不長，況且又不在一個辦公室裏，何婷坐在魏先生的房間裏，每天儘管總能碰面，但何婷不是個合群的人，再說自己畢竟是她的師兄，郭欣和她之間總有一段距離。何婷給他的印象自然也深不到哪兒去。像何婷這樣的姑娘其實並不合郭欣的眼光，郭欣看不慣她那種過分的清高，瞧她看人的眼神，簡直沒有一點熱情，充滿拒絕的意味。但郭欣看見她對魏先生的目光還是蠻敬佩的，洋溢著討好的表情。海上的這些日子，起初郭欣常常在睡覺時尤其是剛剛躺下時不自覺地想到何婷，而現在郭欣只要躺到床上，何婷總是風情萬種的向他微笑。何婷的眼神如同有一把鉤，把郭欣的魂兒給勾去了。郭欣發現自己上船後的這些日子身上的那種激情一天比一天強烈，竟感到了在精神上和身體上雙重的饑餓，人饑餓久了怎能不生病呢。郭欣越來越理解考察隊上的老老少少為什麼在船上總是把帶有葷味的故事和容易引人聯想的俗話俚語掛在嘴上，更不要說那些船員了。幾位在研究室裏有名的謙謙先生，在船上開起玩笑來也是毫無顧慮，說話不到三句，便直奔「主題」，可謂一上來便刺刀見紅了。郭欣也理解了阿坤和那些水手們為什麼空閒時喜歡往自己的肚子裏灌酒。酒是好東西啊，能讓人的慾望和感覺麻醉，讓人有一個發洩的渠道。海上的這種單調生活是需要用一種超越陸地生活的獨特方式來麻醉自己的身體和精神的。郭欣自從習慣於睡前沉浸在與何婷繾綣的夢鄉中，再看到何婷時總有一種負疚甚至於負罪的感覺。郭欣感覺自己在何婷面前好像犯下了不可饒恕的罪惡一般。郭欣為自己這種無法啟齒的夢想所折磨，但又十分無奈，無力自拔。值完班下來雖然身體感到很疲勞，但只要一躺下，這種夢想就清晰而又熱烈的開始了……郭欣醒來時常常為弄濕的內褲和印在白色床單上的污跡感到害臊，下意識裏總擔心被汪洋發現自己的秘密，趕緊再換一條內褲，床單不能經常換，只好用毯子蓋住。郭欣從出海第三天起就再也沒有疊好被褥過。郭欣有時看到涼在過道上的衣服，尤其是那些顯眼的內褲，就會湧上這樣一個念頭：他們也和我一樣在經常的做夢吧。郭欣睡覺時特意觀察過汪洋，他發現汪洋也時常在床上輾轉反側，心裏偷偷樂了，看來半斤八兩汪洋也好不到哪兒去。郭欣並不擔心汪洋也像自己在夢想著何婷，汪洋有女朋友——汪洋的女朋友是個長得很甜的蘇州姑娘，他倆是大學同學，汪洋曾得意地說，他大學四年沒幹別的事，就幹成了一件事——把系花追到了手，捎帶著混了一張大學文憑。在郭欣看來，汪洋有人牽掛，在船上不會打何婷的注意，可最近幾天，郭欣發現汪洋看何婷的眼神明顯透著一股邪氣，心裏非常憤怒，這個小白臉，瞧那副德性，就想揀女人的便宜。

郭欣對著何婷單純的笑笑，何婷也抿嘴笑笑。

郭欣接著開口說：「剛才我到你房間找過你？」說完這話，郭欣的臉上湧上一層紅暈，像是無意間暴露了一個見不得人的秘密。

何婷並沒顯示出意外的表情，揚起右手捋捋被風吹亂的頭髮。何婷有一頭濃黑發亮的頭髮，用一隻蝴蝶狀的卡子攏在腦後。她又習慣性地用手理幾下耳後的那一簇頭髮。然後用左手整理一下衣襟，這才望定郭欣說：「你到房間找過我？」

郭欣肯定地點點頭。

「我怎麼不知道呢？」何婷疑惑地問，嘴角存著一絲沒有消失的笑紋。

「我敲了半天門，你屋裏一點動靜也沒有。」郭欣苦笑說。

何婷臉紅了一下，她想起來了，剛才她是聽到一陣急促地敲門聲。她不由得下意識地難過起來。

何婷當時並不在房間裏，而是蹲在廁所裏。何婷蹲在那裏聽到敲門聲時還想，誰到後艙來找人了，潛意識裏湧出這樣的念頭：「不會是來找我吧？」這個想法轉瞬即逝，她想誰又能來找我呢。何婷沒聽到有開門聲，過一會兒，她聽到腳步聲經過了廁所門口，近了，又遠了，沿著樓梯篤篤地上去了。等她從廁所裏出來時，後艙過道上不見一個人影，那個敲門的人早已經走了。其實何婷盼望著能有個人來找找自己，自己一個人在房間裏的時候，要是有個人來聊聊天有多好啊。何婷看了看郭欣竟有些埋怨自己，偏偏那個時間不在房間。何婷掩飾一下自己的失望，平淡問道：「找我什麼事？」

郭欣還想問問她剛才上哪兒了，但又不好開口，只好接過她的話，「阿坤他們讓我來喊你，」郭欣的話還沒說完，何婷的眼睛一亮，馬上打斷了他的話，脫口說道：「阿坤他們？他們找我有什麼事？」郭欣捕捉到了何婷眼神的變化，心裏猛然泛上一股酸意，嗆到了嗓子眼，渾身不自在起來。泛酸快要到達臉上時，郭欣已調整好自己，把它壓抑了下去。郭欣對著何婷說：「他們請你吃涮魷魚。」

「真的，你怎麼不找我？」何婷的神態既充滿渴望又顯得懊惱。

郭欣滿臉委屈說：「我敲了半天門，誰讓你聽不到呢？」

何婷反應過來，笑著說：「你也就是，就不能喊喊我。」

郭欣說：「後艙那麼靜，我在那裏一喊，人家聽了像什麼事。」

何婷撇撇嘴，說：「真虛偽，不做虧心事，還怕人聽到？」

郭欣聳聳肩膀，沒說話。郭欣顯得像是默認了自己做了虧心事。

何婷覺著郭欣挺好笑，這麼大的人了有時候還像個沒長大的孩子，還是什麼博士研究生呢，整個一小傻冒。隊上的年輕人本來就少，熟悉的除了這位師兄，再就是汪洋了，那個劉南北儘管年齡也不大，可他是首席科學家，何婷感到和他隔著一段很遠的距離。到船上以後，何婷簡直成了隔離對象，郭欣幾乎沒單獨來過她的房間，今天要不是有這樣一個理由，他也萬萬不會跑下來敲門。而那位汪洋更逗，有幾次她看出來他很想進來坐坐，自己也很歡迎他進來，可他到了門邊兩腳就是邁不動，只知道在過道上走來走去，左顧右瞧的樣子就像個賊似的。何婷有幾次想喊他進來，話到嘴邊又咽了回去。起初何婷沒在意，只是感到有點蹊蹺，這傢伙怎麼老是在過道上亂竄，後來明白了，這個傢伙是怕別人說閒話。何婷便有幾份氣惱。她又覺著好笑，這傢伙在上面實驗室還有甲板上總找機會和自己搭腔，好像那是很光明正大的，而到了她房間這兒就成了見不得人的勾當。何婷發現另外幾個年輕點的隊員也是如此，人多的時候一個個爭著表現，互相攻擊，互相揭底。可真到了她房間門口，一個個都像賊一樣鼠頭鼠腦。何婷便有意識不去理睬他們，對他們的殷勤表現沉著臉不理睬。可過了幾天，仔細想想他們這樣做無可非議，便又氣消了。

何婷揮起握起來的拳頭在郭欣面前晃晃，說：「下一次再有這樣的好事可別把我拉下了。」何婷真是感到遺憾，剛才她從後艙上來時，在樓梯上就聽到阿坤小屋裏的笑聲，她簡直有些羨慕，他們這些船員多快活啊，大碗喝酒大塊吃肉大聲說笑，恐怕不會像她這樣沉悶無聊度日如年。何婷經過阿坤屋門時知道那門總是開著的，便快步走過去，不往裏看，免得讓喝多了的船員碰見她的目光開她的玩笑。現在對著郭欣，她說的是真心話，其實她很想坐到那間小屋裏聽聽他們吹牛亂侃，只是坐在那兒就行。

郭欣連連說：「知道知道。」

何婷歪頭笑笑，「這還差不多。」

郭欣歎一口氣，滿臉莊重說：「現在這成了什麼世道，師妹教訓開師兄了。」

何婷道：「就因為你是我師兄，我才要教訓你。」

兩人說著相互看了看都笑了起來。

何婷忽得收起來笑容，皺皺眉毛，說：「你是不是也喝酒了？」

郭欣搖搖頭說：「我什麼時候喝過酒?!」郭欣很少喝酒，也許是遺傳的緣故，因為郭欣的父親就不能喝酒，郭欣幾乎是滴酒不沾。

「哪你身上怎麼有這樣強的酒味？」何婷的臉上明顯寫著懷疑。何婷並不是不相信郭欣，她知道郭欣不能喝酒，只要一杯啤酒喝下去，郭欣的臉就變得像關公一樣。她還記得剛從北京學習回來，一次週末他們幾個同一屆的研究生搞了一次聚會，就在她辦公室裏，有幾個看到隔壁房間的郭欣，知道那是何婷的師兄，便去把他也拉來，大家起哄著灌了郭欣一小杯白酒，聽同學們說那隻是一種低度白酒，可郭欣喝下去後，臉色馬上變得沒有一絲血色，兩手立刻抖動，跟著渾身顫起來，這把大家嚇壞了，有人說快把他送醫院吧。郭欣搖搖頭，小聲說，不要緊，讓我睡一覺就好了。大家趕緊把郭欣扶回宿舍讓他躺下，第二天中午郭欣才睡醒。何婷心裏對自己的這位師兄還是充滿好感的，她覺著郭欣為人很樸實，有一種單純的學者味，這種學者味是何婷自己命名的，她把這個用來衡量和自己交往的人。正因為何婷知道郭欣不能喝酒，她才不能對郭欣身上散發的濃郁的酒味無動於衷，因為這是在海上，她擔心郭欣忍受不了寂寞而像那些水手用酒精來麻醉自己。何婷已體會到船上這種寂寞的滋味，這種寂寞是像無邊的海水撈一把喝進嘴裏充滿苦鹹乾澀的。她也知道這些男人們是在怎樣克制著自己的情緒，就像一群健壯的公牛圈在一座狹窄的圍欄裏。她很驚奇自己居然已習慣了他們在她面前說得那些毫無顧忌的粗俗的玩笑，那是些聽一句都要讓人臉紅半天的。

「沒有，我真沒喝酒。」郭欣聽懂了何婷對自己的關心，這使得他大為高興，「我剛才在阿坤那裏，沒找到你，我就坐那兒吃魷魚了。」郭欣看著何婷不緊不慢的說，「他們喝酒，我也跟著聞味。」

何婷哦了一聲。她知道郭欣和那個長的五大三粗的阿坤交上了朋友，要不阿坤也不會找他來喊自己。兩人都不再說話，把眼光移開，沉默起來。沉默中便有了一點複雜的內容，這是那種只能暗暗體會而無法言傳的內容。過一會兒兩人幾乎是同時抬頭望著滾滾流動著的連一個鳥影也沒有的深藍的海面，海面像一條不斷流動的巨大的緞面，隨著湧動的風，起起伏伏，像是有一隻大手在拽著這緞面的一個角，緩慢然而又是沉重的抖動著，把這厚重的緞子向前推移著，無邊無際。太陽迎著船頭上下起伏著，上午的光線密密匝匝地在海面上滾動著閃耀著，像隨意拋撒的碎銀子。

「船上生活真單調。」何婷像是在沒話找話。說完這一句，她的臉色已漲得通紅，不由得低下頭。

「是挺單調。」郭欣說完後感到自己真蠢，怎麼就說不出一句漂亮話來。

「我一開始還害怕暈船。」何婷的情緒恢復了正常，說：「沒想到海上這樣靜，前幾天颳風下雨時船也沒怎麼晃，沒嚐到暈船到底是啥滋味。」

「就是，船員們也說，這樣的好天氣真是少見，不過馬上就來風了，可咱遇不到了。」郭欣說話時已不再急促。

「為什麼？」何婷奇怪地問。

郭欣說：「你沒覺著船跑慢了，馬上就要停船拋錨了，南海有風，咱在這裏待著避風。」

「我說呢，剛離開上個站位不久，船就慢下來，原來是要避風。」

「這會兒那些船員可以好好喝酒了。」郭欣笑出聲來。

何婷依然有問題，問：「在這裏就感覺不到風浪吧？」

郭欣隨口說：「也許吧。」

「我們這就是適應出海了吧，還會暈嗎？」何婷半信半疑地問道。

「遇到大風肯定會暈船，因為咱們從來沒鍛煉過。」郭欣說這話時顯得挺興奮，好像他在盼望著遭遇大風一樣。

「這麼肯定？」何婷笑著說。何婷其實很喜歡郭欣這付嚴肅的樣子。在何婷的眼裏郭欣有時候天真的可愛，有時又顯得反應比別人慢了半拍。上船不久，何婷就感覺到郭欣看著自己時那付表情明顯的目光，起初她很奇怪，郭欣這是怎麼了，在辦公室裏時，這位師兄在自己面前總是一付深沉的樣子，從來沒用這樣的眼光來盯著自己。漸漸地她理解了，她知道這都是因為在海上的緣故。何婷並沒有鼓勵郭欣的眼光，不過也沒有拒絕，慢慢地她又感到她竟然渴望著郭欣看著自己時的眼神了。與此相反，她討厭汪洋的目光，汪洋也是用這種眼光盯自己，但她感到汪洋的目光裏充滿淫邪的內容，不像郭欣，是一種儘管含義明顯但看上去讓人放心的單純的目光。

「對，因為我們的小腦還很靈敏。」郭欣乾脆利索地說：「小腦越靈敏，越會感到暈船。」

「從哪兒學來的，」何婷撲哧笑出了聲，又說：「你聰明，你的小腦自然靈敏，你就等著暈吧，我們笨，沒那麼靈敏。」

「這與聰明不聰明無關。」郭欣依然一本正經地說：「我們的小腦都有一個靈敏點，身體受到刺激它就有反應，超過這個靈敏點，身體內部跟著起反應，如果在海上，船晃的厲害起來，小腦不能保持身體平衡，這就是超過了靈敏點，這就意味著暈船了。」

「那我們逃不過去了？」何婷的話裏仍有些調侃。

「不一定，這也因人而異，你們女人的小腦可能比男人的遲鈍一些。」郭欣認真地看著何婷說。

「你才遲鈍呢，暈船還分男女。」何婷用手推了郭欣一下。接著何婷就為自己的舉動感到一陣不好意思。

「是分男女，這是真的，到時候你就知道了。」郭欣心裏希望何婷再推自己一把，他能感受到何婷綿軟的手給他身體帶來的快樂。他真想握住何婷的手，要是能把她摟抱在懷裏該有多好啊。

兩人正說著話，不知不覺，突然感到船身一頓，船速明顯停了下來，兩人同時往船首那兒望去，其實那裏並沒有人，船頭一起一伏地節奏也明顯慢了下來，船身開始微微左右搖晃起來。海水盪得厲害了，托著《探索者號》哐盪哐盪的搖晃著。郭欣和何婷站在這裏感到身子也跟著晃動起來，從船頭吹來的風也變得柔和了許多。能聽到艙裏開窗的聲音和上層甲板上三三兩兩的說話。

「走，回去吧。」郭欣叫著何婷，說：「待會兒再出來，還要在這裏靠上幾天呢。」

郭欣說著便往艙裏走。郭欣不想讓大家看到他和何婷單獨在甲板上說話，尤其是汪洋，已經酸溜溜地對他和何婷的來往說三道四。何婷明白郭欣的用意，她也不願意讓別人說閒話，低著頭隨著郭欣進到艙門裏去了。

阿坤小屋裏烏煙瀰漫酒氣熏天。小吳的酒明顯喝多了，歪靠在地上，嘴裏念叨著：「阿坤，我沒法跟你比，你有個好老子，我他媽的孩子馬上要上小學了，還一家三口擠在一張床上，想幹點那事他媽得跟做賊一樣。」

阿坤皺著眉毛，一口一口地抽煙，他倚在櫃子上，眼睛有些朦朧濕潤。

「小吳你別喝了。」水手長說：「再等幾年，房子會解決的。」

小吳的眼睛通紅：「操，再等幾年，等幾年是個頭，老婆整天埋怨我，沒辦法我就把陽臺給封起來了，天暖和時讓兒子睡那兒，本想這下可以跟老婆幹事了，幹著幹著，兒子在晾臺上喊了，媽爸，你們在裏面幹什麼，叫喚啥，吵得人一點也睡不著。」小吳說著笑了：「操，你說，還幹得啥勁。」

阿坤和水手長哈哈樂起來。

水手長說：「等回去後，你想幹了讓你老婆到船上來，讓大手休班，你可以住單間了，這就沒人說你們吵了。」

阿坤說：「你小子整天瞎混沒個正行，你兒子跟著也學不出個好來。」

「他長大了能有出息我這輩子也就沒白活。」小吳說著眼淚便跟著流出來。

水手長和阿坤交換了一下眼神，阿坤對小吳說：「小吳，今天就到這兒吧，明天再喝。」

水手長接道：「就是，今天咱哥仨喝得真不少，痛快，小吳，回去歇歇，睡一覺起來再接著喝。」

小吳脖子一梗，扯嗓子嚷嚷說：「我不，今天咱哥仨還沒喝夠，阿坤，你再打開一瓶，兄弟知道你手裏有好酒。」

阿坤說：「好好，我給你再打開一瓶，正宗的洋河大麯，不過你先去睡一覺，睡醒了再喝。」

小吳充血的眼睛瞪大了說：「我一點也不睏，你們非要讓我睡覺，真不夠哥們兒，這才喝到哪兒，離著想老婆還遠著呢。」小吳說著，拿眼掃了掃小屋，疑惑起來：「哎，怎麼就咱哥仨，那個小四眼還有那個姑娘呢？」

阿坤嘿嘿地直樂，一邊樂一邊搖頭：「你還惦記著那個姑娘，你這個樣子早把人家嚇跑了，快回去老實睡覺去，等你醒了就看到姑娘了。」

水手長拍拍小吳的肩膀，說：「你面前擺著這麼多酒瓶子，再大膽的姑娘也不敢坐你邊上，來來，我和阿坤陪著你回去。」

水手長和阿坤，兩人一邊一個，連拖帶拉，架起來小吳，小吳掙扎著說：「我沒喝醉，你倆以為我醉了，真是糊塗，笑話，這麼一點酒，能把我小吳灌醉，簡直是笑話。」小吳一邊說一邊伸胳膊想掙脫開他倆，可他的身子軟軟綿綿地靠在了阿坤的身上，眼睛已經睜不開了，嘴裏還在嘟囔：「那個姑娘上哪兒了，不是說來陪咱弟兄們喝一盅嗎？」

阿坤和水手長架著小吳跌跌撞撞地往前艙走，走到實驗室過道那兒，遇到了郭欣和何婷，他倆趕緊把身子緊貼在艙壁上，好讓他們過去。何婷聽到了小吳嘟囔姑娘的話，臉色有些掛不住，眼簾垂了下來。走過她身邊時，阿坤歉意地朝她點點頭說：「他喝醉了，你別當真。」水手長補了一句說：「他不知道他在說啥，你就當他是在放屁。」何婷臉更紅了，正要說句什麼，小吳閉著眼又嚷開了：「誰說我醉了，誰在放屁，你們才是在放屁呢。」郭欣忍不住，撲哧笑出了聲，何婷也偷偷地笑開了。阿坤和水手長跟著笑了笑，顯得哭笑不得。

從實驗室裏傳出老李的聲音：「又喝多了，沒那個本事就少喝點，省著出這個洋相，還姑娘呢，姑娘是他叫的。」老李說著，從門裏探出頭來，笑呵呵地看著他們。小吳的腦袋無力地耷拉在胸前，這會兒沒有再出聲。阿坤水手長吃力地把小吳拖走了。

老李招呼道：「小郭、小何，現在沒有啥事，進來坐著玩吧。」

郭欣連聲說好好好。郭欣先走過來，往門檻上一站，便有些不好意思起來，隊員們大部分都坐在這個大房間裏，氣氛熱鬧的很。郭欣往邊上一讓，給何婷閃出了地方。

第三章

海上還沒有起浪，但濃厚的烏雲已沉甸甸地壓在了海面上，讓人喘不過氣來。海上的湧浪也明顯盪了起來，一波一波凝重著匆匆地往前趕著，讓人抬頭見了感到眼暈。《探索者號》的輪機已停了兩臺主機，兩臺輔機仍在低頻率的轟響著——船上的空調和照明還有實驗室的幾臺儀器的用電必須保證。儘管已拋錨，《探索者號》搖晃得比先前厲害起來，人在船上就像待在搖籃裏，隨著船身晃晃悠悠地搖來盪去。轟鳴的主輪機聲雖已消失了，但船上並沒有安靜。除了輔機的轟鳴，船上各個艙裏如同趕集的鬧市一樣，人聲嘈雜，熱鬧非凡，簡直沒有一個安靜的角落。隊員們經過一個多月周而復始的值班下班再值班再下班，總處在轟轟隆隆的氛圍，現在終於可以徹底放鬆一下了。但船員們仍在按部就班的輪流著值班，不過大家的心情都鬆散下來。

船員和隊員們分成了幾個不同的活動圈子。一般甲板部的水手多集中在船首大廳裏的一個角落，輪機部的機匠們還有電工則待在中艙中間的那間小活動室裏，而考察隊的隊員們大多是在實驗室的那間略微寬敞的大房間裏——門楣上掛著「乾性室」的小牌子。當然，也不是井水不犯河水，劃分並不絕對。在大廳裏還有許多看電視的人，這就超越了部門的界限。也有喜歡安靜或者喝酒的幾個人湊一起聊天或者端著杯子暢飲，但幾乎沒有一個人是單獨待在一間屋裏孤獨著消遣的。

在大廳一進門右首邊上的一張長方桌前，圍坐著一群打牌的人，大多是甲板部和業務部的人。在船上各個部門中，業務部人最少，除了管事、醫生，加上三個廚師，還有老黃，再沒有別人。醫生和老黃都是上了歲數的人，不和年輕人攙和，醫生一般坐在前面看電視或者一個人貓在房間裏看書，而老黃除了看電視幾乎沒有別的娛樂。胖子他們自己玩不起來，即使湊一起也感到不熱鬧。或許是宿舍同在前艙的緣故，他們同甲板部的人聚在一起比和輪機部相對要多些。這會兒胖子和猴子就在這些打牌的人裏面——猴子是大家給三廚小孫起的綽號，要是有人在胖子面前說廚房的人近水樓臺多吃多拿要不咋這樣胖，胖子一定噌噌跑回去把小孫抓來，瞪眼說：「看看，伙房裏的人瘦得跟猴一樣，你又怎麼說？」小孫的確瘦，人又長得矮，像個發育不良的少年。其實猴子的女兒已經上小學二年級了。胖子坐在二副和水手張軍中間，臉上泛光流彩，興奮異常。他們在打「夠級」，這是Q城男女老少喜歡玩的一種六人打牌遊戲。

胖子是個容易激動的傢伙，既容易上火，也容易高興，他的臉是一張晴雨表，一會兒晴到多雲，一會兒烏雲密佈，一會兒豔陽高照。猴子站在胖子的身後，手舞足蹈的充任軍師，嘴裏更是嘮叨不休，有時情急，竟然彎腰伸手從胖子的手裏搶牌往桌子上猛摔，嘴裏還不乾不淨的罵著：「你這個臭牌，出這張沒錯。」

胖子的對家是小吳，小吳瞥一眼猴子，一邊翻牌一邊衝著胖子說：「胖子，到底是你打牌還是別人打，真沒勁，整個一魁儡。」

胖子瞪他一眼說：「毛病不少，老實翻牌吧你。」

小吳瞅了瞅猴子，嘲諷說：「有本事坐下來練練，在後邊瞎指划算啥能耐。」

猴子臉色刷得變了，出口就罵：「你他媽的有病，你還管著老子說話了。」

小吳剛要反擊，邊上人說：「算了算了，都少說句吧。」小吳喉嚨動了動，狠狠地瞥了猴子一眼。猴子罵完了便低頭看胖子的牌，並沒看到小吳惱火的目光。胖子一邊抽牌，一邊嘟囔，打牌臭點不要緊，別拉不出屎來怨茅房。

小吳脖子上的青筋暴露著凸出來，張口嚷嚷：「你的嘴乾淨點，別拉了屎不擦嘴。」

胖子勃然大怒：「我操你媽，你拉屎都用嘴。」

胖子嘴上罵著，抽出幾張牌啪地摔到了桌子上，說：「你這個臭牌，不想玩了就他媽的回去待著去。」

小吳並不示弱：「你才是個臭牌呢，你是不是以為老子願意陪你玩。」說著，猛一揚手，一把牌散在了桌子上。

胖子臉紅脖子粗地站了起來，身子往前一探，戳劃著小吳說：「你他媽的想幹什麼？」

小吳一抬手，用手背擋開了胖子的指頭，說：「你少來這一套，別動手動腳的。」

胖子噴著唾沫叫：「你動啥手，你還想動手？」

小吳正要張嘴，二副插話說：「哎哎，我說各位打住吧，也不怕人家笑話，沒看到那邊坐著小姐嘛，是不是咱也文明點，就是裝裝樣也行啊。」

幾個人的目光順著二副的眼光掃了過去，果不然，何婷正坐在前邊看電視呢，胖子和小吳對了對眼光，各自咬咬嘴唇，胖子坐了下來，小吳把到了嘴邊的話又咽了下去。

安靜了一會兒，胖子又叫了起來。這次胖子不是和小吳叫，胖子和猴子吵了起來。原因是猴子不等胖子認可，伸手替胖子打出了一張牌，恰好把坐在下家的張軍給放走了。張軍正為手裏剩下的這一張小牌愁在心頭，這一來，樂得他手舞足蹈，眉開眼笑，就像窮漢一出門一下子讓一塊金磚給絆倒了，他簡直要給胖子磕一個響頭了。小吳更是陰陽怪氣，瞇縫著眼睛晃著腦袋哼起了京劇《沙家濱》：這個女人不簡單……

猴子右手摸著腮，哭笑著說：「誰讓你們不問問他還有幾張牌了呢？」

胖子罵道：「去你媽的，放什麼馬後炮。」

胖子接著伸手把剛才猴子扔下的那張牌揀了起來，又說：「這張牌出的不算，這又不是我出的，這是猴子出的，又不是他打牌，我根本就不想出這張。」

小吳伸手一把從胖子手裏搶下了這張牌，說：「你少來這一套，不管誰出的，反正這是你手裏的牌，剛才你怎麼不說，現在說這話，沒用。」

張軍一拍胖子的肩膀，說：「胖子，咱別耍賴，落地生根，這是打牌的規矩。」

胖子起身想搶回牌來，小吳往後一躲，把這張牌插到了桌子上那堆已反過來的牌中。胖子把手中的牌嘩得扔到了桌子上，高聲說：「愛誰誰，老子不認這個規矩。」

小吳說：「你扔牌了，好，你是大拉，來來，咱接著打。」（按照Q城打「夠級」的規矩，第一個搶出去的叫頭客，第二個是二客，依此三客四客，最後一個是大拉，意思是拉客，倒數第二是小拉，也就是五客。打「夠級」時的稱呼也體現了Q城的特色，譬如老王叫大華，王后叫小華。據說「大華」者其實是俄文「王」的音譯。Q城在歷史上曾生活著相當規模的白俄，至今有許多口語裏還留著當年的這種痕跡。）

「就是就是，扔牌就是認輸。」張軍添油加醋說：「這是打夠級的規矩，要是輸不起了就說話。」

胖子一歪頭，瞪眼說：「誰認輸，你才是輸不起了呢，要不是猴子幫你，你才是絕對的拉客。」

張軍笑笑說：「我拉客？開什麼國際玩笑，咱倆是真正的聯邦，要不是你放我，俺聯邦還真放不了我。」（打「夠級」的六人中三人一組結成「聯邦」，間隔捉對撕殺，非常強調「聯邦」之間的互相配合，搶出「四客」之前就達到了「級別」，「小拉」和「大拉」就是輸家。這種玩法據說開始於文革後期，人們厭倦了以「出身」、「階級」劃線的相互爭鬥，在遊戲中強調合作和平等的要求。）

胖子臉都白了，罵道：「誰是你聯邦，我認識你這個鱉蛋是誰。」

張軍一聽這話，一揚臉，眼瞪了起來，說：「胖子，咱把話說清楚，你剛才說誰是鱉蛋？」

胖子伸著指頭戳打著張軍說：「我就說你這個鱉蛋。」

胖子的唾沫星子四濺著，噴了張軍一臉。

張軍用手在臉上抹了一把，大聲罵道：「胖子，你才是個鱉蛋，我操你媽，你這個鱉蛋，你噴什麼大糞。」

張軍最聽不得人家罵他鱉蛋，「罵鱉蛋就是王八。」

胖子呼得站了起來，用左手纂住了張軍的肩膀。

張軍噌得也站了起來，二副立刻離開椅子插了上來，急赤白臉說：「你們這是幹什麼，連裝裝相也裝不出來了，好吧，就是裝不出來，你們也該看看，那邊不只是坐著小姐，船長也在那兒呢。」

一聽船長也在那兒坐著，幾個人都明顯的一愣。二副趁著他們發愣，一把拉開了胖子的手，把他倆摁回到椅子上。船長是啥時候來的，怎麼剛才沒看到。胖子忿忿地想。張軍眼裏亮著淚花憤憤地走了。

大廳裏電視機開著，勉強還能收到中央電視臺的節目，儘管螢幕上總是佈滿成片的雪花，但電視機前還是有人津津有味的看著。何婷有些孤單的坐在一個不顯眼的位置，她邊看電視，邊不時地注意一眼周圍的動靜。何婷偶然一側眼發現船長就坐在旁邊的一張桌子前，聚精會神的看著電視，並不看任何人，就好像整個大廳裏只有他一個人一樣。只要船長在場，大廳裏就比往常安靜許多。郭欣坐在何婷身邊，眼睛盯著電視螢幕。汪洋很難得的沒坐在這兒，這種情況頗少見。一般若是何婷在這兒，汪洋必定要磨蹭在她身邊，時不時地搭訕著和她聊上幾句。郭欣看在眼裏氣在心上，常常暗罵，瞧這小子的德行，像個盯縫的蒼蠅。郭欣有一次看到何婷熱情洋溢地和汪洋說笑，很想提醒何婷說，汪洋其實有女朋友。可話到嘴邊還是忍住了。不過汪洋沒坐在這兒，郭欣心裏又覺著少了點東西，有一些失望。這小子肯定又去打牌了，在研究生裏汪洋的牌技巒高的，這和他的脾癮成正比。在人多的地方，郭欣很少和何婷談話，不像汪洋越是當著大家的面，越是旁若無人的和何婷說笑，簡直是沒話找話，說不了三句，內容就擦邊了，一付調侃的架勢，弄得何婷頗為尷尬。但在郭欣看來，何婷表面上尷尬眼神裏卻挺興奮，嘴角裏還流露著得意地微笑。這讓郭欣心裏很不舒服，像是自己的感情被褻瀆了。有時候郭欣發現大家都在瞧著汪洋和何婷，尤其是對汪洋，有幾個船員的眼神很不友好，而汪洋並沒反應，依然感覺良好，在何婷面前高談闊論。郭欣心裏笑了，小子，有你好瞧的。果然，隔天傍晚打飯時汪洋端著盤子正往大廳裏走，斜插裏一個水手突然迎上來撞了汪洋一膀子，汪洋聲音都變了，湯湯水水灑了一身。汪洋結結巴巴地說：「你——你怎麼搞得嘛。」那水手兩手一攤學著汪洋的話說：「你——你怎麼搞得嘛。」周圍幾個船員也一起跟著起哄，說：「你——你怎麼搞得嘛。」汪洋臉都白了，哆索著身子扭身走了。後來還是阿坤又給他打了一份飯菜送到了房間裏。郭欣覺得奇怪，像汪洋這樣聰明的人，竟然看不出那些水手何以對他不友好，見了何婷，仍一如既往。

何婷後來只要想起第一次到大廳來看電視的情景就不由得心跳加快暗暗得意——上船的那一天晚上，《探索者號》還沒駛出Q城海灣，正停在錨地上。她跟著郭欣汪洋晚上到大廳來看電視，起初她感到奇怪，船上居然還有電視。那天他們去時，還沒到大門口，就聽到裏面亂哄哄的，吵吵鬧鬧。何婷心裏有些打退堂鼓，可人已經走到門口，又不甘心再回去。郭欣和汪洋推門進去，何婷頓時有些發怵，她站在門檻上遲疑了一下，兩腳像是被黏住了，動彈不得，門裏已有人看到了她，有一個水手興奮地喊，吆，弟兄們注意了，我們船上的女同胞大駕光臨，現在已經進來了。何婷還沒來得及反應，頭就大了起來，她感到臉上火辣辣的在燃燒著，一雙雙冒火發亮的眼睛都定在了她的臉上。何婷感覺到這些冒火的眼睛在上下掃描著自己，射過來的目光在她的臉上身上掃描著聚焦著。何婷怔了一下，下意識的抬起手來理理鬢髮，她簡直不知道是怎樣邁步的，只記得下意識地挺了挺腰板。同剛才的喧鬧形成了強烈的反差，何婷進來後大廳裏突然變得靜悄悄的，彷彿這裏成了她一個人的世界，她如同置身在一個舞臺上，強烈的追光燈打在她的臉上身上，大家的目光都在追隨著她，這讓何婷渾身發熱，臉上更是發燙。何婷簡直不知道該往哪兒放腳，這種場面她還是第一次遇到。汪洋機靈，感覺氣氛異樣，馬上反應過來，看到何婷傻愣在那兒，心裏覺著好笑，又掃了一下大家，看到這些船員們盯視何婷的樣子，便又有些得意，轉過身來，對何婷說：「愣這幹啥，到這邊坐。」說著伸手作了個邀請的動作。何婷臉上擠出一點苦笑，感激地點點頭，跟了過去。據郭欣後來從二副那兒聽說，那天晚上是船上看電視有史以來第一次這樣安靜，連最能侃的大副都變得文靜謙和，說話聲音降了八度，簡直是慢條絲縷文質彬彬。

《探索者號》航行中和駛達調查區後，電視機就再沒有打開過，這是船上的規矩，要不然怎麼能保證大家正常值班和休息呢。現在船上除了按時到駕駛臺和輪機艙值班的水手機匠，大家成了無所事事的閒人。這時候看電視成了大家的消遣。何婷起初以為大廳裏非常安靜，連那邊那群打牌的傢伙都克制著自己的音量和情緒，這都是因為自己的緣故，她心裏湧上似有似無的得意來。可很快她就發現恐怕並非如此，因為她發現並沒有誰特意來瞧她，她還無法忘記第一次坐這兒看電視的情景。她用眼睛的餘光掃來掃去，隱隱有些遺憾，但當她看到船長穩穩坐在那裏的時候，一下明白了，這種安靜是因為船長，船長的威信對船員們來說是至高無上的，在船長面前誰也不能甚至不敢放肆。何婷心裏竊笑，她自信要是船長不在這兒，肯定會有人拿眼珠子和嘴巴來討好她來過一吧嘴巴上的癮。何婷就這樣在那裏自己梳理著自己，心裏想像著別人暗暗的愛慕，嘴角不時漏出一點點笑紋來。過了一會兒，船長起身離開，誰也沒看走出了大廳，接著就是上樓梯的聲音。何婷想，船長又回他自己的房間了，一個人待在那間房子裏，船長寂寞不寂寞？何婷不能肯定。何婷又看了會兒電視，覺得電視沒什麼好看的，這會兒大廳裏也有些吵，那邊那群打牌的人嗓子都有些高，就像在打山仗一樣，尤其是胖子，動不動就扯著嗓子喊，而他身後的猴子，竟然比他還來勁，不知道的還以為是猴子在打牌呢。郭欣仍在津津有味的看著電視，何婷覺著好笑，這種破電視劇有啥看頭，這傢伙什麼時候染上小市民口味了。要是汪洋在這裏多好啊，還可以有個說話的人。何婷這時候很有些盼望汪洋能坐在她身邊了。一陣浮浪的笑聲把何婷嚇一跳，她聽到身邊的幾個船員嘴裏在評論著電視上無聊的節目，可句句都帶著髒字，還不時發出頗有意味的笑聲。何婷皺皺眉頭，站起身來離開了大廳。郭欣回過身來目送著她的身子，想跟著追出去，可又忍住了。何婷向外走時，她發現有幾個人朝她投來關注的目光，心裏頗為愉快，但臉上仍像沒事兒人一樣，目不斜視地推開門出來了。

「哎喲。」何婷迎面撞到了正邁進艙門檻的來人身上。那人很自然地伸開了兩個胳膊，簡直是把何婷攬到了懷裏。何婷趕緊往後一退，掙脫了這熱呼呼的胸膛。何婷瞪眼一瞧，臉刷地紅了。來人是劉南北。正笑嘻嘻地瞧著她，眼神火辣辣地。何婷捋捋額前耷拉的一縷頭髮，使勁一跺腳，怒道：「你壞。」劉南北嘿嘿樂了，「你這人咋這樣不講理呢，要不是我扶住你，你恐怕早踉倒了，還不把你摔疼了。」何婷身子縮了縮，像是害冷的樣子。她盯了劉南北一眼，說：

「你是首席，誰能駁倒你，反正總是你有理。」劉南北眨眨眼，神情裏多了幾分複雜的內容，「你說的這句話我同意，真理常常掌握在少數人手裏嘛。」何婷眼珠骨碌一轉，打住了話頭，說：「電視沒啥意思，我要回去休息了。」何婷說著便往劉南北的身邊晃了一下，像是要從他身邊過去。劉南北並沒有讓路的意思，仍立在艙門口那兒，抬腕看了看說：「這才幾點，這麼早就睡覺，不怕睡腫了下眼皮。」何婷低下頭，嘟囔說：「請尊重你的身份。」何婷扭身走上了螺旋樓梯。她走得很快，噔噔噔，幾步就上到了三層艙道上，沿著幹部船員艙，往後邊走去。她這樣就不用走船舷，晚上每次從船舷上走看著黑壓壓的海面何婷總覺得心裏發冷，她寧願多走點路通過幹部船員艙，先下到實驗室，再回到後艙。劉南北抬臉看著她一級級的上樓梯，眼睛不由得跟著她那雙輕便的布底鞋忽悠悠地往上走。劉南北忽然發現，何婷的腳長得小巧秀氣。以前怎麼從來沒有注意過女人的腳呢。劉南北想起了自己的老婆，老婆的腳又是什麼樣呢，劉南北疑惑了。他呆呆地聽著何婷遠去的腳步聲，好像是一步步踩在他的心上。

劉南北從實驗室過來。他本想待在房間裏看會兒書，可翻了幾頁，腦袋木木的，像是灌滿了鉛。劉南北罵了幾句，把書扔到了桌子上。劉南北掃視了一番，他的眼睛落在了艙壁壁燈罩上插著的一張照片上。這是一張五寸的彩色照片，照片上是一位微笑的少婦抱著一個咧著嘴笑的小女孩。劉南北的心蕩漾起來。離開家已經一個多月了，他感到了一陣陣孤獨侵上了心頭。以前也出過海，時間也不短，怎麼這一次出海感到時間是這樣的漫長呢。劉南北猶疑著，前幾次出海沒有這樣想家過——幹活睡覺，睡覺幹活，一天到晚嘻嘻哈哈，剛要想老婆孩子了，任務也快完成了，等到躺床上夢著老婆時，海上的日子也就漂過去了。這一次在海上，劉南北覺著船上的每一天過得真慢啊，好像波浪纏住了螺旋槳，一條條採樣航線總是不見少啊。前一陣子海上的天氣好，劉南北一個勁地在心裏嘀咕，真是天助我，碰到這樣的好天氣，第一次當海上考察的首席科學家，老天也幫忙讓我露一吧臉呢。昨天船長把他叫去，告訴他前邊來了風，《探索者號》不能跑了，需要到島灣裏拋錨避風。劉南北嘴上說好好好，一切聽船長按排，心裏卻一個勁地煩燥，好好的天氣怎麼說變就變啊，他突然有一種預感，心裏嘀咕，「可別出什麼事情啊。哎，再有幾天，這幾條測線就幹完了，他媽的老天」。罵完了老天，劉南北又犯起疑來，「老天是能罵得嗎，還要靠老天幫忙啊。」劉南北心裏暗暗禱告起來。劉南北在房間裏沒心思待下去，便來到了實驗室。老李他們招呼著要打牌，劉南北遲疑一下，他挺想玩一吧的，可想了想還是沒有湊過去。這次出海，自己畢竟身份不同，還是收斂一下吧。劉南北這樣想著，便悄悄地溜了出來。他在過道上左顧右盼了一會兒，感到實在沒地方可去，暗暗叫道，這條船怎麼這樣小，連個轉身的地方都沒有。他想想，還是到前邊大廳看看電視吧。平常他很少到大廳那兒，他嫌那兒太亂，他覺著還是和那些船員保持一定距離為好。他慢慢往前走著，從中艙來到了右舷上，舷燈發著昏亮的光，顯得冷清寂寞，海面上黑沉沉的，沒有一絲月光。幾個釣魚的船員伏在舷欄上低頭看著黑沉沉的海面，只有他們的眼前，海面上發出一圈冷清的亮光，幾隻裹在鐵絲籠裏的燈泡孤單地吊在下艙的舷窗下面，海水碎碎地跳躍著光點。劉南北心裏使勁收縮了一下，加快了腳步，也許何婷也在那兒看電視吧。劉南北覺得挺怪，這幾天眼前總晃動著何婷，尤其是看著老婆孩子的照片看著看著心裏就暖了起來到了最後老婆的臉上竟浮現著何婷的那雙眼睛了。誰料想一邁過前艙門高高的門檻，竟和何婷撞了個滿懷，他彷彿有準備似的，竟然張開雙臂把她摟到了懷裏，他感覺到了她的心跳和充滿彈性的乳房。他剛才渾身的血液簡直都要沸騰了。現在看著她悄悄地走遠了，劉南北竟然感到眼前一陣陣發黑。

船員們還要按時到駕駛臺或者輪機艙值班，拋錨的《探索者號》仍然需要二十四小時不間斷的輪流值班，主輪機儘管停了，輔機仍在有條不紊地轉著，不管是駕駛臺還是機艙，該誰值班還是誰值班。而考察隊的人員一下子從每天兩班倒的緊張中徹底掙脫出來，彷彿一個過慣了簡樸日子的人一刹那間手中擁有了大把大把的鈔票，竟然不知道如何打發這些花花綠綠的票子了。拋錨後的第一個早晨，幾乎沒有隊員爬起來去打早餐，躺在床上實在是一種享受啊，真好，不用急急地爬起來趕著接班，愛睡到幾點儘管睡好了，就是睡到半夜也不會有誰來推揉著你的身子趴到你的耳朵上壓低嗓子叫著你的名字喊你該起來接班了。《探索者號》輕輕地蕩著，躺在床上就有了夢幻的感覺，讓人沉醉。躺久了，也讓人疲憊，渾身酸酸的，像是經歷了一場狂風暴雨式的宣洩後才會有的酸軟疲憊。於是，便有人戀戀不捨的從床上爬起來，瞇縫著朦朧的眼睛承受著從舷窗射進來的耀眼的陽光。漸漸地實驗室裏嘈雜起來，隊員們的一天又開始了。隊長老李是個愛熱鬧喜歡扎堆侃山的人，在海上他變得比在陸地上更加活潑，性格也顯得開朗，人也顯得年輕了十歲，不像已過半百的人。老李喜歡出海，出海時心情舒暢，沒有那麼多的撓心事讓他煩惱，人和人的關係也和在陸地上不一樣，用不著勾心鬥角，整天戴著一張假面具演戲一般。老李是個爽快的人，直來直去，不願意拐彎摸角，說話辦事竹桶倒豆子乾淨利索。老李吃海洋這碗飯已吃了三十多年，當隊長這還是頭一遭。老李第一次出海還不到二十歲，那時候出海可不像現在，現在上船出海儘管也受苦，但卻是出力掙錢的差事，那個時候，只是出力，哪兒有錢掙呢，可沒錢掙也沒見誰有怨言，能被允許上船出海說明組織上信任你，是一件相當自豪的差事。當然，現在出海到底能不能掙錢也要看為誰出海。那時候出海不用問為誰出海，也不允許你亂問，老李第一次上考察船前先接受了保密安全教育，自然懂得出海是一項重要的政治任務，能被批准參加考察隊上船出海這是非常光榮的，說明組織上信任你，你已被通過了嚴格的政審和調查。現在出海就不同了，名堂多的很，有什麼國家任務，有什麼攻關項目，有什麼基金課題，說起來這些名字還真是唬人，老李可不信這個，老李早過了做夢的年齡，他講究的是實際，別拿這些名堂嚇唬人，這些任務重要你們那些大專家怎麼不來出海，越是這些名堂大的項目，出海補助越低，名堂大有個鳥用。除了這些名堂大的項目，還有能掙錢的任務，這就是非國家任務，所謂的橫向任務，也就是那些大石油公司委託進行的調查項目，這樣的項目幹起來才實惠，老李說，石油公司不也是國家的，這樣的國家任務多一些多好。也難怪老李發牢騷，為那些名堂大的國家任務出海，一天的海上補助要是十元人民幣的話，那麼為石油公司出海，一天的補助至少就是五十元，一百元，甚至更多，老李不考慮什麼基礎科學的重要性，他又不是這個專家那個博導的，老李考慮的是為兒子將來結婚多攢一點錢，就這麼一個兒了，結婚時可不能寒酸了，讓人家笑話。老李這一次其實並不願意上船，清湯寡水的項目，光是頂了個名堂，名堂再大也罩不到老李的頭上，研究室裏的那幾個老闆還罩不過來呢，老李算啥，也就是出海出力的事情想著他老李了。可研究室主任聶知非硬給老李戴了個考察隊副隊長的頭銜，雖說算不了什麼，可畢竟礙著老聶的面子，老李還是忙活著上船了。畢竟老聶求到了他的頭上，不看僧面看佛面。

老李在那間充當俱樂部的房間裏一坐，在他身邊很快便湊起了幾個人，圍著大工作臺，擺起了戰場，今天可要打個痛快。老李滿足的笑著說。出海上船前，老李一再叮囑汪洋別忘了買幾副撲克，一定買多點，別到時候不夠用。汪洋是個撲克迷，更是早早坐在這裏。隊上很有一些打牌的高手，誰都想把這些天來的疲勞，都給打得乾乾淨淨。為了誰能先上場，幾個人很費了番爭執。沒有人願意站在一邊看別人過癮，就像讓一個酒鬼聞著別人喝酒，眼瞅著人家一口一口的咂著嘴唇，他能忍受的了嗎。

劉南北一進來，老李就招呼道：「來來，小劉，過來咱倆打對門。」

「不不不，我到前面看看。」劉南北忙不迭地邊說邊退了出來。劉南北並非不想坐下來玩，可他清楚自己的身份，他不想和隊上的人——不管年紀大的還是年輕的——因玩牌而紅臉。在船上打牌少有沒紅過臉的。

打牌更是鬥嘴，鬥嘴鬥出氣勢來那才叫本事，手氣好的不必說了，瞧那張興奮的臉和一串串損人的話，對家那位的臉色早由紅變黑成了醬紫色，有忍不住的，話裏含了火星，加上周圍看眼的煽風點火，一來二去，打牌有了火藥味。老李瞪眼怒道：「這是打牌，不是打架，不願意玩，就下去睡覺。」也就是老李能鎮住他們這幫牌友。嘴裏儘管還在嘮叨，聲音漸漸暗了下去。幾圈牌打了下來，窗外的夜色已有些發灰了，像是一張疲倦了的臉。黎明快到了。有幾位歲數到了中年的體力上早吃不消了，感慨打牌簡直比到後甲板幹活還累，大張說：「我們這哪兒是打牌，簡直在遭罪。」大張的年紀和老李差不多，剛剛評上副研，用他自己的話說，是即將被淘汰的一代。上面有聶知非、魏如鶴他們這些博導壓著，下面劉南北這一代又很快超了過去，剩下他們這些多餘的說老不老說小不小的傢伙等著靠到退休那一天，也就是出海需要苦力了才會想起他們。房間裏人多，抽煙的又多，儘管房間寬敞，開著窗子，但也是煙霧瀰漫，熏得汪洋都有些掉淚。沒有人接大張的話，個個默默地看著自己手中的牌，一個個蔫蔫的樣子。

從昨晚一直打牌到現在，已經是早晨八點多了，有幾位的眼皮實在睜不開了，昏昏沉沉地頭牽引著身子往前一墜一墜的，不斷地打著冷顫，便想回去躺一會兒，可又沒有人來接替，一個個便盼望著能有個人進來接替一下。大張低聲嘀咕，這幫懶豬都死過去了，怎麼還沒有一個起床的。

昨晚打牌時因為來的人多了，老李有言在先，「凡是坐下來打牌的，就要堅持到最後，直到大家都說不打了，才能離開，除非有人來接替，否則，若中途離開，而又沒有人頂上，那麼以後再打牌時就別想上場了。」老李這麼一說，有幾位自動往後站了，這是心裏對自己有數的——打一個通宵會吃不消的。有幾個儘管有些猶豫不決，但仍抵不住上場的誘惑，一咬牙狠狠心還是坐了下來。到下半夜，站在後面看熱鬧的人漸漸離開，最後只剩下坐在這兒打牌的人了。剛才到了打飯時間，老李說大家先去打飯，回來吃完再幹。汪洋和另外幾個人隨聲附合，剩下的兩位也就不再說話。大家爭先恐後地拿著自己的碗盤跑到前面打稀粥夾鹹菜，再拿上一個雞蛋，有的還再拿上一個小饅頭。雞蛋一人一個，這是有數的。饅頭隨便吃，但不能浪費。其實喝過稀粥吃完了早飯後，又多了一位想睡覺的人，這就是老李，畢竟他也是五十多歲的人，可他想想沒說出來，他不能自食其言，他早就看到那幾位有些堅持不住了，暗暗告誡自己，頂住，先等著他們草雞。老李從十八歲幹見習員開始，出了多少次海，可以說是老海洋了，用他自己的話，他們這批人是在海浪上滾出來的，個個差不多都是些真正的海狼。這次出海，不管怎麼說，他老李是第一次擔任考察隊隊長，這在他，儘管嘴上說：操，還不是讓我出力賣命。可心裏還是高興的，畢竟也是當隊長嘛。以前每次出海，隊長一職一般由那幾位研究室裏的頭頭擔任，而當的最多的還是魏如鶴，當然，那時他還不是研究員，只是個助理研究員，可在研究室裏已是個響噹噹的人物了，那時的老李只是個幹活出力的主力隊員。三十年過去了，魏如鶴他們都成了聞名學術界的專家教授，在研究室裏都是說一不二的老闆。他老李一眨眼也成了工程師，教授們一般不大出海了，但工程師老李還要出海，而且成了出海幹活時的重要人物，他的經驗確實豐富。這次讓老李當隊長，在大家看來其實很正常，老李心裏頗感慨：以前你們不是都爭著當隊長嘛，現在怎麼不當了，噢，當教授了就用不著來當這個出力的破隊長了。到了「橫向」任務時，你們這幾個老闆眼睛早就瞪起來緊盯著這個隊長的位置了，還能輪著我老李。說歸說，老李還是興致蠻高的擔任本航次的副隊長，用他心裏的話說，實際上自己就是隊長，劉南北是首席科學家，掛了個隊長的空名罷了，隊上的大小事情他能管啥。既然是隊長，就要說話負責任。老李自己說的話當然自己沒忘，大家也都還記著，那幾位已無心打牌的人除了不斷地瞅瞅門口那兒有沒有人過來，實在說不出不打的話。他們看到老李的臉越來越陰，嘴上還在不斷嘟囔：「昨晚上那些勁頭呢，要打牌時你看看那些勁，不讓誰打都不行，現在一個個低頭耷拉甲的，真窩囊。」老李說別人其實他自己的眼皮也在上下打架，連著打出好幾張錯牌來。大張說：「老李，撐不住了吧。」老李眼一瞪，說：「你才撐不住呢。」大家就不再說話。

汪洋和老李坐對家，看看這情景，覺著大家不是在打牌，的確是在遭罪，和自己過不去這是何苦，抬眼掃了一圈，收回發澀的目光，盯著老李說：「李老師，要不咱大家先回去躺會兒再上來？」

老李眼睛一亮，眼珠迅速轉了幾圈，沒說話。大家的目光都亮亮的注視著他。老李沉思一會，說：「汪洋，你下去把郭欣喊上來，就說我找他有事。」

汪洋疑惑地看著老李，欲言又止。

老李看看大家，說：「等會小郭上來，誰要是頂不住了，誰就自己承認，讓小郭接替誰，不過話說前面，誰頂不住了，就等於輸給大家了，等到星期六晚飯時給大家額外加兩個菜。」

有幾位呵呵笑起來。大家沒有反對的，這就算默認了老李的意見。汪洋便起身回房間叫郭欣上來。

汪洋下到中艙推門進來。船上每個房間的門只要離開碼頭後都不准鎖住，以便有什麼意外或者急事不至於耽誤。汪洋進來時郭欣還在睡覺，汪洋在他頭頂上敲敲艙壁，把郭欣給敲醒了。郭欣迷迷糊糊看到是汪洋，驚訝問道：「什麼事？你起這麼早幹啥？」汪洋一看，知道若是告訴他真實來意，這傢伙未必能去，便說：「李老師找你有事，讓你到實驗室去一下。」說完汪洋就轉身走了。郭欣納悶，現在船都停了，後甲板有什麼活呢？也不需要值班，都是在輪空班嘛。昨晚上他們不是還在打牌嗎。郭欣昨晚上在大廳看了一會兒電視，正上演一部香港的連續劇，男喊女叫的，郭欣覺著無聊便回來到了後面。他先到實驗室去，一進實驗室過道，就聽到房間裏喧鬧聲沸沸揚揚，郭欣恍然大悟，他們肯定在那裏打牌。郭欣從門口向裏面看了看，滿房間的人密匝匝地圍聚在一起，老李滿臉通紅赤著腳坐到了實驗臺上，除了汪洋嘴上沒刁著煙捲，其餘的人都邊吆謔著邊在吞雲駕霧。那個平日裏不言不語的大張簡直是手舞足蹈，嘴裏哇啦哇啦的嚷嚷著。郭欣沒進去，趕緊離開了。郭欣還想到阿坤的小房間看看，又一想，他們肯定在喝酒，便停住腳往回走了。下到中艙，回到房間裏，頂棚上的螢光燈亮著，房間裏空落落的。郭欣坐到床上，扯過一本書來，這是一本關於二戰著名將領的，什麼沙漠之狐隆美爾鐵甲戰神巴頓之類，這還是汪洋從船員那兒借回來的，郭欣很佩服汪洋，在船上簡直如魚得水。郭欣翻了幾頁，覺著煩燥，沒心思看書，便一覺睡了下來。

汪洋扔下話就走了，郭欣覺著蹊蹺，心裏暗道，「怎麼今天一大早老李就找我有事呢。」他伸手從枕頭底下摸出手錶來，這是隻鋼盤的上海錶，式樣顯得陳舊土氣，每天都需要一絲絲地用食指和拇指輕輕搓著上弦，郭欣對這隻舊錶非常熟悉，這隻錶每天幾乎都要跑慢二十分鐘，儘管這樣，郭欣仍喜歡手腕上掛著這隻七十年代出產的上海錶。郭欣手裏握著上海錶，「喔，時間不早了，都八點十分了，」其實郭欣馬上就在心裏默算了一下，現在應該是八點半了。「說不定老李找我真有事呢。」郭欣這樣想著，便趕緊行動起來，欠身伸出手從椅子上拿過衣服來趕快穿上，從床上下來後又扭開水龍頭胡亂洗了把臉，又馬馬虎虎漱了漱口，一邊用手捋捋亂蓬蓬的頭髮，一邊走出了房間。

郭欣深一腳淺一腳地來到上面的實驗室。走到過道上時聽不到實驗室裏有什麼動靜，郭欣下意識想，看來老李真有什麼事找我。他剛剛走到門口，往裏一瞧，愣在那裏。房間裏仍是圍成一圈打牌，不過人少了許多，只有打牌的，沒有看熱鬧在背後指指劃劃的人了。這幾個打牌的也沒了昨晚的威風，一個個臉色暗淡，罩著一層蒼白，一付無精打采的樣子。只有汪洋抬頭歉意地對著郭欣笑了笑。老李抬頭看見郭欣，眼光猛然亮了起來，高聲說：「郭欣，來來，玩一會吧。」同時老李又掃了大家一眼，說：「誰不行了快說，現在有人來接替了。」

郭欣馬上反應過來，接著說自己不會打牌。老李沒想到郭欣這樣說話，不由多看了看郭欣，郭欣一臉平靜，迎著老李的目光說：「李老師，您找我有事嗎？」

老李低聲說：「沒有別的事，想找你來玩玩。」老李接著一看汪洋，說：「怎麼剛才汪洋沒和你說？」

汪洋正要解釋，郭欣已開口道：「謝謝李老師和各位老師，我不會打牌，對不起大家。」說著他就往後退。

老李不再說話。大家也沒再說什麼。郭欣其實已經學會了這種在Q城很流行的打牌技藝，他是不想參加，說不上有什麼理由。他這個人對好多事都抱著無所謂的態度，沒有太強的參與意識和競爭精神。這一點他的導師魏如鶴研究員也已經發現，對此很不以為然，年輕人怎麼能這樣沒有進取心呢，在導師眼裏郭欣幹事情有些心不在焉。郭欣的目光看上去總是落在一個很遙遠的地方。魏如鶴對這個學生，嘴上不說，心裏覺著郭欣有些不夠踏實，缺乏年輕人的朝氣。

郭欣出來站到過道上想了想沒有再回到中艙，他不想一個人待著，他往後甲板那兒走去。出去看一會兒海吧，換換空氣。走到阿坤的小工作間時郭欣習慣地側眼看看，門鎖著。他想現在阿坤肯定還在睡覺。阿坤晚上喝完酒後，既沒到前廳看電視，也沒有參加任何一夥打牌的人群裏，而是從小屋裏扯出一根電線，從舷欄上吊下一個一百瓦的燈泡，拿著他自製的釣魷魚的魚鉤，拴好魚線，站到舷欄旁聚精會神的釣起魷魚來。阿坤不喜歡打牌的吵鬧，尤其討厭為了打牌發火使氣的行為，因此他在船上幾乎從不打牌。偶爾會和他的酒友如水手長幾個人下一盤象棋。像這樣的晚上，月亮明晃晃的掛在海上，正好釣魚。一些喜歡釣魚的船員最多看一會電視等到夜色一深，就會拿著釣具出來釣魚。晚上一般釣的是魷魚。這樣的晚上，又不用值班，阿坤怎能錯過。他總是先喝上一點酒再出來釣魚，用他的話這就先墊墊肚子。這時候一般早已經站到船舷上釣魚的肯定還有老劉。老劉不會先喝酒再來釣魚，吃晚飯時他克制著自己不喝一口酒，因為只要喝了一口，必定就像閘門打開一樣，那是要喝個痛快的。老劉是先釣魚。等到他認為釣的滿足了，這才挑出幾條當下酒菜，然後再痛快的喝一頓。在船上實驗室裏由於都喜歡釣魚的緣故，阿坤和老劉在一起的時間比別人能多些。老劉也喜歡喝酒，但老劉和阿坤很少坐下來一塊兒喝酒，老劉的酒友是機艙的幾個機匠，尤其是阿彪，幾乎天天和老劉擠在老劉的艙室裏對著臉喝酒。和阿坤的酒友不同，老劉的酒友阿彪從來不釣魚，阿彪長得瘦瘦高高，看上去很單薄，吊兒郎當的樣子，下了班洗過澡後總是先跑到老劉的房間待一會兒再回去睡覺。每天的晚飯，阿彪必定打了飯來到老劉的房間，老劉就會拿出一瓶價格低廉的蘭陵二曲，打開瓶蓋，舉到嘴上，一仰脖子，灌上一口，然後遞給阿彪，阿彪也這樣來上一口，接著兩人各自吃自己盤子裏的菜，再如法炮製，你一口我一口的，慢慢的消磨著時間，直到一瓶酒喝得剩不下一滴為止。這時的老劉已經醉醺醺頭腦有些不清了，常常會隨便到別人的房間裏去，找人家談心聊天，說著說著就會流下淚來。而阿彪喝上酒就跑到機匠們的活動室裏，一會兒的工夫，必定要跟一個人吵起來不可。然後就是被人拉開拖回他的房間，把他放到凌亂的床上，很快他就打起呼嚕來。每次老劉在別人的房間失聲痛哭時，就會有人把阿坤找來，阿坤就會像大人勸小孩一樣，連說加拉，把老劉扶回房間，讓他躺下睡一覺。老劉有許多傷心事要說，不喝酒時都壓在心底裏，一喝酒，就像一股山泉，汩汩地叮噹著一路流淌下來。昨晚上當老劉釣足了魷魚和阿彪——阿彪已等待的急不可耐了——回到老劉的艙室在電爐上涮著魷魚喝酒時，阿坤也和水手長幾個人各自拿著釣上來的魷魚湊到阿坤的小屋，開懷暢飲起來。這時候的阿坤，就會摸出那一盒慶大黴素，抽出一只掰斷了，把近似透明的藥液喝下去，然後就喝起酒來。

郭欣來到後甲板上，天色已淡，像是蒙了一層薄薄地輕紗，海上非常清爽，給人一種透明的感覺。海波在有韻律的湧動著，發出低沉的聲音，撞到船身上，變成沉悶的嘭嘭聲。郭欣又有了剛上船時的感覺：大海融入到他的內心深處，在他的血液裏充滿著海的遼闊和博大，這讓他覺著自己的心靈也在變得遼闊和博大，他不由地湧起難以抑制的激情。郭欣兩手扶在欄杆上，看遠處那道清晰的海天線像是少女的一道蕩漾的眼波，心裏不由振了一下，如同有一隻纖細靈巧的手在他感情的琴弦上輕輕地撥動了一下。郭欣想起頭幾天在船上，就連做夢也充滿海的韻律——夢的滋味和在陸地上明顯不同。郭欣在一片波動的海面上，分明看到了一張清純的臉，何婷如夢幻般盈盈地在對著他微笑。突然，從艇甲板上清晰的傳來一陣嘹亮的鳥鳴，劃破海天的寂靜。這把郭欣從夢幻中給拽了出來。郭欣知道這是老劉的鳥在叫了。他不由地轉過身來向上面望去，並感到奇怪，老劉的鳥都是在早晨太陽升起時才這樣歡快的叫著，現在都這個時候了，怎麼還叫得這樣歡呢？是誰在上面逗鳥呢？郭欣想著邊往艇甲板樓梯走去。

老劉的鳥是船上的一景。船員們有在房間窗戶上固定一個花盆栽上些月季茉莉仙人掌之類，但在船上養鳥的不多，更不要說每天都要拎著兩個漂亮的鳥籠子在艇甲板上溜鳥了。但《探索者號》實驗室的工程師老劉，在操練自己的探測海底地形的儀器之餘，卻精心養了兩隻鳥，一隻是畫眉，一隻是百靈。每天早晨，當太陽剛要從海水裏跳出來時，老劉必定拎著這兩隻鳥來到艇甲板上，先把鳥籠掛好，接著又掀開畫眉鳥籠子上蓋著的黑布，然後再掀開百靈鳥的，頓時，迎著初升的太陽，兩隻鳥兒競賽般的亮起了歌喉，在《探索者號》固有的震動頻率外，便有了激動人心的嘹亮的鳥的歡歌。這時的老劉，瞇縫著眼，臉上的皺紋擁擠著堆疊著，漾起滿足幸福的微笑來。老劉是長白山下長大的漢子，其實他還算是個青年，因為他還不到四十周歲，再到今年的中秋節，他才真正的跨過不惑之年。但老劉的長相和他的年齡相差太大，簡直有些誇張了，讓人替他打抱不平。《探索者號》靠在Q城前海碼頭上時，老劉每天早晨依然起來溜鳥，即使他輪休應該下船回家了，臨下船前他也要找一個自己信任的弟兄，把他的這兩個寶貝天天照顧好，不僅僅是早晨溜鳥，還要給鳥洗澡，給鳥打掃籠子裏的糞便。每次找人替他照顧一天這兩個寶貝，都要讓老劉痛苦萬分，對待他的鳥，在船上能讓他信任找來委託的弟兄實在不多，儘管他的酒友阿彪一次次在他面前拍著胸脯說都包在他身上了讓他一百個放心，但老劉聽了更是不放心，他才不委託阿彪呢，他心裏冷笑：「阿彪，你肚子裏的小九九我還不知道？不就是盯著我那兩瓶啤酒嘛，想喝酒不要緊，但別在這上面打算盤，上一邊玩去吧你。」老劉和大家說過，他找誰來替他照顧這兩隻鳥兒，他到了週末時就把自己的那兩瓶啤酒給誰。儘管這樣，並沒有幾個人願意替他照顧這兩隻會唱歌的鳥，誰都知道這兩隻鳥是老劉的寶貝，誰也不想惹麻煩。有一次在碼頭上，正逢星期天，輪到老劉值班，老劉誰也不用求——星期天沒撈到休息老劉不僅沒不高興反而像撿了一個大便宜一樣。老劉一大早拎著兩個鳥籠子從《探索者號》船上下到碼頭上，老劉把兩個鳥籠子並排著放到水泥地上，掀開蒙著的黑布，站到一邊，先仰臉端詳一陣太陽，初升的太陽還不刺眼，老劉端詳上一陣，從褲子口袋裏摸出一根煙捲來，四下裏瞧瞧，船上再沒有別人下來，其實老劉知道這麼早不會有誰從床上爬起來，更不會下到碼頭上來，這樣的日子，不睡個痛快的懶覺，簡直是犯罪。但老劉依然習慣性地四下裏看看，其實真要是從船上再下來一位站到他邊上，老劉也會把摸出來的這根煙舉到那位的臉前，滿臉擁笑地說：來一根？那人不會接過老劉的煙，在《探索者號》船上，還沒有人從老劉手裏接煙抽，即便是老劉的酒友阿彪，在這點上也很自覺，吃著老劉釣上來的魚，喝著老劉的酒，再來抽老劉的煙，這也太不像話，阿彪清楚這些，因此阿彪絕不討嫌，除非阿彪身上和房間裏任何一個角落一個旮旯裏都再沒有一根煙，而且從別人手裏也混不來一根煙抽，這時阿彪才會磨上半天牙，最後硬著頭皮腆著臉開口從老劉手裏要支煙抽。老劉看看四下裏沒有人，放心了，得意地給自己點上煙，極滿足的從兩個鼻孔裏噴出兩股熱辣辣的煙氣。老劉盯著這嫋嫋飄散開的煙氣在臉前慢慢融入清爽的碼頭上的空氣裏，對自己有了無限的滿意。這時，籠子裏的兩隻鳥很通人情味的迎著太陽放開了歌喉。老劉心裏在笑，這一刻，他覺著他是這個世界上最幸福的人，什麼狗屁職稱，什麼想起來就撓心的房子，什麼老婆的嘮叨，統統都消失得乾乾淨淨，這一刻，只有太陽是真實的，只有歡唱的鳥兒和他是真實的，這種生活有啥不好，這不就是自己想要的生活嘛。老劉陶醉在幸福中，這時若有人從他身邊走過，看到他的表情會感到吃驚：這人是不是有毛病？但早晨的碼頭清靜得很，除了老劉和他的鳥兒看不到別人。海浪舒緩地拍打著碼頭，和著鳥兒婉轉清脆嘹亮的鳴唱，給這早晨的碼頭增添了更多的寂靜。說來也巧，有一位退休的老人，沿著海邊溜達，走著走著走上了海邊堤壩，來到了前海碼頭上。老人看見停靠在碼頭上的《探索者號》乳白色的船身在陽光下分外晃眼，便朝著這個方向走來。老遠地老人就聽到了鳥兒的叫聲，起初一愣，往天上望望，天空沒有一絲雲彩，更沒有鳥的影子，老人四周看看，一眼看到前邊不遠處站在那兒的老劉和地上的鳥籠子。老人暗想這人比自己還勤快，這麼早就來海邊溜鳥了，又想這位是不是船上的船員，嗨，恐怕是個船員。老人走近了，搖搖頭，看來不是船員，哪有這樣大歲數的船員。老人很敬佩這人，比自己起得還早，看他養的鳥也不錯。老人到了老劉的近前，老劉也看到了老人，不由笑笑打了個招呼。老人樂了，說：「老哥，鳥養的不錯。」老劉被老人這一聲嚇一跳，不知如何是好，他怎麼叫我老哥？老劉正在遲疑，老人又說：「你是哪年退休的？」老劉這下反應過來，不由的面紅耳赤，一言不答，彎腰拎起鳥籠子快步朝著搭在碼頭和《探索者號》船之間的橋板走去，幾步踏了上去，噌噌噌，跑回了船上。他這一走，把碼頭上的老人給愣住了，半響，老人反應過來，哎，人家真是船員，瞧我這嘴呵，可他看上去那歲數比我只大不小。老人笑了，搖搖頭走了。老劉一跑上船，迎面正碰上起來做早操的大副，大副看他慌慌張張，一把拽住他，問：「老劉，跑啥？遇到鬼了還是讓人家大姑娘看上了？」老劉哭笑一下，說：「別提了，你看到那邊那個老頭了吧？」大副順著他照目光看過去，說：「怎麼了？那老頭是不是想買你的鳥？」老劉說：「哪是買鳥，他問我哪一年退休的。」大副哈哈大笑了起來。老劉說完後悔起來，他後悔不該告訴大副，大副的嘴沒有把門的，這不是給大家送上門去當笑料嗎，老劉埋怨自己犯了糊塗。後來的事實證明，老劉的確是犯了個不可饒恕的錯誤，船上除了船長和政委，不管是誰，只要早晨看到老劉在溜鳥，就會迎上去，恭恭敬敬地問：「劉大爺，哪年退休的？」老劉聽到這話就會變得臉紅脖子粗。老劉人長得老相，用老劉的話來說，這不能怨他，本來模樣就是爹媽給的，再加上海上的鹹味使人衰老得比在陸地上快，怎能不老相呢？可船上的弟兄們對此群起而攻之：「老劉，海上的鹹味是重，可怎麼別人就不像你這樣？」老劉對此吱吱唔唔，說不出個子丑來。老劉說話不太漂亮，但老劉拎著的鳥籠子卻收拾的乾淨漂亮，籠子中的鳥更是羽毛光滑，看上去顯得榮光煥發，比牠們的主人精神多了。

何婷直到電視螢幕上打出「再見」時才拖著疲倦的眼睛回房間。躺到床上卻沒有了睏意。何婷伸手從艙壁小書架上隨便抽了一本書，半躺著身子看了起來。隨著船身的搖晃，她手中的書也跟著搖來搖去，沒多久，她感到有些膩了，疲乏感襲上了她的眼皮，她的胳膊也沉重起來。她打了個哈欠，把書扔到枕頭邊上，使勁伸直了兩臂，又揉揉發澀的眼睛，躺在那裏靜靜地盯著正對面的圓形舷窗。窗外黑的寂寞，海水湧上來又摔下去，發出沉重的響聲。何婷咬咬嘴唇，使勁抿了一下，左手在鼻孔下來回揉揉，再用力吸了一下，又閉上了眼睛。

天色終於漸漸淡了，何婷不想再躺在床上受罪，翻身爬了起來。何婷洗了把臉，渾身精神了，她開始對著鏡子細心地收拾起來。船上不缺得是時間，何婷嚐到了女人打扮自己的快樂。

何婷打扮妥貼後又左顧右瞧了一番，這才走出房間。何婷來到甲板上才發現，天色其實還沒有完全亮，海上灰朦朦的，太陽還沒有絲毫要升起來的痕跡。只是在東方的海天線上隱隱約約有一絲魚肚白的長線，預示著天要亮了。何婷站在救生艇下，看著海天單調的色彩，生起憂鬱的感情，海真是變幻莫測，她的色彩既豐富又單調，人在船上，看著這望不到邊的海水，不，其實能看到邊，何婷發現越過四周的海面望到遠遠的海天盡頭，就有了一個弧形的黑邊，那就是海的盡頭了，但這個盡頭卻總是走不到邊，船在海上，四周永遠是這樣的海的無邊的盡頭。何婷在心裏搜尋著以前讀大學時讀過的那些關於海的詩歌來，她想來想去，卻發現以前醉心的詩歌竟然遠遠的離開了她，她想不起幾句來，她有些恨自己，以前背誦得多麼流利啊。她只想起有一首水手的詩，好像說：海鷗，海鷗，跟著我們的船走……但再往下，她就一句也想不起來了。何婷望著海天，哪兒有一隻海鷗的影子啊。我們的船現在不走，在這兒漂著，就是等到再開時，恐怕也不會有什麼海鷗在跟著我們的船走。可我們這兒有老劉的鳥，有鳥在跟著我們的船走，可這鳥自己願意嗎，恐怕一打開籠子牠們就飛了，可在這海上，鳥兒能飛遠嗎？還要落到我們的船上。老劉能捨得做個實驗嗎，打開鳥籠，看看鳥兒能不能飛走？何婷為自己的想法嚇一大跳，老劉要是知道了非把我扔到大海裏不可。當然，何婷不會這麼作，老劉也不可能把何婷扔到大海裏。何婷把目光從弧形的海天線上收回來，在艇甲板上掃了一圈，既沒看到老劉，也沒看到掛著的鳥籠子。何婷這才感到——難怪沒聽到鳥兒的叫聲，原來老劉還沒拎著鳥籠子上來呢。何婷在甲板上來回踱了起來。艇甲板上的空間顯得擁擠，一邊掛著一個桔紅色的全封閉式救生艇，在救生艇的邊上，還各掛著一隻小工作艇，甲板中間是一隻長臂吊車。何婷小心的看著腳下的甲板，免得磕碰著自己。何婷剛轉了一周，便聽到艙門嘭得一聲撞開了。她尋聲望去，原來是頭髮花白的船醫。船醫一邊用兩手向後梳著花白的頭髮，一邊走了出來。何婷老遠就笑笑說：「醫生早呵。」船醫也看到了何婷，聽她這樣一說，便答道：「早，早，你也早。」醫生走了幾步，站住了，轉身朝海，緩緩舉起手臂來。何婷知道船醫要開始做早功了。何婷知趣地停住腳步，只是遠遠地看著船醫，眼睛裏閃現著微微的笑容。何婷覺著船醫挺滑稽的，天天早晨在這兒練功，風雨無阻，雷打不動。經常是老劉的鳥兒在他的頭頂上歡叫著，如同給他伴奏一般。何婷常想船醫煉功需要入靜，而老劉的鳥叫就是那種鳥鳴海更幽吧。何婷咬著嘴唇，她不能笑，要是笑出聲來，船醫肯定要生氣的。何婷聽船員們說，船醫是個性格怪癖的人，你絕對不能跟他開玩笑，尤其是在他的面前不能說氣功是騙人的把戲，否則，你若是正好要到醫務室要藥，醫生絕不會痛快地給你開藥，拐彎摸角，他會先讓你回答氣功到底能不能治病。怎麼回答還用問嗎？若你回答說氣功能治病，那醫生馬上就變得一臉嚴肅：既然如此，為何你說氣功是騙人的。於是，在你的尷尬和局促不安中，船醫會給你上一堂縱橫古今的氣功科普講座。在你不斷的點頭中，船醫這才來上一句：你到底哪兒不舒服？想吃啥藥？船醫儘管推崇氣功，並且據說船醫的功夫也很了得，據說船醫的天目都已經開了。但船醫從來不用氣功給大家治病。

老劉睡眼惺鬆地一手拎著一個鳥籠子出現在艇甲板上。他一步步悠閒而滿足地晃著膀子側身從艙門口走了出來。後腳還沒邁過門檻，已喊了起來：「呵嗨，老白又練開了。」老劉咧嘴對著船醫喊。其實船醫並不姓白，而是姓常，可因為頭髮全白了，白得連一根黑毛也沒有，因而船員們背後都喊他老白毛，說溜了嘴，便老白老白的叫開了。但在船上很少有人當著他面這樣喊，不過有幾個人例外，如老劉和猴子這幾個人，醫生聽了並不惱，用醫生話，不屑和這幾個沒臉沒皮的傢伙計較。郭欣、何婷這幾個第一次上船的隊員，還以為船醫本來就姓白。何婷第一次到醫生那裏要藥時竟然恭恭敬敬地叫一聲白大夫，弄得船醫滿臉通紅，又不好說什麼。何婷覺著哪兒出了差錯，可又摸不著頭腦。旁邊正好有一個船員，忍不住笑了起來，醫生朝他一瞪眼，那船員捂著嘴跑了。何婷回來問汪洋，怎麼她叫白醫生，好像白醫生不高興。汪洋馬上笑開了，調侃說：「何婷你真厲害，當面喊人家的綽號。」何婷這才明白緣由，不由地也笑了起來。郭欣在一邊說：「幸虧你先吃了螃蟹，要不我也要出洋相。」何婷聽到老劉的聲音，心裏偷笑笑，轉臉望了過去。船醫仍在如處無人之境般地慢慢伸展著胳膊，頭也在緩慢地上下四周轉動著，隨著船身有節奏地起伏晃動，在早晨朦朧地海色襯托下，彷彿他不是站在船上的這一方狹小的甲板上，而是雲遊在一片仙境上。老劉嘴咧開著，把兩個鳥籠子掛到了艙頂屋簷下，掀開了罩在上面的黑布。頓時，艇甲板上響起了嘹亮地鳥叫聲。何婷只覺著耳朵一振，全身被這鳥唱打動了。老劉嘴對著鳥籠子裏的百靈，吹起了口哨，像是在和百靈說著知心話。百靈在籠子裏跳上躍下，叫得更歡了。老劉的眼睛已瞇成了一條線，臉上的皺紋被透過雲層的霞光映照著，一道道聚集著醉心地快樂。另一個籠子裏的畫眉，瞅著老劉，像是被冷落了的孩子一聲聲發洩著不滿，頭上下點個不停。老劉好像察覺到了，轉過身來笑蜜蜜地用眼光愛撫著不滿地畫眉，像是在說：別急，我並沒忘了你。老劉看著他這兩個鳥，就像是一個寵愛孩子的父親在驕傲地端詳著他正在一天天長大的兒子。

何婷湊了過來站到老劉的身邊，一會兒看看百靈，一會兒再看看畫眉。鳥兒彷彿叫得更歡更亮，在籠子裏乍挲著羽毛，一副忘乎所以的作派。老劉抹抹眼屎嘿嘿了兩聲，笑著說：「小何，你看吧，這鳥也通人性，看你來了，叫得聲都不一樣了。」

政委這時從艙門口走了出來，聽到這話，笑著罵了句：「老劉，你小子心眼裏就沒有點好東西，連個鳥都養成了好色之徒。」在政委的身後跟著走出來了老叢，不緊不慢地補了一句：「食色性也。」

何婷本來聽老劉的話還沒想啥，現在聽了這話覺著哭笑不得，又不好發作，只是尷尬地對著政委笑了笑，並輕聲說：「叢老師早。」

老劉扭臉看著政委說：「政委，你還做思想工作呢，連這都不明白，這叫愛美之心，讓世界充滿愛嘛。」老劉說話的嗓門很大，像是吵架一樣。

政委撇撇嘴說：「去你小子的愛美之心吧，就你這熊樣還他媽的愛美呢，好好愛好你的老婆就行了。」

老劉手往前一伸，接了一句：「政委，話說到這兒，你可要負責任，我可真是想愛好我老婆，可這要有基礎，這次回去，你可要給我到所裏跑跑，我的房子也該他媽地換換了吧。」

政委馬上變色道：「別，你還是繼續愛你的鳥吧，我可幫不了你，我又不是分房小組的，就是我是分房小組的，又能怎樣！」

老劉歎口氣，說：「瞧，一談真的，你就縮頭了，你還做什麼思想工作，快待一邊吧。」

老叢在旁邊冷冷地插了一句：「思想和房子是兩回事。」

一句話說得大家都不作聲了。老劉搖搖頭，又端詳著籠子裏的那隻百靈，說：「哥們兒，還是咱弟兄們來真的，來，再唱一個。」那鳥兒像是聽懂了老劉的話，一仰脖子嘹亮地叫起來。

政委匝匝嘴說：「這小子把個鳥都養成他兒子了。」

老劉沒再說什麼，政委提到兒子，這讓他的心裏抖動了一下，兒子，呵兒子，老劉的眼睛竟然有些模糊，他想到了他的兒子，兒子明年就要考初中了，自己這個做父親的在兒子身上花費的精力實在是太少了，這次回去無論如何好好輔導輔導兒子的功課。一想到這裏，老劉眼色又有些暗淡，輔導兒子現在的功課老劉有些拿不準，畢竟扔下多少年了。老劉想到兒子，那間狹窄的房子又在眼前晃動起來，兒子都這樣大了，還住在陽臺上，有幾次夜裏老劉正和老婆親熱親熱，把兒子給弄醒了，兒子在陽臺那兒喊了一句：「深更半夜的，還讓不讓人家睡覺了。」一句話差點沒把老劉給羞得背過氣去。老婆一把推開了老劉，老婆的眼光裏除了埋怨和窩火哪裏還有熱情啊，老劉越想越感到窩囊。

陽光融化了海上朦朧的雲層，海上變得明亮起來，火紅的太陽貓在東邊的海天線上，把純藍的海面染得紅彤彤地，從東邊一片一片染過來，在《探索者號》船上看，就像是海面上鋪了一張巨大的紅地毯，紅得晃眼。何婷想，在這片紅地毯上行走會是怎樣的滋味，一路跑過去能沉下去嗎，恐怕不能。鳥聲在甲板上迴響著，給這早晨的海面添了一層清靜和一片熱鬧。醫生仍在做著他的早操，政委嘴上刁著煙在上上下下地活動著，老劉蹲在艙門檻上，一口口抽著煙，眼睛端詳著鳥籠子裏仍在叫個不停的鳥兒。何婷站了一會兒，也在甲板上來回走了起來。這個時間起床的人還不多。前邊甲板上也有了動靜，幾個船員也開始在那裏活動了起來。只有後甲板靜悄悄的。郭欣一步步登上了從後甲板上到艇甲板的樓梯，他聽著自己的腳步聲就像是聽著自己的心跳聲似的。郭欣先看到了踱來踱去的何婷。郭欣的眼睛亮了起來，他暗想，剛才沒坐下打牌真對了，打牌有啥意思，和何婷聊聊才有意思呢。郭欣看著他的師妹心裏暖暖地湧起了一圈圈擴散開來的波紋，這波紋緩緩然而是有力地在他的血管裏流動了起來。他的腿明顯感到有力了許多，一改這些日子裏總是酸軟的感覺。郭欣朝著大家示意著算是打了招呼，一直走到了何婷的身邊。何婷正盯著百靈出神，冷不防給嚇了一跳，扭臉一看，郭欣笑容都蕩漾在鏡片後的那雙小眼睛裏，便輕歎一聲，瞥了他一眼。郭欣眨眨眼，小聲說道：「師妹，為兄何事得罪了足下。」何婷一跺腳剛要說話，正在從籠子裏往外挑鳥屎的老劉在一邊撲哧笑出了聲，轉身對郭欣說：「唉呦，小四眼，沒想到你小子還有這一手。」何婷笑了笑，臉紅了起來。郭欣沒想到老劉能聽到他說話，顯得有些尷尬，笑笑說：「和她開個玩笑，老劉，你的鳥養得真不錯。」

老劉滿足地咧嘴笑了，他最喜歡聽的就是別人當面讚美他養的鳥，他甚至不再計較郭欣也來當面叫他老劉。船員們都喊他老劉，區別於當水手的那個小劉。船上既然有兩個人姓劉，就要有一個區別，於是大家就按年齡分，一個叫老劉，另一個自然就是小劉。就是照上船先後來分，也是如此，更不要說身分的高低了。但老劉很在意上船的考察隊上的年輕人怎麼稱呼他。初上船時，像郭欣何婷這幾個人，自然叫他劉老師，但像汪洋這樣以前出過海的，已經混熟了，便叫他老劉，郭欣起初還是叫劉老師的，不過時間久了，在一起廝混得多了，劉老師便成了老劉。何婷仍然叫劉老師，這讓老劉心裏很高興。老劉在乎這些研究生對他的稱呼，他認為這有關他的尊嚴和在他們眼中的地位。尤其是老劉聽到這些年輕人見到船上實驗室主任許一凡時有的叫許主任有的叫許老師，他更在意他們如何叫他。許一凡和老劉是同時上到船上來的，他們的經歷幾乎相同，都是同一年成為工農兵大學生的，唯一不同的是一個來自青海格爾木，一個來自黑龍江農場，都是同一年畢業，同時被分配到Q城H研究所，後來又同時被調到了這艘一九八二年正式下水的考察船上新建的實驗室裏，但這些年混下來，許一凡當了副主任，職稱也上了高工，老劉還是中級職稱。船上別人並不說什麼，覺著這沒有啥不妥，可老劉敏感，覺著別人不把他當回事，可在船上大家混得不能再熟了，老劉儘管敏感，但也習慣了，仍舊喝他的酒釣他的魚養他的鳥，只是酒醉後罵幾句蒼天無眼世道不公感歎自己命運不濟。但許一凡對老劉照顧有加，這讓老劉平日裏更覺著窩火，他總覺著許一凡的照顧裏含著某種虛偽某種作給別人看的姿態，讓大家敬佩他許一凡的為人，老劉只是在心裏這樣想，表面上他又不好說別的。他不能讓別人說他小雞肚腸，嫉妒許一凡。但老劉的確佩服許一凡的為人處世能力，不過他總覺著許一凡待人接物有虛偽的成分，可大家都說許一凡好，尤其那些水手機匠，他老劉就更不能說許一凡啥了。老劉抿抿嘴說：

「小郭，養鳥可是一門學問，這可不是餵餵食添點水就行了。」

郭欣馬上接道：「就是就是，老劉的鳥就是和別人的不一樣。」

何婷抿嘴撇了撇郭欣，郭欣朝她眨眨眼，兩個人相視一笑。

政委站在老劉身後開口道：「老劉的鳥是和別人的不一樣啊，老劉的鳥享受的是啥待遇，那些退休老頭哪有給鳥酒喝的。」

這一句把大家說笑了。只有何婷發愣，不知道大家笑啥。船醫已練功結束，也朝這邊走來，不緊不慢地說：「人家老劉這才叫愛鳥如子，自己喜歡喝酒，絕不能獨享，自己喝酒也不能拉下他的寶貝鳥。」何婷有些明白了，還想探個究竟，便對著郭欣顯出疑問的神情。郭欣使個眼色，何婷點點頭，有些心照不宣的樣子。老劉顯然被醫生的話說得有些臊，又不便說什麼，便沉默起來。

政委說：「老劉，你還真給鳥喝酒？」老劉嘟囔了句，但沒人聽清他嘟囔了句啥。

醫生笑說：「老劉，別這樣嘟囔，讓你的鳥學會了，可就不再叫響了。」

大家又樂了起來。老劉整理好鳥籠，又給掛在鳥籠外的兩個小瓷罐裏分別添上水和小米，也不說話，分別朝著兩個鳥兒點一下頭，扭身走了。

醫生說：「老劉這回才是回去睡覺了。」

政委朝著他的後背喊：「老劉，一覺醒了，可別找不到鳥啊。」

老劉頭也不回，說了一句：「找不到鳥，我就把你政委給扔海裏餵魚。」

政委笑開了：「好啊，我正想跳海裏游泳，一直沒找到機會，老劉，咱倆一塊跳，你可別喝酒呵。」

醫生說：「老劉，有人把你的鳥籠子給打開了啊。」說著，醫生上前作了個打開鳥籠子門的動作。

郭欣脫口說：「大夫，可別真讓鳥飛了。」

醫生笑笑小聲說：「我是開玩笑，嚇嚇他。」

老劉剛走到艙門口，不由地回過頭來，嚷嚷說：「你們可別沒事找事。」

政委道：「小子，現在也知道害怕了。」

醫生來了勁，他朝著老劉喊：「快把鳥拎回你的狗窩吧，掛在這裏待會就沒有了。邊說邊作著打開鳥籠子門的動作。」

老劉的腳步遲疑起來。幾個人笑起來。何婷顯得有些著急。老劉嘿嘿笑笑，略沉思一下又轉過身去向著艙門口走。

政委說：「老劉，鳥籠子門打開了呵。」說著，便在鳥籠子上拍了幾下，驚得籠子裏的鳥撲楞著翅膀上下亂飛。

老劉聽到了鳥撲楞的聲音，幾步奔了回來，頭上冒出了汗，說話都有些上氣不接下氣：「你們這是幹啥，這是幹啥。」

郭欣和何婷兩個人笑不出聲來，呆呆地看看老劉再看看政委和醫生。冷不定冒出老叢的聲音來：「不用怕，就是讓牠飛，牠也飛不走，還要回來。」

這話說得讓大家一愣。

老劉說：「老叢，你這當教授的，怎麼這樣說話，鳥飛走了，你能負責？」

醫生說：「老叢的話有道理，可惜不能試試。」

老劉眼睛一瞪嚷嚷說：「我的鳥飛了你們誰能負責？」

大家還沒反應過來，老叢一步邁了過來，上去一手就拔開了鳥籠子上的小圓形門，接著把鳥籠子用手一托，上下顛了顛，說聲：「去吧。」話音剛落，就看見那隻畫眉翅膀扇動了幾下，一使勁飛了出去。大家都不由地啊出了聲。

老劉臉色刷得白了，聲音帶著苦腔說：「老叢，你……你……你賠我鳥！」

何婷張著嘴眼睛緊跟著飛走的鳥，郭欣既驚訝又有些傻笑，醫生的眼睛追蹤著飛走的鳥兒嘴裏自言自語，「怎麼好這樣，唉唉唉，老叢老叢。」政委在那兒張嘴笑著仰臉看著空中的鳥兒，說：「老叢你這下把老劉給殺了，這鳥可是他的命啊。」

老叢依然一臉的沒有表情，就像與他無關一樣，看著在空中飛的鳥兒一付無動於衷的神態。畫眉鳥在艇甲板的上空飛了一陣，落到了吊車臂上。老劉趕緊跑過去伸手去抓，腳跟翹了起來，仍然沒能抓住。郭欣也跑過去，幫著老劉抓鳥。

老叢冷漠地又說了句：「別費神了，待會牠就乖乖地飛回籠子裏。」

醫生在一邊低聲說：「我看夠嗆，恐怕要掉海裏餵魚。」

政委也說：「老叢，你也太大意了。」

老叢不再說話，扭臉看著碧波蕩漾的海面了。

老劉急得汗流如注，何婷看著都替他難過。

畫眉鳥瞅瞅老劉，翅膀一扇，飛了起來，在空中劃了個優美的弧線，便一個俯衝飛到了海面上。老劉簡直要哭出聲來，呆呆地站到艇甲板邊上，手扶著救生艇，一付痛不欲生的樣子。

政委在後面說：「老劉，想開點，不就是個鳥嘛。」

醫生也道：「小心，你可別掉下去。」

那畫眉在海面上飛了一會兒，突得又飛起來，飛到了船身的另一邊，大家的目光跟隨著牠，一下子，不見了牠的身影。大家又來到艇甲板的這一邊，奇怪，海面上沒有鳥的影子。老劉一言不發，臉色白得象一張白紙一樣。

醫生說：「這鳥在籠子裏待長了，恐怕飛不多會就掉海裏了。」

政委接著說：「這下好啊，晚上老劉釣魚時正好把吃了鳥的那條魚給釣上來。」政委說著顯得興奮起來，「老劉，給魚開膛時可要小心，別把畫眉給鉸了。」

老劉狠狠地說：「都閉嘴吧！」

何婷突然喊：「快看，那邊。」她說著用手一指。

大家的目光都給吸引過來。老劉的臉色一下子湧上紅暈來，他邊看邊不斷地抹著眼淚。只見那隻畫眉從船頭那邊飛了回來，在艇甲板上空緩緩盤旋起來。政委仰臉看著說：「鳥啊鳥，快下來吧，你爸爸都快急死了。」他這一說，大家笑開了。畫眉飛了一陣，唰，俯衝下來，一眨眼的工夫，啁啁叫了幾聲，飛進了鳥籠子裏。老劉一個健步，一把把鳥籠子門給拉了下來。接著長長的出了口氣。大家簡直是歡呼起來。

何婷想起什麼，回身看看老叢，笑著說：「叢老師，你可真敢開玩笑。」

郭欣說：「叢老師，要是這鳥不飛回來，老劉還不知道會怎樣呢。」

政委也說：「老叢，你總是這樣，和別人隔一路。」

醫生搖搖頭，說：「玩笑歸玩笑，你還來真的。」

老叢掃視了大家一眼，鼻子裏出了一聲，說：「讓牠飛牠又能飛哪兒？」

大家一愣，相互看看，回過神來，是啊，讓牠飛牠又能飛到哪兒呢？大家出聲笑了起來。

老劉也嘿嘿笑了，說：「我剛才也是糊塗，就是嘛，讓牠飛牠也飛不走。」

老叢接了一句：「要是前邊有片樹林你再看看。」

大家聽了這話不再言語。

太陽已掛在了湛藍的海天上，海上的風暖暖的颳來。船身微微搖晃起來。幾個人也各自散開了。何婷品著剛才老叢的話，覺著蠻有滋味。她原想再問問郭欣老劉給鳥喝酒的事，可看看艇甲板上就剩下他們兩個，再一看下面後甲板上三三兩兩的已有人在活動，便覺著有人在注意他們，臉上不由地發起燒來，儘管她也想和郭欣再待一會兒，還是克制住自己，不給別人留下說三道四的話柄，於是她對郭欣說：「我怎麼又有些睏了？」郭欣說：「就是，我剛才其實也沒睡醒，都是讓汪洋給拖起來的。」兩人說著竟都張開嘴打了個大大的哈欠，然後兩人對視著大笑起來。何婷調皮地一歪頭，說：「再見。」然後擺擺手往後艙走。郭欣遲疑一下像是下了決心跟在了她的身後。何婷走下樓梯下意識地回頭一看，「哎喲，」叫出了聲。低聲說：「你怎麼來了？」郭欣說：「我到後艙看看，怎麼有規定我不能來後艙。」何婷皺皺眉，說：「你到後艙我不管，可別到我的房間。」郭欣說：「別自做多情，誰稀罕到你的房間，請我也不去。」何婷笑了，說：「好，人家真有志氣。」說著，何婷昂著頭往房間走。郭欣站在那兒看著她掏出鑰匙——開門，何婷關門時又回頭瞅瞅郭欣，吐了一下舌頭，扮了個鬼臉，一閃身關上了門。郭欣只覺得一股血流噌得湧上了頭頂，緊走幾步站到了何婷門前，抬手拍了起來。啪啪啪，敲門聲在空蕩的後艙裏刺耳地響起來。門唰地開了，郭欣舉起的手差點拍著何婷。「你幹麼？」何婷漲紅著臉說：「你瘋了，你不是不來我的房間嘛。」郭欣喘著氣，一言不發，只是定定地看著何婷。何婷一閃身，扭頭示意了一下，轉身進去。郭欣跟著進來，隨手關上了門。

出海有出海的樂趣，也有出海的煩惱。在海上的顛簸中，陸地上的許多瑣事都會淡漠，纏繞在心上揮之不去的煩惱，在海水的浸泡下大多會慢慢腫漲開來，顏色也變得失去了原來的鮮豔，漸漸成了在海面上隨波逐流時隱時現的泡沫。在船上輪機聲中，人們談論著能調動起大家興趣的話題，而諸如職稱、房子、出國等等在研究所裏大家關注的問題，少有人提起。日子久了，能引起大家興趣的話題越來越少，誰還有哪麼多的話呢？郭欣有時候一個人蹲在後甲板上瞧著船後泛著白色泡沫的航跡待上半天。

中午吃過飯後，郭欣又躺了下來。郭欣本來沒事的時候就喜歡躺在床上，他覺著值完班後除了躺床上實在沒有可去的地方。並不是說船上再沒有他想去的地方，其實郭欣很想到何婷的房間去坐坐，何婷享受單間的待遇，誰讓考察隊上只有一個女性呢，可那個單間又豈能隨便進呢，郭欣對此還是非常有數的。郭欣躺在床上，但睡不著。從昨晚到今天早晨，他睡得時間實在不少了，哪有那麼多的覺呢。他躺在那兒盯著圓形的舷窗。海水哐哐地不時地湧上來，嘩嘩，又盪了回去。陽光跳躍著射了進來，接著又被海水擋了起來，房間裏一陣亮一陣暗的變化著。郭欣的目光有些模糊。這幾天他感到特別的煩燥，幹什麼也提不起精神來。他發現自己墮落了，腦子裏總是晃著何婷的臉和她的身子，一閉上眼，何婷就款款地風情萬種的走來……郭欣有時候強迫自己不去想何婷，他在腦海裏搜尋著值得考慮的事情。這時，他常常想起導師讓他修改的論文來。郭欣想起魏先生的目光心裏不由地揪了一下，魏如鶴研究員在學術界素以學術思想活躍但又治學嚴謹聞名。郭欣讀大學四年級時，班主任就一再告訴大家，想考研究生的一定要瞪起眼睛來，選擇好自己的導師，導師選擇對了，你也就成功一半了，要考就考名家的，名師出高徒嘛。在學術界誰不知道魏如鶴研究員的大名呢？當大家知道郭欣被魏先生錄取了時誰不說你小子交上了好運氣了呢。郭欣不這樣認為，我不是憑運氣而是憑實力考上的，他這樣想。郭欣在研究室裏第一次當面聽到別人叫魏先生老狐狸時感到非常震驚，可看到別人的表情和神態又是那樣自然時，郭欣不由地疑惑了。當然這疑惑只存在他的心底，他在魏先生面前是恭敬有加的。他看不慣汪洋他們在宿舍裏對研究室裏的一些老師品頭論足，尤其是那些不禮貌的玩笑。郭欣自然知道魏先生和汪洋的導師是冤家對頭，正因此他在背後從不評說汪洋的導師，也不和汪洋議論自己的導師。在郭欣的眼裏，魏先生治學是很嚴謹的，在魏先生這一輩學者中像他這樣幾乎天天早來晚走的還真是少見，魏先生的時間幾乎都用到讀書做學問上，日子久了，他發現魏先生作起事情來那種勁頭是年輕人都難以相比的。魏先生對郭欣要求很嚴——不要管別人，你一定要把基礎打好，尤其是外語，你們這一代更是要拼外語，論文可以慢慢來，但基礎可要打好，做學問不是應付考試，靠突擊是不行的，一步步走，功到自然成。郭欣牢牢記住了魏先生的這些話。魏先生還告訴他，不要介入到研究室複雜的人際關係中，別人說什麼，聽過就完，不要放心裏去，更不要傳播，那些對我有意見的人，你該叫老師還要叫老師，這與你無關，尤其是不要管別人對他魏如鶴的評價。郭欣感到魏先生是個寬厚的學者。儘管別人在背後對魏先生的人品和學問說三道四，但郭欣對自己的導師還是蠻佩服的。

隨著吱鈕一聲，門突然被推開了。郭欣趕緊側過頭來，郭欣看見原來是小吳進來了。郭欣趕緊坐起來熱情地說：「小吳，來來請坐。」小吳擺擺手說：「你挺享受嗎，又睡了一覺。」說著話小吳身子坐到了郭欣床上向後一仰，靠在了艙壁上，腿搭在了床擋板上，扭臉瞧著艙壁上釘掛著的一個小書架——在每張床的上角都有這樣一個小書架，郭欣的小書架上擁擠著幾本大小不一的書，小吳細細從左至右打量了一番：有一本英漢詞典，一本海洋學英漢詞典，一本托福考試指南，一本GRE考試練習，還有幾本雜書。

小吳說：「吆，你還有金庸的《鹿鼎記》，不錯，四本夠看幾天的。」說著他回過身來。

帶上來看著玩的。郭欣笑笑說：「我挺喜歡金庸的書，看起來過癮。前陣在北京做實驗，晚上無聊，看英語累了，全讀金庸了，什麼《天龍八部》、《射雕英雄傳》，我買了一紙箱，倒是專業書沒看一本。」

「唉，那個何婷怎麼酸不溜的，見人像老鼠見貓。」小吳話頭一轉把題目岔了出去。

郭欣沒有答話。而是從床上下來，倒了一杯水，說：「你喝水吧。」

小吳也沒有接話，而是側過身去順手從頭上的小書架上取下一本厚厚的《托福考試大全》來，翻了幾頁，說：「大博士你準備的怎麼樣了？」

「什麼準備得怎麼樣了？」郭欣有些裝糊塗，也有些不耐煩。他希望小吳能快點離開，說不出為什麼，郭欣這時特別的煩小吳，這傢伙怎麼這樣討厭。但郭欣又不能讓小吳看出來自己已經不耐煩。

「行了，別裝蒜了行不行。」小吳的聲音有些提高：「你還能窩在這裏嗎？你們這些研究生有幾個留下來的，還不都一個個遠走高飛了。」

「我是不能窩在這裏，誰願意窩在海上呢，整天這樣漂。」郭欣的臉色亮了許多，說：「我現在就盼望著回去，趕快靠港吧。」郭欣看出小吳有些不耐煩了，頓時情緒高漲起來。

第四章

海上雖然沒有風，但時常起霧。從早晨起來，太陽就一直不見蹤影，海上到處都是化不開的大霧，把深藍色的海水遮蓋得無影無蹤。濃霧也嚴絲合縫地把《探索者號》包裹了起來。《探索者號》航行時就像在一團棉絮中徒勞地穿透著，從迷茫走向迷茫。到達每一個調查站位時，後甲板上幹活的人們也像睡不醒的樣子，顯得無精打彩。這樣的霧天沒辦法釣魚，魚兒都被大霧擠跑了。不值班的人只好待在房間裏了。誰願意站在一團棉絮中呼吸著如煙一樣的大霧呢。何婷早已經醒了，剛才船速一降慢，她就感覺到了，她聽到了船速降慢時發出的尖利的摩擦聲，就像一把鋒利的刀子在一根鋼管上一刀刀切割著。這響聲刺激著何婷已有些麻痹的神經。何婷一聽到這種金屬聲音，就感到無端的煩燥。她躺在床上反過來覆過去，找不到一種舒適的姿勢。何婷斜眼掃了一下空蕩的房間，對面空著的床上散亂地堆著幾件換下還沒來得及洗的衣服，還有幾本大小厚薄不一的書。何婷把兩隻胳膊伸出來，她發現自己的胳膊這些日子給曬黑了。她的兩手十指如彈鋼琴般扭動一陣，左看右瞧，像是自我欣賞。又過了一會，何婷聽到也感覺到頭頂上的絞車轟轟隆隆的震動了起來，像是要把她的神經給徹底摧垮。何婷歎了一口氣，掀開被子，坐了起來。

何婷從枕頭邊拿過疊得整整齊齊的衣服，一件件抖開，從裏到外，仔細地穿了起來。穿好衣服──這是一身淡藍色真綢套裝，何婷出海前買來準備《探索者號》在上海靠碼頭時穿著逛街的，根據上船前制定的計畫在海上工作一個月後就要在上海靠港三天的。誰料想到了海上，這一計畫取消了──抓緊這難得的好天氣，以便後甲板上的作業圓滿完成。這身衣服何婷還沒有穿過，昨晚上何婷打開行李箱，翻找著換穿的衣服，她帶上船的衣服並不多，穿來穿去，她感到沒衣服穿了，總不能老穿一件吧。何婷發現只要她換一件衣服，到甲板上或者到實驗室裏，尤其是到前邊伙房打飯再坐到大廳吃飯時，總能引來一道道冒火的目光，這些目光彷彿能把她的身體給燒焦了，讓她渾身不自在。起初她有些不好意思，在船上走路本來就晃，在這樣的目光聚焦下，她走起路來更感不穩了，上身變得僵硬，而腰以下就像和上半身脫節一樣，每走一步，心裏就狂跳不止。漸漸地何婷竟習慣了這些如狼似虎的目光，並感到一絲得意。這樣的感覺讓她陶醉，讓她領會到做一個女人的快樂，這種快樂是她在陸地上很難得到的。何婷是那種走在馬路上很難引起別人注意的姑娘，她很少上街，有時候節假日上街買東西時，看到打扮時髦長相漂亮的姑娘，在許多男人的注視下昂首挺胸驕傲的扭著圓滾滾的屁股，何婷的心裏會湧上複雜的情緒，這種情緒裏夾雜著鄙視、羨慕，甚至於還有些嫉妒。她在船上承受著這些男人們火燎燎的注視時，何婷在一絲得意中會想起她以前對那些在大街上扭屁股女人的不公平來。有時她也會想，我這是怎麼了，難道和那些庸俗的女人一個水平嗎？這種念頭一閃即過，讓男人注意並不是庸俗，不想那麼多，感到快樂比什麼都重要。何婷這時很後悔帶上船來的衣服太少了，冷靜下來一想，又不能埋怨帶上來的少了，因為自己買的衣服本來就少。何婷是那種追求智力發展的女性，把高尚的精神看得比任何東西都重要，平常並不注意打扮，她不能容忍在這些外在的毫無價值的物慾上分散自己的精力，衣服有幾件合身的就行了，當然，這幾件衣服何婷買來時也都是精挑細揀，先要符合樸素大方不扎眼，再又本著價錢合適，這一點尤其重要，研究生津貼本來就不多，何婷絕不在穿著上浪費。研究所裏年輕女性不多，打扮時髦的更是鳳毛麟角，在各個研究室裏幾乎沒有，女研究生們在打扮上幾乎都是一個模子卡出來的，在一個崇尚精神的群體裏誰會主動追求外在的東西呢。可在船上的這些日子，讓何婷變得不安的是她的衣服的確太少了，她好像有了一種義務，這就是打扮的漂亮一些，她隱隱意識到大家也是在這樣要求她。值班時自然要穿實驗服，一色的白大褂，就像醫院裏醫生們穿著的白大褂，但何婷穿在身上也和別人不一樣，她的實驗服乾淨舒展，不像汪洋郭欣們穿的，邋裏邋遢，本來的白色已變得可疑，骯髒不堪，而其他的人，尤其是那幾位中年人，大多穿青藍色實驗服，這樣即使濺上了泥巴，看上去還能讓人接受。何婷幹活時並不怕髒，也很潑辣，但她總能保持白大褂的乾淨。隔三差五，她的白大褂就會掛在陽光下，一滴滴向下滴著清潔的水珠。只要一下班，何婷就趕緊換下這身白大褂，因為她發現有幾次她穿著白大褂出現在那些釣魚或者在甲板上聊天的人面前時，人家都用疑惑的眼光打量她，那眼光讓她感到一種責備，就像她成了一個失職的士兵，沒有保持軍容風紀。

何婷認真洗漱完畢，她邊用毛巾一下下擦著臉，一邊在對著水盆上方那面小鏡子仔細地審視著自己的臉龐。這是張略有些鴨蛋形的臉龐，只是腦門顯得比一般姑娘大了些，而下巴有些尖得過分，給人一種冷淡感。幸虧何婷的眼睛不大，是那種細長的丹鳳眼，而眉毛又是細長淡淡的斜壓在那裏，才平衡了下巴的冷淡，使得她整個的臉龐讓人看上去不那麼拒人千里之外。何婷微側一下臉龐，她的眼睛在鏡子上盯住自己的右眼角，她看到那裏已有了許多細細的魚尾紋，她又向另一邊側過臉來，發現左眼角也是刻著細細的魚尾紋，不由生出幾份感歎。她對自己整個臉龐還是比較滿意，海上的太陽並沒在她臉龐上留下太多的痕跡，她是那種抗曬的姑娘，臉龐只是有一些紅暈，並沒曬黑。何婷正在欣賞著自己，情緒漸漸高漲起來，她說不出為什麼高興，反正她感到高興，待會一走出這間顯得過於寬敞的房間，她知道在這艘船上，自己遇到任何一個人都會受到特別的關注，當然只有一個人例外，這就是船長。一想到船長，何婷的眉頭皺了皺，但很快又舒展開來。

何婷在鏡子前足足端詳了將近一個小時，要不是她的腿感到酸疼，她還會站在那裏。何婷重新坐回到床上，她已經看到舷窗外一片白茫茫，她心裏罵了一句：討厭。這樣的天氣，潮濕得很，海霧纏在身上，渾身粘乎乎的難受，不會有人在甲板上。何婷不想去上面的實驗室，船航行時，那裏擠滿考察隊上的人，值班的自然在那裏，而不值班又不睡覺的人也願意上來湊熱鬧，老老少少除了講些讓大家哈哈一樂的故事，再有就是些讓人聽了臉紅心跳的玩笑。何婷值班時總是安靜的坐在一個角落裏手裏捧著一本書，像沒在聽大家的故事和玩笑，其實她全聽進去了，倒是這本書成了她的裝飾或者說是掩飾。她發現那些普通船員只要她在場一般不說讓她臉紅的話，而考察隊上的這些老師和同學，越是守著她，講起話來越是沒有顧慮沒有掩飾。除了值班時不得不坐在那裏，一般情況下何婷很少到實驗室去。

何婷坐在床上，這時候如果有人不打招呼推門進來，會發現她的神態有些癡，呆呆地在那裏出神。當然，若是有人突然推門，會把何婷嚇一跳，她一愣神後才能反應過來。不過，沒有人來敲門，更不會來突然推門，何婷有時候真盼望著能意外地聽到敲門聲，哪怕把她嚇個半死也好。那天郭欣跟來她的房間，很讓何婷興奮，她很盼望著郭欣能再來，當然，這個時間他不可能來，郭欣現在肯定還在睡覺，這傢伙簡直就是個迷糊蟲，汪洋正在值班，肯定正津津有味地聽老李在講那些下流的笑話，阿坤在幹啥呢，一想到阿坤，何婷的臉突然感到發燒，心裏也加快跳動。這樣的霧天，沒辦法到甲板上曬魷魚，何婷每次在甲板上看到那些掛在鐵絲上的一條條發黑發紅的已曬得半乾的魷魚，總要停住腳端詳半天，她覺著她認識哪些魷魚是阿坤罩上來的，就像阿坤這個人一樣，屬於他的魷魚乾也是如壯士一般，阿坤不會留下那些纖細的傢伙。初上船時何婷並沒注意阿坤，在她眼裏這些船員一個個顯得都很粗野，可這些日子下來，她有了不同的印象，因為在她面前，船員們非常規矩，不像汪洋這些隊員，一個個總想在嘴頭上占她的便宜，尤其是汪洋，那雙眼睛就像盯著一隻綿羊的狼眼一樣，冒著綠光。何婷在阿坤的身上找到了郭欣這些人缺少的東西，這讓她心裏沉穩，在這晃動著的船上有一種踏實的感覺。當然，她願意郭欣來她的房間，卻不敢想像阿坤單獨和自己相處的情景。何婷已經不再掩飾喜歡看到阿坤，自然她不能過分，但是站在甲板上看阿坤釣魚誰也不能說什麼。何婷想到這兒有些埋怨郭欣：上一次阿坤讓他來喊我去吃魷魚，如果他不是敲幾下門就離開，而是能耐心等一會。何婷能想像出郭欣敲門時的樣子來，一定左顧右看，生怕被人撞見，就像他來做賊一樣。何婷對此感到好笑，這個郭欣，幹啥都是畏縮不前，怕這怕那，就怕別人說他閒話。那天他跟著自己來後艙，純粹是個意外，恐怕他自己回想起來都會嚇著他自己。何婷暗暗想，以後吃過晚飯後，不能早早上床，阿坤不是說過嗎，等找一天晚上他釣上來不大不小正好涮著吃的魷魚，一定來喊她。恐怕阿坤自己不會來，還是讓郭欣來，郭欣又要做一吧賊了。想到這兒，何婷笑出了聲。這陣笑聲在房間裏聚然響起來，把她自己嚇得一愣，下意識地左右瞧瞧。

何婷正在發愣，鐺鈴——鐺鈴……一陣鈴鐺聲從遠到近，清晰地傳來。這把何婷的心思給拉了回來。何婷奇怪，該吃早飯了？不對，早飯是不搖鈴的。何婷一下子恍然，到了吃午飯的時候了。何婷起來走到門邊拿過放在水池架上的飯盆，又把臉湊到鏡子前，上下左右四下打量一番，這才開門向外瞧瞧，後艙的過道總是一片寂寞。何婷帶上門來，慢吞吞地朝著樓梯走過去。何婷從實驗室過道走過，碰上也去打飯的汪洋，汪洋上身是一件看不出底色的圓領衫，下身穿著一條沾滿污泥和油污的牛仔褲，笑嘻嘻地把身子橫在狹窄的過道上，何婷不得不站下，這條過道只能一個個挨著走，若兩個人並排著就走不過去。汪洋說：「小何好漂亮啊。」何婷往兩邊的實驗室看看，房間裏都已沒有人，看來大家都去打飯去了。何婷平靜一下情緒，開口說：「小汪，站這幹啥，走，打飯去。」汪洋嘿嘿兩聲，說：「看看你就看飽了，實在用不著去吃飯。」何婷頓頓腳，嗔怒說：「你胡說什麼，別在這擋道。」汪洋說：「好好，不擋道。」說著就在前面走，邊走邊回頭。從過道門出來沿著舷甲板向前面伙房那兒走，海霧依然瀰漫，他們的腳步加快了一些，這濃厚的大霧給人一種不真實感，像是置身虛幻中。

在伙房視窗打飯的人已經不多，大家都已經端著飯進到大廳了。郭欣剛打上飯正往大廳裏走，迎面招呼著何婷和汪洋：「才來打飯，快點吧，咱們坐一桌。」他倆答應著，來到窗口前。視窗裏挨排站著三個廚師，一人面前守著一個大盆，胖子和瘦高個兩個手裏都拿一個勺子，猴子的手裏握著一付筷子。汪洋把盤子伸進去，這種盤子是鋁制的，比一般家庭裏用的大些，中間有三道起股一分為三。胖子打了一勺雞蛋炒番茄，倒進汪洋的盤子裏，說：「快走，我還要給我們的公主打菜。」邊說邊笑，一付陶醉的樣子。瘦高個廚師打了一勺炒芹菜，握筷子的猴子夾起半隻白煮豬蹄放進了汪洋的盤子裏。汪洋笑笑端著往大廳走。何婷也把盤子伸進去，一樣也是兩勺菜，何婷對他倆笑笑點點頭，胖子呲芽咧嘴：「你要是吃了不夠再回來。」何婷沒說話，仍是笑笑。到了小個子這兒，他看看何婷，古怪地笑笑，用筷子在大盆裏翻揀一番，夾起大半隻肥大的豬蹄來遞了過來。何婷剎那間一愣，自己的這份豬蹄實在有些大的過分，但很快就反應過來，朝著小個子妍然一笑，便轉身往大廳走。她身後排著一個機匠，這機匠個子也不高，又長了一對逗眼，順理成章大家都叫他小逗眼。小逗眼剛值完班，穿了身油乎乎的工作服，本來站在何婷身後，原想和何婷搭訕說幾句話，可何婷怕他油乎乎的工作服蹭了她的衣服，一個勁地向前靠，像躲賊一樣，根本不搭理他。小逗眼心裏憤憤地，暗罵：傻逼的，有啥了不起。緊隨著何婷，他的盤子也伸進去，胖子他們根本就是心不在焉，眼睛還在何婷的身上。小逗眼的火更在心裏燃燒，拿勺子舀菜的胖子和瘦高個眼光總掃在何婷的臉上和胸上，胖子給他的盤子裏只打上了半勺菜，瘦高個更邪勁，看那樣子眼珠子都要蹦出來一邊一個穿透何婷薄薄的衣衫，射到她聳著的兩個乳房上，根本就沒心思給他打菜，打到他盤子裏的芹菜段也就是寥寥幾根。小逗眼有火不敢發，他不敢得罪這些廚師，天天打飯，這些傢伙惹不起。只在心裏罵：沒出息的東西，哪輩子沒見過女人，真是海上三個月，見個母豬也漂亮。這時正巧何婷轉身往著大廳走，小逗眼清楚見到了她盤子裏的菜和豬蹄，滿滿盪盪，明顯比別人的既多又大，再看看自己盤子裏的菜，臉上露出一付不懷好意的笑，像是自己說給自己：「不一樣就是不一樣。」正好該是小個子猴子給他夾豬蹄，一聽他說這個，眼睛瞪大了，張嘴說道：「你小子不想吃就滾，別在這裏找麻煩。」小個子說著，膨，給他夾過來半隻很小的豬蹄。小逗眼還想說句，胖子在一邊嚷：「餵出狼來了，還挑三揀四，慣的毛病！」小逗眼搖搖頭在心裏罵道：該殺的猴子。小個子廚師姓孫，人長得瘦小，大家便給他起了個綽號：孫猴子。小逗眼心裏罵咧咧的，跟著何婷走了進去。

猴子自從看見何婷端著飯盆出現在窗戶前面，就沉浸在興奮中，他給何婷夾上豬蹄時右手興奮得有些抖動，心裏高興的發顫，讓小逗眼給一攪和，把他的興致給破壞了，這使得他非常氣憤。但興奮壓過了氣憤，很快他又高興起來，畢竟何婷端著豬蹄離開時對著他甜蜜的一笑，這一笑足夠趕走小逗眼給自己帶來的不痛快。從吃過早飯，猴子就開始忙活。本來管事來和胖子商量，說：「這幾天伙食花樣變得不多，是不是變變花樣。」胖子一聽臉就耷拉下來，腮幫子也扭起來。管事一看他這副樣子，本來就白淨的臉顯得紅一塊紫一塊，他一緊張總是這樣。胖子說：「還想吃什麼，不願意吃拉倒，我就這麼個做法。」管事一般很少和胖子爭論，臨走扔下一句：「大廚，你看著決定，不過我告訴你，這次回去後要對船上的人員都進行評議，其中一條是民主投票，看看大家的意見。」胖子朝著管事的背影嚷：「老子就是不怕這個。」胖子心裏罵：「你這奶油小生，我還不瞭解你，又不知道你想討好哪一個。」胖子嘴上說不怕，可管事走後他還是把猴子叫來，吩咐說：「中午給這幫鬼孫子換個好菜，跟我到冰庫裏看看，是拿大排還是拿豬蹄。」猴子不聲不響跟著胖子進了前艙下面的冰庫，冰庫的門開關起來總是不利索，要不就是開不了要不就是關不上。在門口兩個人好一頓忙活這才把門開開，猴子抓起一件骯髒的棉猴穿在身上，鑽了進去。胖子原來也想穿一件大衣，門口總是有幾件舊大衣放在那裏，好讓進冰庫的人穿著禦寒。可剛才這一通忙活，胖子熱得渾身難受，想反正一會兒就出來，就沒穿大衣。兩人進了冰庫，不由感歎，本來裝得滿滿當當的冰庫，一摞摞大排、豬肉、豬蹄、帶魚，等等，已吃出了一個角，胖子壞：「什麼好拿？」猴子不答，他知道胖子想拿啥就是啥，他說也是白搭。胖子四下裏一掃，「好了，就是它了。」他用手一指面前的一摞豬蹄。兩人一五一十地數著把豬蹄扔進帶來的大筐裏，然後向外走。可到了門口，這才發現那道厚重的門已關了過來。胖子上前開門，糟糕，開不開。胖子罵：「猴子，你他媽的關門幹啥？」猴子委屈地說：「誰關的？我在你前面，怎麼能是我關的？」埋怨也是白搭，兩個人便一二喊著用力去開門，還是開不開。這時胖子身上的汗水已經凍幹了，渾身開始發冷，凍得不住地哆嗦。猴子心裏暗笑，這真是要速凍肥豬了。猴子嘴上說：「我脫下棉猴你先穿一會吧。」胖子瞥他一眼，罵：「別在這裝蒜，快點用力開開門。」兩個人聯手加腳，又嗷嗷直叫，可外面並沒有人，誰閒著沒事跑這裏待著。胖子邊用腳踹門邊罵個不休：「這個該死的門，早就說修，修到現在修他娘的屁。」嘭，一聲，門終於被推開了，猴子差一點嗆到地上。胖子趕緊跑出來，出了一口涼氣。把豬蹄拖回伙房，胖子跑回房間要暖和一陣，猴子開始剁豬蹄。過一會兒胖子回來說：「我幫你剁一會。」猴子興致頗高說：「就這麼點東西用不著多沾手，我自己就行了。」胖子一聽有些疑惑，這小子今天怎麼這麼大方，往常可是斤斤計較，生怕比別人多幹了半點。胖子並沒多想別的，一個人幹就一個人幹，又不是我不幫忙。胖子轉身找地方吹牛去了。猴子哼著小調一個個剁著豬蹄。豬蹄不是每人一個，而是兩人一個，正好從中剁開，一人一半。船上船員加上隊員共有八十幾個人，猴子要剁四十幾個豬蹄，真夠他忙活的。猴子邊剁邊產生一個私念，他左翻右挑，找出一個最大的來。往常這樣幹，是把這個最大的留到最後，好讓自己獨享。可今天猴子不是為自己，他是想給何婷一半大個的。想到這，猴子臉上浮現出柔和的神情來，本來乾巴巴的臉也舒展開了。中午打飯的時間到了，猴子先站到這一鍋豬蹄前面，手裏握一雙筷子。一般若哪一盆菜好，如紅燒肉、炸魚一類，總是胖子大廚守著，有時候管事也站在這裏給大家打菜，但今天猴子穩穩站在那裏，胖子看他一眼，想說啥，可又一想，今天猴子出力多，就讓他守著豬蹄吧。在船上誰沒有三倆好朋友呢，打菜的勺子一偏一抖，打進盤子裏的菜就有了不同，大家都心中有數，只要別過分，也就過去了。猴子的筷子將決定大家盤子裏的豬蹄誰的大誰的小，這也決定了誰將罵他誰會念他好。猴子站在滿滿一大盆豬蹄前，頓時高大了許多，他的筷子一個個夾下去，看去隨便，可他心中有數，那一個最大的他絕不動一下，大副過來了，眼睛在盆子裏瞟來瞟去，猴子看不見，就是看見了也是一副糊塗樣。最能計較的三管輪過來了，猴子夾起來一個小個的，愛吃不吃，你能把我怎麼樣。三管輪的臉色就和他盤子裏的小半隻豬蹄一樣，看著就難受。猴子的眼睛掃來尋去，怎麼半天了何婷還沒來打飯呢，是不是讓別人替她打回去了，猴子想起來有幾個隊上的人打了兩份，是給別人捎的。猴子的心裏正在七上八下，他的眼睛啪的一亮，他看到何婷站到了隊尾，顯然他是和那個小白臉研究生一塊來的。猴子握筷子的手都有些發抖，差一點把正夾著的一半豬蹄給掉到地上。終於他夾起那大半隻豬蹄放進了何婷的盤子裏，他長長舒了一口氣。這一切何婷知道嗎？當然她不知道，猴子也不會告訴她，猴子心裏清楚就行了，幹麼告訴她，這是屬於他自己的秘密，人不能沒有點屬於自己的秘密。猴子做完這一切後，心裏舒服而快樂。

何婷端著飯盤一踏進大廳的門檻，就像是將軍來到兵營一樣，分坐在近二十個桌子四周正在吃飯的人大部分像是知道她進來一樣，正對著門坐著的人不必細說，背對著的也從自己對面人的臉上知道何婷進來了，也扭過頭來朝著何婷看上幾眼，接著起了一陣輕微的騷動，發出一陣輕輕的噓聲，不知誰說了一句：「快看，又換了一身。」何婷鎮靜的四下掃了一眼，像是將軍在巡視部下，不遺忘每一個角落，那眼神就像把任何一位對自己致敬的部下都給予安慰一樣，不能厚此薄彼。但細心人會發現，何婷的這種巡視並不一樣，還是有所區別，不管阿坤坐在那裏，她的目光總能在那裏不為人察覺的停留那麼一會，接著便移開了。何婷的目光掃到船長身上時，也會耽擱一會兒，但她總是遺憾，因為這大廳裏的男人們只有船長還在專心的吃飯，好像不知道何婷正踏在門檻上對著他們致意。最後何婷的目光便落在郭欣和汪洋他們這一桌上，一般他們總是坐在一進門的左首角落裏。這時郭欣和汪洋也會喊：「小何，這邊來。」何婷一笑，朝著大家點點頭，何婷連自己也沒察覺，這些日子她有了一項很了不起的技巧，她這一笑一點頭，讓大廳裏這些注視她的男人們都感覺她是在特意對著自己示意，示意啥呢？個人的理解不同，但心裏都感到了甜蜜。何婷點完頭緩步走過來，他們已經給她擺好了椅子。剛上船時，何婷打了飯總是端回房間吃，她不好意思進大廳來，這麼多的老少爺們，何婷實在沒勇氣走進來。頭幾天吃飯還挺香，可過了三天，何婷就沒有了胃口，吃啥都不香。一個人待在房間裏吃，聽著船尾螺旋槳轉動的響聲，再加上渾濁的空氣，空氣裏含著濃濃的柴油味，何婷感到實在難以下嚥。打飯時也想進大廳裏和大家坐一起，可鼓不起勇氣。有幾次郭欣拉她一起進來，她遲疑片刻還是回去了。回去後守著飯菜又有些後悔。她第一次在大廳裏吃飯是在船上度過的第一個週末。那一個週末海上的太陽特別紅，但紅的已有些發暗了，海空給人曖昧的印象，讓人的感情特別容易搖擺。何婷打飯時排在隊尾，一會兒郭欣和汪洋就來了，站到她的身後。何婷從那些端著的飯盆上發現今天的晚餐多了一個菜，是個涼拌海蜇皮。而且管事站在廚房門口，面前放著幾箱青島啤酒，打好菜的人一個個按順序從他面前經過，他給每人再遞過來一瓶青島啤酒。何婷回頭拿眼神詢問汪洋和郭欣。郭欣已聽說船上的慣例：每一個週末都要加菜喝啤酒。郭欣正想解釋，汪洋已開了口：「這次出海有漂亮小姐參加，船長破例今晚上請大家喝啤酒，還多加一個涼拌海蜇，這個菜就是為你才有，讓大家嚐嚐今年的海蜇鮮不鮮。」汪洋說話的表情就像今晚加的菜就是何婷一樣，這讓何婷臉紅脖子粗，滿臉火辣辣地冒油。排隊的人聽到汪洋的話，都哈哈地笑起來，並不斷地在何婷身上掃來掃去。何婷羞得不知道如何是好。當管事遞給何婷一瓶啤酒時，何婷不知道是接還是不接。她脹紅著臉說：「我不會喝酒。」邊上的人都哈哈大笑起來，汪洋接著說：「你謙虛啥，船上規定，管事發的啤酒不接不行。」何婷這才伸手怯怯地接過啤酒。管事對著汪洋說：「恐怕是你想多喝一瓶吧。」汪洋說：「你看我像能喝酒的人，你不知道，我們的何小姐酒量驚人，二鍋頭喝一瓶也就剛墊墊底，她是不好意思拿罷了。」大家都笑開了。何婷愣在那裏不知如何是好。郭欣說：「來，週末都在這裏會餐，你就別回房間了。」何婷低聲說了個——好，就低頭跟著郭欣往大廳走。一進大廳，何婷不由地一抬頭，一下把她嚇壞了，一房間黑壓壓的男人，所有的眼睛都在朝著她冒火，她全身給烤得熱辣辣的，她的眼淚差一點不在眼眶裏打轉而直接掉下來了。她極力控制住自己的情緒和眼淚。懵懵懂懂地跟著郭欣坐到了門邊的角落裏。暗暗發誓，今後再也不來大廳吃飯。那瓶啤酒被汪洋和郭欣分著喝了，其實大部分是讓汪洋喝了，但汪洋不希望讓大家說何婷的酒讓他給喝了，於是拼命也要給郭欣倒一點，賺了個兩個人幫著何婷喝啤酒。何婷儘管覺著不自在，但那一頓晚餐她吃得很舒服，食慾也好，飯菜也香。第二天，何婷再去打飯時，曾猶豫是在大廳還是回來吃，但打上飯後，不知怎得，又跟著郭欣進了大廳。慢慢地她進來時頭也抬了起來，臉也不漲得通紅了。日子在海水浸泡下忽悠忽悠地漂著，何婷每次踏上大廳的門檻時也成了將軍一樣。

何婷端著豬蹄來到郭欣他們這一桌，左邊角落的這個長條桌，彷彿成了他們這幾個人的專座。汪洋盯了一眼何婷的盤子，感歎說：「瞧瞧人家，不一樣就是不一樣，簡直是一隻豬蹄嘛。」汪洋說著，扮出了一副痛苦狀，像是遭遇了多麼大的冤屈。

何婷的臉紅了一下，小聲嘟囔：「你小點聲行不，沒事找事。」

汪洋嘻嘻哈哈說：「這東西吃了美容，吃下去你會更漂亮的。」汪洋說著，晃了一下手裏已吃了幾口的豬蹄，又說：「要是不夠，這半個也給你。」郭欣盯了汪洋一眼，話到嘴邊又咽了回去。

何婷不搭理他們，悶著頭吃飯，一小口菜一小口米粒細嚼滿咽著，看上去很是滿足的樣子。郭欣他們很快就先把豬蹄消滅乾淨了。幾個人都虎視眈眈地盯著何婷的盤子。何婷知道他們想幹啥，只是不說。何婷其實並不喜歡白煮豬蹄，船上的豬蹄處理得還算乾淨，但豬蹄上總是留下三三兩兩的長毛，若是紅燒豬蹄，還能遮蓋一下，白煮就不同了，端在手上仔細瞧瞧，不噁心才怪呢。她才不管這東西是不是美容。郭欣汪洋這些人也知道她不喜歡吃這些東西，以前打來的這些豬蹄大排，一般都是他們分著吃何婷的那一份，可都沒有像今天的這個豬蹄這麼肥這麼大這麼饞人。誰都想獨自替她吃下去。何婷覺著滑稽，這些大男人怎麼搞的，上船後一個個都成了饞貓。何婷仍然在那裏細嚼慢嚥，就是不說話，看你們有什麼辦法，到底看看哪一個先忍不住了。何婷注意已定，便鬆馳下來，左顧右看四處打量著用餐的人們。這一打量不要緊，她的心裏咯咚一下，下意識裏有種不祥的預感。

隔了三張桌子，圍桌坐著小逗眼和另外幾個機匠。在船上彷彿有個不成文的規矩，大家都在習慣成自然的遵守著，這就是那個部門的人一般都是和本部門的人坐在一個桌子前吃各自打來的內容數量幾乎沒什麼差別的飯菜。偶爾誰來晚了，才可能隨便找個地方坐。尤其是考察隊員很少和船員們坐在一起，慢慢地，那個部門的人坐那一桌幾乎成了慣例。小逗眼這一頓飯吃的糟透了，本來他值班時心情就不好，機艙裏值班要不就是坐在那裏閒得無聊，在大海上航行不同於在馬路上開車，只是根據上面駕駛臺要的車鐘擺弄幾下就行了，當然也有手忙腳亂的時候，這就是靠離碼頭時。機艙值班室在船的最底層，坐在那裏就像身處一條黑暗的峽谷一樣。值班時就怕哪條管道跑冒滴油，或者什麼地方再出個漏子，這個班就別想安穩了。小逗眼一上班，機匠長就把他喊上了。本來是小逗眼和另一個機匠跟三管輪的班，可這個機匠是個新手，因此機匠長喊他非常正常。機匠長是他們這些機匠的頭，就像水手中間的水手長。原來有一條油管滴油了。為堵住漏油的地方，小逗眼在機匠長的指揮下忙活了整整一個班。現在盯著自己盤子裏的這小半隻豬蹄，小逗眼的心裏火越竄越大。他實在忍不下去了，用筷子敲了敲盤子沿，對坐對面的機匠長說：「老張，你說我他媽的怎麼這麼倒楣。」小逗眼邊說邊用筷子敲打著盤子，放出叮叮鐺鐺的聲音。

機匠長有些摸不著頭腦，盯了他一眼，這才說：「你別幹點活就喊怨，碰到誰的班就是誰的活，你幹了這麼多年怎麼還不清楚。」

「我不是指這個」，小逗眼說著，用筷子一指盤子裏的豬蹄，「你看看，這也算半個。」

小逗眼的話音剛落，大家的目光都盯到了他的盤子上，接著大家就笑了，七嘴八舌的說開了：「這就是運氣，運氣這東西邪門，跑到你頭上你想躲也躲不掉。」

阿彪說：「這是讓你減肥，怕你吃多了。逗眼，下次你肯定能吃個大的。」

機匠長歎口氣笑笑說：「你就為這個啊，好吧，我這個還沒吃，咱倆換換。」

小逗眼眼睛一瞪，說：「我不是為這個，我是為他們他媽的太勢利眼。」他這一說，大家的眼睛都亮了起來，阿彪問：「是不是又挑大個的給了大副？這些傢伙就是偏向甲板部的人。咱輪機部的人啥時沾過便宜，看看我的盤子，我這半個豬蹄他媽的也是小號的。」

機匠長不想讓這種談話繼續下去，用眼睛的餘光四處掃了一下，他不想讓甲板部的人聽到他們之間的談話，免得引起不必要的糾紛。還好，甲板部的幾個人坐在窗邊的兩張桌，沒人注意他們這桌的談話。他加重語氣對小逗眼說：「沒什麼大不了的，吃我的這個就是了。」

小逗眼說：「不是那麼回事，他太過分，想討好人家不要緊，他把他的那個給她，不應該損害別人。」

「到底怎麼會事？」阿彪顯得有些不耐煩，說：「不就是給你的豬蹄小了些嗎，還有啥貓膩？」

「孫猴子討好那個女研究生，在大盆裏翻揀個遍，挑出最大的一個來，你給她也算了，可他又把那一小半挑給了我，你說這傢伙是不是東西。」小逗眼委屈地說開了。

大家樂了。阿彪說：「操，這叫啥事，逗眼，就當你送給了小姐一個豬蹄不就得了。」

機匠長的心也放了下來，因為前幾天輪機長還剛找過他，讓他注意機匠們的情緒，海上的日子一長情緒上有些煩燥，這很正常，但千萬要注意，別惹麻煩，尤其和甲板部的人，能過去就過去。在船上彷彿有一個歷史傳統，這就是甲板部和輪機部歷來矛盾不斷，從上到下，彷彿掌舵和開船的就應該互相不服氣才能把船開好一樣。機匠長笑著對小逗眼說：「你也太沒男人氣，怎麼和女人爭吃的。」阿彪又接一句說：「就是，照顧女人是男人的天職。換了我，我把剩下的這半個也送上去。」

小逗眼臉紅脖子粗說：「換了我我肯定也挑大個的給她，可我不會把那一小半給你們，我會自己留下來。」

大家笑著說：「好好，你水平高。孫猴子怎麼能和你比。」

阿彪說：「我們把猴子喊來，替你出出氣。」

機匠長正要阻止，阿彪已起身朝門口走，邊走邊喊：「猴子，你來一下。」

小個子廚師已吃過飯，刁著煙捲慢吞吞地往裏走，聽到喊聲，接了句：「找你大爺我幹啥？」

「來來來。到這邊來。」阿彪說著邊把小個子廚師引過來。

這時，大廳裏還在吃飯的人都尋聲把目光掃過來。何婷的心已開始嘭嘭急速跳起來，她很清楚那個逗眼機匠為啥臉色那麼難看。何婷想起身離開，可看看郭欣、汪洋他們正在看著那邊，又覺著站不起身來，正在遲疑，那邊已開始吵了起來。

小個子廚師滿臉通紅，站在那裏嚷嚷：「你他媽逗眼少在這兒胡說八道。」

小逗眼急赤白臉，聲音都變了：「我胡說什麼，讓大家看看，我這個能算是半個嗎？」邊說邊用筷子戳著盤子裏的豬蹄。

「你算不算該我啥事，你還有臉找我，活該你運氣不好。」

小逗眼噌得站起來，本來他並不想跟小個子爭吵，他只是有火想在夥伴們面前撒撒，可他沒想到阿彪會把孫猴子喊來，更沒想到孫猴子說話這樣不饒人，只覺著全身的血都衝到腦門上，脫口罵到：「孫猴子，你就是把一整個豬蹄都給了她，你也別想沾人家一根毛，回去撒尿照照你那猴子臉，呸，你也配。」

小個子的臉色唰地由紅變白，一點血色也沒有，用食指一戳逗眼：「我操你媽小逗眼，下次吃豬蹄你連這半個也撈不著，我沾不著她的一根毛，你連她媽的一點腥味也別想聞到。」

轟，大廳裏響起了笑聲。大家已經聽明白了，有些人的目光已開始掃在何婷的臉上和身上，也有的落到了她盤子裏那大半隻還沒動筷的豬蹄上。小吳站起身搖頭晃腦說：「是不小，他媽的孫猴子也真是花血本，拿船上的東西獻殷勤。」何婷的臉色已紅地像要流血，頭低得不能再低了，使勁控制著別掉下淚來。郭欣和汪洋聽明白了，兩人都有些惱火，他們的嘴怎麼這樣臭。兩人的目光一接，同時站起來。同桌的老叢趕緊說：「這不該我們的事，你們千萬別惹事，他們罵讓他們罵去，我們走。」說著他起身拉著何婷就向外走。郭欣的太陽穴一鼓一鼓的，一把從何婷盤子裏抓過那大半個豬蹄，轉身就朝著那邊走。汪洋在後面緊跟著。

小逗眼和孫猴子正在吵罵著，邊上有勸說的，有鼓勁的，有息事寧人的，有火上澆油的，有害怕他們動手打起來的，有唯恐他們不動手的。阿彪一個勁地在後面嚷嚷：「別練嘴皮子啊，誰厲害誰能摸摸人家的一根毛啊。」小吳一邊喊：「打吧，不見紅別停下啊。」還有個機匠笑：「見紅才是本事啊。」後面的一個水手叫：「誰硬誰軟比比看嘛。」

郭欣撥開眾人擠了進去，把手裏的豬蹄往桌上一扔，說：「誰吃誰就吃，別說話那麼難聽！」

大家一愣，都沒想到郭欣會插進來。逗眼和孫猴子都一下子不知幹啥好，馬上回過神來，同時對著郭欣說：「這和你有什麼關係，你來湊啥熱鬧。」

郭欣還沒來得及說話，汪洋已開口：「怎麼和我們沒關係，你們這樣說我們的隊員，我們有權利管。」

機匠長趕緊往外推郭欣和汪洋，邊推邊說：「別和他們一般見識，你們先走，我來說他們。」機匠長把他倆一步步推出來，他擔心船員和隊員打起來，他知道這些隊員不是打架的對手，正因此他更害怕惹出事來。胖子也過來了，邊拉著郭欣往外走邊說：「嘿嘿，這是幹啥，跟這些王八蛋生哪門子氣嘛，走吧走吧，下次我給分豬蹄，那小子連小半個也別想吃。」另外幾個老船員也來勸著郭欣和汪洋，讓他們離開。

老李聞訊趕來，把他倆拖走了，邊走邊說：「你們這是幹啥，你們能和他們動手？他們的嘴還能說出好話？我們可以找船長，但不能和他們發生衝突。」

他們一走，大廳裏又恢復了熱鬧，有幾個船員很為剛才郭欣、汪洋的舉動感到遺憾，他們遺憾的是讓這兩個書呆子把一場好戲給衝了，多麼難得的一場大戲啊，正要上演竟然被兩個傻瓜給攪了。這幾個船員感覺有義務讓這場戲再接著上演，又開始在邊上煽風點火。其實這一鬧，已把逗眼和猴子的火給沖淡了，他們也沒想到這兩個上船來的研究生居然來找他們的茬。他們對隊員從心裏說是尊敬的，因為這些人實在和他們不一樣，他們並不想和這些人為難，動手打這些書呆子自己都說服不了自己。機匠長把他們拉走，也正好讓自己下臺。可這兩個書呆子被拉走了，邊上人再這樣一起哄，他倆又找回了原來的角色，可一掃何婷坐的地方，已空空無人，這時他倆真不想動手，誰知道能不能打過對方呢，這兩人在船上屬於不惹事的人，因為他倆的個子都長得小，不是別人的對手，但沒想到今天卻成了別人取樂的對象，這時候不挺住往後更讓人嗤笑。兩人正在猶豫，互相瞪著對方。小個子廚師想：「媽的，我並不是特意給你半個最小的，誰讓你碰上了呢。」這話是實話。小個子給何婷挑了半個最大的，這是他準備好的，上午一個個豬蹄用斧頭劈開時，他就留了個心眼，挑出一個大個的來，又小心從一邊劈開，一半大一半小，這樣劈開還不好掌握，不如從中間一劈為二來的容易。小個子覺著這沒啥不行，我就是願意給她大點的，礙誰的事了。可他當時眼光仍在盯何婷的胸脯，他正在想她的乳房就是那麼高呢，還是帶著乳罩的緣故。誰知竟然把那一小半的夾給了逗眼，這叫碰上誰是誰。逗眼不這樣想，逗眼認為猴子是故意把最小的那半給了他，因為看著他好欺負。

這時，不知道誰把吃過飯已走了的政委叫回來了。政委一來就扯嗓子喊：「都給我住手！」

圍在邊上的人往後退退，聲音小下來。政委走過來，看看逗眼再看看猴子，又看了一眼扔在桌子上的那大半個豬蹄和盤子裏的小半個豬蹄。沉思一會，開口說：「簡直是胡鬧，真給我們船上丟臉。」

逗眼和猴子都低下頭。逗眼把盤子裏的豬蹄往桌子上一摔，說：「政委，你可要主持公道。」

政委一拍桌子，大聲喝道：「都吃飽了撐得沒事幹了——是吧。」

小逗眼和猴子垂下臉來，周圍的人不由得覺著尷尬。

「站這幹麼，你們倆個都給我回去，想好了到我房間去。」政委說著揮揮手，都散開，打架看著過癮啊，沒事撐出些毛病。

大家三三兩兩的散開，走出大廳門時，有幾個露著笑容，但還覺著有一點遺憾。大廳空蕩了時，服務員老黃開始抹桌子，打掃衛生。抹到這一桌時，看著桌子上的一大一小兩半豬蹄，搖搖頭笑笑，自言自語說：「吵了半天，誰也沒撈著，真是吃飽了撐的。」

夜色還沒有太濃，海上的夜晚只要有月亮，夜色總是顯得明亮許多，倒是海水變得黑漆漆的，天和海變得有些倒置。夜幕已掛下來，阿坤早早地就站到左舷甲板上，並從他的小屋裏扯出一根電線來，從甲板上搭下去，在船身吃水線處吊著個一百瓦的燈泡。燈泡用一個編織的鐵絲網罩著，免得碰到船身上撞碎。月亮映在海面上，海水閃著月光，跳躍著，發出深沉的響聲，這是暗流在流動著的聲音。這一帶水深在千米以上，在這個調查站位上，從用絞車轟轟地放下到海底鑽取泥巴的取樣管，再吊上來，至少需要四個小時。阿坤估計後甲板的作業至少還要再過三個小時才能結束。他不相信這三個小時內就釣不上個頭大小正好的魷魚來。阿坤吃魷魚很有講頭，他釣上來的魷魚不是當晚上隨便吃，他身後的甲板上隨意地扔著他釣上來的魷魚，大小不一，他釣魷魚時眼睛總是盯著水面，只要魚線一動，他的手就猛地向上一拉，接著兩手接替著快速向上拉魚線，噗，一聲，一隻魷魚就露出了水面。阿坤把魷魚收上來，用手抓起鉤上的魷魚向著身邊一扔，又把魚線扔回了海水裏。阿坤釣魷魚時，不時有人從他身邊過，看他的樣子，便說：「阿坤今晚又要發財了？」阿坤嘿嘿幾聲，並不說什麼。有人問：「阿坤今晚要大吃一頓了吧，讓我也沾個光。」阿坤不笑，說聲：「別想好事。」那人也就不再找沒趣。

郭欣值下半夜的班，吃過晚飯後躺床上睡不著，聽到船停了，知道甲板上又要站著許多釣魷魚的人，恐怕阿坤也在，這樣一想，便有了希望：恐怕何婷也能在那裏看他釣魚吧。自從那天在餐廳裏發生不愉快以後，何婷一直顯得不開心，除了值班，很少露面。郭欣這樣一想，便起身跑了上來。一看甲板上的確站著好幾位釣魷魚的船員。他四處尋找了一會，看到了阿坤，心裏不由動了一下，再仔細瞧瞧，阿坤的身邊並沒有別人，何婷不在。郭欣遲疑一下還是走了過去，站到阿坤身邊。阿坤感覺到有人來，剛想回頭看，但又沒回過頭來，他聽腳步聲不像是何婷的，何婷在船上走起路來總是輕輕的，不像他們這些男人腳步很重。

阿坤仍然盯著水面，突然說道：「不在下面睡覺，跑上來幹啥？」

郭欣說：「睡不著，還不如上來玩玩。」

阿坤又不說話了。郭欣也不再說話，只是在一邊看著。每當阿坤釣上來一條魷魚時，郭欣就發出讚歎。不到三個小時，阿坤的身邊已有十多條魷魚了。郭欣說：「你釣上來的不少了。」阿坤朝甲板上瞧了兩眼，眉毛動了幾下，臉舒展開來。阿坤收起了魚線魚鉤，彎腰一條條拾著魷魚，每拾起一條，就在手上掂掂斤兩，再用目光測著長度肥瘦，這才一條條分別扔進兩個不同的塑膠桶裏。一個桶裏扔進去的是幾條或大或小的魷魚，大的有一斤多重，小的也有三四兩的樣子；另一個桶裏扔進來的是個頭大小幾乎一般大的，個個有半斤左右，阿坤清點一下，共有七條。阿坤彎腰拎起一個塑膠桶來，說：「小郭，待會咱涮魷魚吃。」阿坤說著便拎桶朝著上層甲板走去。郭欣笑笑說好啊，便也轉身往回走去。其實郭欣並沒當真，他以為阿坤開玩笑。他知道這些船員釣上來的魷魚大部分都掛起來曬成魷魚幹，好帶回Q城去。即使當夜吃，也是幾個人湊一塊兒就著一兩條涮著喝酒。今晚阿坤也值下半夜的班，看樣子不像是喝酒的架勢。郭欣想著便回到房間，汪洋值班，也沒有人說話，郭欣不想看書，他覺著挺沒勁的，便躺床上發愣。

阿坤拎著那幾條或大或小的魷魚來到上層艇甲板救生艇下，那裏有一根細細的鐵絲扯在兩個支架上。阿坤揀起幾根預先準備好的細鐵絲一條條把這幾條魷魚穿起來，然後掛在了那根扯起來的鐵絲上。作完這一切後，他從褲子口袋裏摸出一根煙來刁到嘴上，又掏出他那把黃銅色左輪手槍式打火機，啪地一聲點上，這才晃著身子拎著空塑膠桶走下來。這時，後甲板上的作業也已經完成，《探索者號》正轟轟地啟動，又在漆黑的海面上航行起來，船尾拖著白色的帶子，在月光下分外顯眼。

阿坤走下來把空桶放到他的工作間門邊，這才走過去彎腰拎起另一個紅塑膠桶來，幾步走了回來。阿坤打開工作間的門，把塑膠桶拎進來，放到水池子邊。又轉過身從桌子上摸過一把剪刀來，然後嘴上刁著煙，站在水池前，一手從桶裏拿出一條魷魚，一手執剪刀，利索地處理著魷魚。沒花多大的工夫，阿坤把這七條魷魚洗好了，放到一塊木板上，這塊木板是阿坤用來當切菜板的，取過一把鋒利的電工刀，把這七條魷魚切成規則的一條條一塊塊，接著取過一個小鋁盆，把它們放了進去，又拿小勺從一個瓶子裏稍微舀出一點點鹽來，灑在上面。然後，阿坤從櫃子裏取出一個一千瓦的電爐，放到屋中央，電爐上坐上盛了半盆水的鋼精鍋，又把地上散亂的東西歸整了一下，放好三個小凳，又找來一塊硬紙殼放到一個破箱子上，這樣圍著電爐就布好了四個座位。阿坤從櫃子裏取出幾個瓶子，這是些醬油醋之類，又掏出一管淡綠色像牙膏樣的日本料理。作好這些，阿坤便走出工作間沿著實驗室過道走過去，下到中艙，推開郭欣房間的門。

阿坤一進門就說：「小郭你睡下了？」

郭欣一個打挺坐起來，他有些驚疑，從枕頭邊摸過眼鏡來戴上，滿臉疑惑地問：「阿坤，有事？」

阿坤站在床前說：「我不是告訴你待會涮魷魚嗎？」

郭欣說：「真要涮魷魚？」聲音裏含著興奮。

「我啥時和你開玩笑。」阿坤在他肩上拍了一下。

郭欣還有些猶豫，說：「今晚咱還要值班，你能喝酒？」

「誰告訴你我要喝酒？」阿坤笑笑。

郭欣接著又問：「還有誰？」

阿坤邊說邊往外走，「你去叫上何婷，就說我請她吃涮魷魚，還有水手長，請她務必來，就咱幾個人。」

郭欣連忙說：「好好，我去喊她。」郭欣打心裏感謝阿坤，這真是太好了，郭欣知道何婷的脾氣，她一定還在為逗眼孫猴子的粗話傷心。阿坤請她吃魷魚，可以讓她高興起來。這幾天郭欣有好幾次鼓足勇氣想去何婷的房間看看她，可到了後艙郭欣的勇氣總是讓輪機的轟鳴聲給沖散了，他總覺得後艙裏到處都是眼睛，盯視著自己。他站在空落落地走廊裏，總覺得隨時都會有人推門出來。現在好了，阿坤給了他來找何婷的理由，他不需要為自己來後艙找尋理由了。想想郭欣覺得可笑，其實誰說自己到後艙來找何婷就有什麼不妥了，都是自己和自己過不去。

阿坤回到工作間時，水手長已在那裏了。他倆釣魷魚時就已經說好，今晚上請何婷來吃魷魚。用水手長的話說，不管逗眼也好還是孫猴子也好，都是船上的人，他們惹下了人家，就是咱這條船的恥辱，船上任何一個船員都有責任給人家賠禮道歉。阿坤想的沒那麼多，他就是想請何婷來吃魷魚，他發現何婷這幾天情緒有些低沉，他當然知道這是為什麼。那天他沒在場，阿坤總是打了飯就回他的小工作間，他不願意在大廳裏吃飯，他嫌那裏鬧哄哄的。後來阿坤聽說了逗眼和孫猴子的事，非常憤怒，可事情已經發生，再過多計較不是他的性格。阿坤也一直悶悶不樂，他曾在中艙活動室裏對機匠們說，這兩個傢伙丟了咱們大家的臉，讓人家這個女研究生怎麼想咱這些船員，別說是個女研究生，就是個一般姑娘，也不該當著她的面臊尬人家，甭管啥理由。機匠們都住中艙，中艙中間有一個活動室，沿牆兩排長條沙發，中間一張長條桌，從兩邊一前一後有兩個門，房間前頭有一個固定的電視機櫃子，放著一臺二十四吋的彩色電視機。機匠們不值班時一般都在這裏，有打牌的，有下棋的，有看電視的，有聊天的，有端著一瓶酒邊喝邊說的。阿坤的房間也在中艙，他和機匠阿林住在一起。按規定，幹部船員住在上層的房間裏，阿坤是實驗師，屬於幹部船員，但他習慣了住中艙，這裏到了夏天舒服，因為靠著機艙，空調充足，不像上面的房間，一到夏天曬得讓人難受，況且上面的房間空間也小。阿坤沒事的時候也常來這裏，船上不管是水手還是機匠，對阿坤還是很佩服的。大家聽了阿坤的話，覺著很有道理。逗眼頓時面紅耳赤，阿坤的話就像是煽在他臉上的一個個耳光。大家也覺著臉紅，因為這中間就有幾個當時在一邊使勁起哄唯恐事情不鬧大的，尤其是阿彪。大家都不言語，是啊，當時真是糊塗，怎麼能讓逗眼猴子嘴裏噴糞呢，他倆打架愛怎麼打就怎麼打，可他們說那些髒話時怎麼就沒想到站出來制止呢？大家便覺著很對不起何婷，都認為逗眼可惡，猴子給何婷一個大點的豬蹄有什麼不對，別說是大半個，就是一個又能怎樣，船上不就是只有一個何婷嗎？尤其讓大家惱火的是，甲板部的那些傢伙們見到他們連諷加刺：「你們輪機部的弟兄真有能耐，船上就這麼一個女人，你們還不把人家放過去，居然和女人掙起豬蹄來了。」業務部的那幾個廚師說話更絕，「輪機部的朋友們，想吃豬蹄說一聲，嫌小私下裏咱給你換換，千萬別和女人去掙，有啥掙的，船上不就這麼一個女人嗎？」真是說啥的都有，尤其是大副，見到輪機長，笑呵呵說：「老鬼，你手下的弟兄真行，我手下的這些窩囊，我手下的見了女人退避三舍，你手下的上去搶人家的豬蹄。」輪機長啥時受過這種氣，可這時也沒了脾氣，滿臉漲成紫茄子色，扭頭就走。過後，輪機長把逗眼喊來，大罵了足足半個小時。「他媽的逗眼，你那輩子缺這半個豬蹄，等到船晃起來，管你吃個夠，你又能吃幾個。」大家你一言我一語，把逗眼羞得恨不得船板上鑽個縫藏起來。逗眼實在沒想到自己一時對猴子的舉動會惹來這樣的後果，大家都注意到何婷現在不再在大廳吃飯，見到船員低頭匆匆過去，絕不打招呼。這一切都是逗眼造成的，逗眼越想越難受，忍不住哭了起來，哭得傷心萬分，就像是他遭受了多大的委屈一樣。本來大家還在說他，漸漸地被他哭聲嚇壞了，誰也沒見過男人還有這樣哭的。阿坤趕緊安慰逗眼：「好了，好了，你知道了就行了，以後大家注意點，別等著回去後讓別人在背後戳咱的脊樑骨，說咱船上的弟兄和一個女人過不去。」

阿坤看看水手長帶過來的魷魚，齊刷刷的五條，很感奇怪，不由地問：「你怎麼釣的，這麼好運氣？」阿坤想你釣魚的水平別人不知道我還能沒數，啥時有了這水平。

水手長笑笑：「這哪是我的運氣，機艙的幾個傢伙剛才在甲板上問我怎麼不到上面掛魷魚，我告訴他們你要請小何，他們挑出來幾條給了我。」

阿坤笑著說：「這些傢伙也知道尊重婦女了。」

「哎，小何什麼時候來？」水手長邊料理著魷魚邊問道。

「我已經讓郭欣去叫了，等會就來。」

郭欣每次來到後艙走到何婷住的房門時總像賊一樣，四下裏張望，看看沒人，便快速敲幾下，那架勢恨不得立馬推開一樣。他焦急而又輕輕敲了三下，他的頭還沒扭回來，門吱嘎一聲開了。這嚇了郭欣一跳，他一愣，差點撞在迎在門口的何婷身上。何婷撲哧一笑，說：「幹啥，像個賊似的，還愣著，快進來吧。」何婷說著向一邊閃開，郭欣嘿嘿笑笑，一步跨了進來。郭欣站到屋中央，顯得有些尷尬，不知道該怎樣安置自己。他看見何婷床前的椅子上堆放著幾件疊好的衣服，上面壓著幾本厚厚的英漢和海洋詞彙一類的詞典，而床上收拾得乾乾淨淨，罩了一條白色的床單，床單上有一面小鏡子，一個化妝品盒和一管口紅。床邊的桌子上放著一把梳子和幾個髮卡。

郭欣掃視了一圈，這才瞧定了何婷說：「你待在房間幹啥呢，準備去約會？」

何婷瞪了郭欣一眼，撅嘴說：「和你約會？」

郭欣接著道：「那可敢情好，這不，我來了。」

何婷伸手在郭欣的肩膀上打了一下，說：「去你的，還是人家的師兄呢，現在也學得這麼壞。人家受了欺負，連個安慰話都沒有。」

郭欣不說話只是咧嘴笑。

「你倒是坐啊。」何婷轉身坐到床上然後對著郭欣說：「瞧你傻乎乎地站在這兒幹啥。」

郭欣說：「我是想坐下，可我往哪兒坐？」說著，他的目光掃來掃去，最後落在椅子上。

「你把它們拿開不就是了。」何婷說著並不動手。

郭欣兩手把椅子上的詞典和衣服拿到何婷身邊，說：「別給你弄髒了，小姐的禮服嘛。」

「別在這兒說好聽的，你這不還是動手給我弄髒了。」兩人說著話笑開了。郭欣發現何婷情緒挺好的，不像在外面那樣整天繃著臉，一付受委屈樣。郭欣盤算著怎麼跟何婷說，他擔心何婷不答應跟著他到阿坤那兒吃魷魚，這幾天他看她見了船員一句話也不說。

何婷看出郭欣心裏有事，便問：「找我有事？」她的目光定在郭欣眼睛上。

郭欣被她看得有些不好意思，顯得有些靦腆，說：「也沒啥事。」

「別騙人，我還不知道你，沒有理由你還敢到這裏來。」

「我怎麼不敢來？」

「好了，不和你強，到底有什麼事，別吞吞吐吐半天說不到點子上。」何婷就是這點看不慣郭欣，她覺得郭欣缺少男子漢的陽剛氣。

郭欣眨眨眼說：「剛才船停時你怎麼不上去看阿坤他們釣魷魚？」

「我看不看該你啥事？」何婷撇撇嘴說。

「我只是隨便問問。」郭欣討了個沒趣，就不再說話。

「你下來就為了問我為啥不看他們釣魚？」何婷像是有意嘲弄郭欣。

郭欣臉頓時漲紅了，使勁憋一口氣，這才說：「阿坤請我們吃魷魚，上次喊你沒找到你，你不是也說下次別再拉下你嗎？」郭欣一口氣說完，感到輕鬆，像是完成任務一般，那神情彷彿在說，這會兒你答應還是不答應，就不該我的事了，反正我把話都說明白了，你看著辦吧。

何婷的表情很平靜，只是坐在那裏，也不說話。郭欣趕緊再解釋：「人家可是好意，不去太不禮貌。」

剛才郭欣一開口，何婷就知道他的來意了，可她又覺著郭欣挺逗的，就有意識不順著他說。何婷這幾天在心裏早已經平靜了，她覺著犯不著跟那幾個素質差的船員生氣，可她又不能顯得無所謂，那樣的話還不知道那幫傢伙說出怎樣難聽的話來。那天她從大廳一衝出去，來到舷甲板上被海風一吹，她的腦子就清醒了，剛才的委屈也就漸漸消了，可她還是有些生氣，這幫傢伙真是群流氓，我上了賊船了，在陸地上看著一個個像個人一樣，在海上都顯了原形了。這樣想著，她對自己說：以後再也不理這些傢伙。當天下午，何婷正坐在房間裏生悶氣，門外突然響起一陣腳步聲，這腳步聲停在她的房間門外，接著便響起了敲門聲。何婷想「這是誰啊，討厭，想清靜一會兒都不行。」何婷不搭理，仍然坐在床上。門外卻響起說話聲：「小何在房間吧？」何婷一聽，有些熟悉，像是船上政委的聲音，心裏暗道怎麼搞的，政委來了。何婷趕緊應道：

「唉，我在，誰啊？」「是我，想找你聊聊天，可不可以啊？」確實是政委的聲音。政委是膠東半島人，說話口音很重。「哎，這就來，請稍等一下。」何婷說著便起身從桌子上抓過梳子在頭上梳了幾下，又從抽屜裏摸出一管絲寶護膚露打開蓋擠出一點抹在臉上，邊朝著門那兒走邊用手在臉上抹著。何婷開開門，看到政委和大副兩個人站在門外，趕緊擠出一絲笑來說：「政委、大副，快請進。」政委和大副也不用何婷讓，進來就坐到何婷的床上，何婷只好坐在椅子上。政委說：「我們為什麼來不用說你也明白，一句話，我替那些沒出息的傢伙來賠個禮，那兩個傢伙還想來當面道歉，可我不讓他們來，他們自己來那還不是便宜了他們，他們正想著找機會來當面獻殷勤呢，讓他們來還不如我來。」政委說到這兒，大副撲哧笑了起來，政委一愣，也笑了，說：「小何，你是有學問的人，別笑話我們這些老粗。」大副接道：「船長已經決定，召集船員開會，在會上對他們狠狠批評，以後若再發生這樣的事，嚴肅處理。」何婷不知道說什麼好，想了想才說：「他們也沒有惡意，以後注意一下就是了，都在一條船上，也別太讓他們難堪了。」政委說：「哎，我的大博士，你這麼好心眼，也難怪那些傢伙都想吃豆腐了……唉唉，你瞧我的嘴。」大副非常及時地用胳膊肘頂了政委一下，否則還不知道政委的嘴裏能吐出多好聽的來。送走了政委、大副，何婷一個人坐在那裏不由地笑了，「哎，這個政委，他到挺會找機會來道歉。瞧他剛才看自己的眼神，比那些船員好不到哪兒去。」儘管何婷不再生氣，可就像一個人扮好裝站到了舞臺上再下來一樣，不能一下子就從角色中脫出身來，這幾天何婷依然繃著臉，她發現看到她的人都在注意她的臉色，這樣一來，她就更不能馬上換一副面孔了。幾天下來，連她自己也想笑笑，又怕別人說她怎麼現在練得臉皮這麼厚，還是繃著吧。剛才她也想上去看看阿坤他們釣魚，一個人待在下面實在無聊，可幾次走到門邊就是沒勇氣開門。郭欣來敲門時何婷正好又站在門邊兒，她正盼望著能有個人來喊她出去呢。

郭欣焦急地看著何婷說：「走吧，那些船員惹了你，人家阿坤可沒惹你，別讓人家等久了。」

何婷撅撅嘴唇說：「等我幹啥，你們吃就是。」

郭欣搖了搖頭，又說：「你一個人在這幹麼，走吧。」

「我一個人就挺好。」何婷說著用力頓了頓下巴頦。

「別小孩子脾氣，真是的，這麼難伺候。」

「誰用你伺候了？」

「好好，算我的不是，咱還是快點去吧，人家他們可是說話算數的，你不去，他們不會吃。」

何婷皺皺眉頭，說：「好吧，既然這樣，我就跟你去。」

郭欣一塊石頭落了地，長舒了一口氣，站了起來。

何婷並沒起身，說：「你先走，我馬上就來。」

郭欣有些不解，「你還要幹啥？」

何婷說：「不用你管，叫你先走你先走就是。」

郭欣疑惑地說：「你可不能說話不算數啊。」

何婷笑了，說：「知道，你先走就是。」何婷說著走上前擁了郭欣一把。

郭欣看著何婷仍有些狐疑的走了。

郭欣剛一關門離開，何婷的臉上就漾起興奮的笑來，她輕輕地哼起一支民歌小調，從床上拿過來那個化妝盒，打開後先拿出一支眉筆，再抓過那面小鏡子，對著鏡子開始用力地描起眉毛來，接著又開始在臉上撲粉，輕輕地撲上，接著用毛巾在臉上用力然而又很小心地擦了一遍，接著又在兩腮上施了一點胭脂，輕輕抹開，在白淨的臉蛋上便有了紅暈，接著她又拿起口紅在自己的上下嘴唇上用力地劃了兩下，又拿起一小塊手帕在嘴唇上抹了抹，接著拿起梳子把本來已梳得亮亮的頭髮又仔細梳理了一遍，把披在肩上的長髮用手攏了攏從小鏡子裏看了又看，接著就用一個木製的髮卡把長髮用手一挽在腦後挽了個髻，接著再用手把兩耳邊的幾絲頭髮整理了一下，做好這一切後，何婷對著鏡子端詳了半天，皺皺眉毛，撇撇嘴唇，扮了個鬼臉，接著一笑，這才用手拉拉衣襟，接著拉開門走了出去。

郭欣回到阿坤的小屋，阿坤和水手長已坐了下來，一見郭欣進來，兩人噌得站了起來。

阿坤問：「小何來了沒有？」

郭欣說：「她待會就來。」

水手長有些責怪地說：「你和她一起來多好。」

阿坤也道：「就是，你怎麼一個人先走？」

郭欣笑笑：「她說了來，她不會不來。」

阿坤和水手長不再說話，兩個人又坐了下來。阿坤用手指指對面，說：「小郭，你也坐，靠門的座位給何婷，今晚上就咱四個人，再沒有別人來。」

水手長接著也說：「對，我們就是請你和何婷來吃魷魚，你們是客人，今晚可千萬別客氣，你領頭多吃點。」

郭欣答應著說好，接著坐了下來。

三個人圍坐在這兒，看著中央一張放在一個木箱子上的木板，就是餐桌了，餐桌上是一大盤切割得整整齊齊的魷魚條，電爐子已插上電源，飯盆裏的水已開始滋滋地冒著熱氣。木板四邊放著四個小碗，碗裏是半碗鮮綠色已調配好的佐料，四雙筷子擺在四個鋁製菜盤子上，盤子裏都有幾頭剝好的大蒜瓣，白亮亮的。

「小何怎麼還沒來？」阿坤一邊用筷子在盆裏攪著一邊有些焦慮地說，「她會不會不來？」

水手長接道：「小郭，你要不要再去看看？」

郭欣說不用，「她肯定還有什麼事，也許是上廁所吧。」郭欣的話還沒落下，就聽到門外響起幾聲嗓子眼的停頓聲，三個人同時抬頭向外看，不由地都啊了一聲。何婷正神情平靜地站在門口，美豔得把他們給震住了。最吃驚的是郭欣，怎麼剛才還不是這樣子，一會兒的工夫，就變了個人。

郭欣這才明白，何婷讓他先走是為了給她機會化一下妝，瞧她把臉蛋給抹畫的，就像個攻關女郎。郭欣想起緊靠著H研究所的五星級大酒店的門口就經常能看見這樣裝扮的女人。當然是那種裝扮高雅大方的那種，不是那種濃豔粗俗得嚇人。郭欣想不到何婷還有兩下子，怎麼以前從來沒見到過呢。其實就是在大學裏何婷也沒有這樣裝扮過。阿坤看了一眼何婷，正好和她的目光撞了個碰頭，趕緊把頭低下了。阿坤的樣子，何婷看在眼裏一個勁地想笑。水手長看著何婷暗想：「到底是有學問的人，打扮起來就是兩樣，自己的老婆怎麼就打扮不出這個樣子呢。」三個人各自想著各自的心事，竟然都忘了招呼何婷坐下，何婷站在門檻上嘴角洋溢著一絲笑紋，就這樣僵遲了一會，郭欣反應過來，說道：「小何，你愣在那兒幹啥，快來坐啊。」

何婷莞爾一笑，說：「你們沒有讓我進來的，我怎麼敢呢？」她的話音剛要落下，兩個大男人噌得站了起來，阿坤連忙說：「快請快請。」

水手長說：「請坐請坐。」郭欣看看他們再看看何婷覺著有些滑稽，這叫啥事啊，怎麼何婷來了阿坤和水手長竟然不知道怎麼好了。

何婷漲紅了臉仰起頭來望定這兩個五大三粗的男人說：「你們別這麼客氣，快坐下吧。」說著她就坐了下來。阿坤和水手長這才坐了下來。

何婷沒有想到鮮魷魚竟然這樣好吃，難怪他們晚上釣起魷魚來連覺都忘了睡。她開始時覺得小碗裏的綠顏色的調料味道怪怪的，剛夾著魷魚條在裏面蘸了一下放到嘴裏，一股夾雜著辣味的怪味直直地從她的嗓子眼裏進去，有一股又辣辣地從她的鼻子眼裏頂出來，她的眼淚差一點掉下來，拼命才忍住。可幾次過後，她被這種魷魚的鮮味和調料的怪味吸引住了，竟吃上了癮。她夾起魷魚條往嘴裏送時一開始非常小心，這時她有些後悔自己抹了口紅，她知道坐在對面的水手長和斜對著的阿坤還有身邊的郭欣都在不斷地盯著自己，這讓她暗暗興奮，可又有些緊張，可很快這種緊張就消失了，她已不用他們的照顧，夾起一片魷魚條先放進盆裏燒開的水裏，只是一蘸立即夾出來，再放到調料裏一蘸，接著夾進嘴裏，不用使勁嚼，幾口就下了肚子裏。起初，這三個男人還要不時地招呼她幾聲，不時地有人把盛魷魚條的盤子往她面前推推，不大的工夫，他們也不再拘束，埋頭吃起來，因為他們已經看到何婷在那兒大口大口的吃起來，他們好像放心了一樣。

吃著吃著，何婷一下子像是想起了什麼，停住了筷子。他們三個人同時也停了下來，定定地看著何婷，目光裏充滿疑惑。何婷看定了阿坤說：「你們怎麼不喝酒了？」郭欣這才意識到，是啊，他們怎麼不喝酒了？郭欣不由地看看阿坤再看看水手長。阿坤從口袋裏摸出一根煙來，在手裏掂掂，另一隻手又從口袋裏掏出那支黃銅色的左輪手槍式打火機，可並沒給自己點上，而是把煙和打火機又給放到桌子上。

水手長用手搔搔頭皮，笑笑說：「今晚阿坤和我都不想喝酒，咱這樣吃魷魚不就挺好嘛。」

何婷咬了腰嘴唇，低聲說：「我喜歡大家都高興，你們喜歡喝酒喝點又有啥不好的。」

阿坤說：「你高興就好，我們大家都高興，船上喝酒還不容易，可你難得來吃魷魚。」

水手長也說：「就是，今晚我們就不喝了。」

何婷笑笑：「要是我天天來吃魷魚，你們還能天天不喝酒？」

阿坤認真說：「你要是天天來，我們就能天天不喝。」

水手長說：「你願意什麼時候來我們都歡迎。」

何婷說：「那樣的話真是罪過，不能因為我剝奪你們的快樂。」

郭欣在一邊也說：「就是，阿坤，你們稍喝點吧，我陪著小何吃魷魚。」

阿坤和水手長相互看了看，說：「好吧，我們就稍喝點，你們倆也來一點吧，我這裏還有幾瓶青島啤酒。」阿坤說著從抽屜裏拿出一個半斤裝的精製酒瓶來放到桌上，郭欣湊上去看看，念出聲來：「劍南春，低度禮品精裝。」阿坤又從身後一個箱子裏摸出三瓶青島啤酒來，一瓶遞給何婷，何婷一邊接著一邊趕緊說：「我不能喝，我不能喝。」阿坤把另一瓶遞給郭欣，說：「能喝多少倒多少就是了。」剩下的那一瓶，阿坤放到了水手長面前。阿坤又從櫃子裏拿出四個玻璃杯子，拿到水龍頭前沖洗了洗，何婷說：「讓我來吧」，說著就要起身，被阿坤用眼神制止了。水手長在一邊說：「怎麼能讓你洗，你是客人，不用你幹活。」阿坤洗好了杯子，給每人面前擺上一個，說：「自己來吧。」說著拿過何婷面前的那瓶啤酒，舉到嘴邊，嘭的一聲，用牙把酒瓶蓋給咬開了，接著給何婷的杯子倒酒，何婷看著泛起的酒沫一個勁地向上冒，趕緊說：「太多了太多了。」「不多，我有數。」阿坤住手後把酒瓶向上一仰，說道：「你現在再看。」何婷已經看到她的杯子裏的啤酒沫滋滋地消了下去，也就是半杯酒。阿坤又要給郭欣倒酒，看到水手長已用酒起子把郭欣面前的啤酒瓶蓋給起開了，正給郭欣倒酒，郭欣在那裏一個勁地嚷：「千萬別多了，多了也是浪費。」水手長嘴上說：「知道知道，」可手並不停下，還是給郭欣的杯子倒滿了啤酒，酒沫都溢了出來。阿坤就把酒瓶放到地上。接著又拿起打火機啪的扣動了板機，一團火舌冒了出來，阿坤握著這支左輪手槍在劍南春的瓶蓋處燒了一圈，然後把槍熄火放回到桌子上。用手把瓶蓋扯了下來，先給水手長的杯子倒了一半，再給自己倒了一半。阿坤舉起杯子，說：「來，大家乾一杯。」郭欣說：「別乾吧，酒太多了。」水手長笑著說：「阿坤說乾杯不是讓你一口都乾了，是意思一下，一口口喝就是了。」

海上的月光依然明亮。《探索者號》仍然在航行著。總有不願意在房間裏待著的人不時地來到後甲板上，經過阿坤的小屋時總喜歡從開著的門往裏看看，有喜歡開玩笑的船員，還沒走過來就喊：「怎麼又開喝了，好香的魷魚味，咱也來湊他熱鬧吧。」可走過來往裏一瞧，看到何婷正背對著門坐在這裏，先是一愣，接著就扮個鬼臉走了。真有想進來湊個熱鬧的，看到小屋裏的人並沒有招呼他進來的意思，也就知趣的過去了。有幾個調查隊上的人從門外走過，往裏看看，只是笑笑不說什麼也就過去了。倒是汪洋因為在班上沒辦法進來坐下，不時地從實驗室過來，倚著門框站在那裏，說笑上幾句。有一次何婷被他的話吸引，回頭朝他一笑，他啊了一聲驚呼道：「哇，何婷今晚上真漂亮啊。」一句話把何婷弄了個大紅臉，趕緊回過身來，不再理他。屋裏坐著的幾個男人顯然不歡迎汪洋這個樣子，阿坤抬身說：「小汪，你要麼進來要麼去值班，別這樣倚在門口，你堵在那裏這間小屋太熱。」

「我不進去，我還要值班呢，你們喝你們喝。」說著汪洋訕訕地走了。

阿坤和水手長一口口抿著，這是他們倆第一次喝酒這樣秀氣，在他們來說，這真像姑娘繡花。郭欣的啤酒已下去一小半，他發現自己今晚的酒量還挺大，到現在並沒有任何不舒服的感覺。何婷的杯子裏只下去了一小半，她已不再端杯子了，別人也不再勸讓她喝，只是勸她多吃魷魚。那一大盤魷魚已下去了大半，大家吃得都有些過癮了。何婷看著阿坤面前的那把左輪手槍式打火機，覺著挺好玩的，便忍不住伸手拿了過來，左瞧右瞧，在手裏擺弄著。阿坤說：「你要是喜歡，就拿著玩吧。」何婷趕緊說：「不不，我就是在這裏看看玩玩，還真挺像啊。」郭欣插了一句：「你見過真手槍？」何婷說：「沒有。」「那你怎麼知道挺像的。」郭欣笑了起來。何婷瞥了他一眼，說：「我就是看著像嘛。」大家都哈哈笑了起來。

阿坤舉起杯來正要說話，門外有人高聲喊道，老遠就聞到鱿魚味，我說肯定是阿坤又豐收了。聲到人到，阿坤舉著杯望過去，門口出現了一付瘦削的身架，身架上是一張瘦削的小臉，小臉上有一雙狡狹的小眼睛在滴溜溜亂轉。大家看清了原來是二副劉宏。劉宏一手扶住門框一手打著手勢說：「怪不得老遠聞著這麼香，原來我們海上的公主在坐嘛。」說著，他的身子彎下來，把鼻子在何婷的頭上聞了聞，嘴裏匝匝有聲，「乖乖，真香。」

何婷顯然有些害臊，可不又不好說啥，只是悶著頭在手裏擺弄那把小小的左輪手槍。

水手長打岔道：「二副，進來坐會。」

別人還沒來得及說話，二副已說出了口：「這麼多人就這點酒，阿坤，你今天怎麼這樣秀氣，公主可不喜歡不沾酒味的男人，何小姐，我說得對吧。」他說完也不用大家接話轉身就走。

郭欣有些發愣，他想：「二副這是咋會事，怎麼走了？」

阿坤在一旁說：「這傢伙回去拿酒去了。」

水手長的臉有些漲紅，說道：「我沒想到他還真要坐下，一般到這個點他就不喝酒了。」

郭欣聽到這不由地看了看左手腕上的手錶，時間已是晚上十點了。水手長很後悔剛才自己的客氣，他想真不該說那句明顯的客套話，他以為二副會說謝謝就不坐了，因為再過一個半小時二副就要準備接班了，二副值零點到四點的班，這個時候二副總要抓緊時間休息休息的。二副轉身一走，他就知道二副回去拿酒去了，心裏暗暗道苦，因為阿坤已和他說好，今晚不再讓別人進來，就是好好請何婷吃鱿魚。何婷想：「這個二副，嘴上就喜歡開玩笑，怎麼說了一句就走了，阿坤也怪，怎麼知道人家是回去拿酒。」

這時二副已回來了笑嘻嘻的站在門口。水手長說：「你拿酒了？」

阿坤看著二副道：「這些酒還不夠你喝的，你不值班了？」

二副繞過何婷一步跨了進來，在何婷和郭欣之間擠著坐下，順手把一瓶洋河大麯放在桌子上，拖過一個紙箱子坐在屁股下邊說：「咱也靠著何小姐坐坐，沾點香味也好。」何婷自然地靠邊挪挪，勉強笑笑說：「二副，你真會開玩笑。」

阿坤回身從抽屜裏摸出一個杯子遞給二副：「你自己來，我們喝得都差不多了。」

二副打開瓶蓋，接著把酒瓶伸到何婷的面前：「小姐優先，來一杯。」

何婷慌忙說：「別別，我實在不能喝，你不信問問他們。」

郭欣在一邊說：「她說的是實話，她真不行。」

「那好，你來替她。」二副說著把酒瓶又伸到郭欣面前。

郭欣趕緊搖晃著身子說：「我也不行，我真不行。」

「客氣啥，不行？啥叫不行？男人還有不行的，這話千萬別再對別人說，讓人家聽到了會勸你老婆和你離婚，哎，你結婚了沒有？」

郭欣臉紅著說：「沒有。」

「哎，你瞧我的嘴，你沒結婚更不能說自己不行，我這人不會說話，」二副說著一扭頭朝著何婷一笑：「何博士，別見怪啊，笑話了。」

何婷低著頭躲開二副那冒火的目光，一個勁地擺弄著小小的左輪手槍。

阿坤說：「二副，我來陪你喝。」說著一把奪過酒瓶先給自己滿滿倒上一杯，接著又給水手長倒，水手長正要說話，被阿坤一個眼神制止住了，水手長頓時明白了，阿坤是讓他倆多喝點，因為這些酒對他和阿坤來說實在算不了啥，這樣二副就能少喝，一來別讓二副喝多了說出讓大家難堪的話來，二副這個人喜歡喝酒但酒量又實在有限，而且他有個毛病，一見到女人就拔不動腿，何婷在船上遇到他總是躲避著，她受不了他的充滿邪勁的目光，二來二副還要值班，別讓他喝酒誤事。阿坤給水手長倒好剛拿開酒瓶，二副已把杯子端到阿坤面前：「阿坤，給咱來上。」阿坤看他一眼，邊給他倒酒邊說：「二副，悠著點，別喝多了。」

「阿坤，你這啥話嘛，我啥時喝多過。」

一杯酒落肚，二副的眼睛通紅，白眼球上充滿了密密的血絲，眼睛周圍像是臨近流淚的架勢，臉上漲成了紫紅色，瘦瘦的面頰上油汪汪的，在燈光下閃耀著晶晶的光亮，他的話越來越多，大家已不大有說話的機會，空間全被二副滔滔不絕的聲音擠滿了，二副的話海闊天空，從他在上海讀海運學院開始，再來到《探索者號》，他怎麼通過的三副考試，他怎麼被外派到外籍船上當三副，他走過的那些港口，一會兒是黑非洲的小妞，一會兒是漢堡街道上的奇遇，一會兒又到了地中海，一會兒又是黑海艦隊的所在地，一會兒又是日本廣島和平老人雕塑下的少女……在阿坤的眼裏只看到二副的兩片厚厚的發黑的嘴唇在一上一下的張開閉合著，邊說邊打著手勢，阿坤越來越煩，二副今晚上發瘋了，阿坤正這樣想著，只覺著臉上忽得被什麼東西打上了，不由一愣，一定神才反應過來，趕緊用手在臉上抹抹。原來是二副說得興奮，唾沫星亂濺，噴到坐在對面的阿坤的臉上了。

水手長已在暗暗替二副害臊，二副啊二副，你真丟人，虧你還是個二副。二副的感覺非常好，他沒想到今晚自己發揮的這樣好，他邊說邊不時地扭臉看看何婷，他看到何婷不時地也看他幾眼，他更為興奮，多好，現在她已被我的談吐征服了，瞧瞧吧，這船上除了船長又有誰有這樣多的見聞。《探索者號》船上除了船長在外籍船上當過一年船長跑過遠洋到過歐洲外，也就只有二副在外籍船上見過世面。郭欣沒想到二副有這樣的經歷，很為驚奇，可聽著聽著覺著有些可疑，他感到二副有些喝多了。而何婷越聽越覺著這個二副挺逗的，她瞧瞧二副，暗想這人將來可怎麼當船長。何婷很佩服《探索者號》的船長，總是一個人在三層上大煙囪下的那點甲板上一個人踱來踱去，看上去孤獨的高貴。可何婷絕對想不到她這一眼給二副帶來多麼大的興奮，二副簡直有些手舞足蹈了。

阿坤終於找到一個機會，頂上一句：「二副，你是不是到上面找找大夫。」二副被這突如其來的話打愣了，大家也覺著奇怪，阿坤怎麼這樣說話。阿坤慢悠悠說：「你找大夫檢查一下，看看你有沒有被那些黑妞白妞傳染上什麼毛病沒有。」大家哈得一聲笑開了。二副的臉本來就是紫紅色，這一下簡直滿臉要往外冒火了，嚷嚷說：「阿坤你怎麼這樣說話，真是的，當著人家何博士，真是的。」二副說著端起杯子，來，喝酒。咕咚一口，又喝了一大口下去，放下杯子，用手在嘴上抹了兩下。大家沒有跟著他喝，只是坐在那裏看他。二副有些尷尬，便拿眼光掃來掃去，一下子落到何婷手上擺弄著的那把左輪手槍式打火機上了，他一把從何婷手中搶過來，放在手上掂掂，笑了笑：「這玩藝兒不錯，可惜不是真傢伙，」他把臉朝向何婷，何婷沒想到他會從她手中把這把左輪手槍搶走，剛才嚇了一跳，剛剛反應過來，不知道他又要說什麼，就看著他笑笑。二副高興地說：「你知道嗎，咱船上有真傢伙。」何婷哦了一聲，不知道說啥好。郭欣想二副今晚興致真好，水手長和阿坤互相看了看，兩人都苦笑了一下，二副這傢伙還能說啥？二副以為何婷懷疑他說的話，很嚴肅地說：「真的，我不撒謊，騙你是孫子。」

阿坤和水手長不由笑開了，阿坤說：「二副，你還能說別的不？」

郭欣接著說：「我們上船前聽說過咱船上有槍。」

二副挺直身子說：「咱船上的槍還不少，能裝備一個加強連。」

何婷臉上顯出很吃驚的樣子。二副看到了，又說：「我們船上裝備這些武器是為了防備海盜，到了大洋上，誰能保證不遇到海盜。」

郭欣和何婷同時點點頭，郭欣問：「你們遇到過海盜沒有？」

二副呵了一聲，正要說話，阿坤說：「咱從來沒見過海盜的樣子，可能二副遇見過？」

二副笑笑說：「我到目前也沒見到過海盜。」

水手長說：「就是真碰見海盜，就咱船上這些人，也不會反抗。」

二副一聽叫了起來：「你這啥話，我們白訓練了?!」

水手長笑了，說：「你是訓練過，上次海上打靶，那麼近的目標你打了半個小時連個邊都沒擦上。」

阿坤開心地笑了起來，說道：「人家二副是拉個長弓打不著鳥，練的就是端槍瞄準。」

二副顯然很惱火，不再理水手長和阿坤，轉臉對何婷說：「你想不想看看真槍是啥樣？」

何婷一聽這話不知道說啥好了，愣在那裏。二副一看何婷驚訝的樣子，噌得站起來，把手中的左輪手槍打火機遞給何婷，說道：「我給你拿一把真槍來。」大家都呆住了，尤其是阿坤和水手長，暗暗想：二副今晚真瘋了，他都不知道他在說什麼了。

等二副的背影一消失，郭欣回過神來，他看看阿坤，再看看水手長，滿臉狐疑的說：「船上的槍能隨便去拿嗎？」阿坤把一直端在面前的杯子放下，搖搖頭，歎一口氣說：「這叫啥事，真是沒事找事。」水手長說：「二副喝多了，由他胡鬧，船長不會給他槍的。」郭欣點點頭，何婷的神情鬆馳下來。水手長對著郭欣和何婷說：「船上的槍管理很嚴格，有專門的地方放槍，有幾隻步槍放在船長房間沙發下的箱子裏，子彈放在政委房間沙發下的箱子裏，只有船長和政委同時決定，才能拿出來，除了每年進行訓練時取出來給大家，平常誰也撈不著摸。」郭欣和何婷一個勁的點頭，何婷想，不知道二副待會怎麼給大家解釋拿不來槍，郭欣在心裏想：二副真是醉了，少不了丟人顯眼。阿坤在一邊默不做聲，他有些喪氣，這個二副，來胡攪乎啥，本來好好的一個晚上，讓他給破壞了，但願他別真的到船長屋，明天還不知道大家怎麼說呢，唉，用不著到明天，這船上的事情還有過了夜才傳開的？阿坤在想著如何趕快結束這次魷魚宴，免得二副待會回來胡鬧，阿坤不相信他真能拿一隻槍來，這簡直是開玩笑。

二副走到實驗室過道上時，明白過來自己說了大話，在船上槍可不是隨便啥人能動的。二副想著已走到連接上層艙的樓梯前，既然已在何婷面前許下願，就不能說話不算數。二副定定神，一步步登上樓梯。沿著上層艙狹窄的過道，二副走到前端，他看到正頂頭的小會議室兩邊的政委和輪機長的房間門都開著一道縫，政委房間裏還傳來談笑聲，二副想肯定是伙房的那幾個傢伙在政委那裏喝酒。二副定定神登上了到駕駛臺艙的螺旋樓梯。

當二副站到船長房間門外時，他能聽到自己嘣嘣的心跳聲。他用手在胸前摸了摸，這才輕輕敲響了船長的房門。「請進。」船長的聲音沉穩的傳出來。二副推門進來，船長正躺在床上，就著床頭上的一盞小壁燈，在看一本雜誌。

「是小劉，來來，」船長說著坐起來，又說：「有事情？」船長聞到了酒味，「你怎麼這麼晚還喝酒，半夜還要值班嘛。」

二副說：「我稍喝了一點，這就不喝了，船長，我來是這樣，」二副說到這一停，不說了。

船長不由地問：「到底什麼事？」

二副說：「我們在政委那裏，酒都喝完了，考察隊上的幾個人也在那裏玩，他們聽說船上有槍，幾個人長這麼大就沒見過真槍是什麼樣，政委讓我來找你，拿一隻步槍給他們看看，馬上就送上來。」

船長哦了一聲皺起了眉毛沉思起來。二副老實地站在那裏，眼睛直直地看著船長，船長並不看他，船長不好說行也不好說不行，畢竟是政委讓二副來拿槍，船長想了想說：「考察隊上的人也在？」

二副馬上說：「就是他們要看，政委才說破一次例。」

船長點點頭說：「好，但是馬上送回來。」

二副一個勁點頭：「好好，馬上送回來。」

船長說著從床上下來，從褲子口袋裏摸出一把鑰匙打開抽屜鎖，拉開抽屜摸出一把鑰匙，走到窗邊的一張長沙發前，彎腰把坐墊豎到靠背上，露出下面綠色的箱板來，上面有一把大鎖，船長打開鎖，拉開蓋子，二副不敢近前，但他能看到裏面排放著一支支黑油油發亮的步槍。船長取出一隻，遞給二副，二副接過來時兩手不由地一顫。船長說：「不要和船員們說。」二副說：「知道，知道。」

二副兩手端槍，像賊一般從船長房間出來沿著上層艙過道溜到了甲板上，他從上層甲板下到後甲板再回到阿坤的小屋，他不敢從實驗室過道走，他怕被人看見。當他端著槍出現在門口時，阿坤和水手長一眼看到了，兩人嗷得一聲站起來，這把何婷和郭欣嚇一跳，他倆看看他們也轉過身來，何婷哇得一聲跳起來。二副兩手端槍槍口正對著她呢。郭欣的眼鏡差一點掉到地上。

二副端著這支全自動步槍笑呵呵地靠在門框上，他盯著何婷的眼睛說：「何博士，這槍咋樣？這可是我獻給你的禮物，我不騙你吧，我說話向來算數。」

何婷臉色已經變得煞白，她萬萬想不到二副會跑到船長那兒取來一隻步槍，而且二副說了這都是為了她。何婷越想越怕，她知道這事很快就會在船上的每一個角落渲染得有聲有色，大家會怎樣看待她，剛剛發生了半隻豬蹄的事情，風波還未完全平息，好嘛，接著又來一場獻槍的鬧劇，你看看二副得意的樣子，好像做出了多麼驚天動地的大事，那神情像是在說，「何婷，你看到了吧，為了你，我能做別人幹不了的事情。」何婷的腦海裏已變成一片空白，她無法想像明天見到船長時自己還能不能抬起頭來。自從半隻豬蹄風波以後，何婷每次遇到船長時總有一種羞愧的感覺，她已看出船長看她的眼神有一種拒人於千里之外的意思。何婷從船長的目光裏讀到這樣的內容，彷彿因為她的緣故，才造成船上不時的有人沒事找事。何婷感到委曲，這話又能和誰說呢。她呆呆地瞧著興奮異常的二副，心裏一個勁想哭。

阿坤簡直不敢相信自己的眼睛，千真萬確，這是真的，二副正洋洋得意的端著槍管烏黑發亮的全自動步槍，眼睛裏冒火般盯著何婷的臉蛋。二副正要往前湊身，那架勢是想把手中的槍遞給何婷，何婷本能的身子向後一躲，差點碰翻了架在箱子上權充桌面的木板。阿坤噌的站了起來，一把從二副手中奪過槍來，嚷道：「你他媽的瘋了，你知道你在幹啥。」

水手長也說：「二副，你今晚喝得不多，這是怎麼了？」

二副沒想到阿坤會從他手中奪槍，更沒想到他還罵他，便有些惱羞成怒，瞪眼嚷嚷：「你才他媽的瘋了呢，這幹你屁事。」說著就想再奪回來。阿坤手臂往後一揚，二副沒能抓到，正要往裏闖，水手長接著站了起來，伸手一攔說：「二副，別這樣，阿坤是為了你好，你這樣端一條槍在這裏，別人看見了會怎麼說？」

何婷也立刻站起來，側側身對二副說：「真槍你這不已給我們拿來了，我也看到真槍的模樣了，二副，請趕快把槍送回去吧。」

郭欣坐在那裏沒起來，但也附合說：「就是，就是，我們都看見了，快點送回去吧。」

水手長伸手戳戳阿坤的身子，說：「阿坤，你把槍還給二副，二副馬上要送回去。」說著，水手長從阿坤的手裏拿過槍，遞給了二副，又接著說：「二副，還是快點送回去吧，大家知道還是你有本事，我們都佩服你，何博士這不也這樣說嘛。」

何婷趕緊點頭，說：「對對，二副真有本事。」

二副的臉上又恢復自豪和得意，他咧嘴笑著從水手長手裏接過步槍來，轉臉對何婷說，你端端試試，看你能不能端動。

何婷本來不想接，可二副已把槍伸到她的面前，她看看別人，別人表情裏既沒有鼓勵也沒有反對，她不知如何是好。郭欣替她解圍說：「二副，我們大學裏軍訓時都背過步槍。」

二副把端槍的手靠到身上，那槍就貼在他的大腿上，二副的情緒有些受影響，嘟囔說：「你們背的肯定不是這種全自動步槍，肯定是那種舊的半自動。」

何婷說：「對，你說的對，我們背的槍哪有你這種新。」

二副這才又高興起來，對著何婷說：「你看我端條槍來把他們給嚇得，這有什麼，我再送回去就是。」

何婷說：「好好，你快送回去吧。」

二副又說：「你不想再看看了，那我就送回去。」二副說著端槍向外走，邊走邊說：「小何，你啥時候想玩玩真槍了，告訴我一聲，咱裝上子彈打海鷗。」

何婷連聲答應著，二副這才笑呵呵的調頭走了。他一走，大家明顯地鬆了一口氣。阿坤說：「今晚就到這裏吧，兩位博士吃得愉快吧。」何婷和郭欣幾乎同時開口：「太好了，今晚的魷魚真棒。」

二副這次沒有從後甲板那兒的樓梯上去，而是沿著艙內的走道走，很快他端著槍上到了二層艙的走道裏，剛才他經過開著門的實驗室時，裏面的人聊天的聊天幹活的幹活，沒有人注意走道上的動靜，也沒有誰看到二副端著槍經過。這使得二副既高興又有些遺憾。二副很快走到走道前頭，正要上樓梯，一打眼看到政委的房門還開著一道縫，一時興起，停住腳，又從樓梯這邊轉過身來朝著政委的屋走來。邊走邊想，我要讓政委見到這條槍，告訴政委這是船長讓我拿給隊上的研究生們看的，這樣明天船長碰到政委說起來，政委也會說他知道這事，二副突然為自己的聰明感到得意：我怎麼這麼聰明，就是，要不我能當二副，很快就能考上大副，這樣幹上幾年，不也就是船長了嘛，不過我可不能像船長那樣，整天陰沉著臉，過的多沒勁，要是咱船上有女船員多好，那些蘇聯船上，對了現在不叫蘇聯又他媽的叫俄國了，他們的船上就有女水手，更不要說那些伙房裏的人了，那多來勁。二副想著已走到政委門前，正要用手推門，聽到裏面正傳來一陣笑聲，笑得肆無忌憚，二副聽出是胖子大廚的聲音，這個傢伙也在，他不是經常晚上睡不著跑到駕駛臺上來胡吹亂聊拿下流笑話來嘴上過癮嘛，就讓他再來過吧癮。二副想到這兒停住身子，輕輕把兩手端著的步槍伸進那道開著的門縫裏，悄悄向前移動著。

胖子坐在沙發上端起杯子正要喝水，突然瞧見了正對著自己的黑乎乎發亮的槍口，哇，胖子從沙發上跳起來，接著又重重地坐到了沙發上，手裏的杯子掉到了地板上，啪地一聲，茶水潑了一地。胖子目瞪口呆。政委瞧著變傻了的胖子扭臉一看，「啊！」失聲驚叫。坐在邊上的小吳渾身發抖，對面的管事話說了一半——「你們怎麼」——臉上的肌肉就凝固了。門猛然被撞開了，門口出現滿臉燦爛的二副，二副把手中的槍輕盈地掂了掂，然後吹起了口哨。政委回過神來，勃然大怒：「操你個混蛋，你灌夠了馬尿上我這兒撒野。」其他幾位也反應過來，胖子上前從二副的手裏把槍一把奪了過來，順手搗了二副一拳。管事漲紅著臉說：「二副，你是想劫船外逃呢還是想打劫財物？」小吳站起來嚷嚷道：「二副，你要劫船我跟著你，可你到政委這兒幹麼啊，把政委嚇出心臟病來你可吃不了兜著走。」政委喘著粗氣坐在那兒兩手直顫。

政委的氣憤是有原因的，這次出海前夕兄弟單位的一艘考察船剛剛發生了劫船的事件，臨上船時黨委書記還和政委半開玩笑半認真說：「政委，咱們船上的人員不會發生問題吧，可別讓我半夜接到提心吊膽的電話啊！」兄弟單位的那艘考察船說起來像是開玩笑一樣，船上的三個年輕船員在航行中趁著幫廚的機會把麻醉藥放入了熬粥的鍋裏，半夜裏三個人動手了，在房間裏睡覺的人不用說，幾個在駕駛室和機艙值班的船員也在昏迷中被他們一個個拿繩捆了起來，然後他們一個在駕駛室裏守著自動導航儀，把方向對準了和我們國家還沒有建立外交關係的H國，另兩個像搬麻袋一樣一個個把昏睡中的船員抬到後艙的艙房裏，當然他們也區別對待，把船長政委大副輪機長他們幾位只是鎖在了小會議室裏。他們兩個人也許是操之心切也許是驚慌失措，竟忘記了清點一下人數，以為一個不剩都關了起來，便跑上駕駛室眼睛盯著導航螢幕，算計著再有幾個小時就到了H國的海域。那天晚飯時船上有四個人沒有喝稀飯，這四位有兩位是因為喝酒喝的肚子裏沒有裝稀飯的地方，喝完酒兩人蒙頭便睡。另兩位一人是因鬧肚子拉稀沒敢再喝粥，一人是值完班蒙頭大睡沒有食慾根本就沒起來吃飯。正是那位鬧肚子一趟趟跑廁所的立了大功。他最後一次拖著酸軟的腿從廁所裏出來，突然感覺氣氛異常，船身像脫韁的野馬在瘋狂地顛簸，他探頭到活動室看看，裏邊一個人也沒有，往常總有人在這兒下棋打牌喝茶聊天。鬼使神差，他又跑到了後艙，突然聽到了艙房裏有人在猛烈地打門，他幾步竄過去，明白了，便跑到後甲板取來太平斧，幾下砸開了鎖。原來那三位沒喝稀飯的船員醒來發現自己躺在黑暗中，等明白過來紅眼了，三個人湊到一起互相幫著拆開了捆綁自己的繩子，打開燈，嚇了一跳，地板上像堆麻袋擺滿了睡覺的人，上前推推，沒有反應，知道是被人暗算了。開門開不開，便輪流打門，終於盼來了救星。四個人出來一人手裏握一把太平斧悄悄地上了駕駛室。這次事件在海洋界影響很大，劫機的事件大家聽的多了，可劫船的還沒大聽說。為此，《探索者號》整頓學習了將近一個月，用政委的話說，要把一切有可能帶來嚴重後果的事件堅決消滅在萌芽中。怕啥來啥，二副這個混蛋竟然端著全自動步槍來製造事端。能不讓政委冒火煩躁嗎。

船長和政委很快就碰了頭，對二副的懲罰是史無先例的，除了等回到Q城再由所裏對二副進行處分外，在船上先關二副的禁閉：把二副鎖進前艙的雜物間，雜物間緊挨著服務員老黃的房間，老黃按時給他打飯送水，他若想上廁所就敲敲牆壁，老黃就會給他打開房門。老黃問政委：「鎖幾天？」政委說：「三天。」

第二天二副騙槍獻給何婷的故事就傳遍了船上的每一個角落。何婷原準備再去大廳吃飯的，也失去了勇氣。出乎大家意料，第三天中午何婷打完飯並沒走，郭欣問她：「到大廳裏和我們一起吧。」何婷搖搖頭。何婷彷彿對周圍的人熟視無睹，徑直迎著剛從前艙上來的老黃，說：「黃老師，你要去給二副送飯嗎？」老黃說：「我打了飯就去。」何婷哦了一聲，站在旁邊。管事在窗口裏招呼排在隊尾的老黃，說：「黃師傅，你有任務在身，先過來打飯吧。」老黃沒吱聲，排隊的人七嘴八舌讓老黃先打，老黃不肯，阿彪回身拖著老黃到了窗戶。老黃打上了兩份飯，向著排隊的人連聲稱謝，轉身要下去時，何婷又迎上來說：「黃老師，我跟著你一起去，可以嗎？」老黃忙不迭說：「好好好，這有啥不可以的。」在大家的驚訝和疑惑中，何婷跟著老黃下到前艙。

後來，二副說：「別說關三天禁閉，就是關上半個月，也值。」

吃。」

政委聽了二副的話，戳點著二副的鼻子說：「你小子別得意，等到回去還有你的好果子

二副說；「總不會抓我進監獄一槍斃了吧。」

阿彪笑嘻嘻插嘴：「要是為了何婷，你敢劫船？」

二副脖子一梗，扯嗓子說：「有啥不敢，她要是和我一起我就幹。」

政委鼻孔裏嗤了一聲，說：「話別說大，那幾個劫船的小子恐怕等著他們的就是槍子。」

大家都不言語了。那幾個劫船的船員大家都認識，尤其是那個領頭的，人很幹練，父親還是一位有相當職位的領導。政委的話絕非空穴來風，據說，這次劫船事件已經驚動了北京，某位領導人的批示已傳達到了省裏。

第五章

海況真好，幾乎沒有一絲風，《探索者號》在一個個調查網線上航行著，走走停停。停下來時，後甲板上就人聲喧嘩起來，絞車轟隆著向海裏快速放送著鋼纜，拴在鋼纜上的一千多斤重的採樣管迅速地砸到海底裏，隨著絞車緊急停車，繃緊的鋼纜明顯鬆馳了一下，接著絞車又開動了，轟轟地把採樣管提了起來，當採樣管提出水面時，濺起的泡沫白亮亮地耀眼，像是開在海面上的白色花。五六米長的不繡鋼製採樣管灌滿了從海底表層到下面近四五米的泥巴，這些沉睡在海底的泥巴記錄了地球從古到今的演變秘密。在海洋地質學上有一個重要的分支叫海洋沉積學，顧名思意，這是研究海底沉積物的學問。在海水覆蓋著的海底，沉積著一層厚厚的來源於陸地上的泥沙，這些泥沙大多是被陸地上的河流攜帶著沖刷下來，也有的是被勁吹的強風攜帶而來。天長日久，在漫長的歲月裏，在海底沉積下來的泥沙越來越多，形成了一層厚厚的沉積物層，也把大自然變化的秘密保存了下來。這些泥沙成了海洋地質學家研究的對象，從中尋找著破譯大自然秘密的鑰匙。從海底採上來的泥沙，被稱為樣品。樣品是進行課題研究的前提保證，用老李的話說，樣品簡直是用金子換來的。《探索者號》在海上航行一天自身的費用就是個不小的數目，何況還有這麼多的船員和考察隊員。正是為了一項項魏如鶴們絞盡腦汁提出來寫在申請書上並提交給一個個各種各樣的委員會並被批准獲得經費支持的課題，才有了《探索者號》一次次的航行。只有取得了這些海底寂寞的泥巴，才會有源源不斷地論文寫出來，才會有一項項成果發表出來，才會有各種各樣的獎勵落到了項目主要成員的頭上。當然，是先有樣品，還是先有課題，這問題頗為複雜，就像是先有雞，還是先有蛋這個古老的話題一樣。但《探索者號》船上的人們現在沒有誰有閒心去關心這個問題，大家關心的是如何儘快地將貼在實驗室門旁的那張海上作業圖用粗號墨水筆一個站位點一個站位點地塗上墨水。眼看著那成網狀分佈的密密麻麻的站位點已塗掉了將近三分之二，大家的臉色就像陽光燦爛的海況，來到甲板上太陽彷彿也在每個人的臉上曬出了燦爛的笑容。

按著隊上的值班輪換，何婷這個班是上早晨六點到中午十二點的班。

早晨一接班，大家的心情就跟海況一樣，這樣的日子幹活也顯得特別順利。郭欣的話也比平日裏明顯多了起來，一改剛上船時不言不語的樣子。休息時，往常總是老李一個人端著大瓷缸一口口品著茉莉花茶在唱獨角戲，老李的話匣子一打開就沒有關上的時候，他能從天地玄黃談到吃喝拉睡，從魏如鶴當年怎麼在上海南京路上追蹤一個姑娘讓人家給扭到派出所裏一直到現在春風得意的魏如鶴又開始了他第二次青春……直講的實驗室裏笑聲不斷罵聲不絕。何婷坐在一個角落裏低著頭在看一本書，如入無人之境。郭欣津津有味地聽著老李的講述，聽著別人的補充，聽著別人的評論，彷彿他們說的不是自己的導師，而是與他毫不相關的另外一個人。大家現在談論魏如鶴時已經不再避著郭欣他們，不像起初，只要郭欣和何婷在場，大家說到魏如鶴時馬上就有人打斷岔開話題。海風不僅把鹹味帶給了船上的人，海風也把船上人與人之間的距離給吹短了。在海水的浸泡裏，什麼樣的話題也失去了新鮮的滋味，談來談去，大家共同的話題其實很少很少。而魏如鶴的話題就是這很少的話題中的一個，不僅談論不完，而且內容豐富。尤其在大夜班的時候，當海上快要露出第一絲晨光的時候，也是大家都在硬撐著眼皮強打著精神的時候，這時若是來上一段大家感興趣的故事，實在比打一針興奮劑還管用。既然都在一個班上，郭欣和何婷無法總能及時地離開，暫時迴避一下，讓大家談論完關於他們導師的話題——再說，誰能說郭欣和何婷就不想聽聽他們導師的故事呢？何況大家已接受了郭欣，用老李的話說，小郭是個乾淨的人，還沒受到污染。而何婷呢，大家更是覺著在這個姑娘面前，你要是還存戒備之心，那你這人肯定是個內心骯髒的傢伙，連你自己說話都要防備著點自己，害怕一不小心自己把自己給出賣了。

不知不覺三個小時過去了。船速明顯變得慢了下來，從機艙傳來的聲音變小了，主輪機停了。房間裏也安靜下來。噗，噗，話筒裏傳來駕駛臺上的喊話聲：「實驗室，實驗室，下一個站位到了。」

老李還沒來得及起身，郭欣已走過去拿起桌上的話筒舉到嘴邊，熟練地用手摁著開關，說：「知道了，謝謝。」說完放下話筒，從桌子上拿過安全帽扣在頭上。郭欣的安全帽上在正前方畫著一隻碩大的老鼠。郭欣第一次拿起話筒時還不知道如何使用，那天是出海後的第一個站位，老李讓郭欣通知駕駛臺，後甲板的工作結束了。郭欣拿起話筒擺弄了一陣湊到嘴邊喊了幾聲，卻發現沒有回聲。郭欣臊得臉紅脖子粗，幸虧汪洋替他結了圍，一把拿過去打開開關對著話筒嚷起來：「駕駛臺駕駛臺，我是實驗室，後甲板的作業結束了。」牆上蜂箱喇叭裏傳來一聲厚重的吆喝：「知道了。」《探索者號》就猛烈地抖動起來——又開航了。

大家都站起身來，各自拿起自己的安全帽，有的戴到頭上，有的拽著帽繩，有的在手裏上下扔著，不緊不慢地向外走——《探索者號》從停機到船身停下來還要再過一會兒。何婷拉開長條桌靠近舷窗的一個抽屜，把書放了進去。這才拿起自己的安全帽戴在頭上，她的安全帽上用記號筆寫著一個橫平豎直的字母——H。老李也落在了別人的後面，他慢吞吞地把瓷缸放到桌子上，又把已抽了一半的煙捲掐滅，從口袋裏摸出煙盒把這半截煙小心翼翼放到了裏面。老李做完這一切後，這才拿起自己的安全帽來。他的帽子上畫了一個肥大的豬頭。

房間裏只剩下老李和何婷兩個人。何婷邊用手端正一下安全帽邊往外走，老李站在門檻那兒回頭看著何婷沒有走的意思，何婷便停了下來，遲疑一下，開口說：「李老師，有事情嗎？」

老李沒有答話，用眼神示意了一下，算是默認。何婷老實地站在那兒，等著老李開口。沉默了幾分鐘，老李這才開口：「小何，下了這個班後，你就不用再值三班了。」

老李剛說到這兒，何婷就急急地打斷說：「為什麼？我怎麼能不值班呢？」

老李笑笑，說：「不是不值班了，是讓你上長白班。」

「長白班？」何婷更疑惑了。

老李接著說：「對，就是值從早晨八點到下午五點的班，中午你還可以休息一個半小時。」

何婷看著老李一臉嚴肅的表情，知道老李不是在開玩笑，可她又感到疑惑，為何老李要這樣按排呢？我幹活不出力嗎？還是嫌我力氣小了？何婷百思不解，滿心委屈，差一點掉下眼淚來，使勁才控制住自己。

老李像是看出了她的心思，停頓一下說：「小何，你別往別處想，大家都很喜歡你，你幹活很認真。」

何婷咬了咬嘴唇，略一沉思，這才開口：「李老師，我已經適應了跟班，上大夜班也不覺著睏，我能頂下來。」

何婷眼巴巴地看著老李，這讓老李覺著不自在起來。老李表情複雜地對著何婷笑笑，說：「小何，這是大家的意見，這也是為你好，我看就這樣定了吧。」說完老李掉身離開了實驗室。何婷愣在那裏，臉上充滿迷茫。這些日子裏，何婷過得並不順心，她小心翼翼地躲避著別人的注意，儘量不給那些想找她搭腔的船員機會，不是她不願意理睬他們，她實在是害怕了，她不想再因自己的緣故，惹出什麼別的亂子來。她萬萬沒想到第一次上船，居然惹出這樣多的麻煩來，從來不願出頭露面的她，這次竟然成了眾星捧月般的明星。起初她有些尷尬，又有些不知所措，慢慢地適應了這種「明星」般的被人關注，但現在，她盼望著安寧，這種安寧不是說讓她一個人躲在一個角落裏，而是說，別讓大家為她做出出格的事情來，別讓船長和隊上的老師們覺著她這人怎麼這樣惹事生非。這一瞬間，何婷後悔自己上到船上來，竟有些後悔當初選擇了這個專業，她嚐到了鶴立雞群的滋味。

老李來到後甲板上，迎著燦爛的海空，他愜意地舒了口氣，彷彿把憋在心裏的一塊心病給排解了出來，心裏頓時輕鬆了許多。本來老李不打算理睬那些閒言碎語，可出了二副騙槍事件後，老李不想再授人以柄，決定不再讓何婷跟著自己的班輪班了，就讓她天天大白天上班吧，三個班哪個也能輪上守著她，讓那幾個愛嚼舌頭的碎嘴子省點唾沫吧。老李通知了何婷，感到輕鬆，也感到了一些遺憾，是啊，有何婷在班上，氣氛就是不同。

《探索者號》還沒有最後停下來，大家站在那兒說笑著，來回走動著，不像是準備幹活，倒像是在海上兜風一樣。阿坤站在船尾，看著船後劃出來的航跡，一動不動，從背影看上去像是一尊雕塑一樣。老叢沒參加大家的說笑，一個人蹲在一邊清理著一堆準備用來裝樣品用的長約一米左右的塑膠管。老李想說句什麼，話到嘴邊又咽了回去。郭欣看到老叢在忙碌著，猶豫一下，離開了那幾個說笑的人，走了過來，蹲在老叢的身邊，插手幫著整理起來。本來管狀的塑膠管，已從中間剖開，一根變成了兩節，散亂地堆在甲板上，老叢一節節上下摞好放到旁邊的塑膠周轉箱上，一會兒的功夫，就摞滿了一箱子。郭欣及時地又從一邊拖過來一個箱子。那邊有人喊：「老叢，費那功夫幹啥，待會接了樣品還要重新排。」老叢不搭理，繼續幹著。老李接了一句：「你們不幹也就罷了，別在那裏說風涼話。」別人不再說話，只是看著海上的水波、遠處的雲團和蹲在那兒的老叢和郭欣。船已在慢慢地停了下來，老李說：「該幹活了吧。」沒人應聲，大家自動地朝著橫在甲板一邊的採樣管圍了過來。阿坤幾步走過來，順手拿起一把管鉗來。老叢和郭欣也停下來，站起身朝這邊走過來。郭欣站到阿坤的身邊，給阿坤打著下手。老叢待在旁邊默默地看著，嘴角含著一絲嘲諷的皺紋。

郭欣在船上已理解了海底採樣的原理，這就如同用一把大鐵錘使勁把一根鋼管砸到海底裏，讓鋼管裏灌滿海底的泥沙。當然，若只是一根鋼管，那取上來時泥沙早流光了，這自然要採取必要的保護。郭欣跟了幾個班後就瞭解了最簡單的一種柱式採樣管，它的構造並不複雜，前面是一根五至十米的無縫不銹鋼管，後面是一摞緊壓在一起的十多塊中間帶圓孔的圓形鉛塊，這些鉛塊穿在一根鋼柱上，尾端如同導彈的尾翼一樣。就是靠這些鉛塊把鋼管砸到海底的沉積物裏，把樣品灌滿鋼管，鋼管的底端有一個特製的活塞——大家戲稱為「屁股眼」，樣品灌滿後當採樣管上提時活塞自動關閉，這樣就避免了提起鋼管時因海水的沖刷樣品再漏到海水裏面。每塊鉛塊重量在四十公斤左右，從底端開始向連接鋼管的一端，有變錐形的趨勢，這樣一來，在砸向海底時自然就減少了阻力。樣品採上來後，先要用管鉗把連接鋼管和鉛塊的介面卸下來，將一個鋼製圓柱狀塞子頂入鋼管底端，接上水管，靠水壓來頂著塞子往外壓樣品，而在鋼管的另一口，則先把「屁股眼」卸下來，有一人兩手托著剖開成一節的塑膠管，管上鋪著透明塑膠布，在那兒接著壓出來的樣品，另外一人手拿一把小鏟刀，當這節塑膠管快要接滿時，用鏟刀劃上一刀，堵在鋼管口上並喊一聲「好」，那一端用力壓水的人就立即停下來。這邊再有人接上來，這樣一節節的樣品就壓出來了。至於每次接裝上多長的鋼管，這要看所採樣站位的海底地質條件，根據海底泥沙的軟硬來決定。若底質是軟泥，則接上長一點的鋼管，這樣能採到長一些的柱狀樣品；若底質是硬沙，就要換上一根短一些的鋼管，免得重力不夠，鋼管插不了很深，而且很容易把鋼管給壓彎了，若重力太大，而海底沙質又很硬，這樣的話，只要一壓彎，在壓彎處就變扁了，這根鋼管就報廢了，即使再把它直過來，壓樣品的塞子也無法從壓彎處通過來，也就無法往外壓樣品了。一根不銹鋼管要多少錢啊，對於經費緊張的課題組來說，每根鋼管的使用都是倍加小心謹慎，因此海上採樣並不只是個力氣活。這次出海共帶上來兩套採樣管，除這套外，還有一套改進型的，鋼管加起來有十多根，到目前為止，雖然有壓彎的，但直起來以後還能再用，還沒有報廢一根，老李感到高興，大家也認為運氣不錯。

大家很快把採樣管連接起來，並用鋼纜在它的尾翼和鉛塊連接鋼管處把它繫好，鋼纜已掛在了絞車的吊鉤上。掛到吊鉤上時，有人說了句：「這一站要不要先探探底？」老李頂了回去：「探什麼探？這條測線一連這是幾個站了，不都是軟泥嗎？」

所謂探底就是先放下一個蚌殼狀的挖泥器（蛤蜊皮），看看海底是軟泥還是硬沙，以決定投放採樣鋼管的長度。老李像是要讓大家信服，又說：「錯不了，肯定是軟泥，別浪費時間了，這一片都是一樣的軟泥，快幹完了快走。」那提出疑問的不言語了，老叢兩手抱在胸前在後邊冒了一句：「還是應該先探探底。」阿坤抬起頭看看老叢，又看看老李，剛要說話，老李的嗓門提了上來：「用不著探，沒問題。」

大家也附合著老李，「就是麼，別那麼女人氣，大膽些。」

老叢聲音不大，但很清楚地說了一句：「這裏恐怕是殘留沙。」

在海底鋪著的這層沉積物，就像是一張大地毯，在這張大地毯上分佈著一些補丁，這些補丁就是「殘留沙」，因水流以及其他一些複雜的原因，這些地方的沉積軟泥被海流攜帶走了，露出了硬沙，便是殘留沙。

老李眼睛一瞪：「哪兒來的殘留沙，你怎麼知道？」

老劉說：「魏如鶴的文章不是早就發表了嗎，這一帶都是軟泥。」

大張說：「這都是定論了，你這老兄多的什麼心呢。」

大家一時七嘴八舌。

老李笑笑說：「老叢，該你關心的時候你不關心，用不著操心時你瞎操心。」說著老李對著大家擠擠眼，難怪人家魏如鶴能當教授，你這馬上要退休了還是個副研——還是地方糧票。老李說的「地方糧票」是研究所推行的土政策：「評上你一個副研究員，但是工資不兌現。用老叢的話說，是給個安慰獎。」

老叢一句話也不再說，只是默默地向右舷走去。郭欣有些同情地歪頭看了一眼老叢。阿坤抬頭望了他一眼像是安慰他，說：「人家老叢也是好意。」別人道：「我們就是惡意？」一句話把大家說笑了。幹活時大家稍感彆扭的是，拿取工具時怎麼需要自己彎腰在甲板上到處找來找去了呢，全沒有了往常的便利。有人問了一句：「何婷哪去了？」沒人吱聲，老李嘟囔了句：「幹你的活吧，人家班上也沒有個何婷難道就找不著工具了？慣得毛病。自己找。」幹完活後大家伸展著腰背和胳膊，在甲板上四處掃尋著，甲板上沒有何婷的影子。在明媚的陽光照耀下，看上去躺在支架上的採樣管就像是一尊閃閃發亮的大炮。

《探索者號》停了下來，隨波漂蕩著——水波嘩嘩地蕩漾著。許一凡站到了艇甲板絞車的後面。老李揚揚手，喊道「——開始！」轟——轟，絞車響了起來，鋼纜繃緊了。許一凡是船上實驗室的工程師，也是新被任命的副主任。許一凡在船上其實並不如意，他和實驗室主任老吳的關係很緊張，老吳也是工農兵大學生，許一凡和老吳也幾乎到了水火不相容的地步，每次出海，如果老吳在船上，許一凡就休假，這次出海因為是老李親自找了許一凡，許一凡才上了船，但有個條件，他不歸實驗室管，而隨著考察隊上的安排。其實他做的還是實驗室裏的工作，但不聽老吳的，直接由老李和劉南北找他。用老李的話說，許一凡開絞車，他感到放心。船上的絞車以前是電動的，最近剛換了液壓驅動，雖說液壓式的先進，可船上安裝的這臺國產液壓絞車，就像個醉漢，常常讓人摸不透脾氣——該停止了它卻還在吱吱嘎嘎地運行，該啟動了它卻大喘著氣吭哧吭哧地不動彈。讓人看著心裏七上八下地不放心。只有許一凡站在絞車後，老李才踏實，大家也放心——用不著擔心採樣管躥了頂或是鋼纜綳了絲。

絞車快要起吊採樣管時，何婷才來到了後甲板上。

絞車轟轟隆隆的聲音在海面上迴響著，鋼纜的磨擦聲刺激著後甲板上的人們。郭欣聽到這種聲音就感到難受，心裏有一種被刀片劃破皮膚的感覺。嘩，海水揚起水花，採樣管的尾翼露出了水面。老李一邊盯著上升的採樣管一邊對著許一凡一揚手，喊：「慢——慢。」許一凡點點頭。絞車的速度慢下來。

「啊——」大家驚呼起來。海面上吊在空中的採樣鋼管從正當中折彎了，成了一個大大的「>」形，在水波上蕩來蕩去，觸目驚心。郭欣第一次看到被砸彎了的無縫鋼管，感到不可思議，張大個嘴呆呆地站在那兒。老李的眉頭緊皺了起來，嘴裏吐出一串髒話來，粗聲大喊：「提起來再換一根，他媽的，倒楣。」絞車慢慢地把採樣管提到與船欄杆水平的地方，阿坤一手攬過採樣管鉛塊和鋼管的介面處，免得採樣管晃來晃去。老李指揮著絞車，大家七手八腳地把採樣管放到甲板的支架上，彎曲的鋼管末端已無法搭在支架上，郭欣跑過去用兩手向上托著。「來，再換一根。」老李招呼著大家。

叢秋原一個人遠遠地躲在艇甲板樓梯上，表情複雜地看著大家。郭欣手托著鋼管，看著大家在手忙腳亂著，身子隨著甲板慢慢起伏著。老李弓著腰，用力壓住介面。阿坤在用管鉗一絲絲往下卸著，汗珠一滴滴掉下來，串成了一條條晶瑩的線，掛在他粗壯紫黑的脖子上。郭欣抬頭直直腰，一眼看到叢秋原雙手扶在艇甲板欄杆上，聚精會神地瞧著大家。在叢秋原的身邊，站著幾個看熱鬧的船員，花白頭髮的醫生歪著頭正對著叢秋原說著什麼，大副打著手勢對著身邊的幾個水手和機匠嚷嚷著，聲音傳到了後甲板上「——這一管子打下去多大的勁，砸得簡直太他媽的有力了，彎成這個樣，也幸虧沒砸進去，什麼樣的眼抗這樣的插法。」

聽到大副的話，艇甲板和後甲板上的人都哈哈笑了起來。笑聲鼓勵了大副，大副頓時手舞足蹈起來「——不過還是他媽的下面厲害，管子這麼硬，還能頂彎了。」

大家笑的更厲害了，幹活的人也放下手裏的活，阿坤一手拿著管鉗一手扶在鉛塊上瞧著大副直樂。郭欣一開始沒反應過來，疑惑地看著大笑的人們，再看看大副的手勢和表情，馬上明白了，雙手仍托著鋼管，也不由地笑了起來。何婷咬著嘴唇臉憋得通紅，低頭看著鞋尖。老李用手指向著大副戳點著，「大副，嘴上積得德吧。」大副脖子一梗，身子向前一挺，戳打著老李說：「再硬的管子，對不准眼，你也甭想插進去。」老李笑著搖搖頭，對身邊的人說：「來來來，咱幹咱的活，讓大副嘴裏噴糞吧。」大副立刻追了一句：「再砸一管子還是這個德行，」大副用手使勁一拍叢秋原瘦削的肩膀，「老叢，我說的對吧。」老叢沒言語，只是瞧著甲板上幹活的人。郭欣的目光和叢秋原的目光碰撞在一起，郭欣渾身一震，叢秋原對著他微微一笑，含蓄地點點頭。郭欣回應著點點頭。

老李招呼著大家把砸彎曲的採樣管卸了下來，對站在一邊的劉南北說：「要不要再打一管子？」劉南北沒吭聲，只是看著老李。老李瞪眼說：「你是隊上的首席，這事要你來定。」劉南北笑了笑說：「這可是你當班啊，我們可有言在先，誰當班誰處理，別忘了你也是隊長。」老李嘟囔了一聲：「操，誰也不想擔責任。」劉南北悄悄說：「魏先生可特意囑咐要在這兒採上樣品。」老李眉毛揚揚說，沒看著打了一管子打彎了。劉南北笑說：「那就再打一管子。」老李哼了兩聲：「說得輕巧，一根管子多少錢，這根彎了算誰的？他姓魏的要是能承擔打廢了的管子費用別說再打一管子就是打兩管子也幹。」老李嘴上雖這樣說著，身子並沒動彈，只是拿眼睛盯著劉南北。劉南北眨眨眼說：「要不咱先探探底，看是不是硬沙，要是硬沙那再打也是白費時間。」老李揮揮手，說：「也只能如此。」

老李正要招呼著大家換工具，電報員過來了，遞給劉南北一封電報。劉南北看了看順手給了老李，老李沒接又推了回去說：「我眼花了，你告訴我就行了。」劉南北說：「電報是魏先生打來的，魏先生希望我們在這片海區多打兩管樣品，樣品取得越長越好。」老李說：「他魏如鶴沒權利這樣指揮咱，他發電報也沒用。」劉南北說：「我還沒說完呢，這封電報是魏先生和卲主任聯名發來的。」老李不說話了，皺了皺眉，嘴裏罵了一個髒字。

水手小吳趴在艇甲板的欄杆上，搖頭晃腦說了一句：「看這樣都可以甩鉤釣魚了。」旁邊幾個人樂了，醫生道：「等你的鉤剛甩下去，船恰好開了。」一個機匠說：「問問他們再打一管子需要多長時間。」小吳說：「這主意不錯。」小吳扯開嗓門喊：「老李，這一管子打下去需要多長時間？」老李沒理他，指揮著大家換鋼管，原來還準備先放挖泥器探探底，這下也變了，不是要多打幾管子嗎，那就多打，打彎了活該。這次是徹底換，鋼管換上了一根比先前那根直經粗出幾公分的新管子，艇甲板上看熱鬧的人有一位說：「這下來厲害的了。」換完了鋼管，老李指揮著大家把支架上的鉛塊整個搬到了甲板上，又移到了右舷邊上。接著，老李又招呼著大家一個個搬過來放在艙門口的一摞比原來那摞鉛塊更大更重的鉛塊，每塊的重量大的有五六十公斤，小的也有三四十公斤。阿坤和大張抬過來一根新的串鉛塊的柱管，末端的尾翼也比先前的那個大出許多，塗著耀眼的紅色，顯得鮮豔壯觀。鉛塊一塊塊串了起來，抬到了支架上，像一枚待發射的導彈。「這一管子下去能解決問題吧？」大張自言自語。阿坤邊上著介面螺絲邊說：「這裏或許真是底質硬咋辦？」旁邊的人都不接腔。老李點上一隻煙猛吸了一口說：「哪來的底質硬？」「一條測線上就這裏特殊？」大張說：「要不先放下去蛤蠣（ＧａＬａ）皮挖點泥看看？」老李一搖頭：「別浪費時間了，這一站待得時間夠長了。」阿坤說：「剛才可是砸彎了。」

「這裏水流慢，絞車速度快了，管子下的太快，這還能不彎？」老李說著轉身朝著許一凡說：「待會絞車開得稍慢點。」許一凡點點頭，扭臉對旁邊的人說，拉不出屎來怨茅房，又成了絞車開快了。

甲板上的喇叭突然響了起來：「實驗室實驗室，後甲板的工作結束沒有？」老李趕緊直起身來，對身邊的老劉說：「老劉，快點告訴駕駛臺，我們的工作還沒結束。」老劉答應著來到艙門口，拿起掛在那兒的有線話筒，舉到嘴邊：「喂，駕駛臺駕駛臺，後甲板的工作還沒結束，請不要開船，謝謝。」稍沉默一會兒，喇叭裏傳來響亮的一句：「知道了，不用客氣。」

老劉掛上話筒，一邊往回走，一邊瞟了一眼艇甲板上的叢秋原：「老叢，你挺悠閒啊，我們還沒下班，你老先生先休息了。」這一說，把大家的視線都吸引了過去。剛才大家一直忙著幹活，接著又是大副手舞足蹈的玩笑，誰也沒注意叢秋原沒在幹活，郭欣看到了也沒說話，現在經老劉提醒，有幾位的臉上便掛上了一層霜。老李用手一指：「老叢，過來幹活。」老叢像是沒有聽到一樣，臉上沒有表情。大副在一邊推了一把老叢：「快點吧，您頭兒喊你幹活了。」老叢聳聳肩膀：「出孫力的活本人不幹。」老李的嗓門提高了：「啥叫出孫力，我們就是幹活的孫子？」叢秋原身邊幾個船員笑了起來，醫生說：「別賭氣，老叢，下去作個樣子吧。」一個水手說：「老叢，站這兒是站，下去也是站，何必讓老李說你。」叢秋原眨眨眼，對著水手小吳說：「你不想釣魚了？」小吳一怔，「釣魚？船馬上就開了。」叢秋原嘿嘿一笑：「放心釣魚吧，再下去一管子還是這個樣，半天走不了。」艇甲板上的人都笑了起來。

「老叢，你少在那兒喪門，再打一管子要是不彎怎麼辦？」老李有些發火。

「別嚷嚷，再打一管子看看嗎？」叢秋原不緊不慢地說：「你就是再打上十管子還是這個樣，也好，回去時用不著往下抬鋼管了。」接著叢秋原笑呵呵地又對小吳說：「想釣魚儘管釣。」

小吳一咧嘴：「老叢，你說得是實話，可別來誆我。」

醫生小聲對小吳說：「老叢不誆人，聽他的沒錯。」

隨著絞車轟隆隆地轉動，鋼纜一圈圈地被提了上來。嘩，採樣管的尾翼沖出了水面，濺起升騰的浪花，緊接著如導彈般的後部出了水面，嘩，鋼管也提到了水面上。「啊，」有人驚呼起來。在水面上，一個大大的「V」形觸目驚心。許一凡下意識地停住了絞車。大「V」形的採樣管在水面上搖來晃去，不時地撞到船壁上，發出刺耳的碰撞聲。老李的臉色成了紫茄子色，大聲說：「快吊上來，停這兒幹麼？」老李打著手勢讓許一凡快開絞車。

劉南北沉著臉說：「看來這一片的確是殘留沙，老叢說的沒錯。」

老李嗆了一句：「再打一管子？」

劉南北沉默一陣，說：「再打一管子也沒有用。」

老李突然笑了，說：「他媽的老魏這吧非讓他出血不可。告訴駕駛臺，別開船，這兒還要再打一管子。」老李招呼郭欣去拿話筒。

郭欣點著頭往艙門那兒走。他一邊走一邊摘下粘著泥水的翻皮手套。上船的隊員每人都發了一副這樣顏色發黃的翻皮手套，在後甲板上採樣時戴。有些老隊員嫌這種皮手套戴在手上幹活不利索，便自己帶上船來幾副線手套。在後甲板上幹活時總是和鐵傢伙打交道，戴線手套雖然手靈活容易用上勁，但一不小心也容易把手碰破或者割破，在這方面。老隊員們可不像年輕人那麼嬌氣。郭欣汪洋這些年輕人個個戴著翻皮手套，幹活用不上勁就用不上吧，安全第一，一上船時隊長不就這樣再三告誡大家嘛。

劉南北喊住了郭欣，說：「我來通知吧。」

劉南北握著話筒低聲說：「駕駛臺駕駛臺，後甲板的工作結束了，可以開船了。」

夜色漸漸暗了下來，《探索者號》在朦朧的夜色中有節奏地航行著。船頭嘩嘩地破著浪，船速保持在正常航速上，輪機的轟鳴聲在寂靜的海上隨著湧波擴散開來傳向遠方。

海上的工作告一段落，在這一片調查區上，《探索者號》整整航行了兩個多月。出海有出海的樂趣，也有出海的煩惱。在海上的顛簸中，陸地上的許多瑣事都會淡漠，纏繞在許多人心上揮之不去的煩惱，在海水的浸泡下大多慢慢腫漲開來，顏色也變得失去了原來的鮮豔，漸漸成了在海面上隨波逐流時隱時現的泡沫。在船上輪機聲中，人們談論著能調動起大家興趣的話題。日子久了，能引起大家興趣的話題越來越少，誰還有哪麼多的話呢？郭欣一個人蹲在後甲板上瞧著船後泛著白色泡沫的航跡在夜色中閃耀著。郭欣地身子鬆馳著，在嘩嘩地破浪聲中他的腦海中一片空白。《探索者號》正駛往本航次的最後一個調查區，這是一個小範圍調查區，是整個海上調查工作的補充。這一夜大家可以安心地休息了，隊員們最高興的就是值這種航行班——在航行中值班。喜歡打牌的自然圍到一塊打一個通宵，喜歡下棋的找一個角落棋子摔在棋盤上震得桌子陣陣顫動。本來就讓人愉快，再加上正逢週末，船上更增添了高興的氣氛。

打夜餐時大家排著隊說笑著一個個把盤子遞進窗臺裏，胖子、高個和猴子三個人排成一線，胖子用筷子從大盆裏夾起二三塊炸得焦黃的帶魚，放到伸過去的盤子上，一邊說著笑話。胖子的笑話是看著人來，他的嘴少有閒著的時候，就是船上最不喜歡說話性格內向的機匠小王，對胖子並無惡意的玩笑也只好報以無可奈何的微笑，端著盤子趕快離開這兒。高個負責給大家一勺勺舀番茄炒雞蛋，高個很少說話，看一眼排過來的人，不管是船員還是隊員，高個都漫不經心的掃一眼，接著在大盆裏用力一舀，勺子舀滿了紅的番茄和黃的雞蛋，勺子到了盆沿時手腕再輕輕一抖，勺子裏的內容頓時又減少了許多，哐，一勺子菜就倒在了伸過來的盤子裏。猴子面前守著兩個大盆，一個裏面是炒芹菜，一個裏面是涼拌海蟄皮。猴子手握著勺子，在兩個大盆裏不斷地舀來舀去，嘴裏還不時的嘟囔著。眾人排著隊一個個挨著打上菜，有的沒話找話的和猴子還有胖子搭個腔，開幾句玩笑，到了高個面前，只是笑笑，高個並不回應，那對他討好的微笑只好尷尬地掛在臉上，等到高個把菜給打上了，趕快離開，站到胖子的面前，那笑也就自然舒暢了起來。打好菜的隊員端著盤子再從站在廚房門口的管事手裏接過一瓶青島啤酒，這才進到大廳或者回到自己的房間，而隊員們一般端著盤子拿著啤酒回到實驗室去。管事面前守著幾箱子青島啤酒。這是海上的慣例，到了週末要給大家加餐，平常中午和晚上一般都是三個菜，一個素菜，一個葷菜，一個素葷搭配，保證大家的營養。而到了週末，就在晚餐時給大家改善生活，再增加一個葷菜，外帶一瓶青島啤酒。這就像是一週一次廚師們對大家的犒勞，這已經成了《探索者號》的傳統。羊毛出在羊身上，這外加的一個葷菜和一瓶啤酒，費用也算在大家的伙食上，並不是免費贈送，天下哪有白吃的晚餐，不過大家仍然高興這週末的加餐，到了週五，喜歡喝酒的人就開始盼望著這一瓶啤酒，就象這一瓶啤酒不花錢一樣，沒有人細究這一瓶酒其實是從自己的出海補助中扣出來的。高高興興的拿回來這瓶啤酒後，老劉阿彪這些人往往還要再搭上一、二瓶白酒或者五、六瓶啤酒，這些酒就是他們自己帶上船來的，帶上船的不夠喝，再到管事那兒登記開票，找胖子取酒。這樣一來，喜歡喝酒的船員們回到Q城後，往往拿不到全額補貼，管事的記賬本上一筆筆登記著他們的買酒錢，七扣八扣，有的人惱火自己：怎麼當時昏了頭，難道船上喝酒不花錢嗎？但在海上的每一個週末的晚上，沒有人這樣想，誰不想過一個愉快的週末呢？

何婷前面站著郭欣，後面排著汪洋，何婷夾在中間微微側著身子，郭欣不斷地回過頭來，汪洋在後面話題一個接著一個，郭欣和汪洋越過何婷滔滔的說笑著爭執著相互攻擊著，不時地大笑起來。何婷不參加他們的爭執，也不參加他們的說笑，只是一個勁地抿嘴笑著，這兩個人這幾天離開房間後簡直不能湊到一塊來，見了面不是相互嘲諷就是相互挖苦，其實他倆回到房間卻很少說話。排在他們前後的人聽著他們的笑話跟著發出愉快的笑聲。再有幾個人就排到郭欣了，汪洋在後面悄悄說：「小何，待會兒看看猴子師傅給你打多少。」何婷回身狠狠地剜了汪洋一眼，一跺腳，聲音不大但很堅決：「討厭。」郭欣回過身來，疑惑地問：「你說誰討厭？」接著又探探頭看了一眼汪洋，汪洋臉上掛著笑擠眉弄眼：「你是說汪洋，這傢伙就是討厭。」前後的人有聽到剛才對話的，都會意地笑起來，有的只聽到了郭欣的話，便把目光聚過來，掃在他們幾個人的臉上，像是在尋找著答案。這讓何婷難堪起來，又不好說什麼，只好尷尬地笑笑。

輪到猴子給何婷打菜了，何婷淺淺一笑，把盤子伸了過去。猴子咧嘴笑了一下伸勺子在大盆裏使勁地舀了一勺芹菜，接著又舀了一勺涼拌海蟄皮，朝著何婷點點頭。汪洋在後面接著伸過盤子來，猴子連看也沒看汪洋一眼，哐，哐，兩下，下一個。那勺子又給別人打菜了。汪洋像是自言自語，勺子有點不一樣大。但沒有人理他。郭欣在前面從管事手裏接過一瓶青島啤酒，並沒往前走，轉過身來，對著何婷說：「你那一瓶我給你拿了？」管事插了一句：「怎麼還用你替她拿？」郭欣嘿嘿笑笑說：「照顧女士嘛。」何婷在後面接著說：「不用了，我自己拿。」正給何婷打菜的胖子說：「小何，喝啤酒美容，實在不願意喝，倒海裏餵魚吧。」何婷笑著點點頭端著盤子走到管事面前，「高師傅，這酒要不你就留下吧。」管事一擺手，「哪能行？這是你應該領的，」他接著拿起一瓶酒，「來，拿著，晚上反正沒有事了，慢慢喝。」何婷哦了一聲，接過啤酒，跟在郭欣身後，出了右舷門，沿著右舷往後面的實驗室走去。汪洋在後面嚷嚷：「走那麼急是去趕約會？」海風呼呼颳到他們的身上，船航行濺起的浪花被海風吹到了他們的臉上和衣服上，幾個人一手端著盤子，一手拿著啤酒，低著頭急急地走著。

吃過了飯老李招呼大家坐下來打牌時，汪洋對著郭欣使了個眼色，郭欣搖搖頭，還是滿足了他，說：「汪洋，你不是答應了二副他們今晚要搞舞會嗎？」汪洋接道：「是啊是啊，現在他們的酒也好喝完了，走，咱去看看。」老李一皺眉，「你們搞舞會，在哪兒跳？」汪洋說：「就在上面小會議室前面的甲板上。」坐一邊的老劉說：「在船上跳舞可別崴了腳。」大張說：「外面的風可不小，想跳舞還是在前面大廳跳吧，我們那時候在老金星號上時也舉行過週末舞會，可那是在碼頭上。」汪洋一抹額前的一簇耷拉下來的頭髮，說：「歡迎各位老師參加我們的舞會。」老李笑了一下：「你們去跳吧，俺這些老頭在這兒打撲克。」

汪洋拉著郭欣往外走。郭欣其實並不會跳舞，他不是那種活潑的人，再加上個子又小，家境也不富裕，在大學裏屬於老實讀書的一類，偶爾在別人的慫恿下也到週末的舞會上瞧兩眼，但很少有女生正眼瞧他幾眼。也就很少涉足這些娛樂場所。晚飯時汪洋邊喝著啤酒邊起勁地鼓動著他和何婷，郭欣奇怪地看看他，這傢伙發啥神經了。但汪洋仍在滔滔地侃著他的計畫，何婷聽得滿面紅光，但並不接腔。他們三個是在後甲板電纜架旁吃他們的週末晚餐的，汪洋站在那兒，郭欣坐在邊上的一個帶纜樁上，何婷坐在堆放在那兒的拖網的鐵支架上。三個人邊吃邊喝邊談。何婷不喝酒，她的酒一般都讓郭欣和汪洋給喝了，曾有幾次她想拿著給阿坤送過去，但還是鼓不起勇氣。正說著，二副走了過來。何婷見到二副，神色微微有點尷尬。自從二副騙槍事件之後，何婷見到二副總覺得尷尬，二副卻蠻不在乎。二副手裏夾著一根抽了半截的香煙，另一隻手伸進嘴裏剔牙，一付心滿意足的樣子。二副遠遠地就聽到了汪洋在高談闊論，人還沒近前，就開口說：「汪洋，什麼好事這樣高興。」

汪洋扭頭看到了二副，把手裏的酒瓶往前一伸說：「二副，再來一口。」

二副擺擺手，走到他們三人的面前，站定了說：「我這一過來，咱就成了四人幫了。」

汪洋說：「二副嘴裏吐不出象牙。」

你嘴裏都是吐象牙，二副吸了一口煙，從鼻孔裏冒出兩股白煙，嫋嫋地在他臉上瀰漫開來，「汪洋，你小子剛才在說啥？」

「哎，二副，想不想跳舞？」汪洋有些神秘兮兮。

「跳舞？」二副一怔，「在哪兒跳？」

汪洋把他的計畫一五一十地細細向二副一一道來，說得二副一雙小眼瞇成了一道似有似無的線。二副一個勁地說：「這計畫好，實在是好，怎麼我就沒想到呢。」汪洋手裏的啤酒快要喝完時突然想到自己說了半天還不知道何婷是啥態度呢，何婷可是今晚舞會的關鍵人物啊。汪洋便詢問何婷，「這計畫好不好。」何婷說，這計畫挺好的，你們跳就是。汪洋眼睛一瞪，啥叫你們跳就是了，難道不包括你？何婷低了下頭，說：「我不會跳舞。」「女人還有不會跳舞的？」三個男人都瞪著何婷，何婷撲哧笑了起來。二副說，「何婷你今晚可是我們舞會上的舞后，沒有你哪還有啥舞會。」何婷低著頭不說話，她可不想再弄出風波來，可不知為啥，她就是說不出拒絕的話來。郭欣本來並不積極，可看到何婷的態度也突然變得積極起來，在一邊幫著汪洋和二副勸說著何婷。何婷看了他們一眼，眼光定在郭欣臉上，問道：「怎麼師兄還擅長跳舞？」郭欣給問了個大紅臉，吱唔了半天也沒說出個囫圇話來。

噗噗幾聲後，船上甲板上的喇叭和各個房間裏的喇叭都響起了汪洋有些顫動的聲音：「船上的女士們紳士們注意了，經過了漫長的海上戰鬥生活，我們終於迎來了美妙的週末，我們海上俱樂部今晚決定舉行週末舞會，地點在紅太陽舞廳，歡迎各位佳賓光臨……」

「紅太陽舞廳？」正在中艙老劉房間裏喝酒的老劉和阿彪聽到後相互對視了一下，阿彪說：「媽的，這能在哪兒？」老劉舉起杯子：「不管，來，喝。」

喇叭裏又響起汪洋的聲音：「紅太陽舞廳地址就在上層小會議室窗前面的甲板上，那兒寬敞舒適，月光為我們照明，來吧，開始我們月光下的舞會。」

「操，那裏也能叫甲板？」阿彪吐出一口海蟄皮裏的沙，「這幫隊員連船上的位置都叫不清楚，還他媽的搞什麼舞廳。」

「就是就是，咱還是喝咱的酒，管那些閒事。」老劉說著又給阿彪倒上一杯蘭陵二曲。

何婷本來不想去跳舞，可架不住他們的一再勸說，再說她心裏也湧上了一種莫名的激動，彷彿聽到了優美的舞曲，腳底下都跟著上下動起來。何婷覺著好笑，自己這是怎麼了，腳底下當然在動，這是在船上麼，這跟跳舞無關。她說服著自己不去參加他們的舞會，可她卻說服不了自己心裏的慾望。不就是跳一次舞麼，有什麼了不起的，別人能去憑啥我不能去。唉，別和自己過不去了，跳一會兒就回來了。何婷下了決心，回到後艙房間裏關上門開始了跳舞前的準備。何婷坐在椅子上一手拿著小圓鏡一手抹著臉腮，左看右瞧，她發現自己的臉色不錯，海上這些日子稍變紅了一些，是海風吹得還是太陽曬的呢，何婷對自己扮了個鬼臉，陶醉起來。何婷在大學裏很少參加舞會，不是她不願意跳舞，而是她受不了待在一個角落裏等人來邀請她的那種冷落。何婷第一次進大禮堂跳舞是隨著同宿舍的幾個人一起去的，一進去何婷就有些後悔了，高年級的女生一個個打扮的靚麗照人，何婷本來就長相普通，再加上一身毫不起眼的打扮，站在靠門口的牆邊那兒，就像是一個不被人注意的觀眾，何婷這才發現同宿舍的夥伴一個個都經過精心打扮，而只有自己隨便得一塌糊塗。她想離開這兒，可鞋底像是被膠水粘住了，禮堂裏的燈光亮得晃眼，何婷直覺著渾身發熱，她站在那兒真想在油漆斑駁的地板上找個縫鑽進去。當一個男生站到她面前作出邀請的手勢時，何婷的眼淚差一點奪眶而出。想起第一次跳舞的情景何婷偷偷地樂了，那樣的年齡再也回不來了。何婷對汪洋他們組織的舞會並不是不感興趣，也不是擔心跟不上他們的舞步，其實她根本就沒考慮這些，海上的這些日子，已讓何婷滋生了女性的優越感，這種眾星拱月般的生活讓何婷體驗到了做一個女人的幸福。何婷擔心的是去跳舞可別跳出麻煩來。何婷越來越小心謹慎，她不願意再因為自己的緣故引起新的事端。何婷既小心又隨便地在對著鏡子收拾著她的臉蛋，這裏抹抹那兒擦擦，心裏在一個勁地繃繃地跳著，像是輪機的轟鳴在心裏迴響一樣。

汪洋抱著從許一凡那兒借來的雙卡收錄機興沖沖地來到上層小會議室前面的甲板上，郭欣跟在他身後，手裏握著一個接線板，接線板上纏著一圈圈電線。音樂響起來後，汪洋和何婷就舞了起來，說是跳舞，不如說是汪洋托著何婷在快速地旋轉。二副一個人閉著眼自我陶醉，幾個水手互相數著步點嘻嘻哈哈，郭欣一個人站在那兒一會兒看看何婷一會兒看看汪洋，心裏說不出啥滋味。幾曲舞下來，何婷拖著郭欣跳了起來，其實是拉著郭欣邁大步。

誰也沒注意船長是什麼時候上來的，等到大家看到船長時，船長已經站在何婷的面前了，何婷顯然沒想到船長怎麼站到了她的面前，她剛剛和二副跳完了一曲快三，鼻尖上沁出了密密的汗珠，臉色潮紅，眼睛盈盈發亮，她正想回到椅子上休息一會兒，一轉身迎面撞上了船長。船長立在何婷的面前，像是一尊山，紋絲不動，臉上刻著沉默。何婷渾身打了個冷顫不由地哆嗦了一下，失口叫了一聲：「哦，船長……」

船長眉毛擰在一起，低沉然而嚴厲地說：「小何，這不是在陸地上，馬上回去把高跟鞋換掉！」

船長的聲音雖然不高，但大家都聽得一清二楚。船長站到何婷的面前時，甲板上馬上變得啞雀無聲，只有兩隻舞曲之間過渡的旋律在低低地迴響著，大家都在注視著船長，都在等待著船長開口。船長的話一說出口，立即迴響在每個人的耳邊，大家被震愣了，有反應快的，馬上意識到何婷是穿了高跟鞋的，怎麼剛才沒覺著扎眼啊。大家的目光從船長的臉上聚焦到何婷的臉上身上最後落到她的發亮的高跟鞋上，那是一雙白色的高跟皮鞋，在月光的映照下顯得錚亮晃眼。

何婷的臉色刷得變得煞白，她的身子一晃，低一低頭，接著就往走廊裏跑，恰巧船身一晃，何婷跑出沒有兩步，腳底跟著一滑，身子向前一衝，打了個趔趄，正巧許一凡站在邊上，伸手一扶，把她給接住了，才沒有摔到。何婷抬眼看了許一凡一眼，像是要說聲謝謝，但沒說出口，只是感激地盯了他一眼，抽身向外走去。許一凡看到何婷的眼裏噙著淚珠。

何婷慌亂地推開玻璃門，轉眼間跑了進去，那扇推拉門自動地關上了，又來回動了一會兒。大家的目光本來一直跟著何婷，現在被這扇玻璃門擋住了，怔怔地站在那兒，沒有一個人開口說話。這時，旋律突然高了起來，又一首快四的舞曲響了起來，有幾個水手像是想起了什麼，又來到前面，跟著旋律扭動了起來。但大家還是站在那兒，目光收回來，定到船長的臉上。船長依然站在那兒，眼睛看著前面甲板上的收錄機，隨著舞曲的播發，一行行顯示燈在快速地閃爍著。船長緩慢地掃視了一圈，目光在每個人的臉上停留了幾秒鐘，讓每個人在那一個瞬間都感到了緊張。船長最後把目光落在跳舞的幾個水手身上，津津有味地看著他們不合韻律地舞姿。那幾個水手跳著跳著慢慢地停了下來，怔怔地看著船長。船長仍然沉默。過一會兒，船長才緩緩開口：「我不反對大家娛樂，但要適可而止，不要忘形，船上晃得這麼厲害，能和陸地比嗎？既然就一個姑娘，更要注意安全。」船長說完，又掃視了一遍大家說：「船員們注意了，隊員今晚沒有任務，但你們還要上正常班，玩一會兒就要回去休息了，該值班的值班，該睡覺的睡覺。」說完，船長轉身大步推開門走了進去，一鬆手，門又哐得回來了。

一連三天，在打飯排隊的行列中，在大廳裏的任何一個角落裏，都沒有何婷的身影。大家像是習慣成自然一樣，每天打上飯進到大廳裏時，都要習慣性地往門左邊角落的那張長條桌那兒看上幾眼。往常那兒總是坐著何婷汪洋郭欣他們幾個隊上的年輕人。頭一天早晨，注意到何婷沒來打飯的人還沒有幾個，先是機匠逗眼一抬頭感到前面少了點什麼，呃，怎麼眼裏沒有坐在那個角落裏正好和他對面的何婷。他已習慣抬頭就看見何婷，這一下不見了熟悉的面孔，逗眼心裏閃跌了一下。

第四天的中午，何婷才在大廳裏出現。

船長端著吃了一半的飯菜逕直走到門右首這張長條桌前，何婷看到船長過來遲疑地看了一眼船長後接著低下頭一個勁地往嘴裏扒米飯。全桌人除了何婷外都放下手中的飯菜抬起頭來看著船長。船長站定在一邊，看著何婷，何婷低著頭仍在大口的吃著，但速度慢了下來，扒了幾口，抬起頭來，目光定定地和船長的撞了起來，像是撞出了火星，燒得何婷身子抖動了幾下。大廳裏變得一片寂靜，吃飯的人霎時都停住了挾菜嚼飯，目光跟蹤著船長，最後都定格在船長和何婷的臉上和身上。輪機的轟鳴聲和船頭破浪的撞擊聲在大廳裏合奏著，在郭欣聽來怎麼變得這樣嘈雜。船長掃視了圍桌而坐的郭欣、汪洋這幾個人，看著何婷緩緩開口：「小何，那天晚上我對你的態度粗暴了，我向你道歉，希望你能原諒，但在船上我還是希望你不要穿高跟鞋。」船長說話時臉上已顯得鬆馳的皮膚一皺一皺的，幾滴汗珠從光禿禿的額頭上碎碎地掉了下來。何婷臉色漲紅著，急速地點著頭，有些不知所措，「船長……我……船長是為我好……」何婷的聲音有些發澀，用手在臉上抹了一把，還想再說句什麼，船長微笑了一下，點點頭，轉身向著門外走去。

船長臨跨過門檻時，腳下一滑，身子晃了一下。剛才船長轉身時，郭欣驚訝地看到船長的眼睛汪汪的，像是含著淚珠。

坐在門左首長條桌前的大副，扭過身來看著船長走到何婷他們那邊，大副一直盯著船長，等到船長說完話轉身往外走時，大副正好和船長照面。大副驚訝得嘴張開著，他簡直不敢相信，大副起初以為他看花眼了，再仔細一瞧，儘管船長已邁步過了門檻，但大副分明看清楚了，船長的的確確眼睛裏含著淚珠，有一滴盈盈地掛在下眼眶上，似墜未墜的樣子。

大副對著水手長說：「我和船長共事這麼多年了，還是第一次看到船長當著大家的面向人道歉。真沒想到船長居然和這麼個丫頭道歉。」

「船長即使知道錯了，也不會當著這麼多人的面承認。」水手長說：「老大，你還記得那年在渤海吧，船底觸底……」

「怎麼不記得，那次人家碼頭上也再三說，晚上八九點鐘的滿潮，再等一會兒離開碼頭，」大副說到這兒搖搖頭，感歎了一聲說，「船長堅持說沒事，咱船吃水七米，當時水位勉強到八米，船長說沒事，那就開吧，結果……操！」

「就是，我剛和小劉他們收拾好纜繩，就聽著澎一聲，船身猛得一震，怎麼不動了，過一會兒才又動了。」水手長說到這兒笑了一下。

「誰說不是，我看著你們快幹完了，離開前甲板還沒進門，那一聲真把我嚇壞了，不好，我知道是觸底了。」大副說著做了個手勢：「船底在海底上颳了過去，幸虧塘沽碼頭的海底不硬，都是軟泥，要不……」大副又搖搖頭，「那次船長也害怕了，要是擱淺可就糟了。」

大副和水手長有聲有色地談論著前年在渤海離開塘沽碼頭時的事故，像是在談論著一個遙遠的和他們絲毫不相干的故事。那一次觸底是船長就任《探索者號》船長十多年來的第一次較大的事故，當時誰也沒說什麼，只有大副幾個船員知道觸底了，大副急火火地來到駕駛室，氣吁吁地看著臉色嚴肅的船長，大副問船長，「船剛才是不是觸底了？」船長一言不發，只是看著前方，不時地對正值班的三副發著指令。直到駛出了錨地，船長才長長地吁了一口氣，拉開門，來到外面。大副跟著走出來，怔怔地看著船長。船長看看天色，天色已灰沉沉，太陽被厚重的雲團嚴嚴地遮蓋住了，只有縷縷餘暉燃在灰沉沉地海面上。船長瞅了瞅大副，說：「剛才是觸底了。」大副鬆一口氣，大副絮絮叨叨地對船長說：「好險啊，幸虧是觸底，要是觸礁咱這條船就報廢了，剛才要是聽了人家碼頭上的話就對了，一會兒就漲潮了嘛。」船長哼了一聲，說：「你剛才怎麼不說？早幹什麼來？」說完，船長甩下大副，掉頭朝著後面的甲板那兒走去。大副愣愣地站在這兒看著船長的背影。

第二天，船員們就都知道了昨天離開碼頭時的事故，本來有些當時不在班上的船員還不知道發生了什麼，尤其是有幾個正在睡覺的，根本就沒感到船底擦著了海底。吃早餐時，在餐桌上有幾個船員就開始議論此事，很快這事兒就像流言一樣迅速地在《探索者號》船上流傳開來，流到了船上的各個角落。當時待在甲板上看光景的隊員們明顯地感到了船身猛地一晃，聽到從海底傳來一聲沉悶的響聲，但並不瞭解發生了什麼，有幾個老隊員像老李、大張他們心裏咯咚一下，但並沒有說啥，他們知道在船上有些話不能亂說。吃早飯時老李他們從船員的嘴裏證實了當時的感覺是對的，各自慶幸，那些不瞭解這就是發生了事故的隊員們也從喜歡傳播消息的船員這兒聽說了原來這是觸底，一個個也發出感慨和慶幸來。一般船靠碼頭和離開碼頭時，上船的考察隊員們都喜歡說笑著待在甲板上看光景，有些初上船的年輕隊員更是看著什麼都覺著新鮮刺激，一會兒到前甲板上看看拋纜解纜的水手，看著手拿對講機的大副站在幹活的水手旁邊很是威風；一會兒再跑到後甲板上同樣是兩個水手在那兒忙著，邊上站著同樣拿著對講機的二副；一會兒再嗒嗒嗒跑到艇甲板上扶著欄杆四下裏眺望。有臉皮厚的，還會再登上三層甲板跑到駕駛室那兒，在駕駛室門外稍遠的地方，悄悄地站在那兒看著正在指揮的船長。船長站在駕駛室邊門門檻上，一半身子在外面，一半身子在裏面，眼睛掃視著碼頭和船頭船尾，嘴裏不時地發出「左二」、「右一」等等的指令來，船長每說一句，站在駕駛室裏的三副就重複一遍，就像是鸚鵡學舌。駕駛室裏除了三副還有兩個水手，畢挺地站在那兒，一個站在舵輪後，一個站在窗前，神情嚴肅認真，隨著三副的鸚鵡學舌，操舵的水手趕緊執行著。平日裏喜歡說笑擅長胡侃的哥們兒，這時也像是列隊等待檢閱的士兵一樣。有好奇的便要打聽船上的規矩，便有老隊員現身說法，其實他們也是以前出海時從船員們那兒聽來的。靠離碼頭時船長親自指揮，這也是甲板部全體表演的時刻，大副負責前甲板，二副負責後甲板，各帶著兩個水手，一般水手長也待在前甲板，而三副則在駕駛室裏，重複著船長的命令。便有了俗語：大副頭二副尾三副抱著船長腰。看一個船長的水平高低，在大海上看不出來，就是看他指揮著船靠碼頭和離開碼頭時的水平，讓一艘船輕易簡潔地幾下靠上碼頭或者離開碼頭，這可不是件容易事。

那次從海上回來，船長交上了一份檢查，檢討自己在渤海離開塘沽碼頭時的過分自信和莽撞。就是那一次，大副看到了船長流淚。

船長把自己關在房間裏默默地流淚。大副推門進去時愣住了，半天沒說出話來。

第六章

海天線上堆積著一團團暗紅深黛的雲朵，層巒疊嶂，太陽時隱時現，像是燃燒的火焰，把黃昏的海面染得如塗滿了厚重的玫瑰油。《探索者號》正以五節的速度由東向西在平靜的海面上緩緩航行著。汪洋的這一班就要結束了，下一班是郭欣他們接班。這個時間睡午覺的人也早起來了，再過一會兒就快開晚飯了，沒事的人也來到了後甲板上，看看這一網能拖上來多少東西。何婷已經下班了，但她並沒有去洗澡換衣服，仍然跟大家待在一起，眼睛盯著從後甲板上伸展到海面下的那根鋼纜。

前天在汪洋他們的那個大夜班——也就是從零點到早晨六點的班上，在兩個作業站之間的航行中，大家坐在房間裏消磨著時間，這個鐘點也是大家最感睏乏瞌睡的時間，叢秋原端著一個掉瓷的茶缸一口一口喝著茶，顯得沒精打采，汪洋嚼著一塊巧克力伸長了脖子眼睛貼在鋪在臺面上的海圖上，邊看邊說：「叢老師，下一站咱就要拖網了，不知道有戲沒有。」叢秋原瞇縫著眼皮接了一句：「好戲在後面。」汪洋抬起頭看著叢秋原，叢秋原卻不說了，閉上眼睛向後仰靠在板壁上。老李慢悠悠吐出一句：「擺啥架子，就是有好戲也輪不到你來演。」叢秋原嘴唇抖了抖，把到了嘴邊的話又生硬地咽了下去。到了下一個站位開始拖網時，汪洋悄悄跟叢秋原說：「叢老師，這網能有貨吧？」叢秋原搖搖頭，說：「還得等一個班，咱這網應該開始拖上來大塊的礫石了。」「為什麼？」汪洋脫口而出。叢秋原擺擺手，沒再開口。那一網上來果然後甲板上堆滿了大大小小的圓礫石，這讓汪洋對叢秋原有了欽佩之意。天亮臨交班時，叢秋原隨意地說了一句：「照現在這個進度明天下午能拖上點東西來。」老李說：「老叢你別瞎在那兒嘰嘰，我們哪一網沒拖上東西來。」今天中午一接班，汪洋就莫名的興奮，但一連拖了兩網，除了礫石越來越大越來越多以外，還是沒拖上其他的東西。航行途中，汪洋忍不住小聲問叢秋原：「叢老師你說的好東西到底是什麼？」叢秋原歎口氣說：「這片海域應該有動物化石。」汪洋一臉疑惑。叢秋原繼續說：「日本人在臨近海域拖到過化石，照說這一片也有，看看我們的運氣吧。」但一網下去依然沒見化石——汪洋在礫石堆中仔細地翻揀著，左挑右選，心裏的失望漸漸瀰漫。留下供分析的礫石足量後，剩餘的大堆礫石要再倒回大海，老李不耐煩汪洋，說：「小汪你快把這些石頭都抱回房間得了。」汪洋訕訕笑了笑，直起腰，拿起一把鍬往海裏一鍬一鍬扔礫石。

《探索者號》奔向下一個站位途中，郭欣他們來實驗室接班了。汪洋心裏說不出的彆扭，看來運氣要落到別人的頭上了，但也說不定——拖了一下午一網也沒拖到星點化石，他們的運氣就這麼好。再說，叢秋原畢竟也是在猜測，誰能說這一片海域就肯定有化石呢。這樣一想汪洋心裏踏實了許多，腳底下的甲板也堅實了許多。

太陽快要墜入海水中時，一隻海鳥滑翔著來到《探索者號》船的上方。機匠阿彪先發現了這只海鳥——阿彪正趴在艇甲板後面的欄杆上，哼著小調看著後甲板上忙活的人們。阿彪偶然一抬頭，情不自禁地叫開了：「快看快看，海鷗。」沒有誰回應阿彪，除了何婷。何婷順著阿彪的指點仰頭瞭望，見到一隻海鷗正圍著高高的桅杆上下盤旋。天空分成了迴然不同的兩部分，太陽切割在西邊的海天線上，把西天燃成了一片深紅，像是少婦飽滿的嘴唇。海面上更是霞光蕩漾，閃爍著一片片細碎的金子。而《探索者號》船的上空卻是一片蔚藍，藍得清澈透明。高高地桅杆也像是鍍上了一層蔚藍色。何婷盯著桅杆上空俯衝盤旋的海鷗，突然一陣眩暈，覺得直刺天空隨波搖盪的桅杆不像是矗在天空中，而是融化在那片透明的蔚藍中。何婷感到了委屈，這委屈來得沒有道理，只是心裏想哭。

海鷗啊，海鷗，
跟著我們的船走。

何婷實在記不起這是從哪兒看到的詩句了，但這句詩卻清晰地從心底冒了出來。她呆呆地盯著那隻海鷗，弄不明白這只海鷗是從哪兒飛來的，要知道大陸距離這兒還很遙遠呢。阿彪像是看透了何婷的心思，扯嗓子嚷：「這隻海鷗是從J國的J島飛過來的，咱處的位置和他們緊挨著，要是順風，咱這船用不著開只等著漂流過去也就是兩個小時就行了，嘿，這趟海出得值，稀裏糊塗還出了一把國。」何婷撲哧一聲樂了，她覺得阿彪的想法挺逗。老李吐了一口煙說：「阿彪，你小子想好事，就是咱這艘船漂到了J島，讓誰上碼頭也不能讓你上。」阿彪仰脖子喊：

「老李，你是上船的隊長，可你不是我們船上的船長，就連個政委也不是，你憑啥禁止我登上陸地，我可告訴你，我拿的是遠洋船員證，世界各地通用，到哪兒也用不著辦理簽證。」老李噢了一聲，像是恍然大悟地樣子，說：「我還不知道原來阿彪手裏拿的是遠洋船員證，真看不出，阿彪還會開船。」阿彪笑了，說：「老李你真他媽的能鬧，我會幹啥你還不瞭解嗎？」老李也笑了。阿彪說漂到J島，讓老李起了感觸。去年老李跟著綜合考察隊隨《探索者號》去了一趟J國的J島，那個航次讓老李至今想起來苦笑不得。去J島算是出國，因此老李那次出海便成了老李的第一次出國。說起來在H海洋研究所出國算不上難事，當然這也要看是誰，像魏如鶴們拿著出國就像在國內出差，一年到頭美國英國法國的飛來飛去，待在家裏的時間倒真是不多。但像叢秋原們就別談什麼出國了，老李自然更不可能頂著訪問學者的頭銜漂洋過海。像組隊隨船到J島，對老李來說，便有了一次出國的機會。其實那次上船的綜合考察隊真正的科考隊員並不多，參加進來的大多是行政處室有頭有臉的人，像黨辦副主任辦公室副主任人事處副處長科研處副處長財務處副處長保衛科副科長房產科副科長等等，再加上部機關的一位處長省科學基金辦公室的一位副主任Q市日報的一位記者等等，都以隊員的名義登上了《探索者號》。這些人上了船總要找點事給他們幹，那個航次的首席科學家是魏如鶴，老魏琢磨了半天想出了一招：他找來黨辦副主任，把這些人分成了三班，每班四個人，選出一名班長，配兩副高倍望遠鏡，站到頂層甲板上瞭望。出了長江口瞭望的目標是看航道上有沒有漁船，海面上有沒有漁網，一路航行也沒發現擋道的漁船和漁網，到了遠海大洋上，瞭望的目標變成了海盜船。當然誰也沒發現過海盜船，用老魏的話說也幸好沒遭遇海盜船，要是遇到了就憑船上的這些人那還不得一個個全趴下。讓老李想起來梗梗於懷的是進了J島港灣J國的引水員登上《探索者號》的舷梯（因電動開關失靈，放下舷梯就費了將近半個小時）時很自然地伸手扶住了舷梯繩欄（引水員是個粗壯的小個子，穿一身白色挺括地制服，戴著一雙白手套），突然噢地叫了一聲，把手移開，身子晃了晃，差點栽進海水裏。引水員盯著手上的白手套呲牙咧嘴，哇啦哇啦叫了幾聲。老李站在後甲板那兒臉上火辣辣地像是被誰抽了一耳光，他盯著引水員白手套上污濁的油蹟，掃了一眼政委，政委站在旁邊一聲不吭像是局外人一般。船靠上碼頭大家到J島三五成群自由活動時，老李嗓子裏一直像吞下了一隻蒼蠅，匆匆在街道上逛了逛就回到了船上，儘管《探索者號》又在J島碼頭靠港靠了三天，老李除了參加了幾次集體乘大巴參觀活動外，再沒下船。老李說再下船就想一個人活動，但一個人活動又違背了外事紀律，老李頭一遭出國自然不能違反紀律，只好待在船上。讓老李不願再下船的一個主要原因是不想再看那幾位的嘴臉。後來老李說起來就冒火，說別看他們一個個在單位裏人五人六地充著人物，到了外邊一個個那份掉價想起來都替他們臉紅。讓老李臉紅的是黨辦副主任到了一家成人書店愣是站在那兒不走——手裏拿著一本成人畫報眼睛睜得圓溜溜的，渾然不覺書店裏的一位中年婦女正笑瞇瞇地看著他。老李有一種當街撒尿讓人家捉著把柄的感覺，走進去拉著黨辦副主任往外走，主任急赤白臉說，你急啥，我還沒看完呢。讓老李臉紅的自然不止一件，說起來真是一地雞毛，在一家超市門口，一位姑娘領著一群小學生隨著節奏鮮明地音樂邊跳邊唱，四周圍著看熱鬧的人，看熱鬧的大多數是《探索者號》船上下來的人。音樂嘎然而止，從超市出來兩位少女，一人手裏捧著一大包巧克力，一人手裏抱著一大包罐裝飲料，後邊跟著一位推著購物車的，車裏放著一包包的巧克力和一罐罐飲料。圍著的人轟地湧了過去，起初還是從少女手裏接過來巧克力，但很快就變成了轟搶，兩位少女被擠得身子趔趔趄趄。原來是超市贈送禮品。那位隨船來的記者一手裏握著兩罐飲料，一手裏握著一把巧克力，大聲招呼老李說，「快過來啊，待會就沒有了。」老李搖搖頭哎了一聲扭頭就走。J島是一座小城市，街道上步行的人不多，《探索者號》靠碼頭的第一天上午，街道上步行的人突然增多了，幾乎都是船上下來的人，大家像急行軍似地邁著大步走在從碼頭通往J城商業中心的大道上，但有機靈的船員卻騎著自行車，一路歡聲笑語。其實大家都看到了碼頭上和街道上隨處可見的自行車，讓大家略微驚訝地是J島的自行車都沒有車鎖，就那樣隨便地一放，起初還以為是被車主扔掉的，可看看都很新，尤其是看到幾位騎車子的年輕人把車子放路邊一放就揚長而去，還有一位遠遠走過來推起一輛一翩腿騎著就走，大家明白了原來人家的自行車用不著鎖，有一位隊員開玩笑說，咱也騎一輛吧。沒人回應。大家都是開著大步走。後來突然見到騎著車子的船員，大家先是一愣，接著就笑了。第二天，從船上下去的人一半以上個個騎上了自行車。用政委的話說，大家臨時騎騎人家的車子也無傷大雅，但大家一定要從哪兒騎的最後再放回那兒，千萬別亂放，讓人家車主找不到，壞了我們中國人的名譽。不過，讓政委想不到的不是大家騎回來隨便一扔，而是《探索者號》駛離J島碼頭後走了兩天，魏如鶴和船長收到了一封電報。電報是J島S大學中島藏教授發來的，內容大意是說我們兩國之間的社會制度雖然有所不同，但仍有許多的社會準則是兩國所共同的，比如說都保護個人財產，儘管在J島自行車沒有加鎖，但仍屬於個人財產，也同樣受到法律保護。最後中島先生說希望我們兩國科學家之間的合作能圓滿成功，這次《探索者號》的來訪非常成功，只是有一件事很遺憾，《探索者號》離開碼頭後，J島碼頭和街道上停放的自行車失蹤了二十餘輛。船長一言不發，放下電報就叫來政委和大副，船長說，除了值班走不開的，通知大家開會。大副問：「包括隊員？」船長說：「隊上的事我們不便過問。」魏如鶴接過話頭說，我們也立即開會，一定要調查清楚，這太給我們中國人丟臉了。船員和隊員的會雖然開過了，政委也一個個把船員叫到了他的房間，但最後也沒調查出個子丑寅卯，只是有兩個水手分別寫了檢討，因為他倆搬車上船時撞見了政委和大副，抵賴不了，只好乖乖地寫了檢討。但別人就醉死也不認這壺酒錢了。大家像是商量好了，口吻一致，大家說：「自行車是J島上的，這還用問嗎，但我們不是偷的也不是搶的而是正大光明買回來的，他媽的J島人真是可惡，收了我們的錢還說我們偷了他們的破自行車，真他媽的不仗義。早知道這樣真不該花冤枉錢。」倒是隊上的幾位隊員，其中一位就是劉南北，卻大大方方地摸出了發票，說是從超市買自行車的憑證。這讓寫檢討的船員很惱火又很佩服，他媽的文化人就是有道道，同樣搬了人家的自行車，還能掏出發票來，誰知道他哪是啥發票，都是收銀機打出的錢數，又沒寫買了啥東西，別人不敢說，他劉南北就是和我們一起騎著自行車回來到了晚上又一起下船搬上來的，還笑著找理由，說當年小鬼子到咱家裏殺人越貨咱現在搬輛破車子真是便宜了他們。可到了最後人家還理直氣壯掏出發票我們卻等著回去受罰。真他媽的不公。那個航次回來，圍繞偷自行車事件沸沸揚揚了一陣，最後以對那兩名交出檢討的船員各罰了二十元錢了結。讓老李感到堵心窩的是半年後在市場街上看到了魏如鶴的大兒子騎著的那輛竟然和J島上的自行車式樣一模一樣。

拖網是在下午太陽即將濺入海水中時被拖上後甲板的。當絞車吱吱嘎嘎緩慢然而有力地一圈圈收起拇指粗的鋼纜，眼看著沉重的粗鐵絲編織的拖網離出水面時，後甲板上翹首以待的人們都從心底裏長長的鬆了一口氣。老李向後稍稍退了幾步，點上一支煙，對大家說：「這一網上來咱這個班也就幹完了。」郭欣的心裏一陣激動，他盯著在海水中顯得醒目的橘紅色拖網——儘管油漆斑駁剝離，但看上去依然鮮豔無比。絞車的速度明顯慢了下來，拖網已靠到了船後壁上，發出金屬磨擦的響聲。隨著一陣丁當作響，拖網被拉到了甲板上。「好哦！」老李大聲對著站在絞車後操作的許一凡喊了一聲。吱——嘎，絞車停了下來。

嘩地一聲，從拖網裏倒出滿甲板的礫石來，大大小小形狀不一的礫石在甲板中央堆成了一座小山。拿水龍頭來，老李回身說，「快用水沖。」甲板上正在值班和看熱鬧的人都不約而同地圍了過來，說說笑笑著，彎腰揀拾著，指指劃劃著。老劉兩手握著水龍管對著這座小山使勁地沖著，人們躲避著水流，彎腰揀拾著或長或短或方或圓的石頭。郭欣眼睛在石堆上掃來掃去，不由的兩眼一亮，緊跟著渾身打了個激靈，他的手迅速地從石堆上揀起了一塊長刀把形略有些弧度的石頭，心裏咯噔一下像是被打中了，他分明感覺到這並不是塊石頭，是化石？他的心猛地跳了起來。郭欣喘著粗氣急速地把手裏的這塊石頭伸到水龍頭前，用水沖洗著，旁邊幾個人打趣說：「小郭揀到啥寶貝了，這麼激動。」「小郭，揀到金子了？」郭欣不搭理大家，只是盯著手中的「刀把」。表面的泥沖掉了，郭欣的手顫抖起來，這塊「刀把」的確不是石頭，表面呈深褐色，像是一塊鹿角，再從底端看，裏面的紋理非常清楚，從外到裏顏色由深變淺。郭欣脫口而出：「呵，鹿角化石！」呼啦，大家圍了過來，郭欣下意識地一彎腰，把手中的鹿角掖到了衣襟下，接著臉紅了，衝大家笑笑，把手中的化石舉了起來。

「說不定還真是塊化石。」老李從郭欣手裏接過來端詳著，接著又對大家說：「大家揀石頭時小心點，說不定還有呢。」

叢秋原走過來，對老李說：「讓我看看。」老李看他一眼，沒說話，把化石遞給了他。郭欣走近說：「叢老師，你看這是不是麋鹿角化石？中島的文章裏有在這一片海域發現這種化石的記錄。」叢秋原沒接郭欣的話，只是端詳著這塊化石。叢秋原左看右瞧，還把它舉起來對著陽光端詳，儘管陽光已是餘暉。郭欣憋不住，膽怯地說：「叢老師，這是不是呵？」老李他們在往箱子裏揀著石頭，聽到郭欣的問話，有人插了一句：「老叢別裝樣了，不知道就說不知道，以前又沒見過。」老李說：「快點幹活吧，別在那裏端詳了。」叢秋原像是沒聽到，仍在端詳著，像是若有所思。他的目光從化石上移開，掃視著甲板上的石頭，說：「小郭，你就是在這兒揀到的？」郭欣點點頭，用手指了指，「就在這上面。」叢秋原點點頭，說：「這正是麋鹿角，不過還沒有完全石化。」他說著把化石遞給了郭欣，「再找找，看看有沒有別的化石，既然有了它，就應該還有別的。」郭欣接過來，手裏沉甸甸的，感覺比剛才重了許多。

甲板上的這堆石頭被大家仔細的清揀了一遍，但再沒有發現別的化石。叢秋原還不死心，在那裏翻來揀去。老李說：「行了，老叢，往一邊閃閃，剩下的這些要扔海裏了。」叢秋原歎息一聲，閃到一邊。老李招呼著大家，把箱子裏裝不下的這些石頭又扔回了海裏。大王沖洗著甲板，興奮地說：「好了，這一網拖完了，再沒有拖網的站了。」別人也附合著，說：「就是，勝利在望，大家再堅持幾天就可以靠港了。」

叢秋原站在那兒看著被沖洗得乾乾淨淨的後甲板沉思著。郭欣走過來，把化石端在胸前：

「叢老師，你說這裏還能有別的化石嗎？」叢秋原盯了郭欣一眼，斬釘截鐵說：「有化石，肯定有。」

晚上，郭欣端詳著擺在桌上的這塊化石，臉上洋溢著興奮，兩手相互搓著，他從抽屜裏找出一本筆記本來，這是他用來作讀書筆記的，他快速翻著，前面都已經記滿了他覺著將來有用的筆記，很快他翻到了空白頁，他坐了下來，拿起鋼筆在上面寫了起來。郭欣以前曾有記日記的決心，但記不了多久，就沒心思了，但現在，他不知道自己這是在記日記呢，還是在寫野外工作日記：

下午湧浪大，船晃。海上沒有陽光，一片悲涼。直到傍晚時太陽才出來，但已要落到海水裏了。作業順利，大家都格外小心。因這一班臨近尾聲了，近五點，在S海域，我們進行海底拖網。拖網提上來時，滿網石頭。費了好大勁，才將石頭倒在甲板上。我一眼看中一塊石頭，長條形，有一「刀把」。我拿在手裏時，感覺告訴我，這不是石頭，而是化石！我趕緊跑到水龍頭前沖洗，經叢先生確認，這原來是一隻殘損的「鹿角」！

J國的中島認為這一片海域晚更新世末期曾為陸地，生活有猛獁象、麋鹿等動物。我想這應是一隻麋鹿角化石。這實在是一個意外的收穫！OK！

叢秋原躺在床上眼睛睜著無法入睡，這是他上船來第一次失眠。叢秋原住在上層艙，房間號是318，他和電機員住在一個房間裏。電機員早已經睡熟了，幸福地打著高低起伏極有節奏地鼾聲。這鼾聲蓋過了《探索者號》隆隆的轟鳴。叢秋原聽著電機員的鼾聲，更覺著煩燥。他覺著奇怪，怎麼以前沒有感到煩燥呢。叢秋原起身穿上衣服，推門出來，走廊裏靜靜地，他來到和他們隔了一個房間的門前。門楣上的號碼牌上寫著「隊長室」。叢秋原略一猶疑，舉手輕輕敲了三下。「請進。」房間裏響起老李的聲音。叢秋原扭了一下門把推門進來。老李還沒睡，戴一副花鏡躺在床上翻看著一本雜誌。見是叢秋原進來，臉上湧起疑惑，但沒說出口，起身坐起來，把雜誌放下，說：「老叢，來來，快坐下。」叢秋原站在門檻上遲疑了一下尋找著落腳的地方。這間房間實在太狹窄了，一張椅子把從門口到床之間的那點兒唯一的空間幾乎給占滿了。床邊緊挨著的小桌子上，放著一包打開的餅乾，一包抽了一半的香煙和一個打火機，煙灰缸裏盛滿了煙灰和插在上面的煙把。床上方的窗戶雖然打開著，但房間裏依然煙味瀰漫，叢秋原倒吸一口氣，趕緊吐了出來，不由地皺了皺本來就慣常鎖在一起的眉頭。叢秋原像是鐵了心斷然站住了伸手給自己拾掇出坐下的地方，直直地盯著老李，一言不發。老李拿起煙停了一下又放了回去，看著叢秋原笑笑說，「你這樣盯著我幹啥，盯得我心裏直發毛，倒底啥事，痛快點。」叢秋原清清嗓子，懇切地說：「在這一帶發現化石意義非常大，這塊化石保存得也相當完整，我相信還會有化石，我們在這兒再拖幾網吧，出一趟海不容易，以後還不知道啥時能再來這兒啊，既然在這兒了，再稍稍改變一下，這條線上再來一次吧，也就是大半天的時間，最多也就是一天。」

老李眼神透著狐疑，抽了一口煙，沉思了一會兒，看定著叢秋原說：「老叢，你啥時這麼認真了，今天天氣反常？你是不是喝酒了？」

「我沒有喝酒，我很正常。」老叢停頓了一會兒，接著說：「老李，咱現在出趟海不容易，出海能有點真正的收穫更不容易，這個航次要說有啥真正的收穫，也就是這塊化石了，你出了這麼多年的海，哪次發現過什麼化石。」叢秋原的聲音有些顫動，眼睛裏閃爍著幾滴淚珠。

老李盯著叢秋原，彷彿剛剛認識他一樣，遲疑了一會兒說：「老叢，你不用多說了，我知道你是認真的，這些年來，我還是第一次看你這個樣子。」說到這兒，老李搖搖頭，笑了笑，抽了一口煙，瞇縫起眼睛來，說：「喔，看不出，老叢要來真的了，佩服。可我實話實說，你說的化石再重要，我沒辦法為了這個讓船在這兒增加工作量。」

「怎麼沒辦法？」叢秋原焦急地打斷了老李的話，「船跟著我們隊上提出的計畫走，這是什麼船，這不是科學考察船麼？」

老李彈彈煙灰，笑著說：「你說的很對，這是科考船，可你不會不知道吧，現在是什麼時候，你不知道咱出海課題組要掏錢?!你出海的補貼費是誰給你掏的，你以為這些錢都是研究所撥給我們的，現在哪兒還有這樣的好事。」老李的身子向前傾了傾，口氣也急促了許多。

叢秋原臉漲紅了，低聲說：「我知道，可在這兒再幹幾個班又能增加多少費用呢，何況咱這是為了科學啊。」叢秋原伸手把桌子上的煙灰缸向著老李那兒推了推。

「多少錢？」老李有些生氣，「你以為和你鬧玩，在這兒多待一天課題組就要多拿錢，人家航行記錄上已經寫上這些站位都幹完了，你再重複你就得再另外掏錢。」老李說著，嗓門粗了起來，道：「為了科學？誰不是為了科學，不為了科學，這艘船還讓我們上來擺譜稱大爺，操，擺什麼譜，我們他媽的就是三孫子。」

「就是課題組掏錢，我看也值得。」叢秋原不緊不慢頂了一句，說：「要知道在這兒發現動物化石可不是一般的發現。」

「誰掏？」老李乾笑了幾聲，把煙蒂插到煙灰缸裏，用力摁了兩下，看著叢秋原說：「你這額外的計畫算哪個課題的？你知道這次出海都是誰出的錢。」

叢秋原沒吱聲。

叢秋原和魏如鶴是大學同學，當初他們一起分配來Q城的共有五人，一個班分來五人，在當時並不算多，那時正是創業的時代，到處都需要人，不像現在，超員嚴重，減人都還來不及呢。一晃眼將近三十年過去了，當初一起分來的五人，現在留在這兒的只剩下叢秋原和魏如鶴。魏如鶴在大學同學中算是出人頭地的了，可剛來時五個人看不出誰比誰強，各有千秋，論學業，叢秋原在大學時各門功課成績都是名列前茅的，魏如鶴在這幾位同學中成績要算是非常一般的，但幾年下來，魏如鶴開始冒了出來，尤其是在五十年代末進行的一項全國大範圍海洋調查任務中，魏如鶴脫穎而出。當時能夠乘調查船出海調查是非常重要的政治任務，一般家庭出身不好的人很難被允許參加，只能留在研究所裏做些室內工作。出身「資產階級」的魏如鶴在大學時就表現積極，大學臨畢業時成為中共預備黨員，在一起來的五人中，他是唯一的預備黨員。當時研究所創建不久，像魏如鶴這樣既是大學畢業，又是預備黨員的不多，自然，他在這項任務中就成了鳳毛麟角的人物，擔任了一個重點海區的調查隊長。在出海前，魏如鶴向黨支部（當時Q研究所人員不足百人，不像現在已近千人）交上了一份決心書。當時任黨支部書記的許達臨是一位來自老區的既開明又樸實的年輕的老幹部，看到這份決心書後感慨不已，直到文革暴發的第二年他引頸自戕，每次開全所大會時，談到幹工作的態度和精神，許書記總要談起當年魏如鶴上船前的決心書來。在許書記看來，只要能作到像魏如鶴那樣有赴湯蹈火的決心和若完不成任務就伏荊請罪的態度，研究所的工作哪兒還有完不成的呢。那次海洋調查結束後，魏如鶴成了全所青年科技人員的典型代表和學習榜樣，也成了所黨支部重點培養的四個年輕對象之一。當然，叢秋原他們並不知道魏如鶴已成了「培養對象」之一，就連魏如鶴本人當時也不知道。這還是後來在文革揪鬥許達臨時作為他的一個培養「白專苗子」的罪證揭發出來的。

叢秋原在大學時和魏如鶴的關係一般，遠沒到推心置腹的程度。在叢秋原眼中魏如鶴讓人難以捉摸，臉上的微笑讓人有拒人千里之外的感覺。魏如鶴的微笑是頗為有名的，見到誰，魏如鶴都是微笑著打招呼。幾個同學便給他起了個綽號：笑面虎。真快啊，叢秋原有一天早晨偶爾瞥了一眼鏡子，嚇了一跳，怎麼兩鬢都變得灰白了呢。定定神，這才恍然，一晃眼的工夫到了退休的年齡了。叢秋原生出一縷惆悵來，他從抽屜裏取出一本皮面已磨損的筆記本來，從中拿出一張夾在裏面的照片來。照片已發黃，叢秋原的手抖動了幾下。照片上有五張年輕的臉，這是他們當初一起來Q城報到後在海邊留的合影。叢秋原的眼睛有些濕潤，站在最左側的王一飛十年前就已經去世，中間的大個子劉南和站在魏如鶴身邊一隻胳膊搭在他肩上的安若泰二十年前一個調到了廣州，一個去了大連。當時照完相大個子說，讓我們同心協力大幹一番，等到我們老了，再照一張那才有意義呢。

叢秋原清晳地記起十年前和王一飛遺體告別時的情景。在讓人欲哭無淚的哀樂聲中，叢秋原隨著緩緩移動的佇列走進了大廳，燈光白得刺眼，給人冷嗖嗖冰冷的感覺，叢秋原渾身一顫，抬頭目光和掛在迎面幕帳上王一飛黑白相片上的那兩道直射的目光相遇了，確切說是來不及細想的猛然相撞。大廳中央在鮮花和樹枝叢中放置著一個如玻璃般透明的罩子，罩子裏躺著王一飛。這就是水晶棺嗎？一個疑問從叢秋原的腦海中一劃而過。叢秋原照著前面的人的樣子恭恭敬敬站到王一飛的腳前邊，對著躺在那兒的王一飛恭恭敬敬地鞠了三個躬，當他第二次把頭使勁低下時他差點掉下了眼淚，幾滴淚珠在眼眶裏打了幾個轉又被生硬地壓了下去。他跟著前面的人一步步從右邊沿著鮮花和綠枝圍成的那一團向前走，眼睛盯著安睡的王一飛，叢秋原有些不敢相信，躺在那兒的這個兩腮已乾癟的小老頭真得是王一飛嗎？叢秋原疑惑著驚訝著走到了那張大幅黑白照片下，學著別人的樣子，側轉過身來，對著王一飛的相片又恭恭敬敬地舉了一躬，當他的頭抬起來準備再次低下去時，他突然嚎陶大哭起來。他哭得撕膽裂肺，傷心欲絕。把走在他前面和後面的兩個人嚇了一跳，前面的那位是他們同一個研究室的，回頭看了他一眼，覺著奇怪，老叢咋哭得這般傷心，平常裏看不出他倆關係很密切嗎。走在他後面的是後勤上派來的代表，這人疑惑地看著前面失態的老叢，看樣子這位是在真哭，死了個同事置於這麼嚎葬？簡直莫名其妙。叢秋原雙手捂著眼睛張著嘴嚎陶著急速地走到旁邊站成一排的王一飛夫人和他的兩個孩子面前，王一飛的夫人低頭哽噎著，兩手抓一塊手絹堵在嘴上，她的身邊有一位姑娘在扶著她，叢秋原認識這個姑娘，姑娘是研究室裏的實驗員，叢秋原一把拉住王一飛夫人的胳膊，克制著哭泣著說，老王走得太早太早啊，話一出口，他便又嚎陶起來。聽到他的話，王夫人嘴一張哇得又哭了起來，身子眼看著向一邊倒了下來，旁邊的姑娘眼急手快，一把扶住了她，跟著也哭了起來，邊哭邊瞅了叢秋原一眼。叢秋原沒看到姑娘的白眼，他放聲哭著匆匆地向著門外走。剛從門外排隊進來的人見到叢秋原的樣子，臉上都寫著驚訝和疑惑的表情，老叢這是怎麼了，他和王一飛平日裏看上去關係很一般啊。

叢秋原看著手上的照片唏噓不已，唉，王一飛死在他的性格太剛烈上，現在想想有啥了不起的，不就是一個破職稱嗎，王一飛是氣不過，也難怪他生氣，論才氣論業務他哪兒不如魏如鶴呢，現在別說副研究員職稱，就是研究員又有什麼呢，沒聽人說嘛，走在太平灣海邊的馬路上，只要看到一個戴眼鏡穿得冒窮氣的彎腰哈背臉上無光的傢伙，隨便抓過來一個問問，不是個副研，也得是個高工，就是教授不也是一抓一大把嘛。要是王一飛活到現在肯定也能混上個研究員當當。叢秋原心裏明白，儘管自己要退休了也沒混上個研究員，但他相信要是王一飛活著，肯定能評上研究員。可轉念一想，又有些懷疑，能這麼肯定？當時大家不是也公認王一飛是業務尖子出名的才子嗎。王一飛心性太高了，脾氣又大，肝火旺，這樣的人不短壽啥樣的人短壽呢。叢秋原當時也沒評上副研，他們這一批人魏如鶴是少數幸運者之一，但正是慢了這一步，步步差，等到又過了幾年他們這一批人中的大多數評上副研究員時，人家魏如鶴已經評正研究員了，生氣能生得過來嗎？

叢秋原自己為自己解嘲，蓋大樓不能上下一般粗，咱就當那基礎吧。好多人說，要是當時老叢別那麼死板，和上面的領導關係搞得好一點，也能像別人那樣到每個評委那兒拜拜佛，肯定沒問題，和叢秋原一撥進所的人中只剩下他一個人還沒通過副研究員的評審資格，後來傳出來的原因之一是，有評委提出叢秋原太傲慢藐視評委。也有評委說，叢秋原哪兒是在臺上申請職稱，他簡直是在給我們上課。叢秋原聽了報之一笑，並不分辯。第二年叢秋原再次申請時，魏如鶴坐在評委席上已成了評委。

叢秋原唯一後悔的是後來分房子時就因為自己的職稱不是高職眼睜睜地看著魏如鶴的房子由老房子換到新單元房，由套二調到套三，由小套三調到大套三，叢秋原這才感受到超脫只是用來安慰自己的話。他能安慰了自己，但他安慰不了老婆，安慰不了老婆的埋怨。叢秋原為了房子開始了四處奔波，後來叢秋原想通了，不為職稱四處拜佛，上竄下跳，到頭來還得為房子到處拜佛，要想在外邊瀟灑，在家裏就得忍氣吞聲，為了老婆孩子，就別想在外邊獨來獨往，職稱的份量這時在他的心裏變得格外的沉重。老婆責怪他時就像隨便擰開水龍頭一樣，嘩嘩地從嘴裏流出來，「你看人家老魏，你們不是大學同學嗎，你看人家混得，你再看看你，還說啥人家哪兒有真本事，啥叫真本事，能當上教授能弄到房子這就是真本事，有本事你也給我們弄來個看看，還整天說什麼人格，別阿Q了，我算看透了，窩囊貨。」

海上的雲團壓得越來越低了，海面也變得渾濁動盪，船在上下起伏著，緩緩航行著，顯得沉悶壓抑。後甲板上的人們一言不發地看著船尾的白色航跡，一根鋼纜繩孤獨地伸進到海浪裏，像是在拖著那一片嗚咽的大海。

《探索者號》在這兒已拖了整整兩天了——以五節的低航速從東向西已拖了兩個來回，可拖網拖上來用水沖洗掉那些污泥，堆在後甲板上的那一堆小山，依舊全是大大小小長長圓圓的礫石。這樣一網網的空拖，已引起了大家的牢騷。有幾個船員在調查隊員的面前，絲毫不加掩飾地說著怪話。尤其是報務員告訴大家，有一個新的熱帶風暴已經在南海海面形成，正一路向北迅速而來。大家更是群情激憤，憑什麼在這兒來來回回地空跑呢，這不是搞浪費嘛。就算他們研究室有錢，也不能在海上這樣白扔錢啊。什麼？為了拖上來化石？笑話，這麼大的海，就那麼巧，單讓你一網拖上來？何況海裏面到底有沒有，還不一定呢。上次那一網拖上來一塊什麼破鹿角，瞎貓碰了個死耗子，那到底是不是真正的鹿角，還說不清呢，就為了這，我們這樣一遍遍走航著，這不是他媽的傻冒麼。牢騷在船上向毒氣一般迅速地瀰漫著擴展著，大家的情緒都有些低落，甚至於怨恨，海上工作已經基本上結束了，鬼知道從哪兒跑出這塊化石來，那戴眼鏡的小子說是塊化石就是化石了，還有那個神經兮兮的老叢，瞧他那架勢，恨不得自己跳海裏面紮個猛子下到海底摸上塊化石來，操，就他那付窮相也不配當教授，難怪只是個副研究員，只配出海賣個苦力。再說了，他要是當個真正的教授，還用得著來出這樣的破海了。飯廳成了水手和機匠們發洩情緒的地方，到了打飯吃飯的時候，大家從《探索者號》的各個角落裏匯集到一起，排隊打飯時，坐到飯桌四周吃著難以下嚥充滿汽油味的老一套煮菜和燒排骨時，大家你一言我一語地交流著，咒罵著，討論著即將到來的風暴，《探索者號》到底能不能在風暴到來之前離開危險區呢，那該死的臭網什麼時候才能拖上來一塊化石呢，姓叢的傢伙為什麼年齡這麼大了還要來出海，那個戴眼鏡的小子和那個怪怪的女研究生到底是不是有那種關係，這次回到Q城新宿舍樓能不能蓋好，這次分房又要制訂什麼樣的荒唐標準，再制訂標準也是為了當官的討便宜，我們這些當船員的什麼標準也撈不著住上好房子，這幾個上船來的臭博士將來肯定也能分上至少兩室一廳的房子，誰來替我們船員講話啊，二副，你用不著發牢騷，你肯定能分上一套，你們是有駕駛證的幹部，和我們不一樣，誰能不給你們房子呢，這裏不給，你們還可以到那些待遇優厚的船運公司去，我們到哪兒啊，幹到老也不過一個水手，大管輪，你說說老叢為什麼快退休了還只是個副研……各種各樣的話題在飯桌上擠來擠去，調節著大家沉悶無聊的生活，大家渴望著快一點結束海上的工作，趕快離開這兒吧，誰不想早一點回家呢，他們要拖上來化石讓他們留在這兒拖下去好了，誰願意留讓誰留，別說混話了，還能放下去小工作艇讓你先走，就是讓你先走，你有那個膽量嘛。

大副好幾次在老李的面前不加掩飾地表示了不滿，「這是幹麼啊，我們這艘船的確是一艘考察船，可也不能毫無效果地考察啊，你們知道不知道，颱風馬上就要來了，出了意外誰負責？」老李笑著說：「大副，我比你還著急，我更正一下，不是颱風，是熱帶風暴，不是馬上要來了，雲圖上顯示還有兩天風頭才能過來，咱《探索者號》的速度逃過去沒有問題。」大副一瞪眼，鼻子有些歪：「操，熱帶風暴和颱風有什麼區別，過去還不是都叫颱風，現在只不過把小點的颱風叫熱帶風暴了，就算熱帶風暴不是颱風，可要是遭遇上了，《探索者號》抗過去了，你能受得了？就你們隊上的那些豆芽菜，非趴下不可。」老李不住地點頭，說：「大副，你說得很對，我們比你更希望趕緊離開這兒，可咱這艘船畢竟是科學考察船，你看，科學家說了這兒的海底上躺了一些重要的動物化石，我們不是拖上來一塊鹿角了嗎，既然海底有寶貝，能不拖上幾網嗎？」大副的鼻孔裏叱了幾下，嗓子有些粗：「操，拖了幾網了？寶貝在哪兒？我看最好的辦法是把你們這幾個隊長科學家的統統扔到海底上，你們在那兒爬著掏寶貝吧。」老李脖子一擰，臉紅著說：「好，大副，只要你先帶頭下去，我們立刻跟著跳下去。」大副哈哈笑了：「憑什麼我跳下去，我又不是科學家博士，我只不過一個臭開船的。」老李一抿嘴，笑了，說：「這就對了，各司其職，你開你的船，我們知道再拖多長時間。」大副討了個沒趣，甩下一句：「我管不了那麼多，到了離開的時間該開船我們立馬走人。」說完大副氣哼哼地走了。老李在後面大聲說：「大副，我們馬上就停止作業了，放寬心。」

老李嘴上儘管掛著沒問題，心裏直犯嘀咕，看著一網網拖上來的石頭，他的臉色越來越暗淡，船員們見到他，冷嘲熱諷，好像這一切都是他老李造成的一樣，尤其是幾個和他熟悉的老船員，話說得就更難聽了，老李嘴上陪著笑，心裏的火蹭蹭地一個勁向上竄，嘴唇上燒起一串泡，他對叢秋原的脾氣也變得大了，都是你老叢多事，找這麼多麻煩。叢秋原沉默著低著頭躲避開老李的怒火，可仍堅持著一網網的繼續拖。老李多說幾句，叢秋原便頂撞道，沿著這幾條測線繼續拖網是船長同意的，你憑什麼說不拖了，船長同意的事情說改變就改變嗎？老李讓他噎得憋氣，想罵他一通，話到嘴邊又強咽了回去。船長見到老李並沒說什麼，可老李不是個傻瓜，他從船長的眼神裏看得出來，船長在強壓著失望和怨言。老李掂量了半天，終於在晚飯後來到了駕駛臺旁邊的船長室，這兒是船上艙室最高的位置，少有人來，誰能隨便地來打擾船長呢。老李進來時，船長正坐在窗下的長沙發上微瞇縫著眼睛發呆。見到老李進來，船長一愣，打了個激靈。老李說：「船長，我敲門你也沒回聲，我就闖進來了，驚嚇了你，抱歉。」船長笑笑說：「老李和我還客氣起來了，快坐。」船長說著欠欠身。老李半躺到了沙發上，船長伸手指了指茶几上的一盒雲煙，說：「自己來。」老李直起腰伸手摸過來煙盒，用手指在盒底彈了兩下，摸出一根煙，笑著說：「咱也抽一根船長的好煙。」船長伸手拿過來一個打火機遞到老李的面前，啪，一股藍色火焰晃動起來。老李趕緊湊過來，抽了一口煙說：「哪敢勞船長大駕。」船長說：「你別嘴上說得好聽，這條船上，我還不是要看你們這些大科學家的臉色，你們說開船我就開船你們說拖網我還能說不拖，耽擱了科研，我可負不起責任。」老李哈哈笑起來：「船長，有意見就說好了，別這麼拐彎抹角，我們知道這一次實在是麻煩船長了，叢秋原也是真得認真了吧，我跟他共事這麼多年，還第一次看他這樣，也怨我，不該找船長要求再拖網的，這是計畫以外的麼。」船長擺擺手：「老李你別這樣說，都是一家人，一家人不說兩家話，再說了，既然這兒有寶貝，我們拖幾網也無妨，何況家裏面也發來傳真，讓我們再拖網的，只是老是這樣空拖，拖到哪一天啊，南海的大風可是說到就到。」老李一個勁點頭：「就是就是，不能這樣再拖網了，船長，你看咱現在就停止吧。」船長又擺擺手：「也用不著這樣，大風過來還要等兩天，這樣吧，咱再在這條線上拖一網，拖一網也就是四五個小時，不管拖上來還是沒拖上來，就這一網了，好不好。」老李連聲說：「好，好，就照船長的決定辦。」

最後一網終於拖上來了，大家圍攏過來，已不像剛開始時那樣迅速，除了叢秋原、郭欣和何婷這幾個人，大家顯得無精打采，還有幾個人一付無可奈何的樣子，湊過來看著滿臉透著委屈，像是在說，肯定又沒有化石，純粹是在浪費時間。

阿彪說道：「這一網千萬有一塊化石吧，哪怕有一小塊化石渣也好，要是再沒有，我們的老叢非跳海不可。」

小吳接道：「要是真沒有星點化石，老叢跳下去可不是想不開，他是嫌棄咱的網不好，還不如他跳海裏下手摸呢。」

大家哈哈笑開了。

叢秋原和郭欣他們彎著腰在這堆石頭裏翻揀著，扒過來扒過去，一塊塊掂來掂去。老李靠在欄杆上，嘴上叼著煙捲，安詳地看著他們在忙碌著，嘴角掛著一絲嘲諷的微笑。阿坤站在絞車前，兩胳膊交叉相搭，冷漠地看著。這次，他不像以前，每次拖網時，絞車都是由他開，網拖上來後，他總是趕緊從絞車臺上跳下來幫著老叢他們挑揀著石頭，他開玩笑說：「老叢，要是我撿到了化石，你可得給我買瓶好酒犒勞犒勞我。」老叢笑著說：「這沒問題，別說一瓶，你阿坤要是撿到了化石，我給你買上幾瓶真正的好酒。」老李插了一句：「老叢你別在那兒吹牛，你那點錢能買幾瓶好酒，還什麼真正的好酒。」老李的話把大家逗樂了，叢秋原紅著臉說：「我這次出海的補助買兩瓶五糧液總夠了吧。」老李說：「買兩瓶五糧液沒問題，還能再剩下點，給你老婆買兩瓶洗面乳。」轟，大家笑開了。有人說：「老叢，出一趟海，賣身掙那麼一點血汗錢就幹這事，也太不值得了。」老李說：「這你就不懂了，人家老叢這吧是為了科學，為科學就不能獻點血了。」阿彪湊近了說：「這叫過吧癮就死。」老李瞪一眼阿彪說：「什麼死不死的，在船上怎麼這樣亂說，虧你還是個老船員呢。」阿彪一哈腰，笑嬉嬉說：「爺們，千萬別把我當人。」郭欣奇怪地看了他一眼，他奇怪阿彪居然還讀了一些王朔的書。在船上的這幫船員中，大家用來消磨時間讀的大多是武俠小說，金庸、梁羽生大受歡迎。這最後的一網阿坤不再靠前了，儘管絞車還是他開的，但關上絞車後，阿坤下到甲板上，只是冷冷地看著，他已對拖上來化石絕望了。

《探索者號》仍然在緩慢地航行著。一個水手從前面跑到上層後甲板扶著欄杆大聲嚷嚷，「還下不下網，還拖不拖了？我們要加速了。」

老李揚揚手，大聲喊：「不拖了，加速吧。」老李說完又掃了一眼他們，搖搖頭，說了一句：「待會兒你們翻拉完了石頭，把甲板沖乾淨了。」「知道知道，」郭欣忙不迭地說，好像做錯了事情似的，「一會兒就撿完了，待會兒我來沖甲板。」

老李點點頭，向著艙門走去。好幾個人不聲不響地跟在他後面也離開了。阿坤看了看走了的人，沒說話，走過來彎下腰動手扒拉著石頭。郭欣有些感激地看了他一眼。何婷往旁邊讓了讓，和郭欣點點頭，用手背在臉腮上蹭蹭，莞爾一笑，說：「看看誰的運氣好，說不定誰撿到寶貝呢。」郭欣臉上擠出一絲哭笑，說：「就是，看誰的運氣好了。」郭欣說著又動手撿了起來。他面前的石頭幾乎被翻遍了，他仔細地一塊塊拿在手裏掂量著，不時地舉到臉前審視著。老叢沉默著，一個勁地東摸一塊西抓一塊，像一隻訓練有素地狼狗在左聞右嚐著。

「大科學家們，快回來吧，九號風暴馬上就來了，再待在這兒可別讓大風給颳到大海裏。」阿彪站在上層後甲板那兒，趴在欄杆上，嘴裏夾著半截煙捲，歪著頭搖晃著身子，一付興災樂禍的樣子。

阿坤直起腰，回身抬手一指，大聲說：「你馬尿灌多了就回房間呆一邊去，少在這兒放臊。」阿坤說完又回過身來低頭揀了起來。

阿彪直著脖子喊：「喂喂，阿坤你怎麼說話，我這是好心告訴你們，這真是狗咬呂洞賓，不識好壞人。」

阿坤邊幹邊說：「你這樣的人，謝謝你的好心了，好吧，我們知道你是那個呂洞賓，行了，回洞裏睡覺吧。」

何婷撲哧笑出了聲，咬著嘴唇忍住笑，繼續翻著石堆。郭欣瞪了她一眼，低聲說：「有什麼好笑的，少見多怪。」

「阿坤你這樣說還差不多，」阿彪點著頭說，「好了，哥們兒回去做夢去了，祝賀你們發現寶貝。」阿彪嘴裏哼著小調，一步三晃地往艙裏走。

後甲板上靜悄悄地，只有船體航行時的顛簸聲和海浪的轟鳴聲，還有扒動石塊的聲音。只剩下叢秋原、郭欣和何婷仍待在那兒扒拉著石頭。阿坤站在一邊，抽著煙，默默地看著他們三個人。雲團接著海濤，沒有一絲陽光，海和天成了一色，昏沉沉的。一群群飛魚匆匆地向東飛游著，傳來嘩嘩喳喳的聲音。何婷停下手，扭臉依然充滿興致地望著，嘟囔了一句，「這麼多的飛魚。」

阿坤矚望著一群群飛遊而過的魚群，接了一句，「要來風了。」

郭欣重複了一句：「要來風了。」郭欣的神情顯得更加暗淡。

何婷的臉上充滿疑惑，「真要來風了？」

沒有誰接她的話。

後甲板上氣氛沉悶了下來。

叢秋原直起腰，抬手扶了扶眼鏡，緩緩開口：「好了，大家停下吧，到此為止吧，我們已經盡到心了。」

一隻海鳥唰地從甲板上掠了過去，緊貼著海面匆匆地向東飛去。大家的目光緊跟著這隻海鳥，望著東方。

叢秋原掃了大家一眼，充滿愧意地說：「把這些石頭扔回去吧，謝謝諸位。」阿坤從帶纜樁那兒拿過一把鐵鍬，拉開架勢，一鍬鍬往海裏倒石頭。何婷在旁邊兩手不停地一把把往海裏扔著石頭，郭欣走到右舷那兒拖過長長的水管，對何婷說，你過去開開水龍頭，郭欣兩手緊緊握住水管頭，對準了這片甲板。叢秋原默默地走到一邊，身子靠在欄杆上，眉頭緊鎖著，看著沉悶轟鳴的海天。

後甲板上又變得乾淨了，叢秋原依然靠在欄杆上，盯著船舷打起的泡沫。

郭欣靠了過來，眼看著海水，低聲說：「叢老師，剛才這一網只拖了不到兩個小時就起網了。」

叢秋原身子一振，掃了郭欣一眼，「你怎麼知道？」

郭欣迎著叢秋原說，我剛才特意看了一下手錶。

叢秋原的目光又暗淡下來，說：「兩個小時，就是四個小時五個小時又怎麼樣。」

郭欣搖搖頭，「不，不一樣，叢老師，你去看一下定位儀，再過一會兒就到了上次那個地方，要是剛才不起網，現在正好能拖到了。也許結果會不一樣。」

叢秋原眉毛一挑，「哪個地方？」

「就是拖那一網的地方。正在這兒。」

郭欣的臉色漲得紅紅的。

「哪一網？」叢秋原激動起來。

郭欣深呼吸了一下，緩緩開口：「就是拖上來那一塊麋鹿角的那一網。」

叢秋原啊了一聲，掉頭就往前面跑，咚咚咚，順著樓梯上了二層，往駕駛臺那兒去了。

《探索者號》的速度又降了下來。後甲板上的絞車轟轟地又啟動了。阿坤站在絞車後面穩穩地操縱著，老李他們把拖網端正地擺在船尾，隨著老李的手勢，拖網被放了下去，撲哧，海面上濺起了一層層泡沫，拖網入海了。鋼纜在轟轟地聲音中快速地往海裏放著，一百米，二百米，五百米，一會兒的工夫，鋼纜已放到了一千米，阿坤向老李做了個手勢，老李揮揮手，絞車稍一停頓，又轟轟地緩緩開動了。船仍在繼續緩慢航行著，身後拖著一大片一大片的海。叢秋原的臉色蒼白沒有血色，郭欣的眼睛彷彿眨也不眨地緊盯著那一根在緩慢捲上來的鋼索。老李在一邊抽著煙，一會兒看看海面，一會兒看看叢秋原，一會兒看看郭欣。何婷緊張不安地看著海面，再看看郭欣那張因緊張而稍有些變形的臉。後甲板上的人不多，船員們很少有待在這兒看熱鬧的了，胖子坐在一根帶纜樁上，兩手捧著一個大號雀巢咖啡瓶，裏面沖著茶，這是他的習慣，他一天至少要喝這麼六大瓶釅釅的花茶。大副站在二層後甲板上，目光掃來掃去，像是一頭饑餓的狼在搜尋著食物。郭欣低頭看了看手錶，像是自言自語：「四小時十五分鐘，好，這一片整好拖到了。」他的臉上露出一層喜悅，朝著何婷偷偷地做了個鬼臉。何婷瞥了他一眼，有些責怪的意思，又朝叢秋原那兒示意了一下。郭欣會意地點點頭。郭欣看了一眼叢秋原，心情不由地也跟著沉下來。「這一網到底能不能拖上來呢？」郭欣暗暗祈禱，「老天爺保佑，讓我們拖上來一塊化石吧。」

阿坤的眉頭皺到了一起，在中央形成一個疙瘩，老李看到了他的表情，喊道：「阿坤，怎麼了？」

阿坤搖搖頭，看了看操縱臺，低聲說：「見鬼了，重量噸數顯示怎麼突然變小了。」

老李驚訝道：「不會吧，怎麼可能，就是拖不上東西來那網本是還有重量呢。」

叢秋原噌地跑過去，緊張地對阿坤說，「你是不是看花眼了？」

阿坤笑了，說：「叢教授，你自己上來看好了。」

叢秋原喃喃道：「怎麼會有這樣的事情。」

阿坤安慰他說，「也許是顯示出了毛病，這臺絞車老掉牙了，待會拖上來再看吧。」

老李接道：「就是，也許是機器出了毛病。」

老李和叢秋原悻悻地退了回來，眼睛盯著海面。

胖子笑著說，「你們怎麼剛想不好的，怎麼不想想是不是拖了一網寶貝把機器嚇得不敢顯示了呢。」

大副在上面哈哈笑了，說：「諸位，可別竹籃子打水一場空啊。」

老李朝他揮揮手，話到了嘴邊，又吐了回去。

叢秋原瞪了他一眼，扭身看著那根在緩慢收回來的鋼纜。

大副在那兒又說：「你們這些書呆子啊，就是不到長城心不死，不見黃河不落淚。」

阿坤回頭朝他一擺手，說：「大副，夠了，哪兒來的這些巧話。」

大副聳聳肩膀，兩手一攤，姿勢優雅地來了個飛吻，留下一串笑，逕自走了。

一會兒的工夫，後甲板上站滿了來看熱鬧的船員。

阿彪老遠就嚷嚷，「怎麼機器上顯示的重量成零了？」

猴子跟著起哄，「聽說拖上來一條大鯊魚，兩個魚翅就需要四個人抬。」

阿彪說：「猴子，今晚上你可以來個紅燒鯊魚肉了。」

小吳說：「還不如來個燒魚翅呢，我擔保就是國家主席也吃不上這麼活蹦亂跳的魚翅來。」

老劉說：「你看看阿坤的臉，你就知道今天咱船上發洋財了。」

大家說笑著起哄著，站在後甲板上看著開絞車的阿坤，沉著臉的老李，愁眉哭臉的叢秋原，面無血色的郭欣，像是要掉下眼淚來的何婷，還有那幾個冷著臉看海的隊員。阿坤的臉色成了紫茄子色，一直漲到了脖子上。他一言不發，一個勁地在那兒開著轟轟的絞車。

轟轟的絞車聲突然停了，嘎然而止，大家沒提防，感到閃了一下。回過神來，看看阿坤，阿坤虎著臉，大家再一看船尾，鋼纜孤零零地搭在那兒，露著齊嶄嶄的截頭。

「拖網在哪兒啊？」老李疑惑地脫口說了一句，接著就苦笑起來。

叢秋原身子一歪，順著欄杆坐到了甲板上。郭欣的眼淚像斷線的珠子嘩嘩地掉了下來。何婷兩手捂臉彎身靠到了欄杆上。

老李把抽了一半的煙狠勁地扔到大海裏，仰臉對著大副說：「快加速吧，真他媽的倒楣，告訴船長，網丟了。」

大副剛要說句什麼，遲疑一下，對著老李揮揮手，說：「知道了，我這就去告訴船長。」

阿坤把鋼纜收上來，關上絞車，跳下來，推開幾個看熱鬧的船員，大步回船艙了。看熱鬧的船員你看看我我看看你，再看看叢秋原、郭欣他們，船員們露出滿臉迷茫的神情，他們偷偷瞥幾眼何婷，一個個都沉默下來，呆了一會兒，悄悄地離開了後甲板。

《探索者號》在全速航行著，發出轟轟的聲音。黃昏的餘暉給後甲板上的幾個人塗上了一層耀眼的金色。

航行中的夜晚很少有人上到甲板上來。四周漆黑漆黑的，看著讓人心裏發毛。船頭衝開的浪頭澎澎地分開在兩邊，打在船身上，有節奏地哐——哐地迴響著。郭欣從後艙門出來，他把夾克衫的拉鏈拉好，下意識地索索脖子。風呼呼地從船頭灌過來打著呼哨撲向了船後的黑暗中。郭欣看著四周，海水的顏色反而比天空還要淡一些——顯得有一點點亮色。這漂蕩中的海啊，沉重厚膩膩的海，掩藏了多少秘密啊。郭欣讓思緒隨著海風在這片無邊的漆黑中蕩來蕩去。想想多麼不可思議，這厚厚的海水覆蓋了多少奇特的風景，誰又能看見呢。從小生長在江南水鄉的郭欣，忘不掉第一次看見大海第一次看見大山時的情景，從小習慣了水鄉溫柔的郭欣，被海的激盪山的雄偉震憾了。郭欣忘不了他在基礎課上看到那張能蓋住整個黑板的全球海底地形圖給他的震動。與海底相比，陸地上的風景又算得了什麼。噢，地球上最寬最長的山脈原來並不是在陸地上，而是矗立在寂靜的大洋海底。嗨，科學上的這一發現並不是出於科學本身，而是出於對財富——海底黃金的尋找，這筆財富是用來充當戰爭賠款的。郭欣想到這裏總有說不出的惆悵，要不是有第一次世界大戰，要不是德國戰敗，要不是《流星》號考察船在海洋上到處搜尋著，還能有這樣的發現？當然，早晚會發現，但畢竟是那個時候發現了啊。那是個什麼樣的時代呢？郭欣想起他讀過的一本書來，那是本談論美國文學和社會的書，那個時代被文學史家稱為「爵士樂時代的文學」，那是一個經濟復甦、花天酒地的時代，人與人之間喪失了信念的時代，到處是「爵士樂」，到處是縱情享樂的人，那個寫出《了不起的蓋茨比》的菲茨傑拉德不就是那個時代的代表嗎。在中國呢，噢，「五四」已經成為過去，魯迅和他的那些形形色色的敵人們在雜誌報刊上打著沒有盡頭的筆仗，饑餓的農民在大大小小的軍閥戰爭中掙扎著……郭欣的腦子裏一本本書猶如電影膠片般嘩嘩鋪展著。《流星》號沒有找到黃金，卻發現了在大西洋從美國紐約與英國倫敦之間有一座巨大的海底山脈，比陸地上任何一座山脈都要綿長而且崎嶇，「大西洋中脊」，這個名字多形象啊，讓人想到男人的脊樑，這條綿延崎嶇的山脈，從南到北蜿蜒起伏，將大西洋從中央一分為二。郭欣覺著對於《流星》號來說，發現這條海底山脈比找到黃金要有意義的多。目的和意外的結果，失望和意外的收穫，誰又能說得清這二者的關係呢？

風把郭欣吹得身體透涼，他聽到他的上下牙齒在哆嗦著碰撞。郭欣回過神來，他抬頭望著上空，天上沒有月亮，也沒有星星，夜空是清澈的藍色，清澈的像是大海一樣。再往後望，船後一道泛沫的航跡在漆黑的海面上發著冷光，海面黑得如同無底的深淵。郭欣緊緊衣領，返身往艙裏走來。

阿坤的工作間開著門，裏面亮著燈光。這間小屋晚上總是亮著燈，阿坤不在這兒時，門有時會鎖上，但房間裏的燈光總是亮著。郭欣習慣性地往裏瞅了一眼，心裏咯噔一下，阿坤坐在椅子上，一隻腳蹬在箱子上，皺著眉頭，眼光定在舷窗上，手指上夾著一根煙，一口一口地抽著，面前是嫋嫋的煙圈。櫥頂上的那隻陶鷹俯視著他，冷冷的發著光。郭欣遲疑一下，沒有邁步進來，也沒說話，繼續往前走了。實驗室裏人不多，有幾個人在聊天，汪洋捧著一本厚厚的書坐在一個角落裏安靜地看著。這傢伙又在背英漢詞典了。郭欣嘴角露出一絲會意的微笑。郭欣沒有進去，在門外看了看就過去了，拐彎一步步下了樓梯，噔噔噔，踏在樓梯上有一種失重的感覺。中艙活動室裏人聲鼎沸，下班的機匠們都聚在這兒，值大夜班的機匠剛吃過飯，這時候還沒有去睡覺的，正是一天裏活動室裏人最多的時候。郭欣很少進去，他和這些機匠客客氣氣的，但並沒有打成一片，他想還是保持點距離更好一些。一陣嚎叫從活動室裏衝了出來，伴隨著的是口哨和喊叫，郭欣微微笑笑，他聽出這是阿彪又在唱歌了。阿彪的歌聲是中艙的一絕，大家說幸虧這是在海上，要是在草原上，恐怕會把狼召來。阿彪並不是說唱就唱，也就是在這個時候，而且酒喝得也差不多了，他肯定會晃蕩著身子從老劉的房間出來，來到活動室，看看別人下棋，聽大家聊天，聽著聽著，他就倚在門框上眼睛紅紅地唱開了，確切說是嚎開了。郭欣轉過過道來，推開門，回到自己的房間，把阿彪的嚎叫關在了門外。房間裏真冷清啊，燈光那麼暗淡，一切在郭欣的眼裏都暗淡的很冷清得很，他從心底透出一口徹骨的涼氣來。郭欣站在屋中央，彷彿置身一個陌生的地方，不知做點什麼好，像是凝固了一樣。郭欣脫下鞋換上拖鞋，來到床前，從上面小書架上隨意抽下一本書來，把枕頭豎起來，躺到床上，打開壁燈，頭靠在枕頭上，隨便翻到了一頁上。

門把吱嘎一下，劉南北推開門一腳跨進來，郭欣把書放到枕頭邊，起身扭臉迎了過來。

「劉老師，快請坐。」郭欣說著兩腳從床上耷拉下來穿上拖鞋站了起來。

劉南北右手打了個手勢，「你不用起來，用不著客氣。」劉南北拖過椅子坐下，揚揚左手拿著的一張複印紙，「你老闆來傳真了。」

郭欣吃了一驚，「出海這些日子裏，還從沒收到過魏老師發來的傳真，出了什麼事情呢？」郭欣接過傳真來，上下匆匆打量了一眼，的確是老闆的筆跡，字寫得沒有平常的大，也不像往常龍飛鳳舞，魏如鶴寫給他們的留條或者論文的草稿，許多字要猜上半天。為魏先生打文章是一件苦差，他的筆跡實在了草得出奇，碰上讓他抓了差，坐在微機前忙活大半天，也敲不完一篇稿子。郭欣仔細從頭看了起來，魏先生的字寫得一筆一劃清清楚楚，一行行規規正正，密密麻麻寫滿了一張紙。郭欣手上沉甸甸的，他倒吸了一口氣，一種冰冷的感覺從腳底襲了上來。

劉南北點上煙，愜意地吸了一口，從鼻孔裏突出兩股煙來，在他的面前嫋嫋的瀰漫著。劉南北笑笑說：「你老闆真節約啊，這張紙還能寫到哪兒，他這也算一張，我看，該收他兩張的錢。」劉南北說完哈哈大笑起來，臉上已有些鬆弛的肌肉一顛一顛的。

郭欣看完傳真，眉頭下意識地皺皺，把傳真放到床上，抬臉對著劉南北說：「劉老師，您看呢？」

劉南北一笑說：「你老闆給你的傳真，別人看法代替不了你。」

郭欣咬咬嘴唇：「我還是照實說，這是塊化石，我總不能睜眼說瞎話。」

劉南北邊抽著煙邊說：「誰讓你說瞎話來，魏老闆也沒讓你胡說啊，人家只是問你能確證你隨便揀的一塊破石頭真的是化石嗎？」

郭欣歎了一口氣，他萬萬沒想到竟然惹出了麻煩。他沉默著，並不看劉南北，他的目光有些迷茫。在劉南北看來郭欣像是在做夢一般。郭欣的目光越過劉南北的肩膀，像是落到了劉南北身後艙壁上的某一點上，又像是落到了一個不可知的遙遠的地方。劉南北看看他，沒再說話，站起身來，說：「小郭，你要是發傳真，就直接找報務員就行了，發報室在駕駛臺那兒，你直接上去就是。帳將來咱們隊上一起算。」

郭欣打個愣怔，回過神來，趕緊起身：「劉老師，你再坐一會兒吧。」

劉南北笑笑，說：「你一個人好好考慮考慮，我不在這兒打擾了。」劉南北說著人已走到門邊，彎腰把煙頭扔到簸箕裏，拉開門出去了。

郭欣看著劉南北的背影說：「劉老師再來玩。」劉南北並沒答話，門哐——啪地一聲關了上來。

郭欣坐在椅子上發愣。船速降了下來，船身顛簸著搖晃著，湧浪撞擊著《探索者號》，發出哐——哐地響聲，郭欣隨著船身有節奏地微微搖晃著。噢，又快要到站了。郭欣暗暗地思量。午後的陽光已不像中午時那熱烈灼人，顯得有些散淡，透過舷窗散散地灑落在床上、艙壁上、郭欣的臉上。射進來的陽光也是一搖一搖的，在艙壁上一縷縷上下晃悠著，映得郭欣的眼睛也跟著上下晃悠著。郭欣的心裏也跟著上下晃悠著，一個念頭一個念頭晃悠著上下蕩來蕩去。「化石是不是真的？你拿在手裏的真的是化石？你以前看見過鹿角化石嗎？沒看見過的東西能想當然的說嗎？科學上來不得想當然。」郭欣回味著老闆的傳真，這意思簡直再明白不過了，郭欣一看就明白了魏先生的本意，畢竟跟著老師這麼久了，郭欣怎能看不出這樣淺顯的意思呢。郭欣得到了這塊化石後，一連這幾天，他一直沉浸在興奮中，他絲毫不掩飾自己的興奮，並不是誰都有這樣的好運氣的，郭欣聽老師們說，他們這些人出了這麼多年的海，還沒有誰發現過動物化石，在這一片海域，以前只有日本人報導過發現了動物化石，在國內，還沒有人報導過，而郭欣，第一次上船就發現了這樣一塊相對完整的鹿角化石，這實在是一個大收穫。郭欣怎能不興奮呢。郭欣值完班後，在水龍上把化石沖洗乾淨帶回了房間。他把化石放在枕頭邊上，躺在床上不時地拿到臉前端詳上一會兒。發現化石的喜悅沖淡了對何婷的渴望，直到吃晚飯時，郭欣才從這突然降臨的興奮中清醒過來。郭欣打飯回來在左舷上遇到了何婷，郭欣老遠就喊：「小何，我那塊化石你看到了吧？」何婷撇撇嘴：「你那麼寶貝，我哪兒看了，人家都圍著你，咱還是在一邊躲著吧。」郭欣沒計較她的嘲諷，笑笑說：「打飯回來到我房間來吧，那鹿角形狀非常明顯，你來好好欣賞吧。」何婷點點頭說：「不怕我給拿走啊。」郭欣樂了：「不用你動手，我給你保管著。」這幾天郭欣感覺渾身自在，他想像著回到Q城拿出這塊化石讓魏先生他們欣賞的情景，恐怕要趕寫一篇簡報，這可是國內首次報導啊。昨天下午老李喊人寫工作進展好往研究所裏發傳真時還特意囑咐，這塊化石的發現是在這一片海域的一個重大收穫，老李最後說：「在下面注明是郭欣發現的。」大張說：「別讓他們不信，再加一句，經過老叢的鑒定。」老李說：「對，加上這一句，別讓那幫教授說我們瞎說。」郭欣聽了感到臉上火辣辣的，一陣激動。郭欣看著攤在桌子上的這頁傳真，心裏酸酸地，一股澀澀地感覺湧了上來。看來魏先生對發現這塊化石並不高興。

郭欣品味著魏先生的那一句話，你可不要承當別人的工具。郭欣咂咂嘴唇，抿起來嘬了一下，眯縫著眼睛跟蹤著艙壁上那一片上下晃悠的光線。這個別人老闆是說誰呢，老李？老李空閒下來時怪話不斷，說到魏先生時一口一個老狐狸叫著，起初當著郭欣的面還掩飾一下，讓郭欣常常感到尷尬，一聽老李他們又在議論自己的導師，郭欣常常走出實驗室，迴避一下，免得彼此尷尬。有時候郭欣從中艙剛上來走在實驗室走廊上，就聽到房間裏大家興高采烈地叫著老狐狸或者魏老闆，品頭論足地高談闊論著。郭欣下意識地想往回走，可又一想，值班時間也不好一個人總待在下面房間裏，別給大家不合群性格孤僻的印象。郭欣走到門口時便有意識放慢步子咳幾聲。郭欣一在門口出現，房間裏談興正濃的人有正對著門坐著的，看到郭欣進來，便尷尬地笑一下收住了嘴，而那幾位背對著門的不知道郭欣進來，仍在談論著魏如鶴的某一次軼聞。說著說著感覺不對，有人投過去一個眼色，回過身來一看，郭欣的臉色也透著尷尬，就像無意中窺見了別人的隱私一樣。漸漸得大家談論魏如鶴時也不再背著郭欣，彷彿他變成了大家的同謀一樣。郭欣聽大家談論自己的導師就像聽一個和自己毫不相干的人的故事一樣，他並沒有因為大家的談論而產生對魏如鶴的看法。不過聽得多了，郭欣也想，總不至於大家都在胡說吧，看來老師是有些問題。郭欣把這歸結於老師的性格太強了，不善於處理人際關係。可話說回來，老師和李知非院士的關係不就很好嗎，大家都說魏如鶴是李老先生的得意大弟子，公認的學術傳人，魏老師在李先生面前可從來沒有強過，總是恭敬有加。郭欣的眼睛一亮，這個人是叢秋原吧，對，就是他。可轉眼再一細想，又覺著不太可能，儘管叢秋原和魏老師是大學同學，而且大家私下裏也說叢秋原的肚子裏墨水不少，可畢竟叢秋原對魏老師構不成絲毫威脅啊。叢秋原儘管現在也是個「副研」，但他這個副研究員並不是「名」「實」相符的，他只是戴了個「帽」，所裏面給了他一個副研究員的資格，並不享受真正的副研待遇。而魏老師可是名符其實的博士生導師啊，而且有許多人說，魏先生用不了多久，弄不好還能弄個院士當當。叢秋原哪兒是魏如鶴的對手呢。可除了叢秋原還能有誰呢？

郭欣坐在那兒對著桌子上的傳真發怔，沒聽到門被推開，何婷悄悄站到他的身後，郭欣下意識地一回頭，「哎哦，」噌地站了起來，瞪著何婷說，「你嚇我一跳。」郭欣做了個手勢，說：「請坐。」郭欣的眼神透著驚喜，有些疑惑地問，「你今天怎麼來中艙了，」出了什麼事情？在《探索者號》船上中艙和前艙是男人的世界，前艙是水手艙，但還有兩個房間是給調查隊的，而中艙幾乎是機匠的天下，只有郭欣和汪洋住了進來。隊上這次上來了何婷，大副給老李房間鑰匙時先說明，把這位小姐安排在後艙吧，後艙除了實驗室老範住在靠樓梯的那間大房間外，再沒有船員在這兒。老李滿口答應著，就是就是，這樣安排大家都方便嘛。何婷上船後非常自覺，除了到實驗室和後甲板值班幹活，再就是到前面大廳打飯這一類必須到的地方，整天待在後艙房間裏，很少到別的地方，有一次郭欣讓他來看看他的房間，她猶豫了一陣，在郭欣軟硬兼施再三鼓動下才匆匆地下來呆了一會兒。

何婷瞟了郭欣一眼，嗔怪說：「沒事就不能來。」何婷說著抿抿嘴，示意了一下對面汪洋的床，「他呢？」並不等郭欣回答，接著說：「他是不是在上面值班。」

郭欣揚手搔搔頭頂，點了點頭。他的頭髮上船後沒幾天就讓阿坤給剃成了寸短的平頭，剛出海的那幾天，年輕船員幾乎都剃成了這種小平頭，更有幾位乾脆頂著個發青的光頭。考察隊上的年輕人在汪洋的帶頭下，有幾位也如法炮製，當然還沒有剃成光頭的。郭欣起初有些猶豫，後來看人家自由自在的樣子，也動了心。阿坤那幾天時常在小屋裏給人理髮，郭欣走過時忍不住往裏探頭探腦，邊上的人便說，「小郭，也來一個吧。」郭欣吱吱唔唔說不出句囫圇話，汪洋從後邊推了他一把，汪洋說：「還猶豫啥，搞什麼高雅。」旁邊的幾位跟著起哄。郭欣沒回個神來，人已經坐到了小屋中間的小木凳上。阿坤笑笑：「小郭，別緊張，一會兒就好。」剛剃完頭的那一會兒，郭欣覺著頭上變輕了許多，有些不知所措，脖子也跟著彆扭起來，但很快就適應了，感覺到在船上頭髮短的許多好處。起床後匆匆洗一把臉抓過手套開門出來上到實驗室來接班乾淨利索，省著還要對著鏡子拿過梳子來在頭上東一下西一下的浪費時間。郭欣搔了搔頭髮，這些日子他的頭髮又長出來了，顯得比在陸地上時黑了許多，也許是心理作用。

何婷斜倚在床幫上，悠悠地瞧著郭欣。郭欣心裏撲通撲通的，讓何婷看得有些發毛。郭欣又坐到椅子上，卻總是坐不實落。鼓足勇氣注視著何婷。

澎，一個大浪在舷窗上破碎開來，兩個人同時轉過頭去，白的水珠藍的海水從窗玻璃上嘩嘩地流下去。船身跟著一陣顛簸，郭欣叉開兩腿，兩腳一蹬穩住身子。何婷倚在那兒跟著來回搖晃了幾下，不由自主地歪了過來，郭欣一伸手攬住了她，兩人相依著歪靠在床上。郭欣感到了何婷的心跳，下意識地攬緊了她。

浪退了，何婷伸手推開了郭欣的胳膊，小心躲避開了他的手。郭欣遲疑片刻鬆開了手。何婷把身子往邊挪動了一點，低著頭不說話。

「這浪挺大，」郭欣小聲說，像是怕嚇著何婷「——海況這樣好，哪兒來的浪啊。」

何婷看著窗外，像是自言自語，「海況好不等於沒有浪啊。」

郭欣眨了眨眼說：「還挺深沉嗎。別這樣深刻好不好，讓人家看著都累。」

何婷扭過臉來，說：「郭欣，那塊化石呢？」

郭欣一怔，說：「在這兒啊，你要再看看？」

何婷輕微歎息了一聲，「誰像你啊，看不夠，」何婷瞥了郭欣一眼，「你啊，拿著那塊化石幹啥，放你這兒就成了你的了？怎麼這樣幼稚啊。」

郭欣笑笑說，「你怎麼關心這事了，放我這兒我高興啊，等到下船時再交上去就是的了，嘿，你要是知道我枕著這寶貝睡覺時的感覺就好了。」

何婷撲哧笑了，你怎麼這樣傻，跟個小孩似的。

郭欣手一揮，說：「你才是個傻瓜呢，你知道當年裴文中怎麼發現北京人頭骨化石嗎？發現一塊前所未見的化石這意味著什麼，你想過沒有。」

「好好，我不知道，你聰明，行了吧。可我告訴你你知道人家在說你什麼。」

郭欣愣住了，驚訝地問：「他們說啥？」

何婷抬起左手捋捋額前的一縷頭髮，欠欠身說：「人家說你把化石據為己有，你知道這是什麼行為，是你發現的不錯，可也不能成了個人的東西啊。」

「成了個人的東西？」郭欣苦笑了笑說：「我現在還真希望這是我個人的東西，也就沒這麼多麻煩了。」

何婷注視著郭欣，問：「怎麼，還有別的麻煩？」

郭欣搖搖頭，說：「沒什麼，」說著，他的眼光掃了一眼桌子上的那張傳真。一付欲言又止的神態。

何婷的眼睛跟隨著郭欣的目光，落到了桌子上的傳真。何婷起身一步伸手拿了過來。何婷一行行看了起來。郭欣注視著她，呼吸有些沉重。

何婷放下傳真，看了看郭欣，說：「你要回一個傳真？」何婷的眉頭皺了起來。郭欣看在眼裏感到甜甜的滋味。

恐怕要回一個傳真，郭欣的神態輕鬆了許多，說：「魏老闆做事喜歡較真，要是不回他的傳真，他肯定還要往這兒再發一個，我哪能不發。」郭欣想像著魏老闆寫傳真時的表情，這時候的老闆眉頭擰在一起，嘴唇使勁閉著，歪著頭，緊攥著鋼筆，在一張A4複印紙上一筆一劃用力寫著。魏老闆非常討厭別人浪費用紙，不管是一般的方格稿紙，還是帶有研究所題頭的空白信箋，魏老師絕不浪費半張，看到別人順手劃拉幾行就蹂搓一下仍到廢紙簍裏，魏如鶴的臉色總是立馬掛上一層霜。要是他的學生這樣做了，他會嚴肅地訓斥一頓。老闆發傳真時不喜歡用空白信箋，他嫌上面的題頭占的空間太大，他特意讓弟子們領來一包A4複印紙，每次發傳真時就從他辦公桌左邊第一個抽屜裏摸出一張，先打好了腹稿，這才工整地寫到複印紙上。

「你傳真上怎麼寫？」何婷關切地問。何婷欠欠身，猶豫一下又說：「魏老師對你還是很欣賞的，好幾次當著別人的面誇獎你不錯呢。」

郭欣看著何婷說，「你讓我怎麼寫？」接著搖搖頭，「還能怎麼寫？」

何婷唉了一聲，就是，「又能怎麼寫。」

郭欣歪了歪頭擠出一絲笑來說：「車到山前必有路，不談這些了，咱換個話題吧。」接著笑了笑說：「你猜我剛才在甲板上想到什麼了？」郭欣說完對著何婷擠了下眼。

何婷撇撇嘴角，「你還能想啥，是想哪位漂亮姑娘了吧。」說著，何婷回身看了一眼郭欣的床頭那兒。枕頭邊放著一本雜誌，封面上是一個穿三點式泳裝微笑著的女郎。何婷對著郭欣吐了吐舌頭，誇張地說，「真漂亮啊。」

郭欣的臉呼得變紅了，他扶了扶眼鏡，嘟囔道：「人家拿來消譴的，這有什麼啊，瞧你大驚小怪的，你看看那些船員，誰的房間裏沒有幾本。」郭欣嘴上這樣解釋著，心裏大呼冤枉，怎麼偏偏讓何婷來給碰上了呢。這本雜誌還是汪洋從小吳那兒剛拿回來的，老李說裏面有幾篇的內容不錯，有幾張人體照片也蠻精彩。誰料到還沒看上幾頁，竟讓難得來一次的何婷給撞見了呢。

何婷瞧著郭欣說：「喲喲，看把你神經的，我說別的來了嗎，人家只是隨便說了一句，瞧你這個敏感，真是此地無銀三百兩啊。」

郭欣脖子上的青筋脹了起來，「誰……誰神經來的，這說的哪兒話啊。」

何婷撲哧笑了，「瞧把你緊張的，就是想漂亮姑娘也是正常嘛，這有啥，你要是說不想，那才是虛偽呢。」

郭欣尷尬地摸摸頭，嘿嘿地笑了笑。

「哎，你剛才在甲板上想了啥？」何婷接著郭欣剛才的話題說。

郭欣定定神，臉色淡了下來，他輕咳了兩聲，說：「你猜不到，我也說不清楚我這是咋回事，剛才看著黑蕩蕩的海水，我突然想到了海底，海水覆蓋下的那一大片高高低低的山脈溝壑一類的神秘的形狀，你說，人在船上航行在海上，誰能想像到海水下的世界竟然是那樣的複雜和神秘。」

何婷頭往後一仰，「喲，到底是大博士啊，與眾不同，瞧瞧人家想的問題，和人家一比，咱真是俗氣啊。」

郭欣的臉又漲紅了，有些惱怒，說：「我跟你說心裏話，你卻來取笑我。」

何婷瞪瞪眼，伸了一下舌頭，說：「絕沒有取笑你的意思，人家只是跟你開個玩笑。你想到這些問題很正常，誰讓你是搞這個專業的呢，何況在海上航行了這麼多天，不想三想四，還能想啥。」

郭欣舒了一口氣，一本正經地說：「想想也是，你看，科學上的許多發現其實一開始都是很偶然，而促使科學發展的動力，也未必就是出於科學本身的什麼高尚的目的。」

「哦，越說越玄。怎麼，又進行跨學科的研究嗎，這又扯上哲學了。」何婷笑著說，「我說，這個航次就快要結束了，再堅持幾天吧，再這樣下去，我看這船上真要出現神經病了。」

郭欣不緊不慢地說：「這並不玄，也不神秘，你想想看，大洋海底的那些山脈峽谷是怎麼發現的，就說大洋中脊吧，大西洋的是德國人為了尋找海底黃金，太平洋的是第二次世界大戰後美國海軍十一條船組成的跳高行動探險隊在向南極航行中發現的，他們為啥探險，還不是出於軍事目的。」郭欣說著說著激動起來，「戰爭，恰恰是戰爭，反而促進了科學，十九世紀英國的那艘挑戰者號環球考察是出於擴張的需要，他們探測海底是用鉛墜拴在繩上一節節地往海底放，這樣作也發現了海底有山脈，當然不精確了，現在在這些船上的這些精密測深儀器，還不都是二戰的產物，潛艇航行要知道海底的地形，瞧，就這麼實際，海洋地質學就發展起來了。現在更好了，又是海底石油，又是海底錳結核，又是海底熱泉，科學怎能不發展呢？」

何婷靜靜地聽著郭欣高談闊論，等他說完了，何婷接了一句，「你說得也太絕對了，這之間是有關係，但開了頭後，大量的發現還是科學本身的事情，海底地貌地形圖還不都是科學家繪製的，當初發現的初衷也許是別的因素，可後來就是科學的啊，大西洋中脊的大S形形態不就是隨著海底地形圖的繪製才發現的嘛。再說，這些大洋中脊上的大裂谷可都是科學家發現的啊，這可都是些真正的調查船啊。」

郭欣對何婷的反應顯然很高興，他興奮地說：「我同意你的意見，可我的本意是，這些有價值的探索本身卻來源於並非高尚的目的。」

「哎，你啊，就是願意鑽牛角尖，目的的高尚是相對的，再說了，這也得從那個角度看，」何婷捋捋擋在額前的一縷頭髮，繼續說：「就說印度洋大洋中脊的發現吧，要不是那個叫卡爾斯堡的人捐助，那艘丹麥考察船能進行考察嗎，就算這人為了揚名，這又有啥呢，我們記住了印度洋的大洋中脊叫卡爾斯堡中脊，誰還去想這個叫卡爾斯堡的人是個怎樣的傢伙呢。」

郭欣瞪大眼看著何婷說，「喔，真看不出，我們的公主還是個能言善辯的演說家啊。」

何婷臉色有些紅，瞥了一眼郭欣，小聲說：「去你的，人家和你討論問題，你又冷嘲熱諷的，不和你談了。」

郭欣笑著說：「大海做證，這是真心話，有道是與君一席談，勝讀十年書。」郭欣還要說下去，何婷顯得急了，起身過來，仰起手來照著郭欣的肩膀拍了過來。

嘭，門突然被推開了。

劉南北猛一推門，不由噢得一聲叫開了，他這一喊，把屋裏的郭欣和何婷也給嚇了一跳，何婷手還未離開郭欣的肩膀，被劉南北的叫聲驚得向後猛然一跳，大腿被床沿一擋，身子跟著向後仰倒在床上。何婷尷尬地直起身來，滿面通紅，如燃燒的晚霞。郭欣有些張慌失措，嘴微微張著，像是在笑，更像在哭，一付哭笑不得的尷尬樣子。

劉南北回手關上門，臉上堆著含義複雜的微笑對他們說，「抱歉抱歉，我什麼也沒看見，我馬上就走。」劉南北說著微笑著走過來。

郭欣腿一伸，從床上下來，站了起來，臉色微紅，說：「有啥抱歉的，瞧你說的，別神秘兮兮的。」郭欣往旁邊讓讓，打了個請的手勢。

劉南北從汪洋的枕頭下抽出一本雜誌，郭欣瞥了一眼，封面花花綠綠的，一個咧著通紅嘴唇的女郎正含情脈脈地注視著他。劉南北看了看郭欣，笑了笑，說：「汪洋讓我自己來拿，小郭，等我看完了再給你看哦。」郭欣趕緊說，「不不，不用，你自己留著看吧，我不看。」郭欣邊說邊看了看何婷。何婷正抿著嘴瞧著他。郭欣嘿嘿地笑了笑。

劉南北對郭欣擠擠眼，拖腔拉調地說，「啊，你不看這些玩藝兒，對了，我怎麼不知道啊，嗨嗨，瞧我這記性，真是未老先衰啊。」劉南北說著，扭臉對著何婷，接著說：「何小姐，我們的郭欣怎能看這一類亂七霸糟的東西，你說是不是。」

何婷款款一笑，這一笑讓劉南北打了個愣怔，就像是走在甲板上，船一晃悠，冷不提防，突然打了個趔趄差點跌一跤一樣。劉南北臉上掛著幾份尷尬，像是做錯了事的孩子被當場捉住了把柄，臉上紅一塊紫一塊的。何婷笑容可掬，甜甜地開了口：「劉老師，這本雜誌很好看啊，船上的好雜誌可真不少啊，難怪小郭整天看得有滋有味。」

劉南北手裏握著卷成筒的雜誌，臉紅著說：「哪兒有好雜誌啊，上了船也就是看著玩消磨日子罷了。」劉南北邊說邊趕緊往外走。

「劉老師，你慢走啊。」何婷拖長了尾音目送著劉南北。

哐——砰。劉南北一摔門逃走了。

「嗨，真是海上晃蕩這些日子沒白晃蕩啊，你從哪兒學來的這些本事。」郭欣笑著說，令人掛目相看。

「怎麼，佩服了？」何婷的眉毛往上一挑，「以後認我做師姐吧。啊。」

「喂，別不知天高地厚，到哪兒我也是你的師兄。」

「提醒一句，這兒不是在陸地上，你到甲板上看看，天高麼？這兒的海水也不太深吧。應該說天低水淺。」

郭欣眼睛瞪大了，不知如何對付。何婷瞧著他的樣子，笑得更開心了，站了起來，扮了個鬼臉，「大博士，好好反思一下，我該走了，我們那位首席科學家還不知在上面怎麼編排咱們呢。」何婷輕盈地幾步走到門那兒，擺擺手開門走了。

老李沒敲門直接推開門就進來了，這把伏在桌子上看書的叢秋原嚇了一跳。叢秋原略有些驚訝地回頭看著老李，老李點下頭，打了個招呼，「瞧你那樣子，怎麼這麼秀氣，我進來還要預先通報？」叢秋原回過神來，埋怨道：「你進來前至少敲一下門，讓人有個準備。」「噢，我是不是還要問問你有沒有時間，提前預約一下，瞧你這些毛病。」老李說著，一屁股坐到了叢秋原的床上，從口袋裏摸出一支煙，掏出打火機啪地一聲給自己點上，一縷灰白色的煙圈嫋嫋瀰漫開來。

叢秋原皺皺眉頭，沒有吭聲。低下頭，兩隻手相互搓著。

老李瞥了他一眼，吐出一口煙，說：「老叢，魏如鶴又來傳真了。」老李說到魏如鶴的名字時頓了一下。

叢秋原肩膀一抖，頭抬了起來，嘴唇動了動，仍沒有說話。

老李笑笑，說：「他的傳真是發給小郭的，還等著小郭回信呢。」

叢秋原沉思了一下，迎著老李說：「他那傳真說了什麼，是不是問那塊化石？他讓小郭告訴他啥？」

老李夾著煙捲的手指抖了抖，煙灰落到了地板上。叢秋原低頭掃了一眼，臉上顯示出厭惡的表情。老李說：「不要緊，看把你乾淨的，這又不是在家裏。你老婆不會跑到船上來罵你。」

「唉，我問你他傳真到底寫了些什麼？」叢秋原看定著老李說。

老李晃晃頭，說：「也沒說什麼，他就是問小郭那塊石頭到底是不是化石，怎麼確定的？若拖網拖上了化石，怎麼就一塊？這一片海域怎麼再沒拖上來一星半點呢？不是又拖了兩天嗎？」

「唉……」叢秋原長歎了一聲，低下頭去。嘟囔道：「肯定是化石，我知道。」

老李說：「既然你這麼確定，你去給老魏發個傳真就是，把你的意見告訴他，省著他在家裏牽腸掛肚，也省下點傳真錢。」

叢秋原瞅了老李一眼，「你這人，唯恐天下不亂，盼別人打架就跟小孩盼過年一樣，對你有什麼好處。」叢秋原說到這兒，又加重口氣說：「我這人啊，都到了退休的時候了，沒興趣浪費那些精力，還是輕鬆活幾年吧。」

老李神色一亮，說：「也真怪了，來來回回又拖了好幾網，一塊也沒拖上來，這麼一大片海，就還能只有那麼一塊？」

「網和海比，這簡直是大海撈針。」叢秋原皺著眉頭，臉色像是被霜打了的茄子，「這就是運氣，人啊，不服命不行。」

「哦，你信開命了。」老李意味深長地說，「老叢，沒拖上來就沒拖上來吧，別管那麼多了，這又不是哪個人的責任。老邵要是問為啥再沒拖上來一塊，我回答他就是，他不是說一定要再拖到幾塊麼，讓他自己來吧。」

「我不是怕擔責任，這有什麼，我是不甘心。」

「這下老魏高興了，老邵高興他就不高興，你瞧著吧，這塊化石帶回去後他肯定要說這哪是化石。」老李笑嘻嘻地說，「魏老闆還有沒詞的時候。」

「化石擺在這兒，不是哪個人能否定的。」叢秋原淡淡說，「我也是一時犯傻了，這塊化石又能說明了什麼。」

「哎，你不是說能證明你的那個推想麼？」老李的口氣裏有些調侃。

「證明了又能怎麼樣？」叢秋原的神色暗淡下來，「現在還有誰關心這些事情啊。」

「話不能這麼說，老邵不就支持你麼，」老李笑著說，「他可是研究室主任，你這不也有領導支持了麼。」

叢秋原沒言語，沉默了一會兒，說道：「老邵是應該支持我，他不支持我他還能去幫著老魏打敗他自己。」

「噢，你這有名的超脫派居然也研究起政治來了。」老李哈哈笑開了。

在H研究室裏邵主任和魏如鶴是並駕齊驅的兩輛馬車的掌鞭人。用H研究室學科創建人李老先生的話說，H研究室是一輛向前滾動的大車，邵雨亭和魏如鶴就是這輛大車的兩個輪子，他就是靠這兩位將才來推動學術向前發展的。

叢秋原暗淡著眼色，歪躺到床上，眼睛盯著天花板。

「哎，我問你，這塊化石真那麼重要？」老李一本正經地說，「樣品這次取上來的真不少，對付個課題還不是輕鬆事？」

叢秋原瞧了瞧老李，歎口氣說，「現在還就是這快化石能打倒他，要是再取上來幾塊，那怕再只有一塊，他魏如鶴的那些狗屁理論全要被推翻。」叢秋原越說情緒越激動，起身站到了地板上，來回走了幾步。

「有這麼神？」老李的眼神停頓了一下，打了個激靈。

叢秋原看著老李，搖搖頭，說：「怎麼跟你解釋呢？他說著坐下來，瞧著老李說，魏如鶴的那個理論其實是個假設出來的推論，並沒有證據，在學術界現在那還只是個假說，國內還沒有人找到證據來證明他對還是錯，這塊化石的出現正好說明了他的推論是站不住腳的，他說一萬八千年前這一片海域是不毛之地，沒有動物生存，當時氣溫乾燥，而這塊麋鹿角證明了當時這兒有大型動物存在，就靠這一塊也能把他的理論推翻。」

「魏如鶴可就是靠這個理論打天下啊。」老李慢悠悠地說，「你就這麼一塊破化石就想把我們的魏大教授打倒？」

「所以我才想再拖幾網啊。」叢秋原長歎了一口氣。

第七章

拖網已經停止，《探索者號》正全速向東航行，大家鬆了一口氣。叢秋原變得更沉默了，郭欣也不像那幾天那樣興奮，少言寡語，見到何婷眼睛也不像往日那樣發光。除此之外，海上的工作進展得還是挺順利的，大家的心情儘管煩燥，但眼看著工作進入尾聲，只剩下最後幾個在航線上的補充採樣站位，因而都還不錯。郭欣對海上生活已徹底厭倦，盼望著工作早一點結束，早一點回到陸地，回到Q城。他實在盼望著生活能有點變化，這些日子腦子裏整天裝著化石讓他實在是疲乏了。臨近尾聲了，好氣候也結束了，風暴在後面追蹤著《探索者號》，他又對天氣有一絲遺憾——起初那樣好的天氣未免太單調乏味，而現在昏沉沉的海天，又讓他生出恐懼。許多人都告訴過他若遇到大風暈船厲害，到那時你就是哭天喊地也沒有用，在船上沒有一處不搖晃的地方，可最初那些天，海上一絲風也沒有，風平浪靜，船即使搖晃也沒有什麼，因為這種搖晃是隨著湧波逐漸的搖來晃去，郭欣並沒有不良的反應。郭欣有時候暗自慶幸，看來並不像人們說的第一次出海的人肯定會暈船。現在郭欣沒有這樣的慶幸了，他有種預感，風暴很快就會追蹤而來，可他無法和別人說，就是在何婷面前，他也沒說。

再有一個小時就要換班了。這一站幹起活來彆彆扭扭，本來他們這一個班就幹完了，可怪就怪在不是這兒出了問題，就是那兒有了毛病。眼看就要交班了，可取樣管還沒提上來呢。

在《探索者號》船上，考察隊是三班輪流，每班幹六個小時，再休息十二個小時，然後接班，如此輪流。這種三班倒不同於船員們值班，船員們是四小時一個班，大副二副三副，分別值零點到四點、四點到八點和八點到十二點，各帶兩個水手，但水手們每過一個星期就會輪換一個班，輪機部的管輪機匠們也是如此輪流。郭欣一開始時總感到睡覺的時間太少，一會兒的工夫就該起來值班了，後來慢慢地才適應了這種倒班。每當到了下班前的這一個小時，郭欣總是稍有點著急。到這個時候，他總是盼望著這一個小時快點結束，交班後洗一個澡接著去吃晚飯，然後躺到床上休息一會，再起來看幾頁書，也許還能在日記本上寫點什麼呢。在這個時候郭欣也非常小心。因為郭欣知道在他們這個班的幾位老師如大張、老史等人和魏先生的關係並不融洽，郭欣聽說大張在文化大革命時期曾上臺煽了魏如鶴一個耳光，而且還給魏如鶴辦了半個多月的「學習班」，從那以後魏如鶴和大張之間便有了隔閡，平日裏幾乎是井水不犯河水。郭欣上船後隱約感到大張對他的態度非常冷淡，郭欣是個非常自愛的人，越是這樣越注意自己。讀研究生的這幾年，郭欣已經深切的感受到導師與周圍人的關係，對學生的影響實在是太大了，尤其是那些對魏如鶴不滿而又沒辦法的人，若有機會自然要對魏如鶴的學生另眼相待了。郭欣對這種複雜的人事關係起初感到困惑，慢慢地也理解了，儘管他知道有些人給他製造障礙是衝著魏如鶴，但對落到自己頭上的這種莫名其妙的遭遇仍感到委屈不平。

又一個站位到了。這是這個班上最後一站了，做完也就交班了。大家剛在後甲板上站好，突然腳下的甲板明顯不穩起來，忽高忽低，左右也搖晃起來。不知誰說了一句：「不好，來風了。」郭欣先是腦子一陣發木，接著在肚子深處和嗓子眼裏同時感到了異樣的滋味。

海上的湧浪忽然大了起來，海水顯得也比往常厚重。《探索者號》也如喝醉了酒一樣，搖晃得非常厲害起來。郭欣不由自主地把兩腳叉開，努力保持著身體的平衡。他突然感到自己的身子發飄起來，彷彿腳下有一股巨大的力量托著自己一會兒上去一會兒下來，忽……上去，又忽……下來，這種感覺就像被一雙大手無情地拋來拋去。郭欣頓時感到腹內的一切都亂了起來，彷彿五臟六肺都連同身體一起被托了上去，接著身子又被重重地摔了下來，可腹內的這些腸胃卻還留在高處沒同時跟著掉下來，而身體又接著被托了上去，在半空裏碰到正下墜的腸胃……這樣幾個反覆，郭欣只覺著一股苦水猛得湧了上來，嘩，嘴一張便噴了出去……郭欣在痛苦之餘驚異地發現從自己嘴裏噴出來的是一股黃顏色的濁流。吐後這一瞬間感覺稍好一點，接著又開始了這種苦澀的滋味，哇，又是一口……在這種周而復始的嘔吐中，郭欣嚐到了暈船的滋味。

《探索者號》成了渾浪中的一片小樹葉，被無情的打來拋去，一會兒被拋到波濤的高峰上，一會兒被狠狠地摔到深淵裏。其實這艘多學科綜合性考察船的噸位在科學考察船中是頗為可觀的，當它靠在碼頭上時，走近看看也很壯觀，但在這無邊的憤怒的海上，實在是一片可憐的小樹葉了。有好幾個人已經感到了不適，有出海經驗的人馬上回到房間平躺到床上，儘量讓自己的身體適應這突如其來的變化。有幾位的臉色變得臘黃，有幾位的臉色變得慘白，沒有一絲血色，就是不暈船的人也和平常的感覺不同，畢竟風浪來得太突然了。駕駛室裏，二副坐在那張高椅子上，左右搖晃著，兩個水手一個站在舵後，一個站在窗前，都像喝醉了一樣，跟著船身搖晃著，這兒搖晃的要比後甲板厲害多了，這兒可是《探索者號》的最高層啊。二副從椅子上下來，扶住窗下的臺子，嘴裏罵道：「他媽的，說來就來了，討厭的風。」掃一眼定位儀，說：「這一站怎麼還沒完？他們還走不走了。」二副說著拿起話筒，用手摁住開關低聲說：「喂喂，實驗室，後甲板工作結束沒有？來風了。」實驗室裏沒有人回答，值班的隊員都在後甲板上幹活，房間裏只有一個人，這就是何婷。何婷剛剛洗完澡，打扮好自己，拿了碗盆和筷子輕盈地來到實驗室裏，看看他們待會兒取上來的樣品，再就是等著打飯了。何婷皺皺眉，這一管子怎麼還沒打上來，要不要出去到後甲板上看看，正這樣想著，房間突然搖晃起來，她的身子緊跟著打了幾個趔趄，伸手使勁扶住桌子，穩住自己，嘴裏低聲道：「喔，怎麼回事啊？」突然感到了一陣噁心，有一股酸酸的洪流嘩的湧上來，她還沒反應過來，就「哇」的一口，一股濃酸惡臭的胃液就噴發了出來，何婷感到整個世界天翻地覆起來，她聽到了喇叭裏的聲音，像是從遙遠的天外傳過來的，她厭惡地看了一眼桌子上地板上艙壁上自己吐出來的污穢，掙扎著走到水池子那兒，她的喉嚨如打開的河閘，一口一口哇哇的噴湧，喉嚨裏沖塞著酸甜苦辣，夾雜著惡臭和濃濃的汽油味，這一切混合在一起，如一雙無情的大手，在何婷的胃裏掏來掏去，要把她的身子掏乾。

「小郭，你暈船了。」老李喊道：「快點，你趕快下去躺下，快！」老李在後甲板上突然冒了出來，劉南北也跟著上來了。

郭欣還想說什麼，可自己的腳下一個趔趄，身子向後一仰，接著又向前一衝，一股黃流噴湧而出，濺在了甲板上，觸目驚心。

「小郭，你聽到沒有，你的黃膽都要吐出來了，快點給我下去。」老李的話裏有些火：「你聽到沒有！」

正在整理取樣管的大張伸伸舌頭，笑笑說：「這麼點風就吐了，真是個笨蛋，怎麼樣，暈船的滋味不好受吧？」

「我操你媽，大張。」老李喊道：「他第一次上船，你這是幹什麼？」

「小郭你快點下去，你看把老李急的，嘿，不要緊，我是和你開玩笑。」大張一邊幹著活，一邊轉過身來看著郭欣說：「慢慢就鍛煉出來了。」

郭欣點點頭，他的眼裏含著淚水，但郭欣並沒感覺到眼裏含淚。他沒有力氣說話，只想著能趕緊離開給他帶來痛苦的後甲板，他用手捂著嘴轉身向著後艙門走。他想走快一點，但腳下高高低低，怎麼自己一點力氣也沒有了呢？郭欣走了幾步突然感到眼睛有些濕潤，趕緊使勁控制住，可胃裏的酸水卻不聽控制，一股股的向著喉嚨忽忽地湧上來，到了嘴裏便成了無處不在的焦苦味，嘔哇，一口又噴了出來，緊跟著又是一股股的黃流。

郭欣搖晃著身子，趔趔趄趄地走著，勉強走到了艙門，正巧汪洋迎了出來，一見郭欣，趕緊伸出手扶住，把郭欣架進到過道裏，邊走邊說：「不要緊，我第一次出海也吐了，吐是好事，說明你身體還可以，要是你不吐反而麻煩了。」郭欣把整個身子的重量靠在汪洋的肩膀上，一雙濕潤的眼睛茫然地看著汪洋。汪洋並沒注意郭欣的表情，而是注意自己的腳下，過道裏堆著雜七雜八的東西，汪洋關照著郭欣別磕碰著什麼。

汪洋攙著郭欣如舞蹈般來到實驗室，房間裏已亂成一團，桌子上的東西已滾到地上，一個搪瓷杯在地板上滾過來滾過去。何婷趴在桌子上，身子在顫動著。汪洋暗暗叫道，「不好，她也暈船了。」汪洋想衝過去照顧她，可他克制住自己，他不能把郭欣推開，他得先把郭欣安頓好。郭欣難受的更厲害了，彎腰坐到門邊的一張硬皮椅上，頭昏昏沉沉，一股濃重的柴油味嚴嚴實實地堵在嗓子眼上，使得他憋悶著喘不上氣來，腹中像打翻了的五味瓶，上下翻騰，一陣陣劇烈地撕扯著，一股股向上湧著翻騰。郭欣的臉色越來越難看，由蠟黃變為蒼白，最後連嘴唇上也不再有一絲血色。汪洋剛想過去看看何婷，見郭欣這個樣子有些吃驚：「你感覺怎樣？」說著他用手在郭欣的頭上摸了幾下，眼看著他的臉色越來越嚇人，又說：「郭欣，快回下面躺一會吧，躺躺就好了。」汪洋正想扶郭欣起來，外面有人喊：「實驗室裏的人快到後甲板，快到後甲板。」汪洋說：「你先堅持一會，我去去就來。」他說著又對何婷喊，「小何，別在這兒趴著，快回房間躺床上。」汪洋看著何婷的樣子猶豫了一下，還是走了過去，一把拽起何婷，攙扶著她往外走，何婷軟綿綿地掛在汪洋的肩膀上眼淚流了下來。

郭欣的腰已直不起來，他掙扎著坐直了身子，頭靠在牆壁上，急促地喘了幾口粗氣，這房間裏的氣味太難聞了，哪兒來的嘔吐味？汪洋剛才喊誰？還有誰暈了？郭欣剛想理出個頭緒來，哇，又嘔吐起來。郭欣喘息著，強咽下又湧上來的苦水，他害怕把膽汁都吐光了。郭欣決定不等汪洋了，還是早一點回房間吧，躺下也許能好點。

從實驗室的過道下到中艙，只是一段很短的路，對於郭欣來說，這卻是一個漫長的過程，他感覺每走一步簡直是把全身的力氣都用了出來，下那幾登陡峭的樓梯時，恰巧船身猛地上下一晃，要不是有人從後面一把抓住他，他險些閃了下去。下到中艙，郭欣才發現剛才抓住自己身子的是汪洋，他有些驚訝，既感激又困惑地看了看汪洋。汪洋沒說什麼，只是用力扶著他往房間門走去。一回到房間，房間地上也已是一片狼藉。磁化杯在滾來滾去，書本雜誌一類的鋪了滿地，椅子也仰倒了，盤碗在隨著船身的搖晃叮叮鐺鐺的響著。汪洋幫著他把粘著泥水油污的外衣脫掉，又使勁把他的身子放到了床上。

船身在左右上下搖晃顛簸著，郭欣的身子躺在那裏也在不停地搖晃起伏著，但感覺比剛才稍微好受些。他把腳上的鞋子蹬掉，把腳抬到了床沿上，身子整個都交給了動盪中的床了。

「你躺一會，睡一覺就好了。」汪洋說著拖過毛毯給郭欣蓋上，「快開飯了，我給你打一份。」汪洋說著彎腰從地板上收拾著東西，把這些雜七雜八的歸攏了一下，放到妥當的地方。然後拿著郭欣的盤碗開門走了。

汪洋喘息著趕回到實驗室裏，實驗室裏已經坐滿了人。老李點上一支煙，慢慢抽了一口，看了汪洋一眼，讚歎說，「汪洋，你還行啊，他們兩個都暈了，你還一點事沒有。」

汪洋靠著叢秋原坐下，回應道：「誰說我沒有事，我也難受，只是比他們輕點罷了，我上次出海時還不是和他們一樣。」

叢秋原兩手搭著坐在那兒一言不發，眼神顯得迷茫恍惚。

水手小吳進來了，老李打招呼說：「歡迎你來視察，你是代表船長呢，還是代表全體水手？」小吳笑著說：「聽說你們隊上有幾位已經交公糧了，就這麼點風，就交了公糧，也太丟人顯眼了。」

對於暈船，船上有種種形容，船員們把暈船嘔吐稱之為交公糧，是往大海裏貢獻糧食。

實驗室主任把暈船形象地形容為暈船三部曲，他用了三個英文字母來代表：ORE。O，就是「嘔」，這是暈船的第一部「動作」，酸酸的胃液向上湧動；緊跟著就是「R」，R就是「啊」，喉嚨裏充滿了酸液，頂著嗓子，怎能不「啊」呢？第三部是「E」，E也就是「溢」，噴溢而出。在船上要是說誰交公糧了或者說誰在練ORE了，這就意味著誰已經暈船了。

老李扔給小吳一根煙，「來，坐一會兒。」老李說著，從口袋裏摸出打火機，遞給小吳。

小吳一邊點煙，一邊說：「老李，船長請你去一下。」

老李一怔，脫口而出：「什麼時候？」

「船長叫你馬上就去。」

郭欣沒有力氣說話，閉著眼睛緊皺著眉頭，腹內依然在翻滾，那股柴油味合著機艙的轟隆和船身的晃動仍在一陣陣往他的胃裏頂，他感到了虛脫，這是一種沒有一點力量的虛脫，但感覺依然敏感，尤其是胃裏的這股讓人窒息的柴油味。他聽到門兵的一聲帶上了，他想說我不餓，但卻喊不出來。其實郭欣已感到饑餓，這是一種渾身空蕩蕩腸壁貼在一起的饑餓。但他仍然感到嘔吐無時無刻不在折磨著他，他噁心的要死，一聽到打飯這個字眼，從腸胃深處猛烈地湧上了噁心嘔吐的感覺。

《探索者號》又在航行中了，船搖晃得稍輕了許多，但航行中的船身上下卻顛簸得厲害，郭欣躺在床上，他的身體不斷地隨著船身上下顛簸著，他感到他的心臟在不斷地被拋上去又拋下來，整個身子像是被掏空了，只有一顆沒有系住的心在被上下折騰著，他感到了一種極度的噁心，這是一種難以忍耐的噁心，心臟裏如同灌滿了令人窒息的柴油，柴油在流淌著，燃燒著，猛烈地燒烤著他的心，這就是暈船。郭欣嘟囔著，他想翻動一下身子，發現身子越動這種滋味越是難受，他放棄了努力，聽憑船身的顛簸，郭欣咬住牙，咀嚼著暈船的滋味。

舷窗外仍然不時響起嘩嘩地水浪聲，郭欣知道這是船身濺起的海浪，一陣嘩……接著又是一陣嘩……郭欣聽著想哭，可沒有一點一滴眼淚。他感到自己可憐，可誰知道我可憐呢，大海對不起我。郭欣開始咬牙切齒地詛咒大海，這只是在他的意識中，因為他已沒有咬牙切齒的力氣，他詛咒著大海也在暗暗發誓，今生今世再也不出海了，這那裏是人受的滋味。郭欣乏軟可憐的躺在那裏，與其說是躺，不如說是癱在床上更為合適。郭欣就這樣癱在那裏讓狂暴的大海搖晃著拋打著折磨著蹂躪著。「我受不了了，讓我死吧。」他對自己呻吟著，他甚至產生了爬起來去跳海的念頭。「媽……媽……」他低聲地哭泣起來，「我這是幹什麼啊，我真想回家。」

門外鈴……鈴……地響了起來。這聲音由遠而近，最後彷彿在郭欣的頭頂上響了幾聲後，又漸漸由近到遠。郭欣知道這是開晚飯的搖鈴聲。他突然感到一股苦水從腹內嘩地湧上來，他趕緊用手堵住嘴，起身下床，幾步跨到漱洗的水池前，哇，一口，全吐了出來。房間裏霎時瀰漫開來一股酸酸地惡臭，把郭欣頂得噁心的又嘔吐起來。郭欣終於停止了嘔吐，他用手抹了一把嘴，擰開了涼水水龍頭，嘩……水池被沖洗乾淨了，但還剩下一點污物，郭欣厭惡地看了一眼，又擰上水龍頭，郭欣不經意地一眼瞥見了門邊上有一隻灰色的小老鼠，正在那裏隨著晃動著的地板晃晃悠悠，頭一磕一磕的，四肢軟軟地勉強支撐著身子，像是喝醉了酒。「你和我一樣，也暈船了。」郭欣既像是對著老鼠說，也像是在自言自語。他掙扎著回到了床上，躺下前的那一瞬間，他又瞧瞧在那裏磕頭的小老鼠。在滿喉嚨的柴油味中，一種饑餓感又湧了上來。但緊接著又是一陣噁心，他使勁控制著自己，把這股苦水又壓了下去。

門被猛地推開了，船一晃，門自動地更是急速地合了過去。「小郭，感覺還行？」進來的是老劉，他一手端著一個飯盆，「聽說你也暈船了？好事，說明你的小腦也是發達的。」他把飯盆放到床上，已不敢放到桌子上了，桌子上現在已是光禿禿的，什麼東西也放不住了。「來，這是汪洋替你打的，吃一點東西，就著鹹菜，這是對付暈船最好的飲食。」

「不，我不餓。」郭欣費力地說。

「不餓是假，暈船更要吃飯，好有東西吐。」

「不，不。」

「你這樣怎麼能鍛煉出來？」

「不。」

「我以前也暈船，慢慢就好了。」

郭欣突然感到一陣反胃，他忽地爬起來，奔到水池前，哇，又吐出了一口。老劉搖搖頭，歎息了一聲，扶住了郭欣坐到床上。老劉說，那我先走了，你躺下睡一覺吧，感覺能好些。

郭欣剛躺下不久，門又被推開了。阿坤端著碗麵條進來了。

「小郭，知道什麼是暈船了？來，吃碗麵條就好了。」阿坤招呼說。

郭欣的眼睛馬上有些濕潤，他支撐著自己坐起來，說：「不，阿坤，我不餓，謝謝。」

「謝什麼，起來吃。」阿坤說著已坐到郭欣的身邊，把麵條遞了過來，「這是老黃請胖子親自下的清湯麵，鹹菜還是他從老家帶上船來的呢，疙瘩頭和蘿蔔絲，是他老伴自己醃的，平常誰能吃到他的鹹菜？這可是照顧你們暈船。」

「我一點都不想吃，噁心的要命。」郭欣打著手勢，讓阿坤把麵條拿走。

「這可是病號飯，小郭，快咬牙吃點吧。」阿坤把碗又端到郭欣的面前，郭欣勉強吃了一口，卻咽不下去。起身又哇地吐了出來。

「你這樣能行？吐不要緊，但要吃飯，吃了再吐，幾次就練出來了。」阿坤耐心的端著那碗麵條，說：「誰在船上沒暈過海？」

「我吃不下。」郭欣眼巴巴地看著阿坤。

「好吧，先放一邊，你待會餓厲害了，再起來吃。」阿坤說著把這碗麵條放到床頭前的一個矮櫃上，又拿過來幾本厚書擋在兩邊。「那我先走了。」阿坤說著用手拍了一下郭欣的肩膀。

一個湧浪打著尖厲的呼哨破碎在了舷窗上，房間裏忽悠一下濃黑了下來，像是浸在了哐當哐當的沒有陽光的深淵裏。還沒等郭欣愣過神來，《探索者號》船像是被一隻大手猛地一推，又邊起了讓人暈眩的鞦韆。郭欣死命地用右腳蹬住了床檔板，躺在窄窄的床上顛簸著，眼睛死死地閉著，眉頭擰成一個凸起的疙瘩，兩手抱在胸上，雖然蓋著毛毯，仍像害冷似的渾身打著哆嗦。郭欣不敢睜開眼睛，每當海水遮蔽了舷窗，他總是在心裏聽到窗玻璃嘩拉拉的破碎聲，緊跟著是洶湧撲進來的海水……這情景讓郭欣恐怖萬分，簡直不敢想像。他覺著閉上眼睛心裏的壓力能減輕些。他的頭躺在枕頭上臉正對著舷窗，腳在舷窗的下邊，隨著船身的顛簸和搖晃，郭欣的頭和腳也在盪鞦韆般的上下搖盪。他的血液忽然急速地奔騰起來，燒得他渾身灼疼。老李放肆地躺在另一張床上，毛毯沒蓋在身上，蹂躪成一團，墊在老李的腳下面。老李昨天晚上和汪洋換了房間。汪洋找到老李說，他看著郭欣暈船的樣子實在受不了了，自己都不敢回房間，一回房間聞著那股氣味就忍不住想吐。老李說：「要不你到我房間咱倆換換。」汪洋說：「那怎麼行？」老李笑笑說：「換換吧，等風暴過去咱再換過來。」汪洋嘴裏說著不好意思還是歡天喜地的跑到老李的房間睡覺了。

「老天，我操你媽。」老李睜著佈滿血絲的眼詛咒著，嘟囔著，歎息著，最後長長吐出了一口憋悶在心裏的惡氣。老李兩手交疊著墊在後腦勺下，側臉瞥了一眼對面的郭欣，臉上掛著一絲苦笑說：「小郭，現在知道出海的滋味了吧，出海的滋味不好受啊，」老李說著眼睛濕潤起來，「操他媽的，要是出海的滋味好受，還輪到我們了。」恰好又一個大浪打來，老李的身子在床上顛簸了幾下，幸虧左腿抵住了檔板，才沒被顛到地板上。老李眨了眨眼皮，伸手擦掉了掛在眼袋上的一滴渾濁的淚珠，目光凝固在了晃著浪影的天花板上。老李罵完了天，身子隨著湧浪搖擺著，顛簸著，一會兒頭朝上豎了起來，接著一個搖晃又跟著把腳舉到了空中，頭倒掛著，滿肚子的苦水像是要從嘴裏瀉出來。老李正要叫喊，船身又盪了回去，他的眼淚像決了口的洪水洶湧而下，哽咽著，「我的媽啊，我活了大半輩子還來出得哪門子海啊。」老李感到了委屈，苦笑說：「都是已經作了姥爺的人了，還他媽的和年輕人來爭飯吃。」老李抹了把發澀的眼睛，又歎了口氣，打眼掃了一眼挺在對面床上的郭欣。

「小郭，還能挺住吧。」過了不多會兒，老李又關切地說，「別老這樣躺著，起來喝口水。」老李說完像是幹完了一件累活，腦門上沁出了一層細碎的汗珠。老李抬左手在心口上摸了摸，剛才這個湧浪可真夠勁，心臟都差一點給顛出來。老李突然意識到，剛才心口裏蹦得厲害，不是因為顛的，老李突然驚出了一身冷汗。這個湧浪來的力大勁重，像是一股蠻力頂到了《探索者號》的左舷船身上，一個湧浪推進著，船身沉緩地傾斜過來一點，接著第二個湧浪又默默地推壓了過來，船身一顫又繼續傾斜過來一些……老李在心裏默默地念叨著，一，二，三……三字啟口吐出了聲音，老李眼珠跳了起來，心口一陣痙攣，時間真緩慢啊，像是熬過了漫長的歲月，船身才又慢慢悠了回去——緊接著又繼續盪過來。老李有些羨慕郭欣，年輕人有年輕人的好處，真應了那句老話，無知人膽大，不知道有不知道的好處。像老李這樣被稱為海狼的老科考隊員，風浪再大一些船搖晃得再快些甚至再厲害些也不會太在乎，可遇到今天這樣兇悍的大海湧時，心裏就會不自覺地發毛害怕。老李清楚地知道，《探索者號》早已到了退役的年齡，好幾根龍骨已修補了兩次，船身現在只能抗壓住四個接踵而來的大湧浪的撞擊，若再跟上來一個湧浪，後果就不敢想了。今天可別再這樣搖晃上一天了。

郭欣側了側身子，正要開口，船身忽地又劇烈地搖盪了起來，他呲牙咧嘴地皺緊了眉頭哎呀了一聲，兩串淚珠像斷線的珠子刷刷地掉了下來，滾到了枕巾上。每次船身猛烈蕩起時，郭欣的五臟六腑都跟著盪到了半空中，船身再急劇下落時，他覺著儘管身子也跟著落下了，可那些五臟六腑卻還停在半空中，要待一會兒才能跌落下來回到原來的位置，就這一耽擱，攪得他肚子裏也像咆哮的海水在翻騰著，他覺著自己的身體忍受力已達到了極限，再這樣下去，活著還不如死了好。魏老闆說出海最能考驗一個人的性格和耐力，郭欣卻突然發現這簡直是胡扯，憑你多有耐力讓你來享受好了，人的性格在這樣的時刻管個屁用，再強的男人他能管得了自己的五臟六腑，他能硬過這搖不夠的大浪，人啊——是活在陸地上的動物，他媽的這兒是大洋。郭欣罵不出口，在心裏一個勁地詛咒著這該死的天該死的海該死的專業……

「小郭，感覺怎麼樣？」老李說著，突然嘿嘿笑了兩聲，「小郭，也算你命大，第一次出海就碰上了這樣的鬼天氣，熬過了這次，以後出海就不用害怕了。」

「以後我再也不出海了。」郭欣拖著哭腔狠狠地說，「我真受不了了。」

「受不了也得受。」老李搖搖頭苦笑著說，「出海的人暈船時都這樣發狠說，回去後再也不出海了，可時間久了，一聽說又要出海了，又把這話給忘了，屁顛顛地再跑到船上來遭罪。起初我也發誓再不上船了，還不是照樣出了一輩子海。唉，上了船就由不得我們了，這船上可沒有一塊安穩地讓你躲著藏著，就是藏到老鼠窩裏也一樣跟著搖晃，咱遭罪老鼠也一樣暈船，熬吧，天總是要晴的。」

「你饒了我吧。」郭欣哇地叫開了，「李老師，你行行好，你把我扔海裏餵鯊魚吧。」

「把你扔海裏？」老李嘿嘿一笑說，「想得不錯，我可沒有這樣大的勁，剛上船時你提出來扔你還差不多，現在我的身子早已經空了，就是有勁也不能白白浪費，還是留著再熬上幾天，我還想多活幾年，還等著抱孫子呢。再說，就是有勁也不能把你扔海裏，等船回到Q城，你老闆一見沒你的人影，問我要人怎麼辦，到那時你父母再大老遠地跑來，再加上你的女朋友一起哭天喊地的要人，這活不見人死不見屍的事，我可負不起責任。」說著，老李和郭欣互相瞧著嘿嘿笑了起來。地板上滾動的盤子飯盆碰撞的聲音，淹沒了他們乾澀的笑聲。

噹啷——噹啷——噹啷……一陣清脆地鈴鐺響由遠而近，接著是一陣急促地搖響，像是在房間門口猛搖了幾下，又由近而遠，漸漸鈴聲小了。老李歎了口氣，說又到吃午飯了，「小郭，吃飯了，不吃飯可不行啊。」老李慢慢撐起身子，伸腳在地板上夠著一隻拖鞋。鈴鐺是大廚搖響的。大廚手裏搖著鈴鐺，從前艙搖到中艙再搖到後艙，便是開飯了。每天大廚要搖兩遍鈴鐺，午飯和晚飯。早餐和半夜裏的加餐不搖，免得影響下了班剛躺下休息和睡得正香的人。鈴鐺聲讓郭欣感到了痛苦，如條件反射一般他聽到搖鈴響，肚子裏就一陣陣痙攣起來。郭欣說不清這種痙攣是因為饑餓還是因為暈船，只是沒有一點食慾，想到飯菜就覺著喉嚨間一陣噁心，卻又嘔吐不出東西來。

老李的身子隨著船身的搖晃前傾後仰著，穿著拖鞋的兩腳分開著使勁蹬著來回傾斜的地板，他的兩手左右搖擺著，盡力保持著身體的平衡。老李把兩個飯盆摞到一起，托在盤子裏，兩手握著，向著門口移動。老李走到門口，把盤子飯盆頂到懷裏騰出右手摁住了門把手。船身恰巧一晃，門猛地蕩開了，老李的身子向後一仰一個趔趄，摔到了櫥門上。老李彎腰立住了身子，嘴裏操爹操娘罵咧咧地，又往門口走。郭欣嘟囔說，李老師你小心些，別給我打飯了，我一口也不想吃。老李罵了句，操，不想吃也得吃，你得把肚子填實落了，我可不想跟一個死屍睡在一起。老李罵完愣怔了一下，嘟囔說我怎麼把死字掛在了嘴上，真他媽的晃傻了。

老李摔門走了。郭欣心裏振得一陣顫抖。他的眼睛剛一睜開，一個大浪猛然破碎在了舷窗上，轟天的響聲像是要撞碎了窗玻璃。郭欣趕緊閉上了眼睛。郭欣在床上躺得時間久了，最擔心的不是《探索者號》船被大風浪掀翻，而是這扇舷窗上的玻璃被大浪打碎，每次湧浪撲上來蓋住了舷窗，郭欣總覺著一股黑藍色的潮流壓頂而來，把自己裹卷在瘋狂的深淵裏。每次湧浪退去，舷窗又有了暗淡的亮色，郭欣懸吊在半空裏的心這才顫悠悠地落下來，可總是落不實落。他摸摸心口，七上八下的總是不踏實。

郭欣伸手在內褲上摸了摸，仍硬硬的，有些涼。郭欣嘴角上浮現一絲苦笑，心裏暗罵道，他媽的身子這樣難受這傢伙還在那兒想三想四，真他媽的流氓。罵完了又覺著有些委屈自己，明明沒有跑野馬啊，船都快要把人的骨頭給顛散了架，啥時候做過夢來？與其說做夢，不如說是想入非非，睜著眼做夢。郭欣一天比一天渴望著她，起初還只是一個模糊的臉蛋，漸漸那目光明亮起來，變得幽深明亮，勾魂攝魄，就像這深藍色的大海，風吹過，大海搖晃起來，一波一波盪漾著，那目光也跟著飄蕩起來，像是要把郭欣的魂兒給勾了過去，風吹波橫，一張濕潤紅豔的嘴唇微微顫動著送了上來，郭欣的身心在盪漾的水波裏熊熊燃燒起來……一陣陣巨浪沖蕩著郭欣，他感到整個身子被湧浪高高地托在浪尖上，全身的血液沸騰著急速地流淌著，突然，一陣咆哮和渲泄，一股熱流從他的身體裏噴湧直下……他的身子接著被蕩到了谷底，像是剛在大海裏暢遊了一通，疲倦地躺在了沙灘上，只是這沙灘仍在搖擺著顛簸著。

郭欣起身從床腳拖過一身運動衣穿上，內褲沒得換了，那兩條髒的還放在水桶裏沒有洗呢。從遇到風暴後，郭欣除了掙扎著到廁所方便外，幾乎沒離開過房間，這條內褲將就著穿吧。郭欣在地板上找拖鞋，一隻在桌子下面，另一隻滑到水龍那兒了。郭欣翹著右腳從桌子底下勾過鞋來，穿上，船身一搖，差點把他摔倒。他緊走兩步，穿上了另一隻鞋。郭欣伸開兩手抓住了水盆上方的搭毛巾的欄杆，腰微微直了起來，抬臉對準了那方鏡子，一張蒼白模糊的臉對準了他，他打了一個寒顫，「這是我嗎？」他的臉往前湊湊，嘴裏的熱氣哈到了鏡子上，那張蒼白的臉更模糊朦朧起來。郭欣抬起右手在鏡子上抹了幾下，一雙凹陷下去的眼睛清晰了，他還想再看清些，突然轟得一聲，他的身子猛地向右一歪，左手沒抓住毛巾杆，整個身子盪了出去，摔到了門上，又接著被盪了回來——歪倒在地板上。房間裏籠罩著一片黑漆漆密實地深藍色。郭欣疼得叫出聲來，他覺得右邊的肋骨被撞斷了，刺疼一陣陣襲滿全身一陣陣鑽心扯肺。他突然覺得肝部一陣緊縮，接著聽到一陣急速地跳動聲，像是一根血管在肝部激烈地顫抖著，扯動著整個肝部猛烈地抖動起來，一陣陣鑽心的巨疼抓住了他，兩行清淚如決堤的洪水流了下來。他想忍住，抿緊嘴唇，卻忍不住呻吟起來，聽到自己的呻吟聲，郭欣鼻子一酸，不由得張開嘴哭了起來……

老李彎著腰推開門，把左手裏的飯盆放下，右手端著飯盆伸到郭欣床前說：「小郭勉強吃點吧，肚子裏沒飯可熬不到時候呵。飯盆裏有一個小花捲，半個鹹鴨蛋。」郭欣臉朝裏躺著，沒有反應。老李側坐到郭欣的床腳檔板上，用胳膊肘頂頂郭欣後背嘴裏嘟囔說：「聽到沒有，我可不能老這樣給你端著，趕快起來。」郭欣翻過身，眼睛紅脹著，像是掛了兩個爛桃。老李哦了一聲，「怎麼你剛才哭過？真沒出息，男子漢流血不流淚。」老李嘴上這樣說，心裏酸酸地，說是不流淚，那是沒到流淚的時候，待這船上晃幾天試試，不讓你哭著喊娘那才怪了。老李接著說，「你的身子早就讓海浪給掏空了，再不吃飯，想找死呵。快起來吃飯。今天花捲做的不錯，是大廚動手做的，又香又軟，鹹鴨蛋蛋黃都流油了，快起來吃吧。」郭欣撐著身子坐了起來，接過飯盆，眉頭皺得擰在一起，嘴唇張了張沒說出話。老李忙擺擺手，說用不著客套。老李身子晃蕩著，歪到自己床上，斜倚在艙壁上，嘴唇裏叼上一支哈德門煙捲。這次上船老李帶上來四條精裝哈德門香煙。老李屬於那種在家裏省吃儉用，出門在外捨得花錢的人。用他的話說，窮家富路，何況這還是到海上。在海上更不能虧待了自己，他咬咬牙買了「蓋哈」。平常在家時，他一般抽「軟哈」。「蓋哈」比「軟哈」貴一塊錢，老李到小店裏批發，一盒還能省下六角錢。老李點上煙，看著郭欣一小口一小口地就著鹹鴨蛋嚼著花捲，像是餵鳥。老李樂了，「吃飯真痛苦，是吧郭欣。」郭欣苦笑笑說，沒一點胃口。老李說，「你還不錯，現在還能堅持住，你剛開始暈船時，我都不敢看你的臉，簡直沒有一點人色，現在看你能鍛煉出來，至少你還能吃飯，不管吃多少，只要能吃飯，就能吃上出海這碗飯。」

郭欣像是突然睡醒了，睜大眼問道：「李老師，汪洋呢？」

「噢，他聞不了你吐出來的氣味，我倆換了房間。」老李輕描淡寫的說，「這小子還行，頂住了。」

郭欣點點頭，又疑惑說，「李老師，現在船晃得更厲害，我怎麼反而不吐了？」老李說，「你以為你不暈船了？知道為什麼不吐？老李手一揚打了個手勢，你的膽汁早吐光了。船晃得這麼厲害，你現在到上面看看，看看誰還在哪兒吐？強熱帶風暴來了，沒有人再暈船從嘴裏哇哇亂吐了。你下來照鏡子看看你的臉色，不下來也行，看看我的臉色像是正常人嗎？這都是嚇得，說不害怕是瞎話，你去問問船長害不害怕？他肯定會說不害怕，可我告訴你，這條船上最害怕的就是他，說最不害怕的也是他。剛才在前廳裏，聽大副說船長要給報務主任處分。」郭欣接了一句，「他發錯電報了？」老李搖搖頭說，「不是，他昨晚上穿上救生衣跑到艇甲板上抓著欄杆蹲在救生艇下蹲了一夜。」郭欣的臉上寫滿困惑，嘴裏含著一小塊花捲，呆呆地望著老李。老李慢悠悠地噴出一口煙，清清嗓子說，「他這行為可是動搖軍心，在船上你以為救生衣可以隨便穿，到了危急時候，除非船長下令誰也不准隨便穿救生衣……」

房間裏又暗了下來。郭欣手裏的盤子哐地摔到了地板上，半個花捲滾了出去。郭欣看了看手裏拿著的鹹鴨蛋，才吃掉了一小半，猶豫了一下，從枕頭下抽出半捲衛生紙扯了幾圈撕下一點把剩下的咸鴨蛋包了起來放到一邊。扭臉掃了一眼在地板上滾來滾去的盤子和花捲，把枕頭豎起來靠到艙壁上讓身子倚了上去。老李手裏的煙差一點滑出去，煙灰落到了床單上，老李罵咧咧地揮手彈了幾下，把抽了一半的煙捲掐滅，摸出硬皮「蓋哈」，把半截煙捲放了回去。郭欣看看舷窗，浪退下去了，顯出一點亮色，仍舊灰沉沉地，沒有一絲陽光。

郭欣歎了口氣說，「不知道啥時候能好天？」

老李的目光也落到舷窗上，海水哐盪著又湧了上來，老李把手墊到後腦勺下，半天吐出一個操字，天知道是哪天。老李的目光收回來又掃到郭欣臉上，郭欣的臉色白得慘澹，眼色暗淡無神，凹陷的眼眶蒙上一層黑暈。老李的心裏咯咚一聲，像是被一塊尖硬的石頭劃了一下，心底抽緊了。

老李說，「小郭你還真不錯，我看你的身子骨行，昨晚上的風浪最大，咱們都頂過來了。」

郭欣瞧著老李說，「李老師昨晚上風浪最大？」

老李點點頭，「剛才大副說，昨晚上咱們這船晃的最厲害，左右搖晃幅度達到了三十八度。」

郭欣眼神有些朦朧。老李解釋道，「船身搖晃偏離中軸線要是達到四十五度，船身就傾翻了。」

郭欣心裏倒抽一口涼氣，「昨晚上是怎麼過來的？」郭欣渾身直冒冷汗像是做了一個夢。不過這個夢和何婷無關，腦子裏一片空白像是喪失了記憶。

老李又說，「昨晚上有好幾個人沒敢待在房間裏，醫生和三副抓著欄杆坐在上甲板上足足熬了一個晚上。」老李說著笑了，郭欣笑不出聲，只是皺了皺眉頭。

舷窗外已沒有一點亮色，天色暗了下來，海上的風呼嘯著，湧浪咆哮得更急迫了。老李擰開壁燈，拿出一本封面花花綠綠的雜誌，戴上花鏡翻了幾頁，又放下雜誌摘下眼鏡，關掉壁燈，把頭埋到枕頭裏。翻了一個身說：「小郭，睡吧，明天風就停了。」

郭欣斜倚在艙壁上，跟著船身搖晃著，心裏七上八下的，整個身子像是托在瘋狂地浪尖上。他答應著老李，仍那樣斜倚著身子，沒有躺下。

老李的眼睛沒有合上，眼睛盯著已看不清紋理的艙壁。有句話憋在心裏，讓他難受得厲害，大副的話他沒有都告訴郭欣，大副悄聲告訴他，下一個強熱帶風暴今晚上就遭遇上了，風力比昨晚上的還要高一級……老李有些後悔這次出海，本來不該上船啊。出了一輩子的海什麼樣的風浪沒經歷過，那年在沖繩海槽《探索者號》讓風浪給折斷了四根龍骨後面又追上來一個低氣壓接連著風暴，誰敢想後果啊，不是也顛簸過來了麼，到底那時候還年輕啊。現在老了，自己一出海，老婆就整天盯著中央電視臺的天氣預報，真應了那句少年夫妻老來伴。想到了老婆，老李心裏酸酸的泛著苦水，這次臨上船的前一天晚上，老李的老婆像是發了癲，好幾年在床上沒這樣瘋狂了，可那一晚上卻像燒旺了的陳炭把老李的身子熊熊燃燒了起來，老李和老婆足足折騰到了下半夜，老李的身子最終像抽空了的氣囊一樣癟在了床上，渾身冒著一層細碎的汗珠，老婆扯過搭在沙發上的浴巾披在身上下床小跑著進了衛生間，出來時手裏多了一條毛巾幾步跪到了床上給老李擦著身子，老李嘿嘿笑著說：「明天我還要上船卻讓你掏空了身子。」老婆使勁掐了一把老李說：「都是你不要臉，當了姥爺的人還這樣。要不是看著你明天上船的份上，我才不要你呢。」老李沒有吭聲，只是伸手在老婆肥碩的屁股上拍了拍。老李的眼前晃動著老婆赤裸的身體，老婆原來的身材真是苗條啊，現在胖得有些臃腫，在老李看來，老婆的身子就是一口井，井裏的水啥時也不能乾枯，水乾了，這眼井也就廢了；自己的身子就是一眼時常往外冒溢的泉水，啥時沒有泉水汩汩地往外流了，自己也就走到頭了。老李和老婆之間的這種聯結，讓老李感到自己有一個貼心靠肉的女人，儘管這個女人已經老了，但老李覺著老婆依然讓他感到年輕，這眼井真深啊，像是無底的深淵，老李的泉水總是灌不滿老婆這眼渴望滋潤的井。老李的眼睛忽然亮了一下，他眨巴眨巴眼皮，心裏喲了一聲，他忽然想起出海前的那一晚上老婆肥肥的屁股白得耀眼，老李喉嚨一陣乾渴，像是有一團火在心裏燃燒了起來，老李突然起了衝動渾身打了一個激冷，他瞥了一眼躺在那兒望著舷窗的郭欣，一把扯過毛毯蓋到了身子上，右手悄悄地解開了腰帶解開了褲扣……

「李老師你看明天能出太陽嗎？」郭欣沒頭沒尾地冒出來一句。老李嚇了一跳，臉上細微的血管沖脹起來，趕緊扭臉看了一眼郭欣，郭欣的眼睛仍然落在舷窗上。老李輕輕出了一口長氣。右手抽出來慢慢在毛毯蓋著的床單邊上來回擦了幾下。老李定定神吐出一句，「誰知道呢，出不出太陽都是一個鳥樣，反正風暴不過去咱別想舒服了。」郭欣又問了一句，「這次是你遇到的最厲害的一次風暴吧。」老李歎口氣道，「哪一次遇到風暴都覺著是最厲害的，風暴還有不厲害的，在船上遇到風暴沒別的辦法，咱又不是船員，也用不著值班就躺床上熬吧。」郭欣晃了晃頭像是悟出了什麼，使勁咬了咬嘴唇。接著又說：「李老師你出了一輩子的海，有啥體會？」老李苦笑了說，「體會？」老李說著坐了起來，掖了掖毛毯角說，「我能有啥體會，反正這出海的活不是他媽的人幹得活，你好好幹吧，逮著時間多寫論文，腦袋再活泛些搞到幾個課題，將來職稱上去了，就像你老闆那樣，還用得著出海來遭這份罪。」老李說著沉默下來，一提起職稱，他心裏就像是堵著一塊巨大的石頭，心口悶悶地有一口氣吐不出來。

郭欣看著老李不言語也就沒再搭腔。郭欣睜著眼在床上隨著湧浪顛簸搖晃著，肚子裏空蕩蕩的，一陣陣響起腸胃的顫動聲，郭欣感到餓了，卻沒有一絲食慾。房間空氣中瀰漫著讓人窒息的柴油味。艙壁緊貼著機艙，輪機高速旋轉的轟鳴聲有節奏的振動著郭欣的身子，再疊加上湧浪的顛簸，郭欣的身子整個在顫動著。老李的床上響起了一陣陣時高時低的鼾聲，偶爾還有一聲驚叫伴隨著模糊不清的囈語。郭欣無比羨慕地扭臉瞧了一眼，歎一口氣把兩手交插著墊在頭下面，注視著搖盪著黑色波濤的舷窗。

何婷側躺在床上，渾身空蕩蕩的，嗓子裏充滿濃濃的汽油味，擁擠著瀰漫著賭在嗓子裏，這讓她憋悶難受。腸胃在上下動盪著，隨著《探索者號》船身的顛簸起伏，何婷覺著她的胃一會兒冒到了嗓子眼，一會兒又重重地跌下去，她呻吟著叫苦，胃裏哪兒來的這麼多的水啊，她感到胃裏的積水哐蕩著衝撞著，一波緊跟一波地前呼後擁著向上翻湧著，哇，一大口酸水噴發了出去，何婷習慣性地往床邊一伸頭，那噴湧而出的熱辣的酸水哐地在地板上飛濺開了。何婷的眼淚鼻涕汪汪地交織在一起掛在了臉上嘴唇上，她呻吟著嗚咽著把散亂著的長髮重重地靠在了已一塌糊塗的枕巾上。天啊，暈船的滋味這樣難受啊，我幹麼要來出海啊。何婷後悔了，早知道出海還要遭受這樣的罪，說啥也不出海啊。何婷躺在那兒，承受著痛苦和折磨，淚眼漣漣無望地看著晃蕩著波濤的舷窗，哐，整整一扇窗變成了深藍色，藍得讓人掉淚讓人恐怖，哐，藍色消逝了，變成沒有陽光的灰白色，讓人感受著孤獨和無助。砰砰，哐，鐺，隨著幾聲刺耳的向聲，門邊紙箱子上的鋁制飯盆和碗晃到了地板上，隨著船身的搖晃，在地板上盪過來晃過去，發出哐鐺的聲響。何婷已習慣了輪機轟轟地巨響、船身震動時破碎的震響，和航行時破浪的嘩嘩聲，還有湧浪打在船身上時澎澎的悶響，她被這意外地響聲嚇了一跳，過了片刻才回過神來，她勉強抬眼望過去，盤子滾到了門邊，碗靠在了紙箱子那兒，何婷的眼裏一切都在搖擺晃蕩著，哪兒還有堅硬和穩定呢，她的心裏湧上說不出的酸楚，她想收拾一下自己，意志在對她說，你要堅強，挺住，怎麼這麼埋汰，這哪兒還有一個知識女性的自愛啊，起來，至少打掃一下房間，自己也不能這樣蓬頭逅面，她難過的看了一眼桌子，桌子上的東西大多已經滾落到了地板上，只有一本書還躺在桌子面上，搖來擺去，馬上要掉下去的樣子。何婷掙扎著想起身坐起來，喔，她覺著胃要從嗓子裏冒出來，沒等她多想，哇，一口黃黃的瀰漫著濃臭的液體——哐——噴湧而出，啪，蓋在了已污穢的地板上。何婷的腰像是要塌了，她的身子一歪，哐，把自己的身子攤在了狹窄的床上。她的頭和身體隨著船身時而被幾乎直豎起來，時而被倒置起來，如同一隻巨人的手，在把弄著她蹂躪著她。何婷的眼前突然浮現出一張溝壑縱橫的臉來，啊，媽媽，何婷哽咽著叫著，這是過早衰老的母親嗎，怎麼這個時候想到母親了呢。

哐——啪，門被推開又關上了。何婷意識到有人進來了，她不願意讓別人看見她這付樣子，可又盼望著能有個人來，郭欣暈船了，看他那個樣子，比自己強不了多少，汪洋不暈，他會來看看我嗎？何婷盼望著有個人來，盼望著有一隻有力地大手溫柔地在她身上撫摸著她，安慰著她，替她分擔一點痛苦。她的眼淚嘩嘩地流淌下來，像是決口的河水，一發而不可收拾。何婷盡情地宣洩著，她把頭深深地埋在髒兮兮濕漉漉的枕頭裏。

老黃皺皺眉頭，把剛關上的門又打開了。老黃把盛有小半碗麵條的鐵碗放到紙箱子上，順手扯過一根毛巾塞在碗的四周，用手推推，覺得實落了，這才彎下身一手拾起橫在地板上的掃把，一手一個個揀著盤子和碗，還有幾樣雜七雜八的東西，一件件歸攏好，拿著掃把走到裏面，掃起地板來，船晃來晃去，地板上的污穢也跟著流過來再流過去，老黃耐心地掃著，一點點掃到了簸箕裏，又倒進了塑膠桶裏，把掃把倚在門後艙壁上，接著便拎著塑膠桶走了出去，來到了廁所裏。廁所的窗沒有關緊，不時地有海浪打進來，澎，一個浪沖上來，嘩，廁所地板上的海水緊接著哐蕩起來。老黃歎口氣，搖搖頭，把桶裏的污穢倒到污水池子裏，惦著腳走到舷窗邊，抬手使勁把舷窗卡緊，一絲絲擰緊了螺扣。老黃端詳了一會兒卡嚴實的窗子，點點頭，便拎著桶出來了。

老黃進來把桶放好，端起麵條走到床邊，何婷的肩膀仍在一聳一聳的抖動，抽泣著，卻沒有什麼聲音。老黃站在這兒，兩手端碗，正要開口，何婷微微抬起頭來看定了老黃，何婷的目光含著委屈，更含著驚訝。老黃有些發窘，滿臉露出尷尬的神情，老黃帶笑說：「閨女，暈船不能不吃飯，不吃飯咋行。」

何婷掩飾不住自己的驚訝，怎麼會是他呢？從上船起，何婷幾乎還沒和這個老黃說過一句話，老黃在船上很少和別人說話，何婷只知道他是個老船員，而且既不是水手，也不是機匠，是個幹了三十多年的老服務員。何婷用手抹去眼淚，勉強擠出笑容，說：「黃……」她不知道叫什麼好，在隊上，除了那幾個年輕人，她都叫老師，幾個認識的船員，要麼叫職務，像大副二副水手長，要麼叫名字，如阿坤、老劉、小吳。何婷略一遲疑，輕輕叫道：「黃師傅，真謝謝你了。」老黃笑著說，「別客氣了，起來吃一點吧。」何婷苦笑道：「我吃不下，只感到噁心，就想吐。」老黃點點頭，「這就對了，暈船都這樣，這沒什麼要緊的，吃下麵條也有東西吐。」何婷想起來，起了兩下沒能起來，老黃見了只是著急，嘴裏嘟囔說，「再使點勁。」何婷躺在那兒苦笑笑，一付無奈的樣子。她搖搖頭，「黃師傅，別麻煩你了，我躺躺就好了。」老黃不知道說啥好，也不知道幹點啥，怔怔地站在那兒，眼神透著企盼。

砰啪，隨著響聲撞進來了汪洋。「小何，好點了嗎？」汪洋嚷嚷著，「哎，黃師傅，你還真是親自送來了，我以為你讓別人送來呢，小何怎麼沒吃？」汪洋一口氣說完，站到了何婷的床前。

老黃打量了一陣汪洋，說道：「小郭的麵條你送去了？」

「唉，我讓阿坤捎過去了。」汪洋眼看著何婷關切地問，「你現在感覺怎麼樣？」

老黃說：「也不知道郭欣吃沒吃，小何一口也沒吃。」何婷躺在那兒一會兒直直地看著汪洋，一會兒又把目光落在老黃的臉上。

「小何你怎麼能不吃飯啊，」汪洋滿臉著急，說：「暈船的人多了，哪能不吃飯，這樣下去可是要出毛病的。」汪洋說完從老黃的手裏接過碗來，說：「小何，來，起來吃。」何婷仍沒動彈，汪洋搖搖頭，一手端碗，一手伸過去拉何婷。

老黃一邊見了，說道：「小汪你在這兒，我到郭欣那兒看看。」老黃說著向外走。何婷趕緊說道，「黃師傅，真的感謝你。」她想起身，但又沒有力氣，只有一點起身的意思。老黃連連擺手，「沒關係沒關係，這算啥。」老黃看她吃力的樣子想說你別起來，話到嘴邊又覺著不對，剛才不就是希望她起來吃麵條嗎，只好擺擺手走了。走出門，老黃回身關門，想想，手又縮回來，仍然讓門開著。

「黃師傅你走好。」汪洋目送著老黃，他以為老黃能關上門，看到老黃走出去又回身，知道他這是要把門關上，可最後老黃仍讓門開著，汪洋的心裏便有些不痛快，又不好說啥，暗想：真是老腦筋，要不能當了一輩子服務員，當時和他一個班的，人家現在都有當上大軍區司令的呢。汪洋因為是第二次出海，和那些船員混得爛熟，已從好幾個船員的嘴裏聽到了許多老黃的故事，對待老黃也是又尊重，又恨其腦筋糊塗，若換了別人是老黃，到今天就是不混成個司令，至少也早當上個師長軍長的，就是離休也能住進幹休所的小樓，也只有老黃，一幹幾十年，還是個服務員，這叫什麼事啊。汪洋這樣想著，不由得慚愧起來，我成了什麼人了，怎麼這樣想老黃呢，和老黃比比，我來看何婷簡直成了存心不良了。汪洋第一次出海暈船時也受到老黃的照顧，也吃過老黃端來的麵條和老黃老伴醃的鹹菜。老黃是那種不會讓人注意，但又在默默幫助你的人。

隨著船身的搖晃，門又被甩了回去，一聲巨響又關上了。汪洋踏實了下來，回頭看著何婷。汪洋的右手還在拽著何婷的胳膊，何婷無力地躺在那兒，顯得孤立無援。汪洋小聲說，「何婷，起來吃一點吧。」何婷輕晃了一下頭，嘴唇動了動，吐出兩個字：「不吃。」汪洋伏下身靠了上去，「少吃一點。」何婷又搖搖頭，喉嚨急速動了動，幹嘔了兩下。何婷的胃已經倒空了。何婷的眼睛微微閉著，臉色蒼白，額前垂著一縷頭髮，太陽穴上清晰地凸起幾根彎彎曲曲細細的血管，汪洋的心顫動了幾下，一股燃燒的血液湧上了心頭，他情不自禁地伏下去把嘴唇輕輕壓在了何婷的腦門上，愛憐地吻了一下。何婷一下子驚醒了，渾身一抖，看了一眼汪洋，汪洋深情地注視著她，何婷的眼淚簌簌流了下來，接著又閉上眼緊緊地貼在了汪洋的懷裏……

老黃從後艙上來，往中艙走。船搖晃著，老黃走路的姿勢如同舞蹈，左右踉蹌著，身子不斷撞在艙壁上。老黃這也是最後一次出海了，老黃挺高興的，最後一次出海遇上了好時候，誰料到到了最後了，竟然來風了，唉，真是倒楣。不過老黃很容易就想通了，天下哪兒有那麼多好事，也不能讓你一個人什麼便宜都沾著，這樣的天氣就對了，不是從開始到現在都是好天嘛，好吧，現在就來上一段壞天氣。這才叫公平合理呢，要是整個航次都是好天氣，回去時說不定遇到什麼事呢。這就是老黃的哲學，誰能說老黃的生活沒有哲學呢。

老黃還不到六十歲，這次出海回去再過一個多月，老黃的五十八歲生日就快到了，老伴早就說了，過了五十八，咱再也不出海了，出了大半輩子海，該歇歇了。老黃把老伴的話說給船長聽，船長笑了，「老黃你老伴可真是關心你，我比你大一歲現在還出海，你竟然要不出海了。」老黃嘿嘿笑著，「你是船長，我是個服務員，怎麼好比呢。」船長笑完了說，「老黃不出海就不出吧，這個歲數也該留在陸地上了，這次出海回去老黃就不用上船了，讓船務處的官們給咱老黃找個差事再待上兩年。」

老黃再待上兩年就回膠東老家了。老黃年前就辦理了離休手續，老黃是普通船員裏唯一一個有資格辦理離休的人，因為老黃是解放前參加革命的。老黃不是一般的參加革命工作，老黃是衝鋒陷陣的戰士。那一年許世友領兵征戰膠東路過老黃的家鄉時，老黃和一幫小夥伴跟著隊伍離開了老家，後來跟隨著皮定均轉戰南北，先是中原突圍淮海戰役，接著是渡江戰役，緊跟著就是戰上海。到了上海，老黃跟著所在部隊接管了上海航道局，團長說，要讓我們的優秀戰士來開船，一二三，從各連裏挑選出了一批優秀戰士，老黃是其中之一。戰士們衝鋒時英勇無比，可到了船上卻無法施展，還要請那些已脫下鑲金線制服的船長大副們來開船，這批戰士便成了水手機工。老黃分配到一艘遠洋拖輪上當了水手。解纜拋纜，接纜打扣，操舵瞭望，老黃幹起來總覺著有勁使不上，船上缺一個服務員，老黃毛遂自薦，當上了服務員。老黃所在的這艘拖輪，原來是美國的一艘遠洋郵輪，第二次世界大戰結束後，作為援華物資送給中國的，在上海做了遠洋拖輪，船長是當年上海灘被稱為中國四大航海家之一的馬知遙。「大躍進」剛開始時，為了加強新中國的海洋科學調查，這艘拖輪經過改裝，成為新中國第一艘科學考察船，船上的原班人馬也跟著船來到了Q城，劃歸H研究所。從北方的鴨綠江口，直到南方的北部灣，老黃跟著這艘船，幾乎航行遍了大半個中國海。這期間老黃回家娶了親，媳婦是鄰村的一個大眼睛姑娘。那時候，從老家出來當船員的有好幾個是回家娶媳婦的。老黃的母親在家裏也給老黃相中了一門親。從此老黃出海時，心裏多了牽掛，更多了一份溫暖。大眼睛媳婦給老黃生了一個兒子和一個姑娘，媳婦和孩子一直待在農村，兒子已成家，仍住在家裏。前幾年，好幾個老船員費盡周折把家屬的戶口從老家帶了出來，帶到Q城當了城裏人，可老黃找不到辦戶口的竅門。每次回家探親，老伴就嘟囔他啥時把俺娘們的戶口辦出去，你就是不辦我的，也把孩子的辦出去。老黃不愛聽，你怎麼知道我不辦呢，老黃不是不辦，老黃是不會辦，辦戶口要走「後門」，老黃只知道走「前門」。老黃為了老伴孩子的戶口也幾次跑到「管事」的那兒，坐在寫字臺後面叼著煙品著茶的幹部一臉無奈的對老黃說：「好幾個船員的家屬都在農村，可名額指標有限啊，老黃，你是老同志，又是老黨員，可要多理解支持我們的工作啊。」老黃臉紅紅地尷尬著說：「就是就是，我知道，先給別人辦吧，他們比我困難，我這兒不急。」老黃家屬的戶口一年年的拖延下來。日子就這樣隨著海波晃悠著流走了，老黃的老伴先從企盼、等待、埋怨、責怪，一直到失望、習慣，也就不再在老黃的面前嘮叨了。沒有了老伴的絮叨，老黃的日子也就過得有滋有味了。那一年剛從海上回來，管「人事」的一個小青年就來船上找老黃，老黃感到蹊蹺，自己又沒違犯什麼紀律，這管人的幹部來找我幹啥？小青年滿臉和藹，一口一個黃老師叫著，老黃被他叫得有些不好意思，連連擺手，我哪兒是啥老師啊。小青年不管這些，仍是黃老師黃老師亂叫。老黃聽小青年說了來意，張著嘴半天沒合上來。原來小青年要幫老黃幹點好事，他說黃老師真對不起，組織上派我來幫你解決一些生活上的困難。老黃愣了半天擺手說，我哪兒有困難呢，謝謝組織了。小青年搖搖頭，說：「黃老師你別說了，我們都知道，我是剛分到人事處的，管進出口，就是人員的調進調出還有離休退休等等。」老黃糊塗了，疑惑說：「我還沒到退休年齡呢。」小青年說，「黃老師你不是退休，你應該辦理離休，你是解放前參加革命的。」老黃說：「要是現在能辦離休，那我就別辦理了，再幹幾年我還是辦理退休就是了，我這個身體在船上再幹幾年沒有問題。」小青年笑了，「黃老師，你現在辦理離休還可以留船上幹幾年，你女兒是不是快滿十八歲了？」老黃點點頭，更顯得疑惑。小青年說，「你現在辦理了離休，你女兒可以辦到咱單位算是頂替你，你老伴的戶口就算了，把你女兒的辦出來不也挺好。」老黃簡直不敢相信自己的耳朵，他搓著手說，「你說得可當真？」小青年肯定地點點頭，「黃老師，你的檔案我都看過了，早就該給你辦理家屬的戶口。」老黃的眼淚嘩嘩地流了下來，哽咽著，兩隻粗糙的大手捂到了臉上。

老黃這次出海心情格外複雜，臨開船的前一天，老黃的女兒和他的男朋友拎著兩瓶「孔府家酒」上船來給他送行。把女兒女婿——儘管還沒結婚，可老黃已這樣認為了——送下了船，老黃心裏美滋滋的，自己還從來沒這樣奢侈過，哪捨得買這樣的好酒，最多買幾瓶二三塊錢一瓶的「蘭陵二曲」和「大麯」之類。女兒大了，有女婿來孝敬當爹的了，老黃高興之餘，又有些傷感，一晃眼的工夫自己就老了。最後一次出海可不能出漏子，老黃每天把份內的活幹得井井有條，前面的大廳打掃乾淨了，擦地抹桌子，接著是下到前艙水手們的生活區，把走廊擦得乾乾淨淨，從前艙一路上來，便是上層的幹部艙，房間門楣上釘著標誌牌，上面寫著房間主人的頭銜，左邊走廊，從頭上政委的房間緊接著大副二副三副兩間隊員房間隊長醫生等等一條走廊擦乾淨了，再到右邊，從後往前，實驗室主任、兩間隊員房間、三管輪電機員二管輪大管輪，直到頭上的輪機長，一條走廊再擦過來。政委輪機長的房間中央是小會議室，老黃再進來清掃一遍，這小會議室很少有人進來，但老黃依然每天打掃。幹完了這些，老黃再下到中艙，這兒是機匠的住處，老黃打掃完了走廊過道，便進到中央的活動室，把桌子上地上沙發上的煙頭雜物收拾乾淨，然後上來到實驗室區，這兒最後打掃，老黃只需要把走廊擦一遍就行了，各個房間裏不需要他來收拾。沿著這條走廊，老黃走過去下樓梯來到後艙，後艙除了實驗室的老範占了一間寬敞的房間外，住滿了上船來的考察隊員。老黃打掃完了這兒，上午的工作也就結束了。老黃回去到廚房裏看看，然後便拿起搖鈴一下一下甩手搖著，從前艙中艙到後艙，便響起了動人的鐺鈴——鐺鈴……中午吃完飯，老黃把大廳的桌子打掃乾淨，抹一遍地板，又從頭到尾，重複一遍上午的工作。黃昏時，當老黃搖著鈴鐺從頭走到尾時，晚餐開始了。窗外一片漆黑，船上室內走廊上的燈映著明亮的光時，老黃又開始打掃大廳，抹完了桌子，擦好了地板，老黃的一天結束了。老黃回到前艙自己的那間小屋裏，從箱子裏摸出一瓶「孔府家酒」，打開蓋子，倒到一個小酒盅裏，把孔府家酒蓋好蓋放回去，接著又從一個小布袋裏摸出一把花生米，坐到床上，抿一口酒，咂咂嘴，食指拇指一捏，一張口，一粒花生米扔了進去。一口酒，就著幾粒花生米，老黃有滋有味地坐在床上跟著船輕輕地搖晃著。他的床頭上夾著一張照片，顏色已有些發黃。照片上有一艘船，樣子有些陳舊。那條船就是老黃跟著來Q城的那艘老船。老黃對那條船充滿懷念，現在這艘《探索者號》儘管造得既大又先進，但在老黃的眼裏《探索者號》太冰冷了，到處是鋼板，滿船上看不到幾個鉚釘，就連房間走道上的地板也是鋼板，哪兒還能叫地板。那艘老船的地板才是真正的地板呢，一色的硬木，船上的鉚釘一溜溜都是銅釘，閃閃發亮。甲板上的欄杆也是銅的，扶在上面也比現在的舒服。那條船退役時老黃難過了好幾天。跟著大家到上海接《探索者號》時，別人都是歡天喜地，只有老黃和船長一臉的落莫。一天船長把老黃喊去。老黃到船長房間時也感到不自在，船長的房間緊靠著駕駛臺，高高在上，不像原來那艘舊船，船長的房間就在飯廳的旁邊，吃完飯一推門就進去了。船長請老黃坐在沙發上，老黃在那張嶄新的長沙發坐下去時一付怕壓壞了的表情。船長拉開抽屜，摸出一張照片，遞給老黃說：「這是老船的照片，進拆船廠前，我讓人特意照了幾張，留著作個紀念，老船上的老人上到這條新船的就咱倆個，我知道你喜歡那條老船。」一晃眼，在《探索者號》上已過了八年，新船也不新了。

老黃在實驗室走廊裏舞蹈著往前走，一邊走他一邊往兩邊開著的房間看，各個實驗室裏見不到一個人影，有一間房間裏桌子上的東西滾了一地，椅子也歪倒在地板上。老黃皺皺眉頭，老黃心裏咯咚一下，看來暈船的隊員不光是這兩個年輕人。老黃難過起來，好像遇到了大風是他的責任一樣。老黃搖搖頭，剛要推開這一頭過道上的門，透過門上的玻璃看到老李迎面走了過來。老黃拉開門側過身子，站那兒不動。老李趕緊說，「老黃，你先過。」老黃笑笑，做著手勢，讓老李先走。老李連聲道著謝謝，走了過來。老黃這才過去。老黃下到中艙，輕輕推開郭欣房間的門，沒有動靜。老黃悄悄走了進來。郭欣已睡熟了，臉色依然蒼白，但顯得安詳平靜。老黃心裏踏實了下來，這年輕人還能睡著，就能挺過來，抗住最初暈船的猛勁。老黃給他掖了掖被角，悄悄地退出了房間，輕輕關上了門。老黃剛要拐上樓梯時，下意識地伸頭看了看中艙活動室。活動室裏沒有一個人，茶水煙頭空罐頭瓶子散亂開的撲克牌，地板上一片狼跡。老黃走進去，從門後拿過一把掃把和簸箕，低頭打掃起來。

天色急速地黑了下來，像是一陣風颳來，天和海就都籠罩在昏黑的風浪中了。海上的風越颳越大，風卷著浪滾滾湧動著，咆哮著，嗚咽著。風浪從前到後一波波撲打著《探索者號》，發出渾厚的響聲，《探索者號》在顫動著，抗擊著。船長把老李叫去說：「風浪這麼大，這條測線上的站位就不取樣了，剛才收到的衛星雲圖顯示，南海的那個熱帶風暴有些轉向了，估計不會到這兒了，這樣咱就先在這兒漂著，等這陣風頭過後，再把剩下的幾個站作完了。」老李一個勁點頭：「好好好。」老李除了說好，不知道再說啥好了。輪機兩臺主機的轟鳴停了下來，只剩下兩臺副機的聲音。船艙裏突然安靜了下來，讓人一時回不過神來。

黎明時，從南海迅速移動來的第六號熱帶風暴終於追上了正全速航行中的《探索者號》。天和海糾纏在一起，海面上一片黑壓壓的，陽光消失了，如墨一樣的黑色雲團壓在海浪上翻滾著，海浪洶湧著連綿起伏，大海像開了鍋一般沸騰起來。海浪和雲團像是要把《探索者號》擠壓碾碎了一般。在這之前，考察隊後甲板上的作業已全部停止，儘管這一條測線上還有幾個站位沒有取樣，但已全部「甩站」，因為這一個急速北上的熱帶風暴已迅速地跟蹤而來。

郭欣躺在床上，渾身縮成一團。空空的腹中急劇地抽搐。船身在猛烈的搖擺，隨著轟轟的振動，也在猛烈地上下顛簸著，忽，一下，《探索者號》向著左側嘩得傾斜過去，郭欣感到自己的身子被猛的掀了過去，他吃力的把頭向著床邊一側，嘔哇，一口苦味的膽水噴了出去。郭欣的頭還被抬起來，船身又忽得向著右邊傾斜過來，差一點把郭欣摔到地上。郭欣用手扶住了床邊的檔板，這才沒摔下去。

老李從實驗室回來時原想告訴郭欣一個好消息，由於海況太惡劣，計畫中的一大半測站全被拋掉了，等這個熱帶風暴過去，最多還有兩條測線，因為很快又有一個颱風將要在南海生成……老李正要招呼郭欣，突然感到不對，他用手拍拍郭欣的腦袋，「小郭，小郭，你怎麼了？」郭欣的眼睛看上去空空洞洞，一點精氣神也沒有。

「啊，你怎麼了！」老李驚喊說：「我去喊醫生，馬上就來。」

郭欣躺在那裏，上下左右隨著船身搖擺著顛簸著，他已沒有一絲氣力，「我這是在哪裏？這是在家裏吧，我是躺在搖籃上嗎？」他自言自語，他的胃中已吐得一乾二淨，他已沒有了感覺，這是一種虛空的麻木，他好像沉入一個無底的深淵，真黑啊，沒有一點亮光，他在深淵裏掙扎。忽，他的身子又被一隻無形的大手給猛的托了上來，剛剛感覺到有一絲朦朧的亮光，嘩，他又被這只大手猛的拋了下去，又是無底的深淵……

船醫拎著救急箱來了。醫生坐到郭欣身邊拿手摸摸郭欣的頭，又拽過他的手脖，並拿出聽診器來給郭欣聽了聽。醫生說：「不要緊，打點滴吧，等風過去就好了。」醫生說完便從救急箱裏取出針頭和葡萄糖瓶來。

「老李，你注意看著他點，注意，船晃時別把葡萄糖瓶碰碎了。」醫生囑咐著老李。又說：「小夥子，勇敢點，抗過這一陣就好了。你比起那個姑娘來好多了，昨天她就掛上葡萄糖了。」

「姑娘？」郭欣一愣，接著恍然大悟：「醫生，她怎麼樣了？」

「你還關心別人，先關心好自己吧。」醫生笑著說：「她不要緊，那一陣最厲害的反應過去了，在那裏睡覺。」

郭欣的心踏實了。他感到內疚，郭欣譴責著自己，又替自己開脫，「我這不是忘掉了她，這是暈船造成的，人在這種時候是不能用常情來衡量自己想什麼和不想什麼，我這不是一有好轉馬上就關心她嗎？」這樣想著，郭欣的眼睛有些濕潤了，他不想讓醫生和老李看到他的軟弱，使勁把在眼眶那兒打轉的淚珠壓了回去。

醫生走後，老李對郭欣說，「何婷暈得一開始比你還厲害，把船長都嚇壞了，打了幾個葡萄糖後，她還挺過來了，醫生給她吃了幾片藥，現在整天睡覺。」

「噢，她暈船很厲害嗎？」郭欣若有所思。也許是精神作用，吊上點滴後，郭欣感覺好多了。

「汪洋這傢伙行，他這次沒暈船，上次出海時他暈得也是一塌糊塗。」老李一邊用繩固定著瓶子，一邊說：「這傢伙這次可逮著了機會，一個勁地獻殷勤。」

「獻殷勤？」郭欣嘟囔說。其實他知道老李的意思，可他不想點破。

「嘿，何婷暈船後，汪洋累得不輕。」老李說著笑了幾聲，人家老黃給何婷端了一碗麵條，汪洋這傢伙非讓何婷吃他的不可。

郭欣小聲說，「到底吃誰的了？」

「嘿，還能吃飯？她暈得一塌糊塗。」老李說著，從書架上抽下一本書，「你先躺著，我看會兒書，過會兒我到前面去給你弄點吃的東西。」老李戴上花鏡，歪著身子看起了金庸的《笑傲江湖》。

郭欣感到一陣深沉的睏意，腹內空蕩蕩的依然在晃來晃去，但已不再想吐了，也實在沒什麼東西可吐了。在一種極度的困乏中，郭欣迷迷糊糊聽不到輪機的轟鳴聲了。

經過了兩天兩夜不停的上下顛簸和左搖右晃，郭欣的胃裏反應漸漸遲緩起來，噁心感漸漸小了，湧上來的是強烈的饑餓感，郭欣對此感到欣慰，他已從阿坤、老黃和老李的嘴裏聽到如果能感到饑餓並能吃下去飯，即使再暈船也就沒什麼了不起了，只要能吃飯，時間長了，經過幾次出海的鍛煉，暈船這一關就能通過了。郭欣從抽屜裏摸出一塊壓縮餅乾細嚼慢嚥地吃了起來。抽屜裏的壓縮餅乾是郭欣前些日子沒捨得吃留下的，當時只是想值夜班尤其是天快要亮時又餓又冷的時候再吃一塊的，誰料想現在正是這些壓縮餅乾讓郭欣度過了暈船最困難時期之後強烈的饑餓階段。郭欣還是上船後才第一次吃到壓縮餅乾的，第一次吃時他感到特別好吃，不由想到上中學讀高中時有一位從老山前線歸來的校友來給他們做報告，講到在環境艱苦危險的老山前線貓耳洞裏，戰士們就是靠壓縮餅乾來充饑的。壓縮餅乾在郭欣的印象裏是非常難吃的。因此這次出海的收穫之一居然是改變了對壓縮餅乾的看法。肚子裏的感覺好點了，但濃重的柴油味仍在壓迫著他，這使得他的腦子裏仍在承受著昏昏欲裂的感覺，不過儘管難受，郭欣的思路已經漸漸恢復正常，正在如過濾電影鏡頭般一幕幕交替著魏先生、何婷、汪洋、老李、阿坤和老黃，還有船上的這些人。郭欣強烈的感受到孤苦無依的滋味。在他的腦子裏從大學最後一年，他的日子就幾乎沒有平靜過，看著別人在進行著戀愛的最後衝刺，或者歡天喜地，或者無可奈何地分手；看著往日散漫瀟灑而現在變得精明得可怕的同學們在撒開一張張網，為能找到一個合適的單位和職位而四處奔波上下活動，郭欣也有些心緒難平，但很快就調整了自己的心態，既然家庭——這實在是一個普通的家庭，普通的讓郭欣都不願意在同學們面前提起——和自己都沒有門路，要想把握命運，只好選擇一條路了，這就是考研究生。郭欣一門心思撲在準備功課上，考取碩士研究生，郭欣還是有信心的，但在選擇考誰的學生時，郭欣考慮再三，他之所以選擇位於Q城的這家頗為著名的研究所，尤其是選擇攻讀魏如鶴教授的學生，一個主要的原因是因為帶他去搞畢業實習的老師極力推薦郭欣考他的老同學魏如鶴的研究生。後來郭欣才知道，魏如鶴早就找到他的這位老同學，讓他留意一下給介紹一個學生來。當然，郭欣在大學三年級時就已經知道魏如鶴是他所學專業這一領域裏的一位不能說是大名鼎鼎，也可以說是頗為著名的人物。況且Q城又是一座聞名遐邇的避暑勝地，這對從小在南方一個山區小城市長大的郭欣來說，不選擇位於這樣一座海濱城市的研究所和這樣一位前途光明的導師，還要選擇什麼樣的呢？郭欣對自己的選擇直到現在也並沒有感到有什麼不妥當，他是他們那座小城飛出去的第一個研究生，很快，他就會成為家鄉的第一個博士，他知道這使得他的父母和親戚們引以為自豪和驕傲，就是那所倚山臨河的母校，也一直把他作為激勵學生上進的榜樣。

這些鏡頭一幅幅重疊著，不斷地變換著，讓郭欣的情緒漸漸興奮起來，伴隨著一陣陣地頭暈腦漲。尤其是何婷的臉蛋和身子逼真地在郭欣的眼前映現著，何婷正用一種古怪的捉摸不透地微笑在撩撥著他激勵著他，郭欣感到渾身一陣躁熱，忽然塵根唰地挺了起來，這讓郭欣感到一陣害怕，他想我這是怎麼了，頭疼腦昏，身子也不舒服，不是還在暈船嗎，怎麼剛剛好點就又想這些事情了呢。同時，郭欣又有點高興，看來暈船也並不可怕，自己這不也是挺過來了嗎，而且還有那樣一種憧憬，看來我還行。郭欣想起前些日子他幾乎每次睡覺都要做一個和何婷在一起的美夢，醒來時常為弄髒的內褲和床單上一些濕而冷的污跡感到害臊，生怕被汪洋發現自己的這個秘密。一想起這些，郭欣急切地想見到何婷，他想她現在怎樣了，挺過來了沒有，汪洋還待在她的房間裏嗎？如果我不暈船該有多好啊。郭欣想著想著有些躺不住了，想起身下床，可一起身，這才發現自己的身子非常沉重，他堅持著起來，可一下床，兩腿就抖抖發顫，眼前冒出許多金星來，渾身也在不斷的出汗。郭欣不得不再躺到床上去。他用手抹去額頭上的汗水，唉，何婷與我有什麼關係呢，我們又沒談戀愛，汪洋在不在她的房間與我無關。這樣想著，郭欣就告誡著自己不要再想何婷，但何婷總是在意味深長地微笑著凝視著他，這讓郭欣倍感煎熬和煩燥。

郭欣強迫自己在記憶的河裏搜尋著以前與自己交往的姑娘的面容和身材，他想在回憶裏淡漠對何婷的渴望，但回憶中的姑娘大多成了色彩淡漠線條模糊的影子。

郭欣的身子突然抖動了幾下，這使得他從回憶中清醒了過來，原來船身搖晃顛簸的又厲害了起來。郭欣用手揉揉發澀的眼睛。這幾天郭欣時常陷入無休無止的失眠中，使得他疲憊不堪，躺在床上他的眼睛睜得大大的，許多短暫而內容無法言說的畫面在他的腦海中在他的眼前重疊著不斷變化著，這些畫面幾乎都有一個主角，這就是何婷，比起單調的海上生活，即使再加上暈船的這一段經歷，在郭欣的感覺上，何婷更使他煩燥憂慮，因為暈船的痛苦是肉體上的，而且暈船的感覺是有時間限制的，風暴過去後就會恢復正常，而何婷給他的煩惱卻不知道哪一天才結束。不過，對於和何婷未來的關係，郭欣覺著再向前發展並不是不可能的，況且何婷的年齡也不允許她再挑三揀四，但郭欣對何婷總有一種難以把握的感覺，何婷在郭欣的眼裏總像一道解不開的方程式，什麼時候她才能在郭欣的面前像一加一等於二那樣簡單呢，郭欣只期待著結果，而不希望有折磨人的解題的過程。

越這樣聯想著，郭欣越充滿了對汪洋說不出的嫉妒和怨恨。在郭欣的眼裏汪洋對感情的態度是典型的玩世不恭，優越的家庭環境和一付白馬王子的身材，這使得汪洋在姑娘面前如魚得水，一想到此，郭欣的心裏便有一股惡氣悠悠地冒上來，他為何婷擔憂著，暈船中的人最需要的就是感情的安慰，儘管別人不能代替自己暈船的痛苦，但多希望有一雙溫暖的手在自己的額上輕輕的撫摸。郭欣的眼前展現出一付畫面來，那是汪洋正伏身坐在何婷的床邊……這使得郭欣痛苦萬分。郭欣不由地暗暗恨起自己，既然現在這樣難受，還不如依然沉浸在剛開始暈船的狀態中，那時儘管難受，但那是一種身體上的難受，相比之下，與其選擇精神折磨，勿寧選擇肉體受到的痛苦。

郭欣躺在那裏隨著《探索者號》上下劇烈地顛簸著，他感覺到自己心臟彷彿也在劇烈地顛簸著，在這種自身無法控制的顛簸中，郭欣顛簸出了決心，從海上一回到Q城，第一件要完成的事情就是先拿到博士學位。無論怎麼說，博士學位對於郭欣來說顯然非常重要，這意味著人生一個新的起點，然後就向何婷提出……是提出求婚？還是建立戀愛關係？郭欣突然又覺得這有些滑稽，何婷也會這樣想吧？郭欣發現何婷已牢牢地駐在了他的心底，郭欣不知道此時他需要的是愛情還是一種自己沒有體驗過而充滿憧憬的生活，但他知道他之所以上船來躺在這裏承受著痛苦和煎熬，乃是因為他要改變自己的命運，他不願意再回到那座閉塞的小城，這是他自己選擇了這種與海洋有關的生活，儘管是以科學的名義。無論怎樣的選擇，不都是需要一種選擇的名義嗎？既然是為了生活，那麼在實質上，不管是魏先生也好，老李也好，船上的阿坤也好，所做所為也就是為了生活而從事的謀生的職業罷了，阿坤的釣魚只不過是在這種職業生活中的個人化的調料而已，而魏先生為謀生當然應該說為了科學所做出的一切又有什麼不妥當呢，何況魏先生在同齡人中付出的又是那麼多。郭欣的思路漸漸活泛起來，他想起魏先生不是也告訴過自己他已給美國羅德島大學的米利曼去信，準備派郭欣參加下一個年度的培訓計畫嗎，這個消息郭欣在何婷面前也是守口如瓶，他知道在研究室裏得到這個名額是要經過一番激烈的討價還價的，僅憑這一點就沒有理由惹魏先生不高興，這就是生活，一切都有它存在的理由。郭欣有一種頓悟通體的喜悅，只不過隨著一陣船晃在體驗到這種喜悅時伴隨而來的是一陣揪心裂肺的噁心。

最後一個海上調查站位結束時，郭欣正在房間裏睡覺，他沒看到汪洋那個班當時興奮的樣子。但他能想像出來。他原來沒想到這麼快海上工作就結束了，還準備再接一個班呢。經歷了這場海上熱帶風暴的洗禮，郭欣已抗過了暈船的折磨，他已能適應船上的生活，但海上工作也接近尾聲了。在這期間，郭欣幾次想到後艙探視何婷，從實驗室出來朝後甲板方向走過去沒幾步就是後艙的樓梯口，郭欣來來回回在這裏走了一會，心膨膨跳著，生怕別人說他，其實沒有人注意他，他終於下決心拐下樓梯，後艙的過道也是靜悄悄地，沒有人影也沒有響聲，只有從中艙傳過來的輪機的轟響。郭欣四下裏望望，快走幾步來到何婷房間的門前，舉手輕輕敲了起來。當聽到何婷微弱的請進聲時，郭欣立馬推門進去。

郭欣看著躺在床上的何婷不知道說什麼好了。倒是何婷先開口：「你好了？謝謝你讓阿坤送過來的餅乾。」郭欣坐在何婷的身邊，癡呆呆地看著她。何婷的臉色更蒼白了，蒼白的像一層薄薄的透明的紙，兩側太陽穴處的藍色微細血管清晰可見，更襯托出何婷沒有血色的臉蛋讓人擔心，但何婷的神情已經平淡了，顯然她也從暈船的昏沉狀態中掙扎了出來。何婷勉強地擠出一些笑容來：「有什麼好看的？」郭欣的目光最後定在何婷露在毛毯外面的右手上，何婷的手纖細修長，也是白得發青，郭欣目光有些朦朧，不由地用右手輕輕握住了何婷的手，何婷的手微微一抖，像是要抽回去，但遲疑了一下便靜靜地留在了郭欣發燙的手裏……

郭欣醒來時陽光正跳動著映在他的臉上，他用手擋了一下，發現舷窗外一片湛藍色，海水藍亮亮的讓人興奮。這時候上層的實驗室裏已打掃得乾乾淨淨，分開整理好的樣品一箱箱擺得整整齊齊，海上取樣工作終於結束了。汪洋早起來了，正半躺在床上看書（汪洋從老李房間搬回來時，臉上洋溢著微笑和滿足）。汪洋看到郭欣醒了，便告訴他，後甲板的工作都結束了。郭欣愣了一會才反應過來。

郭欣利索地穿上衣服，他覺著在房間裏待不住了，便來到上層的實驗室，老李他們正圍著桌子打牌。他們看到郭欣進來便招呼著他坐下打牌，郭欣擺擺手拒絕了，大家也就不再說啥。房間裏煙霧濃厚，一股嗆人的煙味熏得郭欣趕緊出來。他不想再回房間，擔心自己再躺到床上睡下，那樣會搞的昏昏沉沉。又沒有別的地方可去，除了阿坤外他和船上的人也不是太熟，這會除了值班的船員外大家不喝酒打牌又能幹什麼呢。

郭欣沒加思索，便順著狹窄的走廊朝著後甲板走去。走出沒幾步，正巧何婷也從後艙裏上來，兩人在過道口碰上了。郭欣的眼睛一亮，說：「你這去哪兒？」郭欣問了一句。

「在下面悶人，上來看看。」何婷的眼睛裏也不加掩飾地洋溢著笑容。

「實驗室裏在打牌，到後甲板上吧。」郭欣作了個誇張的邀請手勢，顯得有些滑稽。郭欣很少和別人開玩笑，像這樣的動作在何婷的眼裏顯得非常有趣。何婷抿抿嘴抑制住笑，但神情上是在鼓勵著郭欣。

臨跨過門檻時，何婷遲疑地說：「外面有風吧？」

「沒事，有風再進來。」郭欣已走了出去。何婷便跟了過去。

他倆站到了左舷邊，海上的風不是很大，陽光明媚，海水藍得迷人。《探索者號》開得很快，他們感覺到海風有些生硬，在耳邊海風的聲音呼呼作響。但吹在身上還不是太涼。

「在這站一會吧，等冷了就進去。」郭欣對何婷說：「我現在知道出海的滋味了。」何婷淺淺一笑，「知道就好。」她說著用手捋捋被風吹亂了的頭髮，眼睛微微瞇著，看著遠處的海水，「海水真藍，藍得讓人陶醉。」「人呵，畢竟是陸地上的動物。」郭欣像是在自言自語，並沒看何婷，而是低著頭看順著船身急速劃開的水波和那一道道白色的泡沫。「咳，你成了哲學家了。」何婷低聲笑了起來，「什麼時候變得多愁善感了。」

「你現在知道什麼是暈船的滋味了？」郭欣把話岔開了。

「這輩子再也不想嘗了。」何婷一字一頓的說。

「在陸地上想嘗還嘗不到呢，暈船說明我們的小腦發達。」

「好了，快別瞎扯了。」

「真的，人的小腦是管平衡的……」郭欣的話還沒說完，何婷便打斷了他：「知道知道，那裏有一個靈敏點，瞧，你又來了。」

「對，就是靈敏點，當外界刺激了你的小腦，神經中樞就要做出反應。」

「還挺玄的啊。」何婷笑著說，帶著些許嘲弄。郭欣並不計較，一本正經說：「我不是開玩笑。外界刺激超過了這個靈敏點，身體就感到不適。」

「就我們的靈敏，別人的都不行？」

「經常出海的，這個靈敏點就變得麻木了，不過人和人不一樣，也有一上來就不暈的。」

「看你說的，暈船還成了好事。」

「至少說明你的小腦現在是靈敏的。」郭欣伸手在何婷的頭上輕輕摸了一下。

何婷的頭一歪，閃開了。

「何婷，你暈船時都想到了什麼？」郭欣看著海天，漫不經心地問了一句。

何婷一仰臉，笑出聲來，說：「想什麼？還想什麼呢，難受死了，那有力氣想別的，那一刻我真後悔上船，真是上了賊船了，連個躲藏的地方都沒有。」

「賊船，是呵，這真是條賊船。」郭欣扭臉盯了何婷一眼，「我覺著我們在這條船上還不如那些老鼠，牠們也暈船，可老鼠只是在那裏打醉拳，並沒吐的一塌糊塗，可我這算啥，連打個醉拳都沒資格。」

「你怎麼了，說這種話，真是。」何婷的聲音有些怨惱。

「老鼠其實很智慧。」郭欣的聲音很平淡，平淡的像吹過去的融和的海風。

何婷不笑了，只是看著郭欣。

「魏先生曾給我們講他年輕時的故事，他在大西北實習。」郭欣把胳膊肘擔在欄杆上認真地說：「有一次他在戈壁灘上遇到大暴雨，無處可躲，雨點砸得他頭疼臉疼，他彎腰趴了下去，正巧看到一隻老鼠，老鼠正在打洞，很快就躲到地面下去了……」郭欣稍一停頓，又說：「你看，在大戈壁上，人就不如老鼠，老鼠還能鑽洞。」

何婷誇張地一咧嘴：「就是，我知道我們的郭欣竟然不如老鼠?!」

「你也不如，在船上老鼠鑽不動鐵板，可照樣四處有窩，船晃的滋味你不是受過嗎，老鼠也在受，牠那窩裏再隱蔽也沒有不晃的地方，可怎麼樣？」郭欣瞥一眼何婷，說：「你暈得一塌糊塗，老鼠只是跳跳舞而已。」

「哎呀，你真傻了呵。」

郭欣笑笑說，「可別，你看我不是很聰明嗎？」說著，揚揚頭，亮開嗓子：「哇哇，大海……」

何婷趕緊用手打了他一把，回身張望一下，壓低嗓子說：「你瘋了，讓人聽到像什麼，汪洋本來就說你傻冒，你還真傻冒啊。」

郭欣停止朗誦，一擠眼，扮了個鬼臉。何婷撲哧一聲笑了起來。

郭欣沉默了，不再說話。何婷推了他一把，說：「你想什麼呢？」郭欣遲疑一下才開口說：「你暈船時汪洋對你照顧的不錯吧？」何婷用力瞪了郭欣一眼，小聲說道：「你這話什麼意思？」郭欣說：「沒什麼意思，我只是問問。」何婷看著海面，低聲說：「真沒意思，這樣小心眼。」郭欣說：「我是小心眼，誰讓我暈船了呢。」何婷看看他，想說句什麼，又停下了。兩個人默默地站在那裏，誰也不說話。只有海風呼啦啦颳過去的聲音，還有船駛過去後帶起來的海浪聲。

「風挺厲害，下去休息吧。」何婷看看天色，說著推了郭欣一把：「別傻了，還男子漢呢，跟小孩一樣。幼稚。」何婷說著就先離開了。

郭欣沒有動彈，像是在沉思著。

郭欣沿著實驗室走廊往回走，瞧見測深室的門開著，扭臉看了一眼，實驗室的小顧端坐在測深儀前，眼睛盯著記錄紙，紙上嘩嘩地打著曲線。郭欣跨進屋來，打招呼說：「小顧，怎麼還在值班啊？」

「嘿，說不定咱也來點發現呢。」小顧開著玩笑，頭按排值班，咱就值班，反正閒著也是閒著。

郭欣拖過一把椅子，椅子面已咧了個口子，郭欣用手壓壓，坐了下來，眼瞧著測深儀說，「這玩藝兒管用嗎？」

「怎麼不管用，當年人家就是用它發現了那些海底的大樹樁呢。」小顧自己把自己說笑了。

「也是，其實有些發現還真是偶然呢。」郭欣像是自言自語。「是啊，那些海底的大樹樁不就是發現於偶然嗎？」（那是二戰期間，在美國太平洋艦隊《詹森角》號運輸艦上有一名叫哈雷・赫斯的青年軍官。有一次，他隨艦橫度太平洋，向馬利安那群島、菲律賓和硫磺島一帶運兵。船上的回聲測深儀記錄到一連串的圓形海底山。這些海底山從平坦的海底上拔地而起，高逾數千米，四周壁立而頂部平坦，酷似美國科羅拉多高原上的平頂山。在記錄紙上看上去，也像是一根根光禿禿的大樹樁。這一地貌形態的發現使他驚詫萬分。在戰爭前，赫斯曾在普林斯頓大學地質系獲得博士學位。當他接而連三地發現這同樣形狀的圓形海底山後，他相信這不是個別的特殊地形，他認為是一群頂部已經夷平的沉沒火山島。為了紀念普林斯頓大學第一任地質學教授阿諾爾德・蓋奧特，赫斯決定把它們命名為「蓋奧特」。戰爭結束後，赫斯報導了他的發現。）

「那還是在戰爭年代呢，甭管是為了正義還是為了別的，都是在打仗，可打仗的軍人卻偶然得到了科學上的重大發現，這就是命運？還是別的？」郭欣感慨不已。

「你在想啥？」小顧笑著伸手打了他一下。

郭欣冷不防吃了一驚，回過神來，說：「我們這一代人還有那樣的命運嗎？」

「什麼命運？」小顧不解。

「像赫斯他們，偶然來個大發現。」

「哈，你做夢吧。」

「做夢？」

小顧收住笑，一本正經地說，「別做夢了，該發現的都已經早發現了，還等著你來發現？」

「是啊，人家都發現過了，可人活著總要做幾個夢的。」

「噢，你不用做了，你不是有重大發現了嗎？」小顧看著郭欣說：「這次海上拖網你不就是發現了一塊鹿角化石了？」

「殘的，不完整。」郭欣嘟囔了一句。

「人哪兒有十全十美？」小顧笑著說，「別太貪心了。」

「哪兒有十全十美的？」郭欣默默地念叨著。

郭欣回到房間，汪洋沒在。郭欣感到空蕩蕩的。他躺到床上，感到頭有些沉，還不如坐起來，四處瞧瞧，什麼也不想幹。手一伸，碰到了一本書，他給挪開了，眼掃了一下，看到了枕頭邊的一個大信封，他的心忽得沉了下來，彷彿有一塊硬邦邦的東西又堵在了心口上。這個信封裏裝的是他的博士論文，他想拿出來看看，又放了回去，還是回Q城後再看吧，郭欣默默計算了一下，回Q城後抓緊幾個晚上，這論文也就再修改一遍了，在微機上修改實在太方便了。郭欣想了一會，不知道再幹點什麼好。哐，嘩。海水忽得打到舷窗上，忽得又跌下去。房間裏忽明忽暗，腳底下還有些上下顛簸，但郭欣已感覺不到難受。船身猛得忽然一搖晃，郭欣沒注意，一個趔趄摔在了床上。「我幹什麼好？何婷躺下了吧？」他想去找她，想想，還是不去吧。「怎麼這船上我連個說話的人也沒有了。」阿坤這時肯定和那些船員們在喝酒消遣，郭欣不想去湊熱鬧。郭欣也不願意去找汪洋，這傢伙打起牌來沒白沒黑，再說還有啥話沒有說呢。

郭欣轉身向外走去，還是再上甲板上讓風吹吹吧。郭欣又來到甲板上，感到風比剛才厲害了許多。遠遠的海天線上堆滿了層層疊疊濃厚的雲團雲朵，遮蔽了快要落入深色海水中的太陽，從雲朵的罅隙間透射出雖然奪目但已失去熱烈的深沉的光線來，在藍黑色的海面上灑下跳躍的金子。郭欣望著朦朧的晚霞，竟感覺到那深沉的雲霞竟然和晨曦相仿，郭欣為自己這種奇怪的混淆日出和落日的印象感到驚恐，傍晚的暮色和黎明的曙光怎麼如此相似呢？

「小郭，你看黃昏多好。」

郭欣回身一看，叢秋原手裏拎著個相機站在他身後瞇縫著眼睛望著遠處要和大海接吻的太陽。郭欣接道：「是啊，海上的落日就是和陸地的不同。」

「現在的光線還行，小郭，把那快化石拿來，你手裏拿著，我給你照一張留個紀念吧。」叢秋原說著，晃晃手裏的相機，「我這個相機還是帶鏡頭的呢。」

郭欣有些意外，再一想，這主意挺好，這次在海上這樣長的時間，還真沒機會照張相片呢。郭欣爽快地答應了，一溜小跑，回去拿化石去了。

「慢點，不用急。」叢秋原在後面招呼說。

郭欣兩手捧著那塊麋鹿角，小心翼翼地走了上來。老遠就說，「叢老師，咱在哪兒照啊？」叢秋原上下四周打量了一番，目光落在頂層平臺上，伸手一指，就在那上面照吧，光線也好。郭欣點著頭，跟在他後面。

兩人一前一後，一個捧著相機，一個捧著化石，上到了最頂層。

郭欣捧著麋鹿角對著叢秋原的相機臉上掛著一抹微笑。叢秋原連續給他照了一張，說：「你把它放下，我給它來張特寫。」

郭欣看了看周圍，沒有安放化石的地方。和叢秋原交換了一下目光，兩人又環視起來。兩人的目光幾乎同時集中到了一個點上，郭欣叫了起來，我看那兒合適。叢秋原笑著說，我看也是。

這個「點」是用已褪色顯得發白的氈布套包裹起來的羅盤。

郭欣走過去，把化石輕輕放好，嘴裏嘟囔說，「不會掉下去吧。」

叢秋原笑道：「沒有風，船又不晃，怎麼會掉呵。」他摘掉了鏡頭蓋，說：「就是掉到地板上也沒事，又不是易碎品。」

叢秋原端起了相機，半蹲著腿，鏡頭牢牢對準了殘破的角化石，一隻眼使勁瞇縫著，一隻手在輕輕調整著焦距，呼吸變得急促起來。郭欣站在旁邊，一會兒看看叢秋原，一會兒看看化石，也顯得有些緊張。喀嚓，叢秋原摁動了快門。郭欣正要過去，叢秋原趕緊說：「先別拿，我再照一張。」郭欣又站住了。

黃昏的光輝罩在那塊化石上，如一個成熟了的少婦在用平靜而充滿愛意的目光在深情地捂慰著一個孤單的少年。叢秋原端相機的手有些發抖，身子也不穩起來，稍稍趔趄了幾下，這才站穩。郭欣有些不耐煩了，大聲說：「叢老師，怎麼了，還不照？」叢秋原一邊調著焦距，一邊連聲說：「這就好，這就好。」

突然，一直在平穩航行的《探索者號》船身猛得一動，上下強烈地顛簸了幾下，叢秋原的身子歪歪著，一手向前指著，一邊驚訝地喊：「啊啊……啊……哎哎……唉。」郭欣的身子也跟著動了一下，他左右掃視著又恢復平靜的海面，嘴裏罵道：「怎麼回事，哪兒來的浪？」剛站穩，就聽到了叢秋原的喊聲，轉眼看去，不由地也跟著驚呼起來，「化石，啊，化石……」邊喊一邊往羅盤那兒跑。

麋鹿角化石隨著《探索者號》的這幾下顛簸，撲哧，掉到了平臺上——船身一傾斜，化石緊接著被甩了出去，叢秋原和郭欣眼看著它穿過了欄杆，甩向了大海。

海上的風呼呼的吹著，《探索者號》轟響著急速地航行著，船身不時地響起一陣陣因共鳴而起的不和諧的震動。船後邊劃出兩道白色的航道，漸漸擴散成一片翻滾著的泡沫，如一條白色的寬闊的河流漸漸融入藍黑色的大海。郭欣一個人站在後艙門口，眼睛望著船後的航道。海越來越黑藍，那白色的泡沫就更顯得耀眼，把郭欣的心也給攪得翻滾起來，但這並不是那種暈船的感覺，那種感覺已刻在郭欣的骨子裏，尤其是那種令人窒息無處不在的柴油味，依然瀰漫在郭欣的嗓子裏。但他的胃已不感到難受噁心，而是一種麻木的感覺。

太陽已落到海水裏了，可餘暉把海面染得仍然深紅，但這種深紅顯得越來越有些黑色了。過了一會兒太陽就遠遠地落在遠處的海面下了，天空還沒有全黑下來，天上的星星就已經在高高低低地搖晃著。郭欣看不出船正在往那個方向航行，但他知道這是在返航途中，再有兩個白天一個晚上，《探索者號》就返回那座讓人沉醉的海邊城市了。

郭欣緩緩地走到甲板邊上，把身子靠在了欄杆上。風真大啊，從船首吹過來的風鋒利地颳過郭欣的身子。伴隨著轟轟嘩嘩地響聲，《探索者號》在顛簸中全速航行著。郭欣望著或明或暗的星星，突然一顆流星迅速的劃了下去，郭欣的心口忽然像是被一雙有力的大手猛地攥了一下，不由地渾身打了個激靈，嘩，又是一個湧浪被甩在了後面，郭欣眯起了眼睛，抬手扶扶眼鏡，鏡片上有幾滴海風吹上來的水珠。郭欣低下頭，疾馳而過的流動的黑色讓他感到眼花得厲害。他把右手放到了欄杆上，想攥起拳來，顯然有些力不從心。他臉上的線條在星光的照耀下顯得有些生硬陰冷，嘴唇緊緊抿著，看著船尾閃亮的航跡，膨，嘩，一個個湧浪迅速地甩在了後面，一大片一大片連綿翻騰起的白色泡沫，不斷地淹蓋著那片深黑深黑的海水……

釀文學92　PG0764

藍桅杆
——薛原長篇小說

作　　者	薛　原
主　　編	蔡登山
責任編輯	陳佳怡
圖文排版	王思敏
封面設計	陳佩蓉

出版策劃	釀出版
製作發行	秀威資訊科技股份有限公司 114 臺北市內湖區瑞光路76巷65號1樓 電話：+886-2-2796-3638　傳真：+886-2-2796-1377 服務信箱：service@showwe.com.tw http://www.showwe.com.tw
郵政劃撥	19563868　戶名：秀威資訊科技股份有限公司
展售門市	國家書店【松江門市】 104 臺北市中山區松江路209號1樓 電話：+886-2-2518-0207　傳真：+886-2-2518-0778
網路訂購	秀威網路書店：http://www.bodbooks.com.tw 國家網路書店：http://www.govbooks.com.tw
法律顧問	毛國樑　律師
總 經 銷	聯合發行股份有限公司 231新北市新店區寶橋路235巷6弄6號4F 電話：+886-2-2917-8022　傳真：+886-2-2915-6275

出版日期	2012年7月　BOD一版
定　　價	360元

Printed in Taiwan

國家圖書館出版品預行編目

藍桅杆：薛原長篇小說 / 薛原著. -- 一版. -- 臺北市：
釀出版, 2012.07
面； 公分. -- (釀文學 ; PG0764)
ISBN 978-986-5976-29-3 (平裝)

857.7 101007732

讀者回函卡

感謝您購買本書，為提升服務品質，請填妥以下資料，將讀者回函卡直接寄回或傳真本公司，收到您的寶貴意見後，我們會收藏記錄及檢討，謝謝！

如您需要了解本公司最新出版書目、購書優惠或企劃活動，歡迎您上網查詢或下載相關資料：http:// www.showwe.com.tw

您購買的書名：____________________

出生日期：________年________月________日

學歷：□高中（含）以下　□大專　□研究所（含）以上

職業：□製造業　□金融業　□資訊業　□軍警　□傳播業　□自由業

□服務業　□公務員　□教職　□學生　□家管　□其它____

購書地點：□網路書店　□實體書店　□書展　□郵購　□贈閱　□其他

您從何得知本書的消息？

□網路書店　□實體書店　□網路搜尋　□電子報　□書訊　□雜誌

□傳播媒體　□親友推薦　□網站推薦　□部落格　□其他________

您對本書的評價：（請填代號　1.非常滿意　2.滿意　3.尚可　4.再改進）

封面設計____　版面編排____　內容____　文／譯筆____　價格____

讀完書後您覺得：

□很有收穫　□有收穫　□收穫不多　□沒收穫

對我們的建議：____________________

____

____

____

請貼
郵票

11466
台北市內湖區瑞光路 76 巷 65 號 1 樓
秀威資訊科技股份有限公司 收
BOD 數位出版事業部

....

（請沿線對折寄回，謝謝！）

姓　　名：________________　　年齡：______　　性別：□女　□男

郵遞區號：□□□□□

地　　址：____

聯絡電話：(日) ________________ (夜) ________________

E-mail：____